ROBERTO DRUMMOND

O Cheiro de Deus

OBJETIVA

O Cheiro

de Deus

ROBERTO DRUMMOND

OBJETIVA

EDITORA OBJETIVA LTDA., rua Cosme Velho, 103
Rio de Janeiro - RJ - CEP 22241-090
Tel.: (21) 556-7824 - Fax: (21) 556-3322
www.objetiva.com.br

Capa e projeto gráfico
SILVANA MATTIEVICH

Editoração
FA EDITORAÇÃO ELETRÔNICA

Revisão
TERESA DA ROCHA
UMBERTO DE FIGUEIREDO

Edição
ISA PESSÔA

2001

D795c
Drummond, Roberto
O Cheiro de Deus / Roberto Drummond. - Rio de Janeiro: Objetiva, 2001

407 p. ISBN 85-7302-387-2

1. Literatura brasileira - Romance. I. Título

CDD B869.3

Este livro, cujo título devo a Frei Betto, é dedicado, no que tiver de fé, a Tiza e a Ana Beatriz, a Tia Araci e Tio Júlio Drummond, a Wanessa Vaz e Pedro Geraldo, a Cornélia Cristina Sampaio Brandão, Maria Eliza Bráz Barbosa, a Renata Alvarenga Pinto Coelho e a José Aparecido Louzada, a Simone Machado e a Hélio Durães de Alkmim, e aos sonhos de Mary e Zuenir Ventura, Diva Moreira e Arnaldo Godoy e de Amélia de Alvarenga Martins e João Valle Maurício.

No que tiver de esperança, é para Glória Perez e Mário Lúcio Vaz, anjo da guarda da minissérie Hilda Furacão na TV Globo, para Ana Paula Arósio e Rodrigo Santoro, Maria Maya e Wolf Maya, Laura Mallin e Danton Mello, Carolina Kasting e Thiago Lacerda, Elaine Mickely e Maurício Faria e Luciano Sabino, é para Yurika Yamasaki e Carlos Henrique Cerqueira Leite, Teresa Lampreia e Vicente Barcelos, Isabel Gouvêa e Luiz Melo, Nissia Garcia e Wilson Miranda, Paloma Duarte e Marcos Winter, Mariane Vicentini e Marcelo Andrade, Nana Caymmi e Fausto Silva e é também para Zelli e Paulo Bustamonte, Leda Nagle e Luiz Carlos Maciel, Arlete Heringer e Daniel Boaventura, Rejane Guerra e Fábio Dupin.

No que tiver de alegria, fica para Virgínia Lúcia Rocha Vianna e Ivan Libânio Vianna, Tânia Rösing e Danilo Gomes, Denise Gomes e Neville D'Almeida, Letícia Malard e Teodomiro Braga, Junia Pinheiro e Antônio de Oliveira e Silva, Clô e Wellington Romualdo Júnior, Angela Kaminsky e Carlos Alberto Aguiar e Marcus Telles Cardoso Carvalho, sem esquecer Lúcia Helena Gazolla e Anibal Albuquerque, e Márcio Malard e Aurélio Prazeres.

No que tiver de rebelião, vai para Maria Lúcia Guelfi e Zanoto, Paula Pontes e Paulinho Assunção, Ádria Castro e Ricardo Galuppo, Irá e Benito Barreto, e também Hélio Fraga, Gláucia Camargos e Paulo Thiago, Maria Luiza e Carlos Starling, Edil Duarte e Antônio Carlos Tony de Faria, Soile Schreiber Silva e Aroldo Pereira, e ainda José Marcius de Carvalho Vale.

No que tiver de coração do mundo, fica para Angela Gutierrez e Breno Milagres, Daniela Zuppo e J. D. Vital, Magrace Simão e Geneton Moraes Neto, Cláudia Tonaco e Romolo Runcini, Ruth Drummond e Heitor Nunes da Mata, Violeta Nunes Coelho Monteiro e Vicente Guabiroba, Cristina Pelegrim e Gerardo Hernández Bencomo, e ainda Iara Andósia e Alfredo Chianca e o poeta Fernando Paixão e ainda para Beth Lagardére, e Arnaldo Madruga e também Joaquim Nogueira.

No que tiver de água matando a sede, é para Letícia e Zeca Teixeira da Costa, Cristina e Josemar Gimenez Resende, Nazareth e Álvaro Teixeira da Costa, Patrícia e Édison Zenóbio, Leonor e José Aparecido de Oliveira, e é ainda para Ruy Guerra, Wander Soares, Jânio de Freitas, Wilson Figueiredo, Mauro Ivan, Wagner Carelli e João Bosco Martins Salles.

No que tiver da canção do mundo, é para Michèle Stroun e Albert von Brunn, Alice Raillard e August Willemsen, Anne-Marie Vallat e Guilherme Valente e ainda Ulla Gabrielsson e Roberto Fernández Retamar, Miriam Delgado Senra Duque e Marcelo Backes, Lígia Siciliano Novazzi e Oswaldo Siciliano e, ainda uma vez, para Isabelle Stroun, Luiz Vilela, Jiro Takahashi e Pedro Paulo de Senna Madureira e é para Lúcia Riff e José Castello e para Boris Eikkenbaum, Tzvetan Todorov, Albert Zuckerman e Malcolm Bradbury.

É para Carmen Balcells, Padre Geraldo Magela Teixeira e Mário Soares, estadista e cidadão.

Este livro é para Catula, que esperou por ele, e para os Drummond, estejam no Brasil, na Escócia, e onde houver mundo.

Porque diante de Deus nós somos o bom cheiro de Cristo, nos que se salvam e nos que se perdem: para uns na verdade cheiro de morte para a morte: e para outros cheiro de vida para a vida.

São Paulo, *segunda Epístola aos Coríntios 2:15-16*

Deus é o poeta. A música é de Satanás...

Machado de Assis, *Dom Casmurro*

Deus é sutil, mas não é maldoso.

Albert Einstein, *em entrevista*

E Deus disse
Profetiza ao vento, apenas ao vento que
apenas o vento escutará.

T. S. Eliot, *Quarta-feira de Cinzas*

Ficaremos com o mistério das coisas, como se fôssemos os espiões de Deus.

Shakespeare, *Rei Lear*

Cel. Bim Bim

O maior inimigo do Clã. Seu grande desafio é vingar-se de Vó Inácia

A única que não se casou para evitar mais um incesto na família

As melhores amigas de Catula são Felipa e Gioconda. Elas ficaram conhecidas como "As Três Malditas" depois da trágica previsão da cigana Carmen

O Clã DRUMMOND do BRASIL

1

É de bom aviso prevenir que Vó Inácia Micaéla, uma mulher cega na vizinhança dos 65 anos, com um rifle a tiracolo com o qual conversa como se fosse gente, espera o ataque dos jagunços chefiados pelo Coronel Bim Bim, que prometeu levar sua cabeça para pendurar na parede do sobrado de 28 janelas em Cruz dos Homens. Toda manhã, com o dedo no gatilho do rifle, Vó Inácia exercitava a pontaria, enquanto apurava o olfato de cega para sentir o cheiro de Deus antes da chegada do Coronel Bim Bim. Nos primeiros tempos como cega, Vó Inácia não sabia quando era dia, nem quando era noite, mas descobriu que o dia tinha um cheiro próprio, diferente da noite, e o cheiro da noite era diferente do cheiro de orvalho do dia nascendo, assim como o sábado à noite em Belo Horizonte cheirava ao suor dos amantes.

– Responde, rifle velho de guerra – perguntava Vó Inácia –, e se o cheiro do suor dos amantes for o cheiro de Deus?

Vó Inácia acabou por descobrir que a felicidade cheirava, que o amor tinha um cheiro tão parecido com o cheiro do ódio a ponto de pensar que a neta Catula estava amando quando na verdade podia ser o Coronel Bim Bim chegando para cumprir a ameaça de levar sua cabeça para pendurar na parede do sobrado de 28 janelas em Cruz dos Homens. De tanto que apurou o olfato de cega, Vó Inácia sentia no ar o cheiro da chuva que só ia cair daí a dois dias.

– Agora que sou uma cega – dizia Vó Inácia ao rifle a tiracolo –, eu sei: devia ter prestado mais atenção na chuva. Viver é simples, a gente é que complica. Olhar a chuva cair é viver e eu não sabia. Molhar na chuva é viver e eu não sabia. Andar descalça na chuva também é viver. Tive que ficar cega para saber.

Acariciava o rifle a tiracolo e continuava a conversar com ele:

– Eu sempre fui com muita sede ao pote, irmão rifle. A vida tem que ser bebida devagarinho, gole a gole, hoje eu sei que a vida tem que ser degustada como um bom vinho e não é feita apenas da guerra e dos grandes amores. A vida é feita da paz e dos pequenos amores. Ah, o que eu não daria para ver a chuva caindo. Eu sinto o cheiro da chuva, mas não é a mesma coisa.

Vó Inácia respirava fundo, como a sentir o cheiro de Deus e dizia:

– Se eu fosse viver tudo de novo, irmão rifle, com o que aprendi como cega, podendo enxergar como antes, eu ia prestar muita atenção nas pessoas. Ia saber cada coisa delas, não apenas a cor dos olhos e como é o nariz e o cabelo e os jeitos e trejeitos. Ia saber como minha neta Catula masca a ponta do cabelo fulvo fazendo um barulho com os dentes como o bicho-da-seda comendo uma folha de amora. Catula faz assim desde menina, mas eu não a observei como devia assim como não observei a chuva em Cruz dos Homens. Ah, rifle velho de guerra, eu não tive tempo para observar as pessoas. Mas hoje eu sei: meu maior pecado foi não ter observado como devia meu tio e marido Old Parr Drummond...

Quando Vô Old Parr descobriu que amava a sobrinha Inácia Micaéla, ela era uma menina de 11 anos que o chamava de senhor, beijava a mão e pedia a bênção. Vô Old Parr era mais velho 19 anos e disse que a amava durante um carnaval no Rio de Janeiro. Ao sentir que Vô Old Parr cheirava a suor, Vó Inácia ficou tão impressionada, ao vê-lo como um homem, mesmo sendo uma menina, que nunca mais teve infância. Quando a Anã Clô foi morar na fazenda do Rancho Fundo, como uma espiã paga por Vô Furst para denunciar as tentativas do Demônio de ocupar o coração de Vó Inácia Micaéla, as duas passavam a tarde brincando com as bonecas e cantando cantigas de ninar:

"Boi, boi,
boi da cara preta
pega essa menina
que tem medo de careta."

Os Drummond do Brasil, cujos ancestrais vieram da Escócia, depois de uma passagem pela Ilha da Madeira, são filhos de um incesto consentido e abençoado pelas autoridades eclesiásticas brasileiras. Tios casavam-se com sobrinhas, sobrinhos com tias, primos-irmãos com primas-irmãs e tanta mistura provocava a febre do incesto, os seus mil arrepios, e a fama de loucos que os Drummond do Brasil carregavam. Loucos mansos, loucos varridos, loucos de toda espécie. Havia ainda a maldição vivida por Tia Anunciata, que tinha a ver com o incesto e tirava o sono dos Drummond. Para se casarem, ele, com 35 anos, ela, com 16, Vô Old Parr e Vó Inácia precisaram de uma licença especial do Cardeal do Rio de Janeiro.

– É mais um incesto dos Drummond que eu vou abençoar – disse o Cardeal Leme, amigo da família, a Vô Old Parr e a Vó Inácia Micaéla durante a cerimônia do casamento no Rio de Janeiro. – Mas que vocês sejam muito felizes, meus filhos, e nunca se esqueçam de Tia Anunciata.

Vô Old Parr não se chamava Old Parr, mas João Antônio Drummond Neto. Ainda jovem, ficou inflamado pela leitura dos feitos de William Wallace, o rebelde escocês que lutou contra o domínio inglês na Escócia e acabou condenado à morte. Vô Old Parr morava no Rio de Janeiro, onde estudava advocacia e queimava nos braços das polacas o dinheiro do pai, Vô João Antônio

Drummond Filho, conhecido como o Barão do Café no Contestado, uma terra de ninguém na divisa de Minas com o Espírito Santo, uma das regiões mais violentas do Brasil. Era causa de espanto e de riso quando ia às festas no Rio de Janeiro usando um *kilt*, o saiote escocês. Uma noite, numa recepção ao Embaixador da Inglaterra no Brasil, compareceu de *kilt* e gritou:

– Viva a Escócia Livre! Viva William Wallace!

Foi chamado de arruaceiro e levado preso por policiais brasileiros. Passou uma noite atrás das grades entre assassinos e criminosos de toda espécie, e para que não se sentisse muito só na prisão, o amigo pernambucano que o chamava de Mano Velho, e há de aparecer em nossa narrativa com o nome de Coronel Janjão Boca de Ouro, lia a Bíblia em voz alta na porta da delegacia recitando os Salmos. Ao vê-lo usando o saiote escocês, um assassino que usava tapa-olho, condenado a 20 anos de prisão, passou a mão em suas nádegas e Vô Old Parr, que lutava judô e sabia caratê, nocauteou-o e quando o dia nasceu foi libertado por instâncias do amigo Mano Velho. Decidiu então mudar de nome, através de um processo judicial complicado, e escolheu o nome do uísque escocês Old Parr, e, mais tarde, deu a todos os filhos nomes de uísque. A moda pegou entre os Drummond levando mais tarde o neto Buchanan's a desabafar:

– Que inveja que eu sinto de quem se chama José.

Vó Inácia Micaéla era uma bela moça de olhos cor de musgo, e foram os olhos que encantaram Vô Old Parr. Quando fez 15 anos, sem ter nunca namorado rapaz algum, os pais, Vô Furst e Vó Maria Micaéla, levaram-na para conhecer o mundo e saber se queria mesmo ter o Tio Old Parr como marido. Foram à Escócia e ficaram hospedados no castelo dos Drummond, onde Vó Inácia ficou amiga de um irmão e uma irmã que eram fantasmas e tinham cometido o incesto e soube pelos dois que ia morar num castelo parecido com o castelo dos Drummond numa cidade longe, muito longe da Escócia, onde havia festas todas as noites como se o mundo fosse acabar amanhã. Ao anoitecer, teve uma visão. Viu a si mesma, enquanto ouvia os ais dos irmãos fazendo amor, com um rifle a tiracolo, depois de ficar cega, apurando o olfato para sentir o cheiro de Deus e consolando-se:

– Só os cegos poderão sentir o cheiro de Deus.

Preocupados com a visão da filha, Vô Furst e Vó Maria Micaéla levaram Vó Inácia para conhecer Paris e Amsterdã e depois foram a Nova Iorque. Mas foi andando de barco em Amsterdã que Vó Inácia teve certeza que amava o Tio Old Parr. Moça do Rio de Janeiro, Vó Inácia Micaéla tinha, entre seus orgulhos, ser sobrinha-neta do Barão de Drummond, o inventor do Jogo do Bicho no Brasil, e ter vencido o Prêmio Chopin de Piano, no Teatro Municipal, aos 14 anos. Por essa época, sonhava ser uma pianista de fama mundial, mas abriu mão dos sonhos para se casar com Vô Old Parr. Uma semana depois do casamento, Vó Inácia foi levada por Vô Old Parr para o Contestado e foram viver na fazenda do Rancho Fundo, vizinha de Cruz dos Homens. Mesmo depois de casados, Vô Old Parr e Vó Inácia continuaram chamando-se de tio e de sobrinha, o que mantinha acesa a febre do incesto. Quando fazia amor com sua sobrinha Inácia Micaéla, num ritual tão ruidoso como o amor dos gatos, Vô Old Parr ardia com a febre do incesto e, após uma hora amando-a, os dois molhados de suor, sentia um sentimento de culpa que transferiu aos filhos e uma necessidade de rezar, e Vó Inácia, a quem ensinou o jeito de amar que aprendeu com as polacas no Rio de Janeiro, o acompanhava nas orações. Ajoelhados aos pés da cama, nus como vieram ao mundo, que tirar a roupa no ato do amor era outro ensinamento das polacas, Vô Old Parr e Vó Inácia rezavam às vezes um terço inteiro. Mas depois voltavam a se amar com o mesmo barulho de antes e outra vez voltavam a rezar. Uma vez, Vô Old Parr disse:

– Seja como uma puta na cama, Sobrinha Inácia Micaéla.

Após uma noite sem dormir, Vó Inácia perguntou como as putas faziam amor e Vô Old Parr deu uma lição sobre o que aprendeu com as polacas no Rio de Janeiro e durante uma semana ela ardeu em febre.

Quando Vó Inácia já sabia manejar as armas de fogo, Vô Old Parr levou-a em seu Ford Bigode para conhecer Cruz dos Homens. Ventava tanto que diziam que o Diabo estava solto, e dois irmãos iam se enfrentar num duelo na praça da igreja matriz. Além de irmãos, eram gêmeos.

– Eu vou até lá, Tio Old Parr – disse Vó Inácia e desceu do Ford Bigode, sem dar tempo a Vô Old Parr de retê-la. – Se eles são irmãos eu não vou permitir que cometam uma loucura.

Andou pelo adro da igreja atraindo olhares. Era, no trajar, uma moça das altas-rodas do Rio de Janeiro. Um pingüim que aparecesse no calor do Contestado causaria menos estranheza do que ela. Usava um vestido azul com pequenas flores brancas, sapato de salto alto, um colar de pérolas e brincos, e o chapéu era cor de lebre e lembrava o ninho de um pássaro. Tinha um ar de menina, mas era alta e esguia e alguma coisa nela, quem sabe o nariz levemente arrebitado, quem sabe o verdejar dos olhos cor de musgo, parecia dar ordens para serem cumpridas, não como os escravos cumprem, mas com a alegria de um pássaro cantando. Os dois irmãos gêmeos estavam um na frente do outro, a poucos metros de distância, cada um com o 38 na mão. Vó Inácia Micaéla foi se aproximando deles, ao alcance de seus revólveres. No calçadão em pé-de-moleque da praça da igreja, o salto do sapato dela soava como uma canção. Parada entre os dois, gritou com a voz rouca e o sotaque de moça do Rio de Janeiro:

– Tu e teu irmão: me entreguem teus revólveres!

Aos ouvidos de filhos de Minas Gerais dos dois irmãos, desacostumados ao falar de uma moça do Rio de Janeiro, puxando os "s" – e nisso havia uma música –, o sotaque carioca, se os encantou, como que os humilhou.

– Tu e teu irmão – ela voltou a gritar, olhando para um e para o outro, parada entre os dois –, entreguem teus revólveres!

Os dois gêmeos eram altos e iguais em tudo. O mesmo cabelo alourado, o mesmo bigode, a mesma pele clara, os mesmos 20 anos. Ficaram calados ao vê-la, e a olhavam num misto de encanto e de dúvida. O vento erguia o vestido dela e ela o segurava com as mãos, mãos longas, de dedos finos, mãos de pianista. Um irmão decidiu na hora servir a Deus e tomou Vó Inácia como uma aparição de Nossa Senhora com o disfarce de moça do Rio de Janeiro. O outro irmão nem sempre cumpria as leis de Deus e pensou em Tedda Bara, que tinha visto num filme no cinema em Vitória, e cujo nome não sabia pronunciar. Ao encarar os dois, Vó Inácia Micaéla foi tomada por uma vontade de rezar, se olhava um, e uma vontade de cantar, dançar, pecar, se olhava o outro. O duelo dos dois irmãos transferia-se para seu coração. Quis rezar, mas quis também cantar, e um calafrio, num dia tão quente, arrepiava sua pele como uma febre. Tentou rezar uma Ave-Maria, perseguida por uma canção. Decidiu nem rezar, nem cantar.

– Vou contar até deisss – avisou com a voz rouca puxando o "s" –; tu e ele vão me entregar teus malditos revólveres, que não foram feitos para irmão matar irmão – e ela parou de falar porque o vento insistia em levantar seu vestido. – Quando eu terminar de contar até deisss, tu e ele me entregam tuas armas ou eu vou ter que tomá-las.

Começou a contar. Contava devagar, querendo ganhar tempo, e Vô Old Parr e seus aliados políticos do Contestado, todos armados, aproximaram-se e ficaram ao lado de Vó Inácia. O Coronel Janjão Boca de Ouro, então jovem, acariciou o revólver 38 na cintura, sem saber que um dos dois irmãos que Vó Inácia queria desarmar, já conhecido como Coronel Bim Bim, iria mais tarde envolver-se com ele num tiroteio em que a filha Gioconda, uma das Três Malditas, então com três anos de idade, perderia um braço. Iria lamentar mais tarde:

– Por que eu não puxei o gatilho naquele domingo?

Era amigo de Vô Old Parr desde os tempos de boemia no Rio de Janeiro, onde o Coronel Janjão Boca de Ouro chegou com o nome trocado, fugindo da guerra de famílias no interior de Pernambuco, irmãos matando irmãos, matando primos, e marcado para morrer. Tinha cabelos cor de palha e olhos claros, herança dos holandeses de Maurício de Nassau, e nunca perdeu o sotaque, a paixão pelo frevo e era tomado por uma tristeza que mais e mais o ligou a Vô Old Parr, *expert* em nostalgias. Quando Vô Old Parr foi morar no Contestado, convidou o Mano Velho para ir também, dizendo que ficava no fim do mundo e era uma região tão violenta que a guerra das famílias pernambucanas não ousaria chegar até lá. Emprestou dinheiro para o amigo, que não tinha a boca de ouro e, à medida que ia ficando rico, mandava colocar um dente de ouro. Quando exagerava no vinho, o Coronel Janjão Boca de Ouro cantava como galo como os holandeses fazem nas festas em Amsterdã depois do terceiro uísque. Tinha colocado os primeiros dentes de ouro e, com a ajuda de Vô Old Parr, roubou a prima Jerusa em Juazeiro, na divisa de Pernambuco com a Bahia, e Padre Zé Lopinho, então jovem, os casou em Cruz dos Homens. Naquele domingo, com o 38 coçando na mão, o Coronel Janjão Boca de Ouro viu surgindo, de todos os lugares, homens e mulheres e crianças, que ocupavam a praça da igreja de Cruz dos Homens. Fizeram um círculo em volta dos dois irmãos e da moça do Rio de Janeiro, que terminou de contar até dez.

– Agora – ela gritou –, entreguem tuas armas!

O irmão beato, que a tomava por Nossa Senhora, tirou as balas do 38 e atirou o revólver aos pés dela. O outro irmão, para quem ela era a moça do filme visto em Vitória, vacilava.

– O que estás esperando? – ela ordenou. – Faz o que teu irmão feizzz – e carregava no falar carioca.

Ele então atirou o revólver sem descarregar e Vó Inácia Micaéla o apanhou no chão.

– Agora tu e ele venham cá – chamou, e vendo que os dois irmãos aproximavam-se: – Apertem as mãos, como irmãos devem fazer!

Os dois estenderam as mãos e a ponta dos dedos se tocaram. O irmão que decidiu ser beato caiu de joelhos aos pés dela, certo de que era Nossa Senhora, e beijava as mãos de Vó Inácia. O outro irmão permaneceu em pé e disse à moda caipira e com uma voz fina como voz de moça:

– Vosmicê, moça, num se avecha se um arigó do brejo que nem ieu pidí permissão mode beijá a mão de vosmicê?

– Alto lá! Dobra a tua língua quando falares comigo – gritou Vó Inácia Micaéla, mas, mesmo falando assim, estendeu a mão direita e sentiu um calafrio. – Eu não sou uma moça! Sou uma senhora casada e exijo respeito!

– Vosmicê adisculpe, senhora dona, num quis ofendê nem desrespeitá.

Quando sentiu o roçar do bigode e dos lábios dele em sua mão, o calafrio aumentou, e Vó Inácia viu a si mesma fantasiada de odalisca pulando no carnaval do Rio de Janeiro. Teve certeza de que ele era o Diabo. Olhou-o e viu uma mancha vermelha em forma de uma bailarina surgir no rosto dele. Ele encarou-a e pensou que os olhos dela eram da cor do trem de ferro da Vitória-Minas cortando a tarde, mas, passados muitos anos, viu que estava enganado, eram os olhos de uma cascavel.

– Eu vou levar teus revólveres comigo – disse então Vó Inácia Micaéla – e só vou devolvê-los a seus legítimos donos, quando souber que os dois estão se comportando como irmãos.

Foi aplaudida e a Euterpe 1º de Maio, a "Furiosa" de Mestre Otaviano de Brito, apareceu na praça da igreja tocando "Pompas e circunstâncias". Nasciam assim, num domingo em que ventava muito, quando todos acreditavam que o Diabo estava solto, três lendas do Contestado. Uma era a lenda de Vó Inácia Micaéla, que manejava as armas de fogo com a perícia com que tocava Chopin ao piano. As outras lendas eram os dois irmãos gêmeos. O que acreditava que ela era a moça do filme visto em Vitória deu a si mesmo o título de coronel e ficou conhecido como

Coronel Bim Bim e iria amedrontar todo o Contestado, à exceção de Vó Inácia e do lobisomem. O outro irmão, que a tomou como uma aparição de Nossa Senhora, tornou-se beato. Refugiou-se num grotão chamado Santos Anjos, para os lados de Aimorés. Passava os dias rezando em penitência, e amava os bichos, os pássaros, os loucos, os leprosos e os tuberculosos, aos quais curava com um beijo na boca. Ficou conhecido como Beato dos Santos Anjos. Já com fios brancos na barba, vai reaparecer em nosso relato durante o cerco do Coronel Bim Bim à fazenda de Vó Inácia, usando uma veste branca e anunciando um mundo novo em que os homens terão coração de colibris e a paz dos pombos. No domingo em que desarmou os dois irmãos no adro da igreja de Cruz dos Homens, Vó Inácia foi possuída pelo Demônio. Era um Demônio doce, disfarçado de anjo, dado a tocar flauta, mais perigoso que os Demônios que cospem nos crucifixos. Ao acabar de desarmar os dois irmãos, Vó Inácia não sabia se cantava ou se rezava, se dançava ou se caía de joelhos. A vontade de rezar passou, mas cresceu a vontade de cantar, acompanhada por um calafrio como febre. Ainda no adro da igreja de Cruz dos Homens, levando os revólveres nas mãos como troféus, Vó Inácia batia o queixo de frio. Tinha nos olhos verdes um brilho bêbado e disse a Vô Old Parr:

– Tio Old Parr, me leve a um padre ou a um médico, que eu não sei o que está acontecendo comigo.

Vô Old Parr pôs a mão na testa de Vó Inácia e disse:

– Você está ardendo em febre, Sobrinha Inácia.

Preferiu levá-la a um médico e não a um padre. O Dr. Edmar Pires, cuja cabeça calva lembrava um ovo, receitou uma injeção de vitamina C, três comprimidos de aspirina ao dia, muito líquido e repouso.

– É uma gripe forte. Mas vai ceder.

Vô Old Parr levou Vó Inácia de volta à fazenda do Rancho Fundo no Ford Bigode. A febre cedeu, mas o calafrio aumentou e

Vó Inácia tirou do fundo do baú as fantasias que usava no carnaval no Rio de Janeiro. Ia e vinha na varanda, trocando de fantasia, e cantava músicas de carnaval. Usava o chapéu que lembrava o ninho de um pássaro e o beijava, alheia a tudo. Passou a alimentar-se de rosas e quando estava fraca, várias noites sem dormir, o Demônio a possuiu e Vó Inácia dançava nua, e passou a atrair os morcegos e a levitar pela casa. Bastava um olhar para fazer uma cadeira arder em chamas e punha fogo em colchões e falava e cantava num dialeto estranho. Chamados no Rio de Janeiro por Vô Old Parr, Vó Maria Micaéla e Vô Furst, pais de Vó Inácia, ficaram certos de que a filha sofria da maldição de Tia Anunciata, que tinha a ver com o incesto que os Drummond vinham cometendo através dos tempos, e decidiram levá-la para o Rio de Janeiro, onde um poeta argentino, de nome Juan Gelman, curava as loucuras do coração declamando versos. Vô Old Parr concordava, mas, antes, mandou buscar em Sant'Ana dos Ferros Tio Júlio Drummond, que, além de bom médico, era primo de Vô Furst e Vó Maria Micaéla, e amigo desde que estudou medicina em Niterói. Tio Júlio Drummond lia Freud e sabia tudo sobre a maldição de Tia Anunciata. Mas quando viu Vó Inácia nua, cantando e falando numa língua que ninguém entendia, levitando e arrastando com ela pela casa a cama em que estava amarrada com uma corda de bacalhau, teve certeza de que era um caso de possessão.

– Prima Inácia Micaéla não precisa de médico – disse Tio Júlio Drummond. – Precisa de um exorcista. Vamos buscar Padre Pierre Banderaux, que está dando um curso sobre Satanás em Belo Horizonte. Ele é o maior inimigo de Satanás no Brasil.

– Mas que Demônio estranho é esse, Júlio – estranhou Vó Maria Micaéla –, se minha filha Inácia passa a maior parte do tempo cantando e dançando?

– Satanás é traiçoeiro – respondeu Tio Júlio Drummond.

Padre Pierre Banderaux era filho de pai francês e mãe brasileira e andava pelos 40 anos. Usava cabelos negros e longos, caindo no rosto como um poeta parnasiano, e a batina estava desbotada e suja de caspa e cheirava a suor. O rosto tinha marcas de varíola e ele impressionava tanto como o próprio Satanás, ainda que fosse considerado seu inimigo nº 1 no Brasil. Bastou ver Vó Inácia cantando e escutar o que dizia numa língua estranha para não ter dúvida:

– Ela está possuída e canta no dialeto de Satanás.

Achou-a tão magra que decidiu agir rapidamente. Quando o viu aproximar-se com as mãos ossudas segurando um crucifixo de madeira, Vó Inácia Micaéla tentou seduzi-lo. Padre Pierre Banderaux entendia e falava o dialeto de Satanás e foi no dialeto do Demônio que Vó Inácia disse que queria fazer amor com ele. Nua como veio ao mundo, ela o olhava com os olhos bêbados. Sorriu e, por um momento, era um anjo, a mulher que qualquer homem pediu a Deus. Chegou perto dele, cheia de sexo, e prometeu no dialeto do Demônio as loucuras do paraíso.

– Vade retro, Satanás! – gritou Padre Pierre Banderaux e apontou o crucifixo de madeira para Vó Inácia Micaéla. – Vade retro, Satanás!

Cheia de dengos, com os passos de uma bailarina, Vó Inácia Micaéla abraçou Padre Pierre Banderaux, ela, nua, ele, de batina, e o beijou na boca. Beijou sem querer o crucifixo de madeira e, dançando como se fosse carnaval, alcançou a varanda da casa-grande. Parou de dançar e olhou a tarde. Maio tinha chegado e o céu estava limpo. Pássaros cantavam e bois berravam no pasto e, por um momento, a paz da tarde de maio acalmou-a. Vó Maria Micaéla e Vô Furst rezavam. Vô Old Parr também rezava e Tio Júlio Drummond fumava. Molhado de suor, com a batina rasgada, Padre Pierre Banderaux avançou com o crucifixo de madeira apontado para o rosto de Vó Inácia Micaéla. As mãos tremiam segurando o crucifixo de madeira, Vó Inácia caiu de joelhos e Padre Pierre Banderaux iniciou o exorcismo:

– Eu te exorcizo, Inácia Micaéla, em nome de Deus e em nome dos loucos e dos pássaros e dos humilhados e ofendidos e em nome dos poetas e das prostitutas e dos desempregados e dos suicidas e em nome de Jesus Cristo, Nosso Senhor, e da Virgem Santíssima e Puríssima, eu te exorcizo em nome dos trabalhadores do mundo e dos trabalhadores do Brasil, e em nome dos aflitos e dos desesperados e em nome da moça que vai pular da janela e da moça que quer morrer no mar, eu te exorcizo, Inácia Micaéla, em nome de tudo que é Deus no mundo, borboletas, andorinhas, formigas, cobras, elefantes, leões, lobos, lobas, homens, mulheres, velhos, crianças, e os aviões que passam no céu e em nome da alegria, do amor, da amizade, do ombro amigo onde cada um pode debruçar e chorar, eu te exorcizo, em nome da solidariedade, da fé e da esperança, eu te exorcizo, e te digo: vai com Deus, Inácia Micaéla!

Vó Inácia Micaéla beijou o crucifixo de madeira que Padre Banderaux aproximou de sua boca. Cobriu os seios nus com as mãos e Vô Old Parr foi buscar um vestido. Então sorriu para Vô Furst e Vó Maria Micaéla e reconheceu Tio Júlio Drummond. Perguntou a Vô Old Parr quem era o padre com o crucifixo de madeira nas mãos e caiu de joelhos diante de Padre Pierre Banderaux e, a sós com ele na varanda da casa-grande da fazenda, contou os pecados e os sonhos, falou de homens que queria amar, danças que queria dançar, com uma cobra enrolada nos seios nus, e disse que queria, no fundo do coração, fazer tudo o que Tia Anunciata fez. Padre Pierre Banderaux a ouviu calado durante uma hora e 37 minutos, que Vô Old Parr cronometrou, e ensinou a Vó Inácia uma oração contra Satanás, seus disfarces e perfumes, e disse a Vó Inácia Micaéla que o perigo de Satanás é que nunca vinha com chifre e rabo, cheirando a enxofre, vinha com seus perfumes, com olhos verdes e cabelos louros, como o homem mais bonito do mundo, como Satanás em pessoa que iria tentar a neta Catula, oferecendo o paraíso. Durante um mês Vó Inácia alimentou-se de rosas após o exorcismo.

É então que a Anã Clô, de quem já falamos, deve entrar de vez em nossa história.

A Anã Clô esteve na lista negra em Atenas, engoliu fogo em Milão para atrair turistas, caiu prisioneira em Madri, fez uma greve de fome em Barcelona, participou de passeatas com os pobres do mundo pelas ruas de Berlim, de Roma e Lisboa e acreditou, vendo um navio arder em chamas no Estreito de Gibraltar, quando um marinheiro sueco cantava, que a felicidade era a gente mesmo que tecia com a paciência de uma aranha e a alma de uma cotovia. Falava vários idiomas fluentemente, o inglês, o francês, o espanhol e o catalão, além do português e do italiano, e conhecia o mundo como a palma da mão, pois pertencia à trupe do Gran Circo Norte-Americano, entre uma conspiração e outra, uma prisão e outra, e viajou por todos os lugares da terra até o dia em que descobriu em Alexandria que amava Giorgy, o domador de leões, um húngaro de olhos claros e alegres, cinco vezes maior do que ela e, como se não bastasse a diferença de estatura, falava apenas o húngaro e um dialeto cigano, que Clô não entendia. A Anã Clô disse por mímica a Giorgy que o amava mais que amava a si mesma. Giorgy respondeu por mímica que também a amava, apesar de Anabela, a trapezista grega, com quem era casado. Quando o Gran Circo Norte-Americano chegou ao Rio de Janeiro, durante uma turnê pela América do Sul, a Anã Clô desligou-se da trupe e Giorgy prometeu, falando por mímica:

– Espere por mim, Clô!

Clô ficou 11 meses e 27 dias desempregada, fazendo biscate em Copacabana, pois a cotação dos anões estava em baixa nos circos brasileiros, mas tinha uma boa economia em dólares. Os dólares acabaram num dia cinza. Caía uma chuva fininha no Rio de Janeiro e o Cristo do Corcovado não atendeu seu pedido para que Giorgy viesse buscá-la. Então Clô decidiu morrer no mar. Foi salva por Vó Maria Micaéla, mãe de Vó Inácia, que era ótima nadadora, e tirou-a das ondas revoltas, e fez respiração boca a boca para salvá-la. Parecia tão indefesa, que, ao vê-la, Vô Furst decidiu levá-la para casa. Uma noite em que perdeu o sono preocupado com a visita de Satanás a Vó Inácia Micaéla, sua filha, no Contestado, Vô Furst acordou Vó Maria Micaéla e disse que pensava contratar a Anã Clô, pagando um salário mensal em dólares, igual ao que ganhava no Gran Circo Norte-Americano, e enviá-la ao Contestado para ser dama de companhia de Vó Inácia Micaéla. Poderia ensinar línguas a Vó Inácia, que já falava o inglês, ser uma espécie de preceptora, e dar aulas sobre o mundo à filha, tão nova, mal saída dos 16 anos. Mas a principal missão da Anã Clô era ser uma espiã de Vô Furst e de Vó Maria Micaéla para seguir os passos de Satanás junto de Vó Inácia. A qualquer suspeita de nova possessão, deveria enviar um telegrama cifrado a Vô Furst dizendo:

– A rosa amarela nasceu.

A Anã Clô gostou da idéia mesmo sabendo que estava indo para o fim do mundo, longe de Giorgy, o domador húngaro, mas ia ganhar os mesmos 300 dólares mensais que recebia do Gran Circo Norte-Americano. Fez um curso sobre Satanás com Padre Pierre Banderaux, que, nessa época, morava no Rio de Janeiro. Ficou íntima das artimanhas do Demônio e quando aprendeu a exorcizar, expulsando Satanás do coração de uma freira carmelita, viajou para o Contestado. Tomou o vapor no Rio de Janeiro e Vô Old Parr e Vó Inácia foram esperá-la no porto de Vitória. Nunca esqueceu Giorgy e ficava esperando por ele. Acreditava que um dia Giorgy voltaria para dizer por mímica que a amava. Desde o momento em que desceu do navio em Vitória e Vó Inácia a viu, com seus 90 centímetros de altura, os olhos azuis, as sardas no nariz de boneca e algumas rugas provocadas pelo desemprego e o amor infeliz por Giorgy, nasceu uma grande amizade entre as duas. Vô Old Parr tinha mandado buscar o piano de Vó Inácia no Rio de Janeiro e Vó Inácia tocava as músicas que faziam a Anã Clô pensar em Giorgy. Ensinou o francês e espanhol a Vó Inácia, usando um método rústico, mas revolucionário, que consistia em dar o significado e ir formando as frases, a cada palavra usada no dia-a-dia na fazenda do Rancho Fundo e na casa em Cruz dos Homens. Ensinou o mundo a Vó Inácia e a Vô Old Parr, que a ouviam encantados, e passeavam com ela por becos e ruas de Alexandria, a cidade que mais amava, afinal, foi lá que seu pequeno coração soube que amava Giorgy, o domador húngaro do Gran Circo Norte-Americano. Ganhou o costume, desde então, de ler *O Judeu Errante*, para Vó Inácia ouvir. Já morando no castelo em Belo Horizonte, apurando o olfato de cega para sentir o cheiro de Deus, Vó Inácia acariciava o rifle a tiracolo, e pedia à Anã Clô:

– Me fale dos pobres do mundo, Clô!

A Anã Clô falava nos marinheiros gregos e em suas esperanças, nas prostitutas que ficavam na vitrine na Rua Vermelha em Amsterdã, nos lixeiros de Nova Iorque e nos *cockneys* de Londres, cujo sotaque e jeito de falar imitava, pois seu pequeno coração era internacional, e contava a Vó Inácia como era o cheiro de cada cidade do mundo. Tentava então ajudar Vó Inácia a descobrir como era o cheiro do Coronel Bim Bim, mas fracassava. Na época, Tia Viridiana fazia tudo para transformar a vida no castelo em Belo Horizonte num Conto de Fadas, onde a dor do mundo não entrava, e era à Anã Clô que Vó Inácia recorria, pedindo que lesse os jornais em voz alta, escondido de todos, para ela ouvir:

– Diga, Clô, se os aviões continuam caindo, se ainda existem favelas no Rio de Janeiro, e se os operários ainda fazem greve.

A Anã Clô consumiu seis cadernetas de armazém, como a que trazia pendurada no pescoço por um barbante, com as anotações sobre as tentações e as artimanhas do Demônio. Recebia um salário de 300 dólares mensais pagos por Vô Furst e Vó Maria Micaéla para ser, como já contamos, espiã contra o Demônio junto à Vó Inácia, e quando os dois morreram na queda de um avião na Serra de Petrópolis, o testamento continha uma cláusula criando um fundo especial para pagar à Anã Clô os 300 dólares mensais para o resto da vida. Sem despesas, pois ganhava tudo de Vó Inácia, a Anã Clô teria ficado rica, ajuntando os dólares ao longo dos anos, se não os enviasse mensalmente para o sindicato dos estivadores gregos em Atenas.

2

— Querem mesmo saber por que eu fiquei cega? – perguntava Vó Inácia Micaéla às amigas da neta Catula, já morando em Belo Horizonte, onde aguardava com o rifle a tiracolo o ataque do Coronel Bim Bim e seus jagunços. – Eu desrespeitei as leis do Contestado...

Olhava para as amigas de Catula, como se pudesse enxergá-las, e acrescentava:

– A vocês, eu digo: o Contestado é quando tudo vai ficando ensimesmado; é quando, atrás de uma árvore, nas noites de lua, preferidas para as tocaias, um pistoleiro reza uma Ave-Maria, para que Deus o perdoe, e aponta o rifle para nosso coração; é quando homens e pássaros e os bois ficam esperando o pior, os pássaros voam ressabiados, com medo das balas perdidas, os bois berram no pasto e os homens cantam pra espantar o medo...

Parava de falar, tentando sentir os cheiros do Contestado, e continuava:

– O Contestado é quando ninguém olha nos olhos; lá, nem os amantes olham nos olhos, porque o olhar pode denunciar um segredo: um amor clandestino, um pecado, uma tocaia, então todos olham de banda, olham pro chão, desconfiados, e quem ousa desafiar a Lei do Contestado é punido. Juvêncio Dias foi metralhado quando jogava sinuca porque olhava nos olhos. A mim, coube a cegueira como punição, esta noite escura. Ah, o Contestado é quando a vida da gente não vale um tostão furado; é quando a proteção de Deus é pouca, carece ter nas mãos um rifle, um 38 na cintura, sem dispensar a serventia de uma Ave-Maria...

Quando Júlia Preta cantava "Azulão" com sua voz de mezzo-soprano na varanda do sobrado de 28 janelas em Cruz dos Homens, que era uma cidade dividida pela guerra política entre o PSD e a UDN, todos sabiam que alguém ia morrer no Contestado a mando do Coronel Bim Bim. Os bares e os bordéis fechavam mais cedo e só os cães e os gatos e, nas noites de lua cheia, o lobisomem e Juvêncio Dias, enquanto viveu, ousavam sair às ruas. A voz de Júlia Preta espalhava-se na noite:

"Vai azulão, azulão
companheiro
vai..."

Enquanto Júlia Preta cantava, o coronel rezava ajoelhado num canto da varanda do casarão de 28 janelas. Rezava pela alma de Juvêncio Dias, pois de todos os 83 homens que mandou matar em tocaias e emboscadas, a morte de Juvêncio Dias era a que mais doía no coronel. Doía como uma dor de dente na alma e o coronel rezava para que, no outro mundo, Juvêncio Dias o perdoasse por ter mandado três pistoleiros matá-lo quando jogava sinuca em Cruz dos Homens. O coronel tinha dois corações. Nasceu assim, um coração em cada lado do peito. Com o coração do lado esquerdo, que era de Deus, amava Vó Inácia Micaéla. Amou-a desde que a viu pela primeira vez e a tomou por uma atriz de um filme que assistiu em Vitória. Com o coração do lado direito, que era do Diabo, ele a odiava. Odiou-a também ao primeiro olhar. Tinha 40 jagunços armados de rifles, revólveres e escopetas e estava em guerra com o mundo, mas seu campo de batalha era seu próprio peito. Era lá que acontecia sua guerra – a guerra de seus dois corações. A radiografia que provava a existência de seus dois corações ficava pendurada na parede da sala de visitas do sobrado de 28 janelas, ao lado da imagem de São José Menino, e de tempos em tempos o coronel a renovava. Podia ser vista perto de um retrato, que o tempo amarelou, do Brigadeiro Eduardo Gomes, e de uma fotografia, também amarelada, do grande Heleno de Freitas, que as bocas dos estádios chamavam de Gilda e morreu louco no hospício em Barbacena, onde o coronel o visitava. No Contestado, abaixavam a voz e diziam que um coração, o coronel entregou a Deus. Já o outro coração, e neste ponto abaixavam mais ainda a voz, o coronel entregou ao Diabo. Os adversários iam mais longe:

– Não sobrou nenhum coração pra Deus.

Era pai de 48 filhos naturais e tudo nele assustava. A começar pela estatura. Olhava do alto de 1,83m de altura, mas nunca olhava nos olhos, a não ser nos olhos de Vó Inácia e Tio Johnnie Walker, de quem falaremos mais na frente. A fama de mau também assustava. Mandava matar na tocaia. Ele próprio matou três vezes. Corria a história de que tinha o corpo fechado e escapou de 27 tocaias, por ter vendido a alma ao Diabo, mas era muito religioso, andava com um terço no bolso e estava sempre rezando em intenção dos homens contra os quais encomendou emboscadas. O próprio nome do Coronel Bim Bim assustava e, antes de pronunciá-lo, sempre em voz de confessionário, de contar pecado, cuidavam de saber se não havia um espião do coronel ouvindo. No coronel, só não assustava a voz. Era uma voz fina, voz de moça, saía de sua boca, por entre os fios do bigode, também assustador, como por engano, como se pertencesse a outra pessoa, a alguém frágil, não ao homem cuja menção amedrontava o Contestado. Quando conheceu Vó Inácia Micaéla, o coronel mal sabia ler e escrever. Contratou então uma professora, a Júlia Preta, que ensinou a escrever suas mãos acostumadas a manejar um rifle e laço de boi. A letra era como a voz. Uma letra de moça, redonda, bordada. Mesmo quando não sabia ler, o coronel assinava os jornais de Belo Horizonte e do Rio de Janeiro, que chegavam a Cruz dos Homens com uma semana de atraso. Nos primeiros tempos, Júlia Preta lia os jornais em voz alta. Deitado na rede na varanda do sobrado de 28 janelas, o coronel ouvia e pedia para Júlia Preta repetir certos trechos. Aos poucos, com as lições diárias e sua paixão pela política e pelo futebol, o coronel conseguia ler os jornais. Com o passar do tempo, Júlia Preta ia ganhando poderes junto ao coronel. Não os poderes do sexo, nem os poderes do amor, mas um poder maior, mais duradouro. Era com Júlia Preta que o coronel abria o coração, bem entendido, o coração do lado esquerdo, o que amava Vó Inácia Micaéla. Já o coração do lado direito, que ele entregou a Satanás, tudo que era da vontade dele, Júlia Preta jamais sabia. Apenas suspeitava, quando cantava "Azulão" com sua voz de mezzo-soprano para anunciar que alguém ia morrer no Contestado. A cada dia, Júlia Preta amava mais o coronel. Era um amor que nada pedia em troca. Contentava-se em ficar ao lado do coronel, sentindo o cheiro de seu suor, e, de noite, em ouvir sua respiração, enquanto ele dormia no quarto ao lado e ela escutava os barulhos da insônia. Fumava as baganas dos cigarros de palha que o coronel deixava nos cinzeiros e mascava os caroços das azeitonas que ele abandonava num prato. Fazia coleção dos caroços de azeitona e mascá-los era o vício de seu pobre coração.

Quando estava alegre, o coronel chorava e a voz de moça afinava ainda mais. Tinha prazeres simples e era fácil alegrá-lo. Bastava elogiar o Brigadeiro Eduardo Gomes, um sobrevivente do Levante do Forte de Copacabana, um dos Dezoito do Forte, candidato pela UDN a Presidente da República duas vezes derrotado, e falar bem do grande Heleno de Freitas, mesmo depois que ficou louco e foi internado no hospício de Barbacena. Uma referência, de preferência velada, como quem não faz, a seus 48 filhos naturais também agradava ao coronel. Ele chorava nos três casos. Quando irritado ou triste, se o Botafogo perdia no Maracanã para o Flamengo, objeto de seu rancor esportivo, o coronel tinha o rosto tomado por comichões, manchas escarlates. Para irritá-lo, era simples. Bastava insinuar que o Brigadeiro Eduardo Gomes ficou mutilado e impotente ao ser ferido durante os combates do Levante do Forte de Copacabana e chamar o grande Heleno de Freitas de Gilda, apelido que ganhou dos adversários do Botafogo, por causa do filme estrelado por Rita Hayworth e por ser um homem muito bonito, com seu cabelo penteado com Glostora à moda de Rodolfo Valentino. E, acima de tudo, ousassem duvidar que o coronel era o pai dos 48 filhos naturais. O pior incômodo do coronel, se já não bastasse a voz fina, voz de moça, acontecia nos momentos de felicidade, pois uma mancha vermelha, em forma de bailarina, dançava em sua testa e ele enterrava o chapéu na cabeça para escondê-la.

Uma noite, durante as Folias de Reis, o pistoleiro Zé Bigode, de quem diziam que matou tantos homens quantos os fios do bigode, disparou cinco tiros de rifle numa tocaia contra o coronel, que foi dado como morto. Recebeu a extrema-unção de Padre Zé Lopão, contou os pecados e, fingindo que tinha mesmo ido para o outro mundo, foi colocado dentro de um caixão usando um terno azul de tropical inglês e uma gravata vermelha, e velado na sala do sobrado de 28 janelas, de onde ouvia os fogos e o povo cantando em festa no lado dominado pelo PSD, num carnaval que ganhou as ruas, liderado pelas 5 Irmãs, em meio aos sinos dobrando e o choro dos que o amavam, incluindo as mães de seus 48 filhos naturais e as carpideiras contratadas por Júlia Preta. Dentro do caixão, com a cabeça estourando de dor, pois era alérgico a flores, soube quem era amigo, quem era inimigo. Escutou os compadres, cujos filhos batizou, falando entre dentes, diante do caixão:

– Já morreu tarde, filho da puta!

Comoveu-se com as lágrimas de Júlia Preta e o sermão de corpo presente feito por Padre Zé Lopão, que exaltou as virtudes de seus dois corações, e teve ímpetos de aparteá-lo, quando Padre Zé Lopão o definiu como uma figura ilibada, um caráter impoluto e sem jaça. Lutou contra as lágrimas quando o irmão gêmeo, o Beato dos Santos Anjos, acompanhado de 12 virgens de vestes brancas e onças domesticadas, parou diante do caixão, levando ao desespero a vontade de espirrar do morto, por causa do perfume indiano vendido por Seu Jorge Mascate, e disse com uma voz com hálito de licor de pequi:

– Deus te acompanhe, irmãozinho!

Mas o momento de maior emoção aconteceu quando Vó Inácia Micaéla, tida como a mandante da emboscada, juntamente com as 5 Irmãs, aproximou-se do caixão e colocou um cravo vermelho na lapela do paletó do terno de tropical inglês que o coronel usava para ser enterrado, fazendo-o pensar no velório de Juvêncio Dias, que também parecia vivo dentro do caixão, pois sorria depois de morto. Juvêncio Dias era o melhor jogador de sinuca que alguma vez passou pelo Contestado, de maneira que o coronel levou uma bola 7 e colocou entre as flores no caixão e disse em seu falar caipira, É pra mode vosmicê jugá sinuca nos quinto dos inferno, Juvenço Dias. Vó Inácia debruçou sobre o caixão, fazendo o coronel sentir vontade de espirrar por causa do perfume L'Aimant du Coty que usava, e disse com uma voz tão baixa que só um morto poderia ouvir:

– Eu te amo!

O coronel quis gritar de alegria certo de que, para ouvir o que Vó Inácia Micaéla disse, valeria morrer. Ainda aguardou, fingindo de morto, que o levassem em cortejo fúnebre pelas ruas de Cruz dos Homens até ao cemitério, que ele mandou construir, onde enterravam os mortos da UDN. Como era seu último desejo, revelado na confissão que fez a Padre Zé Lopão, Júlia Preta devia cantar "Azulão", e, também como era de sua vontade, o caixão devia baixar à sepultura às 5 da tarde, quando o trem da Vitória-Minas passava apitando. Então, em meio aos vivas, ao choro das carpideiras e das mães de seus 48 filhos naturais e dos amigos leais, enquanto continuava nas ruas o carnaval liderado pelas 5 Irmãs e pelos inimigos do PSD, o coronel levantou-se do caixão. Houve gritos, desmaios e corre-corre.

– Cornos filhos da puta! – gritou o coronel, dirigindo-se com o 38 na mão aos que o xingaram de filho da puta pensando que estava morto, tendo na lapela o cravo vermelho dado por Vó Inácia Micaéla. – Cambada de cornos!

Encostou os que o xingaram no muro do cemitério e ordenou a seus jagunços que os fuzilassem, fazendo subir o número de seus mortos de 33 para 41. Quando soube que Dodô, Dadá, Dêdeu, Dazinha e a Dô, devidamente escoltadas, nas ordis di Deus, pelo pai, Compadre Nico do Degredo, com sua cartucheira, improvisaram o bloco carnavalesco Já Vai Tarde e seguiam dançando pelas ruas de Cruz dos Homens dominadas pelo PSD, teve certeza de que as 5 Irmãs eram as mandantes da tocaia. Nas ordis di Deus, Compadre Nico do Degredo escoltava as 5 filhas, com a cartucheira no ombro, e, como acreditava que o dia do coronel tinha chegado, ia sério, sem rir, cara de poucos amigos, mas cantava no bloco do "Eu Sozinho":

"Si a perpétua cherasse
seria a rainha das fulô
mas cumo a perpétua num chera
num é a rainha das fulô."

As 5 Irmãs o odiavam desde a tarde em que o coronel foi à fazenda do Degredo e tentou comprá-las pedindo em seu falar caipira que Compadre Nico botasse preço nas cinco que ele ia carregar água no balaio para elas, tratá-las a pão-de-ló no sobrado de 28 janelas em Cruz dos Homens. Compadre Nico do Degredo coçou a barba, aquela barba de três dias que ele usava, e ficou calado, olhando pro chão. Estava sentado no banco da varanda, com uma perna encolhida em cima do banco, à moda das garças, e sentado, Compadre Nico do Degredo ficou. Era um homem proibido de ser alegre. Deu a si mesmo, nas ordis di Deus, a penitência de nunca rir, nunca cantar. As filhas eram alegres. Desfilavam no carnaval pelas ruas de Cruz dos Homens fantasiadas de Chiquita Bacana no bloco Como o Diabo Gosta e, nas ordis di Deus, Compadre Nico do Degredo ia atrás, sério, sem rir, sem cantar, com a cartucheira no ombro, cara de poucos amigos, disposto a puxar o gatilho no primeiro sem-vergonha que abusasse da alegria das filhas. O coronel insistiu:

– Bota preço nas minina, Compadre Nico.

Compadre Nico do Degredo disse:

– Nas ordis di Deus, coroné, as minina num tá a venda não, coroné, agora, se o coroné quisé fazê uma oferta numas novilha girolanda, fazemo negócio, nas ordis di Deus, coroné.

Dodô, Dadá, Dêdeu, Dazinha e a Dô ouviam a conversa atrás da porta e invadiram a varanda da casa, cada uma apontando o rifle para o peito do Coronel Bim Bim. Nas ordis di Deus, Compadre Nico do Degredo continuou sentado no banco na varanda com a perna encolhida como uma garça, cuspiu longe, como era de seu feitio, e disse:

– Nas ordis di Deus, carece de matá não mininas, o dia do coroné ainda num chegô. No dia qui o dia do coroné chegá, nas ordis di Deus, ieu vô cantá. Já decorei a musga, coroné, é uma qui fala assim: "Si a perpétua cherasse, seria a rainha das fulô."

As 5 Irmãs eram morenas, cheias de sexo, um pouco anjos, um pouco demônios, e difícil era saber qual delas era a mais bonita, de tão belas e tão parecidas. Quem via Dodô, Dadá, Dêdeu, Dazinha e a Dô, sempre juntas, com ar de que acabavam de sair do banho, o cabelo molhado nunca penteado a pente, mas com a ponta dos dedos, acreditava que eram gêmeas quíntuplas. Mas não. Dodô e Dadá, as mais velhas, eram gêmeas, e Dêdeu e Dazinha também eram gêmeas, e a diferença de idade entre elas e a Dô, a caçula, era pouca, por isso, e algum mistério, as 5 Irmãs pareciam nascidas do mesmo parto da pobre e santa Dona Dá, tão bela como as filhas em seus anos jovens, a mesma cor morena, os mesmos cabelos negros. Diferentes, apenas os olhos, os de Dona Dá cor da noite chegando, os das 5 Irmãs, cor do dia nascendo, que nisso saíram ao pai, mas a simpatia, o feitiço eram uma herança materna de quando Dona Dá não sofria pelo que falavam das cinco filhas as línguas-de-trapo da UDN. Era voz corrente em Cruz dos Homens e em todo o Contestado, mesmo as 5 Irmãs comungando com Padre Zé Lopinho toda primeira sexta-feira do mês, que Dodô, Dadá, Dêdeu, Dazinha e a Dô, antes e depois da morte da mãe, a pobre e santa Dona Dá, dividiam irmãmente o pai, como amantes. As 5 Irmãs eram inseparáveis e Compadre Nico as seguia como uma sombra, por onde fossem, mesmo quando Dona Dá vivia, uma sombra de chapéu cor de burro fugido e ares de poucos amigos, com a cartucheira nas mãos, nas ordis di Deus. Mesmo quando as 5 Irmãs iam confessar com Padre Zé Lopinho, tomando a tarde das quintas-feiras, para comungarem na primeira sexta-feira do mês, lá estava, nas ordis di Deus, Compadre Nico do Degredo com a cartucheira nas mãos. Na cronometragem feita pelas línguas-de-trapo da UDN de Cruz dos Homens, pois as 5 Irmãs eram consideradas inimigas, pertenciam ao PSD e eram da copa e da cozinha de Vó Inácia, de quem eram afilhadas, Dodô, Dadá, Dêdeu, Dazinha e a Dô consumiam, cada qual, uma hora e 25 minutos contando os pecados, superando em 20 minutos Padre Zé Lopão sobre quem daqui a pouco falaremos. A pobre e santa Dona Dá confessava toda primeira sexta-feira, e um minuto e 25 segundos bastavam, nem recebia penitência de Padre Zé Lopinho. Na Boca do Lobo, onde iam nos fins de tarde as línguas-de-trapo da UDN, falavam que Dodô, Dadá, Dêdeu, Dazinha e a Dô estavam irremediavelmente endividadas com as almas penadas para as quais deviam rezar e acender velas nas penitências dadas por Padre Zé Lopinho, que as 5 Irmãs nunca pagavam, deixavam para amanhã, sempre para amanhã. A acreditar no diz-que-diz na Boca do Lobo, as 5 Irmãs estavam matando a mãe, a pobre e santa Dona Dá, matando, não de desgosto, mas pondo veneno em pó, feito com as asas das borboletas verdes, no frango com quiabo que Dona Dá não dispensava aos sábados, um dos poucos prazeres da pobre depois que perdeu o feitiço dos anos jovens. Era veneno bem dosado, Dona Dá ia morrendo aos poucos, ganhando uma cor esverdeada e definhando. Os diz-que-diz da UDN envolvendo as 5 Irmãs assumiram tal vulto, que Vó Inácia Micaéla reuniu os correligionários do PSD, a cambada da UDN caluniava as 5 Irmãs, ponho a mão no fogo por minhas afilhadas, e o PSD divulgou uma nota de protesto. No outro dia, fez muito sucesso uma caricatura pendurada no poste de rua na Boca do Lobo, em que Vó Inácia aparecia com as mãos pegando fogo. Padre Zé Lopinho engrossou os protestos do PSD num sermão em que citou o Padre Antônio Vieira, mas Padre Zé Lopão revidou, sem nenhuma sutileza, dizendo no púlpito:

– Onde tem fumaça, tem fogo!

A mais dramática defesa das 5 Irmãs foi feita pela mãe. Já sem forças para acompanhar a procissão em honra do padroeiro de Cruz dos Homens, São José Menino, Dona Dá postou-se na varanda do sobrado onde moravam, um fantasma magro e de pele verde. Estava vestida de negro, com um véu negro e um terço nas mãos. Com os belos pés descalços, em honra do padroeiro, véu branco escondendo o rosto, Dodô, Dadá, Dêdeu, Dazinha e a Dô acompanhavam a procissão, muito piedosas, até onde a beleza das cinco combinava com a piedade, cantando Avé, avé, avé Maria, seguidas de perto pelo pai, Compadre Nico do Degredo, com a cartucheira nas mãos, nas ordis di Deus. Quando a procissão começou a passar diante da varanda do sobrado onde morava, Dona Dá começou a dizer, Quem viver verá, minhas filhas não são o Demônio que pintam, Dodô, Dadá, Dêdeu, Dazinha e a Dô comem o frango com quiabo aos sábados que eu como, comem antes de mim, diante de meus olhos, é tudo calúnia das línguas-de-trapo da UDN. Falou tanto, que quando a procissão acabou, e Vô Old Parr e Vó Inácia foram visitá-la para levar a solidariedade do PSD e de compadres e amigos contra as línguas-de-trapo da UDN, encontraram a pobre e santa Dona Dá afônica, tinha gastado a voz, já de si rouca, em defesa das filhas. A UDN não desistiu. Colocou na Boca do Lobo, em cima de uma pequena mesa, um livro onde todos podiam exercitar a imaginação escrevendo no anonimato sobre os pecados que as 5 Irmãs contavam a Padre Zé Lopinho nas confissões da primeira quinta-feira do mês. Surgiu tanta coisa cabeluda que Compadre Nico do Degredo entendeu que, nas ordis di Deus, era hora de reagir e invadiu a Boca do Lobo, com a cartucheira nas mãos. Mas não foi sozinho. Era acompanhado por Tio White Horse, filho de Vó Inácia e Vô Old Parr, o único homem que deixava aproximar-se das 5 Irmãs, e pelos pistoleiros Vagalume e Sem Dó, colocados à sua disposição por Vó Inácia. Atacaram de surpresa a Boca do Lobo e confiscaram o livro dos pecados, dando tiros para o ar, Compadre Nico do Degredo disparando sua cartucheira e Tio White Horse e os pistoleiros Vagalume e Sem Dó disparando seus rifles. Tio White Horse ameaçou:

– Agora é olho por olho, dente por dente, se a UDN insistir em caluniar as 5 Irmãs, o PSD vai revidar com um livro dedicado a Dona Quiméria. A UDN não perde por esperar.

Dona Quiméria era a digníssima e excelentíssima esposa do presidente da UDN de Cruz dos Homens que passava duas horas ajoelhada diante do confessionário, soprando no ouvido de Padre Zé Lopão em tom de confissão sabe lá Deus ou o Diabo o que podia ser. O que impressionou a todos, depois que o caso do livro dos pecados perdeu o interesse, foi a última fala de Dona Dá, na varanda do sobrado, enquanto a procissão passava:

– Quem viver, verá: Dodô, Dadá, Dêdeu, Dazinha e a Dô têm um amor impossível, que não dá pra repartir entre as cinco!

Depois do que disse, Dona Dá nada mais falou. Em sinal de protesto contra as línguas-de-trapo da UDN de Cruz dos Homens, nunca mais falou, nunca mais ninguém ouviu a voz rouca que as filhas herdaram, nem ajoelhada diante do confessionário, pois levava os pecados escritos num pedaço de papel, que Padre Zé Lopinho lia e rasgava em pedacinhos, dizendo:

– Dona Dá, isso não é pecado!

Depois que deixou o caixão onde fingia de morto, o coronel teve medo de que Tio White Horse, a quem chamava de Navio Negreiro, porque gostava das negras, estivesse metido na emboscada para matá-lo, pois isso implicava Vó Inácia na tocaia. Ameaçava:

– Aquele Navio Negreiro mi paga!

Os Drummond sempre tiveram um fraco pelas mulheres negras. Em vez de fazer cenas de ciúme com Vô Old Parr, Vó Inácia Micaéla encomendou a Seu Jorge Mascate três dúzias de uma calcinha de lona com um fecho ecler, quase um cinto de castidade, que as empregadas negras da fazenda usavam, de maneira que tivessem tempo de gritar por socorro quando Vô Old Parr as agarrava. Mais tarde, quando Tio Dimple, Tio Johnnie Walker, Tio White Horse e Tio Red Label cresceram, o cinto de castidade das mulheres negras continuava em vigor, com maiores razões, na fazenda de Vó Inácia. Principalmente por causa de White Horse, que gostava das mulheres negras desde menino, quando foi iniciado sexualmente pelas empregadas domésticas de Vó Inácia e a irmã gêmea, Tia Viridiana, o surpreendeu amando uma negra. Ia aos batuques dos negros na fazenda e o suor das mulheres negras era seu perfume. Fracassava sexualmente com as mulheres brancas até ver as 5 Irmãs nuas numa cachoeira depois de viver um amor infeliz por Prima Dodora, moça do Rio de Janeiro, sobrinha de Vó Inácia. Dodora o amava com um amor de prima e Tio White Horse a amava sobre todas as coisas que amava, os cavalos, as árvores, os pássaros, o Rio Doce, a época em que os cafezais floriam, as formigas e os peixes e a amava até mesmo acima de seu amor pelo pai, a mãe, os irmãos, as irmãs e os amigos, muitos dos quais não conhecia pessoalmente, eram Drummond espalhados pelo mundo, e com os quais correspondia-se em inglês, que aprendeu com a Anã Clô. Antes de pedir a mão de Prima Dodora, que tinha a pele queimada pelo sol de Copacabana e os olhos cor de musgo como as mulheres da família Drummond, Tio White Horse fez um teste sexual com ela em Cruz dos Homens. Fracassou lastimavelmente e nunca se perdoou por isso. Levou Prima Dodora ao cais do porto de Vitória, onde ela tomou um navio de volta ao Rio de Janeiro e quando o navio apitou e Prima Dodora ficou acenando do convés, Tio White Horse entendeu que ia ser infeliz para o resto da vida. Uma vez, a saudade de Prima Dodora doeu como faca furando a alma. Dodora tinha escrito uma carta comunicando que fora pedida em casamento por um Drummond, também primo em primeiro grau, mas aguardava uma resposta dele, Tio White Horse. Estava disposta a se casar com ele, mesmo que tivesse que permanecer virgem para todo o sempre, pois a ela, Dodora, bastava sentir o cheiro dele, que ficou associado à alegria, para ser feliz. Tio White Horse escreveu uma carta liberando-a para casar com o primo. No dia do casamento, vagou pelas matas da fazenda, tentando esquecer que Prima Dodora ia entrar na Igreja da Candelária, pelas mãos de Tio Dufles, para se casar com um Drummond que não era ele. Uivava como um lobo, que era uma maneira de derrotar as dores do mundo e não pensar em Prima Dodora. Ouviu então vozes de mulheres imitando o uivo dos lobos. Eram umas vozes roucas e vinham de uma cachoeira e seguiram uivando, de maneira que Tio White Horse, escondido atrás de uma árvore, viu as 5 Irmãs nuas tomando banho na cachoeira. Ficou olhando Dodô, Dadá, Dêdeu, Dazinha e a Dô nuas e desde então esqueceu de vez Prima Dodora e só pensava nos corpos morenos e nus das 5 Irmãs. Tio White Horse amava as 5 Irmãs por igual e quando tiveram a idéia do pelotão suicida, durante o cerco do Coronel Bim Bim à fazenda de Vó Inácia, fez tudo para mudarem de idéia, Pelo amor de Deus ou de Satanás, sei lá, ou de quem vocês amam, não façam isso, pediu. Quando as via saindo do banho, durante o cerco do coronel, penteando o cabelo molhado com os dedos, Tio White Horse pensava, Caralho, com elas eu seria o homem mais feliz da face da terra. No dia do casamento de Prima Dodora, Compadre Nico do Degredo o surpreendeu olhando as filhas nuas debaixo da cachoeira e apontou a cartucheira para o peito de Tio White Horse e disse, em voz baixa, que não era homem de gritar:

– Nas ordis di Deus, Uaite Rorse, vosmicê vai dizê qualé o último desejo de vosmicê.

Compadre Nico do Degredo ia puxar o gatilho da cartucheira, mas as 5 Irmãs, nuas e com o corpo molhado, cercaram o pai, cheias de dengos e abraços, e pediram em coro:

– Mata ele não, pai, olhar não é pecado!

Ainda ouvindo as músicas de carnaval cantadas pelas 5 Irmãs e o povo do PSD em festa nas ruas de Cruz dos Homens, acreditando que ele tinha mesmo morrido, o coronel deu a si mesmo a tarefa de interrogar o pistoleiro Zé Bigode que seus jagunços prenderam após a emboscada. Levou-o com as mãos algemadas para um quarto nos fundos do sobrado de 28 janelas, mandou que sentasse numa cadeira e, a sós com ele, tirou um pequeno alicate do bolso e, ainda de terno e gravata, com o cravo vermelho dado por Vó Inácia Micaéla na lapela, foi arrancando fio por fio o imenso bigode de Zé Bigode, enquanto o interrogava. A cada fio que o coronel arrancava Zé Bigode dava o nome de quem matou, num total de mortos em todo o Contestado, que o coronel perdeu a conta, incluindo um padre, uma freira e duas mulheres. Quando já não havia mais fio algum no bigode, o coronel gritou:

– Quem encomendô u sirviço, corno?

– Posso falá não, coroné.

– Foi Sinhá Inácia Micaéla, corno?

– Deus me livre e guarde, coroné. Foi ela não, coroné.

– Jura, corno?

– Juro, coroné.

– Intonce foi as 5 Irmã, corno?

– Ixconjuro, coroné, elas é o Coisa Ruim de saia.

– Foi Compadre Nico do Degredo, pai das 5 Irmã, corno?

– Num foi não, coroné.

– Abre o livro, corno, ou vai pros quinto dos inferno jugá sinuca cum Juvenço Dias. Si vosmicê abri o livro, corno, deixo vosmicê vivê.

– E vosmicê liberta ieu, coroné?

– Liberto, corno!

– São e salvo, coroné?

– São e salvo, corno.

– Palavra do coroné?

– Palavra do Coronel Bim Bim é lei no Contestado, abaixo de Deus. Quem encomendô minha morte, corno?

– Foi a menina.

– Que menina?

– A sem braço, coroné.

– A Gioconda, a Três Maldita sem braço?

– Ela mesmo, coroné, a Três Maldita sem braço.

– A bruxa Catula Três Maldita num tá metida na tocaia não, corno?

– Tá não, coroné.

– Jura, corno?

– Pur tudo quanto é sagrado, coroné, eu num trabaio pra Satanás. Exconjuro a bruxa Catula, coroné.

Para surpresa de Júlia Preta e dos jagunços, o coronel libertou Zé Bigode depois de interrogá-lo e passou a noite cheirando o cravo vermelho que ganhou de Vó Inácia, com a cabeça estourando de dor, sem conversar com ninguém. Durante toda noite assoviou, pois, feliz, o coronel sempre assoviava e Cruz dos Homens podia dormir em paz. Nessa época, Cruz dos Homens, como foi dito, era uma cidade dividida em duas, por causa da guerra política entre o PSD e a UDN. Cada lado da cidade, nas margens do Rio Doce, seguia uma facção. O lado direito, de onde o vento soprava, era dominado pelo PSD e seguia o comando da Vó Inácia Micaéla. Já o lado esquerdo, onde a lua nascia, obedecia à UDN, vale dizer, obedecia ao Coronel Bim Bim. Havia em Cruz dos Homens uma farmácia da UDN, outra do PSD, um médico do PSD, outro da UDN, um cinema da UDN, outro do PSD, um ginásio da UDN, outro do PSD, e duas bandas de música, a Euterpe 13 de Maio, da UDN, e a Euterpe 1º de Maio, do PSD, e dois campos e dois times de futebol, o Flamengo e o Botafogo, cujos jogos nunca terminavam, porque a UDN e o PSD chamavam o juiz de ladrão, e seus adeptos invadiam o campo armados de revólveres e impediam a cobrança de um pênalti, ainda que legítimo. Havia ainda dois cemitérios e duas zonas boêmias, a do PSD e a da UDN, ambas nas margens do Rio Doce, escondidas em becos, e dois bordéis. A Lanterna Vermelha, da Henriquetinha, cujo *slogan* era "Sempre oferecendo mais prazer", atendia ao PSD. A Lanterna Azul, da Suzaninha, cujo *slogan* era "Sob a bênção de São Jorge Guerreiro", servia os adeptos da UDN. As duas eram irmãs e quando sentiam saudade, comunicavam-se, das janelas de seus bordéis, que davam para as margens do Rio Doce, acendendo e apagando uma lanterna. Escreviam na noite de Cruz dos Homens mensagens em Morse que apenas elas e os telegrafistas entendiam. A Igreja Católica, assim como os centros espíritas e os terreiros de Umbanda, também estava dividida. Havia duas igrejas, uma de cada lado, e disputavam as honras de ser a matriz, ambas com vigários de nome Padre José Lopes. Padre Zé Lopão era alto, forte, cor de chocolate, sensual, amante de um bom vinho e da culinária árabe, e tinha uma cabeleira prateada como um galã da Pelmex. Padre Zé Lopinho era magrinho, miudinho, sofria do fígado e era dado a jejuns e abstinências. Padre Zé Lopão cuidava da igreja da UDN e Padre Zé Lopinho da igreja do PSD, ambas com o nome do padroeiro de Cruz dos Homens, São José Menino. Havia duas procissões em honra do padroeiro, uma para os adeptos do PSD e seus aliados, outra, para os adeptos da UDN, e iam religiosamente até à metade da ponte sobre o Rio Doce, onde uma linha imaginária, respeitada tanto por Padre Zé Lopão como por Padre Zé Lopinho, aconselhava a parar. Antes de ficar cega, Vó Inácia Micaéla comandava a procissão do PSD. A procissão da UDN era comandada pelo Coronel Bim Bim, tendo ao lado Júlia Preta. Uma vez por mês, Padre Zé Lopão, que se vangloriava de ser sósia do ator César Romero, de quem tinha uma fotografia no bolso da batina para mostrar aos incrédulos, atravessava de bicicleta a ponte de madeira e ia até o lado do PSD contar seus pecados a Padre Zé Lopinho. Pela cronometragem feita pelo PSD, consumia uma hora e 15 minutos, ajoelhado diante do confessionário. Todo mês, Padre Zé Lopinho seguia o mesmo ritual. Atravessava de bicicleta a ponte sobre o Rio Doce para se confessar com Padre Zé Lopão e os adeptos da UDN nem cronometravam. Sua confissão durava um minuto e 20 segundos e era totalmente desinteressante para o diz-que-diz de Cruz dos Homens. Mais interessante, sim, eram as confissões das 5 Irmãs. Dodô, Dadá, Dêdeu, Dazinha e a Dô comungavam religiosamente toda primeira sexta-feira do mês e Padre Zé Lopinho avisava nos sermões que a tarde de quinta-feira estava reservada para as 5 Irmãs, como foi dito.

Escondida dentro do guarda-roupa, no quarto dos fundos do sobrado de 28 janelas, Júlia Preta ouviu todo o interrogatório que o coronel fez com o pistoleiro Zé Bigode. Júlia Preta sofria quando o coronel pedia que cantasse "Azulão", pois tinha medo que estivesse anunciando uma emboscada contra Gioconda, uma das Três Malditas. Nunca soube explicar a simpatia que sentia pelas Três Malditas, talvez, porque Júlia Preta se sentisse a Quarta Maldita, não que a Cigana Carmen tivesse olhado sua mão, mas por causa do amor não correspondido pelo coronel. Só ficou aliviada quando o coronel, tendo nas mãos o cravo vermelho dado por Vó Inácia, ficou tão emocionado que disse a Júlia Preta que de tudo que fez na vida, dos três homens que ele próprio matou, e de 80 cujas mortes encomendou, só carregava duas penas, a pena de ter encomendado a morte de Juvêncio Dias e a pena de ter disparado o rifle que custou um braço de Gioconda, uma das Três Malditas, motivo pelo qual, mesmo sabendo que tinha contratado o pistoleiro Zé Bigode para matá-lo na Noite de Reis, não ia mandar tocaiá-la.

3

O tempo passou tão depressa no Contestado que um dia Vó Inácia Micaéla descobriu que era mãe de sete filhos, entre os quais três casais de gêmeos, avó de dois netos, Catula e Buchanan's, e madrinha de 68 afilhados, o dobro do Coronel Bim Bim, cujos nomes e o dia do aniversário anotava numa agenda que ganhou de Seu Jorge Mascate, a começar pelas 5 Irmãs, Dodô, Dadá, Dêdeu, Dazinha e a Dô. Depois que ficou cega, Vó Inácia dizia ao rifle a tiracolo que se fosse viver novamente ia lutar contra a tirania do tempo, de tal forma que os acontecimentos felizes e os acontecimentos infelizes tivessem, pelo menos, a mesma duração.

– O tempo, irmão rifle, é o maior tirano que existe e nos impõe suas vontades. Hoje que eu sou uma cega, eu sei disso. Podemos pegar em armas contra os ditadores e derrubá-los, recorrendo à guerra de guerrilha, que é a arma dos pobres do mundo. Mas não podemos pegar em armas e iniciar uma guerrilha contra o tempo.

Fazia uma pausa e continuava:

– Não, irmão rifle, eu não ia querer banir as tristezas e as infelicidades, como minha filha Viridiana quer, não. Ia querer apenas dar uma chance à alegria.

Suspirava e dizia:

– O tempo não gosta de ver ninguém feliz, irmão rifle. Quando Tio Old Parr ficou louco pela primeira vez, a crise durou uma eternidade. E, no entanto, durou menos, muito menos que as noites da lua-de-mel, quando Tio Old Parr me ensinou como fazer amor, sentindo a febre do incesto. Hoje que eu sou uma cega, eu sei. No Contestado o tempo é um cavalo bravo. Passa a galope. Se eu soubesse o que eu sei hoje que sou uma cega, irmão rifle, eu segurava a rédea do tempo, falava com ele: êh, êh, corre mais devagar, tempo.

Vó Inácia Micaéla conversava com o rifle a tiracolo para não ficar louca. Descobriu que o dia do cego tinha 48 horas e se deixasse seu dia ia ter 72 horas, porque não nasceu cega. Se tivesse nascido cega, como o Cego Ditinho, que tocava flauta em Cruz dos Homens, ia aprender a enxergar pelos cheiros e os barulhos e o toque das mãos e acharia tudo natural como um pássaro voando. Se não encurtasse seu dia acabaria louca como o Cego Benedito, que tocava saxofone em Cruz dos Homens, e ficou cego aos 40 anos, e mesmo cego via Satanás transformado numa mulher nua e tocava os sucessos musicais dos filmes de Hollywood nas noites de lua cheia porque, em seu desvario, descobriu que o lobisomem do Contestado tinha um amor impossível e gostava das canções de amor. Ao pensar no Cego Benedito, Vó Inácia consolava-se dizendo ao rifle a tiracolo:

– Só os cegos, irmão rifle, podem sentir o cheiro de Deus.

Nas noites de insônia, depois que ficou cega, Vó Inácia dizia:

– Ah, rifle velho de guerra, como eu gostaria de sentir o perfume daqueles anos no Contestado.

Nem sempre Vó Inácia sentia o perfume do Contestado, mas sentia o cheiro de naftalina da manhã em que Vô Old Parr ficou louco pela primeira vez. Vô Old Parr tinha uma guerra particular. Era contra a loucura mais do que contra o Coronel Bim Bim. Tinha tanta certeza que ia ficar louco varrido, como acontecia aos Drummond, por ser filho, neto e bisneto de primos-irmãos, que encomendou uma camisa-de-força a um alfaiate em Vitória e guardou-a no fundo de um baú junto de bolas brancas de naftalina, para evitar a ação das baratas. Mandou construir na fazenda do Rancho Fundo, na parte de trás da casa-grande, uma cela com grades de ferro como uma cadeia e entregou a chave a Vó Inácia, que a trazia pendurada no pescoço como a imagem de um santo, para que o fechasse na cela quando recebesse a visita da loucura, já usando a camisa-de-força, e só o libertasse quando ficasse são. Teve o cuidado para que, da janela com grades, pudesse ver o Rio Doce passar e ver a Ursa Maior, pois estava certo que o correr dos rios e o brilho das estrelas curavam os loucos. Vô Old Parr pedia ao Menino Jesus de Praga que, se não pudesse evitar, pelo menos que retardasse a visita da loucura e que, de maneira alguma, o deixasse ser um louco do qual as crianças zombavam. Nunca se esquecia de que era 19 anos mais velho do que Vó Inácia Micaéla. Quando iam a Vitória e a Belo Horizonte, perguntavam a Vô Old Parr se Vó Inácia era sua filha. Respondia que era sobrinha, mas perdia o sono porque o passar do tempo, mesmo quando tinha cinco filhos, tornava Vó Inácia ainda mais bonita, como se a idade dela contasse de diante para trás. O Coronel Bim Bim, já então um homem poderoso, rico, temido e influente no Contestado, estava esperando, como uma cobra espera dez noites de lua o momento de dar o bote, que ele, Vô Old Parr, morresse, para tentar casar-se com Vó Inácia. Por causa dessa esperança o coronel permanecia solteiro. Mas Vô Old Parr não queria mal ao coronel por isso. Quando romperam a amizade e a voz de Júlia Preta cantando "Azulão" passou a inquietar o Clã dos Drummond, o que pesou mais foram as rivalidades e as ambições políticas, a guerra entre o PSD e a UDN e as suspeitas sobre quem era o lobisomem do Contestado, e não o ciúme do constante assédio do coronel a Vó Inácia Micaéla. Vô Old Parr viu surgir o tenentismo no Brasil. Seguiu o noticiário sobre a Coluna Prestes e quando correu o boato de que os rebeldes estavam a caminho do Contestado, com a barba grande e montados em cavalos, conversou a respeito com Vó Inácia.

– O que faremos, Sobrinha Inácia, se os barbudos da Coluna Prestes invadirem o Contestado?

– Tocarei a "Marselhesa" ao piano para Luiz Carlos Prestes e seus rebelados e mandarei servir do bom e do melhor para eles, Tio Old Parr – respondeu Vó Inácia.

– Você perdeu o juízo, Sobrinha Inácia! – espantou-se Vô Old Parr. – Ou está caçoando?

– Não, Tio Old Parr – e ele via que ela falava a sério. – Se vierem, serão tratados com todas as honras.

Durante a Revolução de 30, Vô Old Parr organizou, junto do Coronel Janjão Boca de Ouro, um grupo de voluntários que lutou ao lado das tropas de Minas e festejou a subida de Getúlio Vargas ao poder. Mas Vó Inácia Micaéla gostava mais de Getúlio do que Vô Old Parr gostava. Chegou 1937 e o Estado Novo. Era a ditadura Vargas e os dois acolheram na fazenda do Rancho Fundo os fugitivos políticos, não apenas os Drummond, vindos na maioria do Rio de Janeiro, mas outros perseguidos. No dia em que o Brasil declarou guerra a Hitler, Vô Old Parr abriu uma garrafa de Chianti para comemorar. Foi nessa época que uma onça- pintada começou a atacar bezerros no pasto da fazenda e a espalhar o medo. Tinha preferência pelos bezerros mais novos e Vô Old Parr, que era ainda quem dava as ordens, pois mais tarde Vó Inácia teve que assumir o comando da fazenda, mandou os vaqueiros recolherem os bezerros e levá-los para o curral. Queria atrair a onça-pintada. De noite ouviam, junto da canção dos grilos, dos sapos e dos pássaros noturnos e dos uivos dos lobos, o miado da onça-pintada. Ela aproximava-se cada vez mais da casa-grande da fazenda. Estava com tanta fome, já que os bezerros ficavam presos no curral, que devorou um menino. Os fazendeiros vizinhos e trabalhadores das fazendas, com medo de que a próxima vítima fosse um de seus filhos, decidiram matar a onça-pintada. Mas Vô Old Parr, que ainda não era o covarde em que se transformou, anunciou:

– Esta onça é minha. Eu é que vou acertar as contas com ela.

Vó Inácia gostava de recordar a cena depois que ficou cega. O pistoleiro Vagalume tirou o leite das vacas quando o dia nascia, e só ficaram no curral os bezerros mais novos. O que aquela manhã teve de diferente, fora a presença da neta Catula, que tudo mudava, eram os berros das vacas com saudade dos filhos e o cheiro da onça-pintada, que, de tão faminta, invadiu o curral. Então Vô Old Parr deixou a varanda da casa-grande e desceu para enfrentá-la. Na varanda, Vó Inácia segurava o rifle e Tio Johnnie Walker, que atirava melhor que Vô Old Parr, Tio White Horse e o pistoleiro Vagalume e o Sem Dó, quase um menino, também estavam armados com revólveres e rifles.

– Volta, Vô Old Parr! – gritou a neta Catula, então uma adolescente, quando viu Vô Old Parr ir ao encontro da onça-pintada como mais tarde iria gritar, já moça, durante o cerco do Coronel Bim Bim. – Volta, Vô!

Indiferente ao apelo da neta Catula, Vô Old Parr seguiu andando pelo curral e ficou tão perto da onça-pintada que sentiu seu bafo. Sacou o 38 mas a onça pulou sobre Vô Old Parr e o derrubou e, na queda, o 38 caiu longe. Então Vô Old Parr abraçou a onça-pintada. Abraçou como um amante abraça e a esfaqueava com um punhal com a fúria dos amantes traídos. Vô Old Parr gritava e a onça-pintada miava e o mordia. Todos que estavam armados, à exceção de Vó Inácia Micaéla, que continuou na varanda com o rifle na mão, tentavam ajudar Vô Old Parr.

– Ninguém atira! – gritou Tio Johnnie Walker, com medo de uma bala atingir Vô Old Parr, e não a onça.

Vô Old Parr e a onça-pintada rolavam abraçados no chão sujo de bosta de boi do curral. Ele gritava, a onça miava. Por fim, a onça-pintada parou de miar e soltou um longo suspiro. Estava morta. Vô Old Parr levantou-se debaixo de aplausos e em meio aos tiros dos rifles disparados para o ar. Tinha a roupa rasgada e sangrava no rosto e nos braços. Com o punhal sujo de sangue na mão, caminhou pelo curral, onde todos o aplaudiam, e parou diante da varanda, onde Vó Inácia estava. Então, imitando o gesto dos toureiros nas Plazas de Toros de Espanha, fez um movimento com o punhal, como se fosse o gorro de um toureiro, e repetia a vênia que os toureiros fazem e ofereceu a onça-pintada a Vó Inácia Micaéla. Ninguém podia imaginar que iria se transformar num covarde e ter medo até das galinhas que ciscavam a terra.

Quando Vô Old Parr ficou louco pela primeira vez, Vó Inácia Micaéla tirou a camisa-de-força do fundo de um baú e sentiu o cheiro de naftalina, de que iria se recordar, quando ficou cega. Vô Old Parr lutou com o filho Johnnie Walker, na época um rapaz de 17 anos, e o esmurrou de tal forma que o deixou com o nariz sangrando.

– Eu te odeio! – gritava Vô Old Parr.

– Eu amo o senhor, papai – respondia Tio Johnnie Walker, protegendo-se para não apanhar muito.

O pistoleiro Vagalume era mais forte que Tio Johnnie Walker e, ajudado pelo pistoleiro Sem Dó, abraçou Vô Old Parr e conseguiu contê-lo. Então Vó Inácia vestiu a camisa-de-força em Vô Old Parr e o levou, ajudada por Tio Johnnie Walker, para a cela que ele próprio mandou construir. Vô Old Parr cuspia e xingava indiferente à Estrela Sirius que via pela janela de grades da cela. Gritava durante a noite:

– Tia Anunciata, Tia Anunciata! Eu quero ver seu corpo nu, Tia Anunciata!

O Coronel Janjão Boca de Ouro deixou todos os afazeres e, com a Bíblia nas mãos, da qual não se afastava, pois dormia com ela debaixo do travesseiro, acampou na porta da cela onde Vô Old Parr estava recolhido e falava em Demônios com asas de morcegos, que vinham buscá-lo. Abria a Bíblia, à luz de uma lamparina, e lia os Salmos. Lia conversando com Vô Old Parr, a quem chamava de Mano Velho, como foi dito. Feliz aquele, Mano Velho, cuja ofensa é absolvida, cujo pecado é coberto, ia lendo, gritem de alegria, todos de coração puro. Sempre sem reconhecer a loucura de Vô Old Parr, pegava um pão, mostrava o pão a Vô Old Parr, dizia, repita comigo, Mano velho: O pão é a saúde, o pão é a verdade, a verdade é a realidade, Mano Velho, a realidade é a saúde, Mano Velho. Molhava o pão no vinho, dizia, Repita comigo, Mano Velho, o pão e o vinho são a verdade e a verdade é a saúde, insistiu até que uma manhã Vô Old Parr comeu o pão e bebeu o vinho e Vó Inácia Micaéla abriu a cela e libertou-o da camisa-de-força. Fazia pensar numa árvore depois de uma tempestade. Tia Viridiana era uma menina de 11 anos quando passou a cuidar de Vô Old Parr nos surtos de loucura, que aconteciam aos primeiros sinais de inverno, logo que as andorinhas deixavam o Contestado e voavam em bandos em busca do verão em outros países. A loucura de Vô Old Parr chegava mansa. Ele se punha a conversar com as andorinhas num dialeto que elas conheciam e fazia encomendas da Itália. Era a hora de Tia Viridiana começar a agir.

Tia Viridiana nunca esqueceu a noite em que viu o irmão gêmeo White Horse nu na cama com uma negra na fazenda de Vó Inácia. Tinha 13 anos e decidiu dedicar seus melhores dias a lutar contra as tentações entre os Drummond. Entendeu que não bastava rezar, era preciso esconder a própria beleza, e deu a si mesma a penitência de engordar, como se fosse culpada pelos pecados do irmão gêmeo, de maneira que perdeu a guerra pelos namorados com as irmãs, Tia Rose e Tia Dolores, conhecida como Tia Dô. Os meninos e, mais tarde, os homens mostravam interesse em Tia Viridiana como um álibi para chegarem a Tia Rose e a Tia Dô, tão embriagadas com a própria beleza que eram chamadas de mascaradas. Tia Viridiana aceitou a derrota sem nenhuma espécie de queixa, rezando para Santa Rita de Cássia e prometendo:

– Hei de ser o porto seguro dos Drummond.

Tornou-se, então, necessária. Era com Tia Viridiana que todos abriam o coração. Sempre foi a melhor aluna, tirava apenas nota 10, desde o grupo escolar em Cruz dos Homens e mais tarde no Colégio Sacre Coeur de Marie, em Belo Horizonte, onde estudava interna junto de Tia Rose e de Tia Dô. As próprias freiras faziam confidências a Tia Viridiana. Quando Vô Old Parr ficava louco, Tia Viridiana o acalmava com um simples toque de mão e desde então as loucas do Contestado eram levadas a Tia Viridiana, que sabia curá-las. Era também procurada como conselheira sentimental, uma Cupido de saia, e foi madrinha de 38 casamentos no Contestado. Nas noites quentes de Cruz dos Homens, escutando Júlia Preta cantar "Azulão", Tia Viridiana abraçava o travesseiro que sempre a acompanhou e perguntava:

– E eu, Viridiana Micaéla, quando vou amar um homem?

Quando suspeitou que o primo João Manuel a amava mesmo sendo uma beata, Tia Viridiana tomou um chá feito com as asas das borboletas, baniu de sua vida as musses de chocolate e os vestidos brancos de Filha de Maria, emagreceu 27 quilos e viveu seu tempo de maior beleza. Ficou tão bonita que deixava Tia Rose enciumada. Tia Rose ficou noiva três vezes, deixou um noivo esperando-a no altar e nunca apareceu, foi freira carmelita para tentar esconder o rosto que, de tão belo, julgava ser o responsável por seus infortúnios, fez voto de pobreza e, depois de deixar o Convento das Carmelitas, acompanhava procissão descalça, e foi descobrir, numa noite em Cruz dos Homens, quando Júlia Preta cantava "Azulão", que o único homem capaz de fazê-la feliz, sabia Deus, era de todo impossível, a menos que ela quisesse cair na maldição do incesto como Tia Anunciata, pois era seu irmão gêmeo, Tio Johnnie Walker. Mais de uma vez, durante as noites em que Júlia Preta cantava "Azulão", Tia Rose esteve para confessar seu amor a Tio Johnnie Walker. Imaginava uma conversa a sós, tecia os diálogos sentindo a febre do incesto e perguntava a si mesma:

– Será que Tia Anunciata amou um irmão gêmeo como eu amo Johnnie Walker?

Sem coragem para confessar seu amor a Tio Johnnie Walker, Tia Rose contou seu segredo a Tia Viridiana, que a ouviu calada e depois disse que se Tia Rose amava tanto o irmão gêmeo Johnnie Walker, não deveria dizer nada a ele, pois o mataria de desgosto. Nessa época, Tio João Manuel amava Tia Viridiana e Tia Viridiana também o amava. Mas, para afastar a irmã da tentação do incesto, Tia Viridiana agiu de tal maneira que, em pouco tempo, Tia Rose e Tio João Manuel estavam casados. O que não impediu que, mais tarde, pouco antes de morrer tuberculoso, Tio João Manuel e Tia Viridiana vivessem um amor tão clandestino como um homem escondido no porão de um navio. Por esse tempo, Tia Viridiana retomava uma idéia fixa dos 13 anos, quando viu o irmão gêmeo White Horse nu na cama com uma negra de seios empinados. Tratou de se preparar para um entrevero com o Diabo, sem saber que forma Satanás ia assumir. Aprendeu a exorcizar e, uma vez, teve um encontro com Padre Pierre Banderaux, cuja fama de exorcista e de inimigo nº 1 do Diabo tinha atravessado as fronteiras do Brasil. Padre Pierre Banderaux deu uma lista de 137 situações em que Satanás pode nos tentar e revelou que, para Tia Anunciata, cuja história conhecia, Satanás apareceu em todas as 137 situações, tentando-a a um ponto que ela capitulou. Tio João Manuel tentava Tia Viridiana como um anjo, mas podia ser Satanás disfarçado. Se fosse dado aos travesseiros falar, bisbilhotar como uma comadre, o travesseiro de Tia Viridiana poderia nos dar uma pista a respeito. Haveria de recordar a noite em que Tia Viridiana perdeu o sono em Belo Horizonte e o abraçava no escuro do quarto. Diria que, às 3 horas da madrugada, na casa da Rua Pernambuco, em Belo Horizonte, muitos anos atrás, Tia Viridiana deixou a cama e acendeu a lâmpada do quarto. Um trem apitou ao longe. Alguém cantava na noite. Então, usando a camisola de dormir que deixava ver toda a sua beleza, Tia Viridiana sentou-se diante da escrivaninha e, com a caneta Parker 51 que ganhou de Vô Old Parr, escreveu uma carta a Tio João Manuel:

"Amor de minha vida:

Sei que estás partindo. Minha vontade é partir ao lado

teu. Mas quero que saibas: te amar e saber que tu me amas é a dádiva maior que Deus poderia dar a meu pobre coração.

Eu seguirei vivendo e tu viverás comigo. Em cada minuto que viver, hei de estar agradecendo a Deus por te amar e por ti ser amada. Enquanto eu viver, tu viverás e eu sentirei tua boca em minha boca, teu corpo nu em meu corpo nu e tuas mãos hão de percorrer meu corpo nu e as estrelas e os pássaros saberão de nós.

Leva-me contigo na lembrança.

Da tua,

Viridiana."

O travesseiro de Tia Viridiana diria que, após escrever a carta, ela a leu em voz alta. Deixou-a então em cima da escrivaninha, parou diante do espelho da penteadeira perto do guarda-roupa e passou o batom vermelho na boca. O travesseiro nos contará que Tia Viridiana voltou à escrivaninha, pegou a carta e beijou-a, deixando a marca de sua boca com batom vermelho ao lado do nome. Colocou a carta num envelope, fechou-o passando a língua, e escreveu no envelope com a Parker 51: "Ao amor de minha vida", e tentou inutilmente dormir. Não, ao contrário do que sugere a carta de adeus de Tia Viridiana, nunca Tio João Manuel beijou sua boca com tal ardor. Nunca viu seu corpo nu. Nunca percorreu com as mãos o corpo nu de Tia Viridiana. Quando os galos da Rua Pernambuco cantaram, Tia Viridiana escovou os dentes, lavou o rosto com sabonete, penteou o cabelo, maquiou-se diante do espelho e pôs um vestido florido, e no momento em que ouviu o toc-toc no asfalto do cavalo da charrete de entregar pão, beijou o envelope com a carta e colocou-a dentro da bolsa e deixou o quarto, e o travesseiro a perdeu de vista e nada mais pode nos contar. No café da manhã na casa da Rua Pernambuco, Tio Red Label estranhou, ao vê-la, já pronta para sair.

– Vou ao sanatório, Red Label. Primo João Manuel não passa de hoje. Não quer ir comigo?

– Não – respondeu Tio Red Label.– Não gosto das despedidas, Viridiana. Abrace Primo João Manuel por mim.

A Rua Pernambuco recebeu Tia Viridiana com uma manhã de sol. Colegiais usavam uniformes de gala para o desfile do Dia da Pátria. Uma banda militar tocava "O Hino da República" e um coral infantil cantava:

"Seja o nosso país triunfante
livre terra de livres irmãos.
Liberdade, liberdade,
abre as asas sobre nós."

Ah, Viridiana, a liberdade nunca abriu as asas sobre você, porque você sempre foi a carcereira de si mesma e só mais tarde, durante o cerco do Coronel Bim Bim à fazenda do Rancho Fundo, soube da verdade, em meio aos tiros dos rifles, quando as 5 Irmãs cantavam. Ouvindo o refrão "Liberdade, liberdade, abre as asas sobre nós", você entrou no Oldsmobile cheirando a novo que pertencia a Vó Inácia e tocou para o Sanatório Hugo Werneck, em Santa Luzia, onde Tio João Manuel vivia seus últimos momentos. Ligou o rádio do Oldsmobile e ficou ouvindo dobrados militares. Tia Viridiana podia entrar e sair à vontade no Sanatório Hugo Werneck e encontrou Tio João Manuel sozinho no apartamento. Viu sua pele muito branca, entregou-lhe o envelope e, antes que Tia Rose chegasse, deixou o quarto. Voltou a Belo Horizonte e, sem deixar o Oldsmobile, assistiu o desfile militar e, mais tarde, rodou sem rumo de carro pela cidade. À noite, voltou à casa da Rua Pernambuco e ficou sabendo pelo pranto da sobrinha Catula, então com nove anos, que Tio João Manuel tinha morrido. Tio Red Label jurou por Marx, Engels, Lenin e Stálin, suas devoções na época, que seria o fiel escudeiro da sobrinha e fez um pacto, assinado com o próprio sangue, com Tia Viridiana, para, somando forças, protegerem Catula.

4

Vó Inácia tinha pouco leite, de maneira que uma loba, conhecida como Lô, tal como a Loba de Roma fez com Rômulo e Rêmulo, amamentou seus quatro filhos homens, até que viveu uma paixão tão tempestuosa por um lobo selvagem, que deixou a fazenda. Vô Old Parr ainda era um homem valente, e não o covarde em que se transformou, e tentou evitar que Lô fosse embora e prendeu-a numa jaula, mas o lobo selvagem, tomado de ciúmes, libertou-a numa noite de lua cheia, e atacou Tio Dimple, Tio White Horse, Tio Red Label e feriu Tio Johnnie Walker na mão esquerda. Tio Johnnie Walker já sabia manejar o rifle e podia matá-lo, mas o deixou ir embora com Lô.

– Por que você não matou o lobo, meu filho? – perguntou Vô Old Parr.

– Porque Lô o ama, papai, e eu gosto de Lô como se ela fosse gente, e não quero vê-la sofrer – respondeu Tio Johnnie Walker.

Nas noites de lua cheia era possível ouvir os uivos de Lô perto da casa-grande da fazenda do Rancho Fundo, mas nunca mais ela subiu as escadas da varanda, como antes. Quando Vó Inácia Micaéla apurou o olfato de cega de maneira que podia sentir o cheiro de açúcar do hálito dos colibris que Tio Dimple criava e o cheiro de terra das formigas, sabia que o filho Johnnie Walker estava por perto, por causa de seu cheiro de lobo, que ficava mais forte a partir da lua crescente. Tio Johnnie Walker ficou podre de rico exportando esmeraldas e águas-marinhas, tinha 28 namoradas espalhadas pelo mundo, mas não sabia se o amavam ou a seu dinheiro, e possuía boas razões para acreditar que era o lobisomem que tirava o sono de Cruz dos Homens e atirava um cravo vermelho na janela de sua sobrinha Catula. Uma noite, Catula recebeu o lobisomem a bala, disparando o rifle quando o viu, levando o lobisomem a acreditar que o cheiro de pólvora era seu perfume. O lobisomem bebeu duas garrafas de conhaque e saiu pelas ruas de Cruz dos Homens cantando uma canção numa língua estranha, não sabida, que Padre Zé Lopão e Padre Zé Lopinho acreditavam que era aramaico misturado com grego e latim, e que deu em todos, não apenas nas 5 Irmãs, uma vontade de amar e de pecar tão grande que as filas diante dos confessionários, na manhã seguinte, atravessavam a ponte de madeira, que lembrava um trem de ferro andando sobre o Rio Doce, e iam parar no confessionário das duas igrejas, diante de Padre Zé Lopão e de Padre Zé Lopinho. Tio Johnnie Walker tinha olhos verdes como Vó Inácia, e era com os olhos verdes que acompanhava no céu as várias fases da lua, aguardando a chegada da lua cheia, a lua do lobisomem, sentindo-se irmão dos condenados que caminham para o muro de fuzilamento e ficam aguardando o comandante gritar "Pelotão, atirar" e dos que aguardam a cadeira elétrica nos corredores da morte. Lamentava nessas horas:

– Eu nunca beijei uma mulher numa noite de lua cheia.

Na véspera da lua cheia Tio Johnnie Walker tomava rumo incerto e não sabido, como dizia Tia Viridiana, e reaparecia na primeira lua minguante. Tio Johnnie Walker sofria de insônia crônica. Nunca dormia à noite. Ficou amigo das estrelas e dos barulhos da insônia, onde quer que estivesse. Quando dormia durante a tarde, acordava sentindo uma solidão tão grande e amando a todos, querendo ser bom como São Francisco, fazer o bem sem olhar a quem, sair abraçando homens e mulheres, que ia às lágrimas. Era uma solidão que Tio Johnnie Walker não sabia explicar porque vinha misturada com uma vontade de chorar e, ao mesmo tempo, de cantar e de rezar. Nessas ocasiões, amava as 28 namoradas espalhadas pelo mundo e quantas moças cruzassem seu caminho. Acreditava que fazendo o bem não virava lobisomem. Uma noite, distribuiu rosas vermelhas para as prostitutas das duas zonas boêmias, a do PSD e da UDN, em Cruz dos Homens. Certa tarde Tio Johnnie Walker dormiu depois do almoço no castelo de Vó Inácia em Belo Horizonte e acordou tão só e com tanta vontade de fazer o bem, que encheu uma valise com notas de dólares e atirou-as da sacada do 14º andar do edifício Acaiaca. Ficou lá no alto vendo os dólares voarem como os pássaros verdes do paraíso, para encanto e espanto dos que passavam na Avenida Afonso Pena. No outro dia, os jornais abriram manchetes dizendo que tinha chovido dólares em Belo Horizonte. Os Drummond tinham fama de pão-duro, de nunca abrirem as mãos, de maneira que, mesmo sendo podre de rico, a chuva de dólares provocada por Tio Johnnie Walker causou espanto no Clã de Vó Inácia. Tio Dimple tentava desanuviar as reações brincando:

– Na próxima chuva de dólares, Johnnie Walker, você me avisa que eu quero encher meus bolsos de dólares.

Vó Inácia Micaéla riu muito quando soube, pelo próprio Tio Johnnie Walker o que tinha acontecido, mas perguntou:

– Quantos dólares você atirou pela janela, meu filho?

– Dez mil, mamãe – respondeu Tio Johnnie Walker.

– Santo Deus – assustaram-se todos.

– E você se sentiu bem, meu filho? – quis saber Vó Inácia.

– Senti, mamãe – respondeu Tio Johnnie Walker.

– Então não se fala mais nisso, Johnnie Walker. O dinheiro é seu e você tem muito.

Apenas a Anã Clô e Tia Viridiana, a irmã a quem era mais ligado, e o amigo Pedro Ernesto, pai de Felipa, uma das Três Malditas, sabiam do medo que Tio Johnnie Walker tinha de virar lobisomem. Numa véspera de lua cheia Tio Johnnie Walker conversou com Pedro Ernesto pelo rádio, um, no Contestado, o outro, em Belo Horizonte, pois eram radioamadores.

– Alô, Pedro Ernesto, aqui, Johnnie Walker. Estou com a alma em frangalhos. O que é que eu faço, Pedro Ernesto? Câmbio.

– Alô, Johnnie Walker, está me ouvindo? Câmbio.

– Estou ouvindo, Pedro Ernesto. Câmbio.

– Os ipês amarelos estão florindo, Johnnie Walker. Câmbio.

– Mas eu tenho a alma em frangalhos, Pedro Ernesto. Câmbio.

– Os ipês amarelos estão florindo, Johnnie Walker. Cante e dance, meu irmão.

Uma vez, Pedro Ernesto deixou Belo Horizonte e foi a Cruz dos Homens. Queria pôr em pratos limpos aquela história e ia ficar ao lado do amigo para ver se virava mesmo lobisomem na lua cheia. Tio Johnnie Walker concordou. Na noite de lua cheia foi com Pedro Ernesto para um rancho perto das minas de esmeraldas e águas-marinhas que o tornaram podre de rico. Mas antes do anoitecer desapareceu e deixou Pedro Ernesto sozinho no rancho, escutando os uivos do lobisomem e rezando, ele, Pedro Ernesto, que tinha rompido relações com Deus quando a filha Felipa ficou tuberculosa. Tio Johnnie Walker falava inglês, francês e espanhol, línguas que aprendeu com a Anã Clô e estava aprendendo o tupi-guarani para seguir para a Amazônia chefiando uma expedição para localizar os índios liliputianos, que eram do tamanho de um maço de cigarros, tinham cabelos louros e olhos azuis e descobriram a felicidade. Era uma idéia fixa de Tio Johnnie Walker desde que, uma noite, amou a Cigana Carmen debaixo de uma árvore em Cruz dos Homens, tendo como testemunhas as estrelas, os olhos dos gatos e uma lua minguante pálida como a pele de uma mulher, em pé, sem tirarem a roupa como Tio Johnnie Walker fazia com as empregadas domésticas quando estudava em Ouro Preto. Uma noite de lua cheia, homens armados de rifles e revólveres, com archotes nas mãos, caçavam o lobisomem, subindo e descendo as ladeiras de Ouro Preto. Tio Johnnie Walker estudava engenharia e morava na república de estudantes Ouro de Moscou. Os homens iam de casa em casa, clareados pelas chamas dos archotes, e invadiam as casas, procurando o lobisomem. Tio Johnnie Walker estava refugiado na república O Morro dos Ventos Uivantes, onde Prima Elizabeth Sainclair morava, e as sete moças da república estavam apaixonadas por ele.

– Se eles quiserem entrar, o que faremos, Johnnie Walker? – perguntou Prima Beth em voz baixa.

– Deixem eles entrarem – respondeu Tio Johnnie Walker, que estava armado com um revólver 38. – Eu vou-me esconder no sótão.

Os homens carregando archotes bateram na porta da república O Morro dos Ventos Uivantes, que ficava num sobrado no alto de uma ladeira, e não encontraram nenhuma resistência das sete moças. Vasculharam os quartos, os guarda-roupas, o quintal, acordando o galo e as galinhas. Foram embora e quando Tio Johnnie Walker desceu do sótão, as moças da república estavam muito assustadas, e passaram a evitá-lo. Apenas a Prima Beth continuou a tratá-lo como antes.

– Se você é ou se não é o lobisomem, Primo Johnnie Walker, não faz diferença. Eu te amo – disse a Prima Beth, que era estudante de farmácia. – Esta noite fiquei sabendo como te amo.

Elizabeth era muito bonita. Os rapazes de Ouro Preto faziam serenatas debaixo de sua janela e quando começou a namorar o primo Johnnie Walker, e logo ficaram noivos, de aliança na mão direita, eles ficaram muito enciumados. Uma manhã o carteiro entregou uma carta anônima endereçada a Elizabeth Sainclair, escrita em letra de imprensa e assinada por um Amigo Oculto. Talvez fosse melhor dizer que era um bilhete: "Elizabeth: então, você, a mais bela estudante de Ouro Preto, vai se casar com o lobisomem? E quando chegar a lua cheia, Elizabeth? Não diga depois que eu não avisei. Seu Amigo Oculto." Elizabeth ficou tão assustada com a carta anônima, pois a caça ao lobisomem continuava em Ouro Preto toda noite de lua cheia, que decidiu fugir com Tio Johnnie Walker para o Rio de Janeiro, ele, disfarçado de padre, usando uma batina preta, ela, disfarçada de freira. Três meses depois estavam casados. Tio Furst, irmão de Vó Inácia e pai de Elizabeth, daqui para a frente Tia Beth, emprestou o dinheiro para Tio Johnnie Walker comprar as terras, vizinhas da Fazenda Joatinga, do Coronel Janjão Boca de Ouro, que ninguém dava nada por elas, onde descobriu as minas de águas-marinhas e esmeraldas. Nas noites de lua cheia, depois de casados, Tio Johnnie Walker nunca ficava ao lado de Tia Beth. Moravam na fazenda de Vó Inácia e Tio Johnnie Walker ia para a mata onde viviam os lobos, que considerava irmãos, e só voltava na primeira lua minguante.

– Se você virou ou não lobisomem, Johnnie Walker – dizia Tia Beth ao vê-lo chegar com a aparência de um homem de ressaca que passou a noite bebendo –, continua a não fazer diferença. Você é o homem que eu pedi a Deus, Johnnie Walker.

Depois que amou a Cigana Carmen debaixo de uma árvore em Cruz dos Homens, Tio Johnnie Walker tinha a blusa molhada de suor e ardia de febre. A Cigana Carmen também ardia de febre e estava molhada de suor e disse a Tio Johnnie Walker em portunhol que sentiam a febre do incesto.

– Febre do incesto como, se não temos parentesco algum? – estranhou Tio Johnnie Walker.

– Usted es que piensa – disse a Cigana Carmen em portunhol. – Nosotros, tu y yo, somos hermanos.

– Hermanos como, Carmen? – insistiu Tio Johnnie Walker, ainda abraçado, debaixo da árvore, com a Cigana Carmen. – Hermanos de sonho?

– No, no – e a Cigana Carmen riu. – Hermanos de verdad.

E, diante do espanto de Tio Johnnie Walker, sempre hablando em portunhol e, desavisadamente, em catalão, a Cigana Carmen explicou que eram irmãos porque ambos eram divindades, não iam morrer nunca, a não ser que fossem desencantados, caso contrário seriam imortais e permaneceriam jovens, usted me vê y piensa, por supuesto, que tengo 27 años, pero no, seguia dizendo a Cigana Carmen, yo tengo 137 anos e três meses e dois dias, yo soy espanhola e catalã e brasileña, y usted tambien és asi, tu és eterno, Johnnie Walker, por isso, permaneces joven. Era verdade. A Cigana Carmen tinha razão. Tio Johnnie Walker não apenas permanecia jovem. Não parava de crescer. A cada ano ficava mais novo, como se sua idade contasse de diante para trás, e crescia 1,7cm a cada ano, de maneira que tinha que comprar novas roupas, pois as calças ficavam pega-frango e os paletós apertados como se não fossem dele. Os pés também aumentavam de tamanho.

– E quando vou parar de crescer, Carmen? – perguntou Tio Johnnie Walker.

A Cigana Carmen disse, sempre enfiando os dedos cheios de anéis nos cabelos de Tio Johnnie Walker, que em Minas Gerais nada era proibido, de forma que as mulas-sem-cabeça tinham olhos e enxergavam, os lobisomens falavam um dialeto parecido com o aramaico, as videntes enxergavam o dia de amanhã, os médiuns conversavam com o Além e ia chegar o dia em que um deles, Chico Xavier (guardasse esse nome), ia psicografar livros de Dostoievski e de Machado de Assis, e um médium, guardasse desde já seu nome, Zé Arigó, ia receber o espírito de um médico alemão, o Dr. Fritz, e operar os enfermos sem anestesia e sem que sentissem dor, cantando canções em alemão.

– Em Minas – disse a Cigana Carmen falando com sotaque como as moças de Minas – o sobrenatural é natural...

Falou, então, a respeito dos índios liliputianos e disse que existia na Amazônia uma tribo de índios liliputianos tão pequenos como um maço de cigarro. Moravam em choças que lembravam casas de boneca e tinham olhos verdes e eram louros e andavam nus e bebiam o orvalho da madrugada e ficavam bêbados de felicidade. Estavam afastados de qualquer contato com a chamada civilização, mesmo porque sabiam que os civilizados eram eles, pois acabaram com a fome, a pobreza e as desigualdades sociais, sem dispararem um só tiro e sem perderem a liberdade. Acreditavam num Deus-menino, do tamanho deles, e pensavam que a liberdade era irmã da justiça e da felicidade e, entre eles, não havia exploração do homem pelo homem, nem a mais-valia, e recebiam a visita de seres de outros planetas, do mesmo tamanho deles, que chegavam à Amazônia em discos voadores tão pequenos que os beija-flores faziam ninho neles. Quando estava para morrer tuberculosa internada no Sanatório Hugo Werneck, nas vizinhanças de Belo Horizonte, Tia Beth pediu a Tio Johnnie Walker que contasse uma história bonita, pois queria morrer como no tempo em que era criança e julgava-se imortal. Tio Johnnie Walker contou a história dos índios liliputianos que ouviu da Cigana Carmen.

– Que história bonita, Johnnie Walker – disse Tia Beth. – Promete, Johnnie Walker, que um dia você organiza uma expedição e vai à Amazônia encontrar os índios liliputianos?

– Prometo, Elizabeth – disse Tio Johnnie Walker.

– Que bom – disse Tia Beth e morreu.

Tio Johnnie Walker e a Cigana amaram-se mais três vezes debaixo da árvore em Cruz dos Homens. A febre do incesto subiu tanto que Tio Johnnie Walker tomou tudo que a Cigana Carmen disse e a própria Cigana Carmen como um delírio. Sentaram-se num banco de jardim perto da árvore. As estrelas apagaram-se no céu, os olhos dos gatos cederam lugar a seus vultos cinza ou cor de laranja e a pálida lua virou apenas uma casca de lua em forma de uma foice. Então a Cigana Carmen leu a mão de Tio Johnnie Walker e disse que o via chefiando uma expedição na Amazônia para localizar os índios liliputianos e que os índios Cintas-Largas, tidos na conta de antropófagos, iam cercar a expedição nas margens do Rio Negro e, durante a noite, cantariam as canções que anunciavam os rituais de antropofagia. Mas Tio Johnnie Walker podia ficar tranqüilo pois, mesmo que os Cintas-Largas o devorassem para assumir suas virtudes, ele renasceria em outro lugar, não fatalmente em Minas, nem no Brasil, podendo vir a ser peruano, colombiano, argentino, ou nascer no Sul dos Estados Unidos.

– Mas, assim, Carmen, não serei eu mesmo – disse Tio Johnnie Walker.

A Cigana Carmen tranqüilizou-o dizendo que suas lembranças e seus amores seriam os mesmos e que se escapasse do ritual antropofágico dos Cintas-Largas, o que seria possível de acordo com a fase da lua, poderia encontrar uma moça que acabasse com seu encanto.

– Entonces – disse a Cigana Carmen em portunhol – usted deixará de ser um hombre imortal, será um mortal comum como los otros hombres del mundo.

Tio Johnnie Walker fez tudo para namorar as 5 Irmãs, que o deixavam com água na boca. Não queria apenas uma. Queria todas as 5 Irmãs de uma vez e nunca deixava de trazer uma lembrança para elas de suas viagens à Europa, onde o levavam os negócios das esmeraldas e das águas-marinhas. Uma vez, deu um anel de brilhantes a cada uma e os enfiou nos dedos de Dodô, Dadá, Dêdeu, Dazinha e a Dô, na presença do pai delas, Compadre Nico do Degredo, na varanda da fazenda. Nas ordis di Deus, Compadre Nico do Degredo viu tudo. Viu a festa nos olhos das filhas e ouvia seus arrulhos, sentado com a perna encolhida como uma garça no banco de madeira na varanda. Esperou que as filhas fossem mostrar os anéis à mãe, a pobre e santa Dona Dá, e sem mudar de posição no banco, coçou a barba de três dias, e disse a Tio Johnnie Walker, que estava de pé a seu lado:

– Nas ordis di Deus, Joni Uóqui, senta aqui no banco mode a gente tê um particulá.

– Pois não, Compadre Nico do Degredo – disse Tio Johnnie Walker e sentou-se a seu lado.

– Nas ordis di Deus – seguiu o Compadre Nico do Degredo, olhando para longe, sem encará-lo –, tô gostano não de vosmicê arrastano as asa como um galo pedrês pras mininas...

– Foi só um agrado, Compadre Nico do Degredo – desconversou Tio Johnnie Walker.

– Nas ordis di Deus, Joni Uóqui – seguiu falando o Compadre Nico do Degredo –, era uma vez um galo pedrês qui vivia arrastano a asa pra tudo quanto é galinha no terrero. Gostei de vê aquilo não, Joni Uóqui, peguei a cartucheira – e apontou para a cartucheira pendurada na parede da varanda – peguei a cartucheira, ripito, mirei bem e puxei o gatio, nas ordis di Deus. Era uma vez um galo pedrês, Joni Uóqui, vosmicê qui me conte outra vez...

Levantou-se, alto, magro, pegou o chapéu que Tio Johnnie Walker tinha pendurado num prego na varanda, entregou-o, e disse, olhando pra longe:

– Nas ordis di Deus, Joni Uóqui, vosmicê leva recomendação pra Comadre Sinhá Inácia Micaéla e Compadre Ôdepá...

Aos olhos do filho Buchanan's, era uma traição à memória de Tia Beth, sua mãe, Tio Johnnie Walker ter 28 namoradas. Afinal, foi Tia Beth quem conseguiu com o pai, Tio Furst, o dinheiro para Tio Johnnie Walker comprar as terras ricas em esmeraldas e águas-marinhas com as quais aumentava sua fortuna cada vez mais, pois era o maior exportador brasileiro de pedras preciosas. Tio Johnnie Walker gostava de um bom vinho e vivia fulminantes paixões, quase todas por mulheres do mundo, mulheres de Amsterdã, mulheres de Lisboa, mulheres de Genebra, mulheres de Roma, mulheres de Paris e por uma moça de Zurique que conheceu em Frankfurt, numa noite em que o coração do mundo parecia ter se transferido para lá. Recebia cartas apaixonadas em vários idiomas. E mesmo sendo um homem rico, quando estava em Cruz dos Homens, entrava nas casas mais simples, e engordava mais do que sua vaidade permitia, tomando café e comendo broa de fubá e pão de queijo. Pedia notícias de tudo e de todos, e o queriam para prefeito ou deputado, mas recusava-se. Era fiel aos amigos de infância e da juventude, pois seguia um conselho de Vô Old Parr:

– Nunca se esqueça, Johnnie Walker, que você ganhou a sorte grande na loteria das esmeraldas e das águas-marinhas e que deve ser simples como São Francisco.

Tio Johnnie Walker estava sempre com o cenho franzido e as sobrancelhas eram negras e fortes e se emendavam sobre o nariz fino e os cabelos eram negros, com uma entrada que anunciava uma calvície que nunca se confirmou, e caíam sobre os olhos verdes. Era o mistério de Tio Johnnie Walker que encantava as mulheres e o que o seduzia nelas, todas belos exemplares da espécie feminina, era a boca carnuda. Gostava também de mulheres que fumavam, pois beijar uma mulher que fumava exercia nele um poder altamente afrodisíaco e fracassou sexualmente com mulheres que não punham um cigarro na boca. As 5 Irmãs fumavam, o que não era comum nas moças brasileiras na época. Era o hálito com gosto de cigarro que o fazia perder o sono pensando na sobrinha Catula. Tio Johnnie Walker cultivava amizades estranhas e amores estranhos. Um de seus maiores amigos, a quem, é verdade, nunca contou os pecados, estava a serviço de Deus e do Coronel Bim Bim. Era Padre Zé Lopão. Jogavam partidas de xadrez realizadas em território neutro, no meio da ponte de madeira sobre o Rio Doce, e os dois varavam a noite jogando. Padre Zé Lopão só interrompia as partidas de xadrez em caso de ter que dar a extrema-unção a algum adepto do coronel e da UDN. As partidas de xadrez aconteciam à luz de um lampião, entre a lua nova e a lua minguante e Padre Zé Lopão e Tio Johnnie Walker quase não conversavam. Era uma amizade feita de grandes silêncios, mas quando Tio Johnnie Walker viajava para fora do Brasil, trazia um pequeno sino para a coleção de Padre Zé Lopão, que ocupava dois quartos da casa paroquial em Cruz dos Homens. De tempos em tempos, Padre Zé Lopão recebia a visita de Tio Johnnie Walker, pois até o coronel o recebia, e punham-se os dois a tocar os pequenos sinos da coleção e Tio Johnnie Walker perguntava:

– O que é que eu faço, Padre Zé Lopão, com esta vontade de abraçar o mundo?

Tio Johnnie Walker evitava passar a lua cheia fora do Brasil. Apressava os negócios em Frankfurt e em Amsterdã e os encontros com as 28 namoradas e voltava ao Brasil, com medo de virar lobisomem num país estrangeiro. Uma vez, no entanto, estava tão apaixonado por Joaquina Castro, uma moça de Lisboa, a namorada de número 28, que esqueceu os cuidados e medos e foi ficando. Mesmo porque em Lisboa se sentia em casa e era como se Lisboa fosse sua. Tudo lá era seu, as casas, as ruas, as praças, o Rio Tejo. Então chegou a noite de lua cheia, a lua do lobisomem, em Lisboa. Tio Johnnie Walker bebeu tanto no apartamento do hotel que acabou dormindo e não viu quando Joaquina foi embora nem quando a lua cheia entrou pela janela. A censura de Salazar proibiu os jornais de noticiarem, mas a verdade é que um lobisomem foi visto andando pelas ruas de Lisboa. Estava bêbado e cantava uma canção tão linda, numa língua que ninguém entendia, parecendo uma mensagem cifrada. Agentes da PIDE deram voz de prisão ao lobisomem, mas ele os pôs para correr, de forma que os que olhavam pelas venezianas sentiram que era muito mais que um lobisomem, que apareceu nas ruas de Lisboa para anunciar que Salazar não era eterno. Era um herói de nosso tempo disfarçado. O lobisomem cantou a noite toda. Uns acreditavam que os versos indecifráveis exaltavam a classe operária. Outros, que condenavam Salazar. Mas não faltou quem acreditasse que era apenas uma canção de amor e, naquela noite, Lisboa amou como há muito tempo não acontecia, pois era próprio daquele lobisomem provocar as loucuras do coração. De tal maneira que, no dia seguinte, desafiando a ditadura de Salazar, Lisboa dormiu até tarde e ninguém foi trabalhar no que, à boca pequena, todos passaram a chamar de "A Greve do Lobisomem".

No Clã de Vó Inácia, apenas Tio Johnnie Walker circulava pelos dois lados de Cruz dos Homens sem precisar levar pistoleiros como guarda-costas, pois sabia manejar armas de fogo melhor que o Coronel Bim Bim e seu medo de virar lobisomem era tão grande que não sentia medo de mais nada. A primeira cena de faroeste que Tio Johnnie Walker assistiu não foi no cinema. Tinha nove anos e já sabia atirar, pois, quando fez sete anos, Vô Old Parr deu-lhe um 38 de presente e disse que, pelas leis do Contestado, já era um homem e tinha que saber manejar um revólver. Viu então dois rapazes trocarem tiros na praça da igreja matriz de Cruz dos Homens. Já feridos, sentindo que iam morrer, deixaram as armas no chão e, com passos bêbados, um abraçou o outro e caíram no chão, e um começou a alisar o cabelo do outro, como se descobrissem, na hora da morte, que poderiam ter sido amigos. Então Tio Johnnie Walker aprendeu sobre a vida o que não iria aprender estudando. Mais de uma vez, cruzando com Tio Johnnie Walker andando à vontade pelo Covil do Tigre, como era conhecida a parte de Cruz dos Homens sob seu controle e da UDN, o Coronel Bim Bim pensou em desafiá-lo para um duelo ou mandar um de seus jagunços matá-lo numa tocaia. Mas desistia, menos porque Tio Johnnie Walker poderia levar a melhor num duelo ou escapar da tocaia. Desistia porque, tal como Vó Inácia, o coronel desrespeitava a Lei do Contestado e olhava nos olhos de Tio Johnnie Walker e pensava nos olhos de Vó Inácia. Também Tio Johnnie Walker olhava nos olhos. Após os acontecimentos na Amazônia, de que ainda vamos nos ocupar, envolvendo Tio Johnnie Walker, Catula perguntava a Tia Viridiana:

– Será que, todos nós, que desafiamos a Lei do Contestado e olhamos nos olhos, receberemos um castigo?

Quando cruzava com Tio Johnnie Walker nas ruas de Cruz dos Homens, o Coronel Bim Bim convidava-o para beber uma cerveja e comer pastéis no sobrado de 28 janelas em cuja varanda Júlia Preta cantava "Azulão", para anunciar as mortes encomendadas pelo coronel. Tio Johnnie Walker aceitava o convite, mas só se servia depois que o coronel bebia a cerveja e comia um pastel.

O coronel era pai de 48 filhos naturais, como já falamos, mas olhava para Tio Johnnie Walker e pensava que era o filho que gostaria de pedir a Deus, se tivesse o amor de Vó Inácia Micaéla. Enquanto bebia cerveja e comia pastéis no sobrado de 28 janelas, Tio Johnnie Walker pensava:

– Se o coronel sacar o 38 mais rápido do que eu, qual delas, entre minhas 28 namoradas espalhadas pelo mundo e que juram eterno amor, vai chorar por mim?

Imaginava-se deitado num caixão, entre flores, fingindo de morto, como o Coronel Bim Bim fez uma vez, só para saber qual das moças do mundo, das quais recebia cartas e juras, realmente o amava. Seria a moça com a qual gostava de ficar vendo os navios passar no Estreito de Gibraltar? A moça de Zurique, que conheceu numa feira de pedras preciosas em Frankfurt e parecia atriz de Hollywood? Seria Joaquina, a moça de Lisboa?

– Eu só vou saber qual delas realmente me ama e, não, a meu dinheiro – pensava Tio Johnnie Walker e encarava o Coronel Bim Bim – no dia em que eu morrer, se é que os mortos ficam sabendo quem os ama.

Os olhos de Tio Johnnie Walker não apenas faziam o coronel pensar em Vó Inácia Micaéla. Eles o acalmavam, pois o coronel os considerava olhos de mulher, Vó Inácia, no caso, e combinavam tão pouco com um homem como Tio Johnnie Walker quanto a voz de moça combinava com ele, Coronel Bim Bim. Quando Tio Johnnie Walker deixava o sobrado de 28 janelas, nas noites em que ia comer pastel e beber cerveja, o coronel rezava na capela para ser perdoado por haver desrespeitado a Lei do Contestado e olhar nos olhos de Tio Johnnie Walker. Ao saber que Vó Inácia ficou cega, o coronel acreditou que havia sido punida por olhar nos olhos e desrespeitar uma lei mais forte do que a vontade dos homens, a Lei do Contestado, e iniciou uma novena para Santa Luzia pedindo que o protegesse para todo o sempre, amém.

5

— A lembrança tem olhos e enxerga, irmão rifle.

Esta foi a mais feliz descoberta que Vó Inácia fez depois que ficou cega. Podia enxergar com os olhos da lembrança, ver as pessoas, as casas, as ruas, as árvores, os cafezais florindo, os cães, os cavalos, os gatos, o rio, a ponte e as borboletas que eram suas amigas no Contestado, quando ainda enxergava. Podia sair andando pelas ruas de Cruz dos Homens e ver a Cigana Carmen lendo sua mão, anunciando, num portunhol tão confuso que a Anã Clô teve que traduzir, que ia ficar cega, pois estava escrito que veio ao mundo para sentir o cheiro de Deus, o que só é dado aos cegos. Uma vez, o Contestado perdeu o sono por causa de uma cigana espanhola tão bonita que enfeitiçou homens e mulheres, aos quais seduziu com seus encantos e deixou todos a ver navios, com um agravante: não existe mar em Cruz dos Homens. Era a Cigana Carmen. Falava uma mistura de portunhol e catalão e estava jurada de morte. Pistoleiros a soldo do Coronel Lelé Clemente, cuja filha Lulinha foi seduzida pela Cigana Carmen, tinham ordens de matá-la onde a encontrassem. Depois de deixar o noivo esperando-a no altar, na igreja de Cruz dos Homens, a Lulinha, ainda vestida de noiva, com véu e grinalda, iniciou uma greve de fome para comover a Cigana Carmen. Como a Cigana Carmen não voltou para amá-la tal qual a amou uma noite inteira, a Lulinha preferiu morrer. Ia morrendo aos poucos, definhando a cada dia. E como cantava sem parar e parecia alegre por estar morrendo, disseram que estava possuída pelo Demônio, e o Coronel Lelé Clemente mandou buscar em Vitória um jovem sacerdote, o Padre João de Deus, que acabava de ser ordenado e era exorcista. Padre João de Deus tinha conhecido a Cigana Carmen na divisa de Minas com o Espírito Santo e acreditou que ela era Satanás. Ainda assim, deixou-a ler sua mão. Ficou sabendo que ia ser missionário entre os índios na Amazônia, voltar a Vitória sacudido pelas tosses, sentindo suores noturnos, febre às 5 da tarde, e ir tratar dos pulmões numa cidade sanatório, onde seria tentado pelo Demônio, que ia assumir a forma de uma mulher loura que virava negra. Padre João de Deus conhecia o Demônio e exorcizou Lulinha falando em tupi-guarani, mas Lulinha ficou indiferente, continuou a greve de fome, e cantou até morrer. Em sua passagem por Cruz dos Homens, a Cigana Carmen leu a mão de três meninas inseparáveis, Catula, Gioconda e Felipa, e como previu um destino trágico para cada uma, ficaram conhecidas como as Três Malditas. Tinham na época sete anos de idade e Catula ligou-se tanto a Gioconda e a Felipa, a ponto de acreditar que gostava mais delas do que gostava de si mesma. Gioconda tinha um braço só. Perdeu o braço direito, aos três anos de idade, durante o tiroteio entre o Coronel Bim Bim e seu pai, o Coronel Janjão Boca de Ouro. Aprendeu a conviver com os revólveres e com um rifle maior do que ela, desde os sete anos, com a idéia fixa de desafiar o coronel para um duelo no adro da igreja de Cruz dos Homens e prometia:

– O coronel vai pagar num duelo o braço que me deve.

Quando a Cigana Carmen leu as mãos das Três Malditas, a Anã Clô as acompanhava e servia de intérprete. Soube então que as Três Malditas, assim como Buchanan's, cuja mão a Cigana Carmen leu também, teriam um entrevero com Satanás em pessoa.

– Satanás vai aparecer para as três meninas e o menino quando já forem adultos – sentenciou a Cigana Carmen em catalão, língua que a Anã Clô dominava, pois morou em Barcelona. – O encontro acontecerá numa cidade que faz tanta festa como se o mundo fosse acabar amanhã e os quatro vão ficar em dúvida se Satanás é um anjo ou um Demônio.

Felipa morava em Belo Horizonte e sempre foi enfermiça, enfermiça e bela. Sofria de suores noturnos e tossia muito, já aos sete anos de idade. De maneira que a Anã Clô, que suspeitava do que as tosses e os suores noturnos queriam dizer e como Gioconda já havia perdido um braço e Catula era discriminada por uma razão que contaremos mais na frente, acreditava que as Três Malditas já viviam um destino trágico.

– Não basta o que elas já estão vivendo? – perguntou em catalão à Cigana Carmen.

– Não depende de minha vontade – explicou a Cigana Carmen. – Eu apenas li o que está escrito nas mãos delas.

– Pobrezinhas – disse a Anã Clô, em catalão, para que as Três Malditas não entendessem o que estava dizendo, ainda que a expressão do rosto a traísse. – Para que tanta tragédia?

– É a tragédia que faz a roda do mundo andar – continuou a Cigana Carmen, sempre em catalão. – Já imaginou se Jesus Cristo não tivesse sido crucificado?

– Mas Catula, Gioconda e Felipa – apressou-se a Anã Clô – não são Jesus Cristo.

– E se forem? – disse misteriosamente a Cigana Carmen e passou a mão cheia de anéis pelos cabelos das Três Malditas.

Depois de ler as mãos das Três Malditas, a Cigana Carmen olhou para Buchanan's que a tudo assistia e perguntou em catalão à Anã Clô:

– E a outra menina, não vai ler a sorte?

Buchanan's usava cabelo de mulher como as Três Malditas desde que sofreu febre tifóide e foi desenganado pelos médicos de Cruz dos Homens. Com medo de que o sobrinho morresse, Tia Viridiana fez a promessa, apoiada por Vó Inácia, de que se ficasse bom, Buchanan's ia deixar o cabelo crescer até os ombros e só cortá-lo aos 11 anos, em louvor de São José Menino. Assim, desde quatro anos, quando ficou curado da febre tifóide, até os 11 anos, Buchanan's era confundido com uma menina. Quando saía às ruas de Cruz dos Homens, os meninos gritavam ao vê-lo: mulherzinha! mulherzinha! Certa manhã, quando já sabia usar um revólver e um rifle, aos 10 anos, Buchanan's estava com Vô Old Parr no adro da igreja e os meninos o chamaram de mulherzinha. Buchanan's começou a chorar, mas Vô Old Parr, que conhecia as leis do Contestado, tirou o 38 do coldre e disse:

– Pára de chorar, Buchanan's! Pega o 38 e vai lá e mostra a essa cambada que você é um homem.

Buchanan's pegou o revólver e pôs os meninos para correr, dando tiros para o ar, e nunca mais foi chamado de mulherzinha. Como já foi dito, Buchanan's era filho de Tio Johnnie Walker e de Tia Beth, que morreu tuberculosa, e foi criado por Vó Inácia. Tinha a mesma idade de Catula e eram primos-irmãos, e tão parecidos que todos acreditavam que eram duas meninas gêmeas quando Buchanan's usava cabelo de mulher. O grande fantasma da vida dos Drummond era Tia Anunciata. Por ter cometido incesto, Tia Anunciata sofria de maldição, e seu nome era invocado sempre que algum Drummond, principalmente uma mulher, sofria uma tentação incestuosa. Além do medo de Tia Anunciata, que assumia o vulto cheio de tentação de Catula, Buchanan's cresceu sofrendo de todas as doenças imaginárias, em particular, a loucura e a tuberculose. Mas seu mal era ser um homem inacreditavelmente bonito, mas de uma beleza na fronteira entre o masculino e o feminino, mesmo quando fez 11 anos e cortou o cabelo de mulher. Não que Buchanan's fosse afeminado. Mas parecia que a definição entre ser um rapaz ou uma moça, olhando seu rosto e o corpo magro, ficava adiada *sine die*. A febre do incesto que Catula sentia chegou a 40 graus quando uma vez beijou Buchanan's na boca porque acreditava que estava beijando uma menina. O que mais atraía as mulheres era essa indefinição e Buchanan's dizia a Catula:

– Ser um homem bonito como eu sou é um fardo que eu carrego nas costas.

O primeiro amor da vida de Buchanan's não foi nenhuma das Três Malditas, mas um menino chamado Llansol que chegou a Cruz dos Homens com a trupe do Circo Garcia. Era moreno, os cabelos negros e lisos, os olhos verdes e bonito como uma menina. Estava com 11 anos, como Buchanan's, e Tio Johnnie Walker viu os dois nus, abraçados e beijando-se na boca no quintal do solar de Vó Inácia em Cruz dos Homens e durante muitos dias ficou sem sorrir.

– Sabe qual é o meu mal, Catula, além de ser um homem muito bonito? – dizia Buchanan's aos 20 anos. – É ser filho de quem sou. Meu pai Johnnie Walker é o fantasma de minha vida, maior que Tia Anunciata.

Tio Johnnie Walker acreditava que todo o mal de Buchanan's era ter perdido a mãe, Tia Beth, tão cedo, e o trauma provocado pela promessa feita por Tia Viridiana de deixar o cabelo crescer e não cortá-lo até os 11 anos. Estava certo, também, de que faltava a Buchanan's uma referência masculina, pois o recusava como pai e o culpava de tudo, e Vô Old Parr, mesmo quando era um homem valente, não era tão forte como Vó Inácia. Buchanan's perdia o sono por causa de um episódio envolvendo um menino e um cão, que presenciou em Cruz dos Homens. O menino era negro e tinha 11 anos e ele e o cão moravam numa casa que pertencia a Lívio Boiadeiro e cujas paredes exibiam as cicatrizes da última chuva de granizo, quando todos acreditaram que Cruz dos Homens ia desaparecer do mapa. Além do menino e do cão, viviam na casa a mulher de Lívio Boiadeiro, de nome Rosalva, e um velho de cabelos brancos, que sofria de uma doença da pele que deixava o rosto e os braços e as mãos com uma poeira branca como se fosse farinha de trigo. Nos fins de tarde, de banho tomado, Rosalva punha um vestido decotado, uma flor vermelha nos cabelos molhados, passava batom e perfume e ficava na janela esperando o marido voltar. Lívio Boiadeiro tocava boiada no sertão do Mato Grosso e ficou um ano sem dar notícias. Uma noite, Rosalva, cansada de esperar pelo marido, abriu a porta da casa para um ex-seminarista, um certo Miguel. Lívio Boiadeiro chegou de madrugada e a viu nua nos braços do ex-seminarista e os matou com tiros de espingarda. Quando ia jogar futebol no campo de terra batida, Buchanan's passava diante da cerca do quintal da casa de Lívio Boiadeiro e o cão negro latia ferozmente. Já tinha acontecido o crime, mas o velho, o menino e o cão continuavam morando na casa, enquanto Lívio Boiadeiro, após ser absolvido sumariamente, voltou a seguir boiada no sertão de Mato Grosso. Uma tarde, Buchanan's passou diante do quintal de Lívio Boiadeiro e o cão não latiu. Olhou então pela cerca de bambu e viu o menino de quatro no quintal, nu da cintura para baixo, e o cão com as patas dianteiras nas costas do menino, indo e vindo em cima do menino, apoiado nas patas traseiras. Buchanan's gritou ao vê-los e o menino e o cão correram para dentro de casa.

– O cão é uma fera, você sabe, Catula – disse Buchanan's –, mas quando eu gritei fugiu como um gato. Será que o cão tinha o sentimento do pecado?

– Para mim, Buchanan's, eu que acredito que onde há prazer não há pecado – falava Catula, já então estudando medicina –, interessa mais a solidão do menino. A solidão é que levou o menino a fazer o que fez com o cão.

Foi Gioconda, uma das Três Malditas, mesmo tendo um braço só, quem ensinou a Buchanan's que amar uma mulher era melhor do que amar um homem. Os olhos de Gioconda eram cinza, mas ganhavam uma cor violeta se ia chover no Contestado, e Gioconda era morena e magra e tão bonita como Catula. Mesmo tendo apenas um braço jogava vôlei e dançava e usava o rifle, o revólver e a metralhadora como se tivesse os dois braços. Antes de ensinar como amar uma mulher, Gioconda ensinou Buchanan's a dançar bolero, quando tinham 15 anos. Quando o Coronel Janjão Boca de Ouro estava na Fazenda Joatinga, Gioconda punha os discos do Trio Los Panchos para tocar na radiola. Tinha um jeito bom de dançar e era leve como uma pluma, mas ao mesmo tempo conduzia Buchanan's. Uma tarde, quando a mãe, Dona Jerusa, também estava na Fazenda Joatinga, Gioconda fechou a porta do quarto onde dançava com Buchanan's e perguntou:

– Você acha que eu sou completa como as 5 Irmãs, Buchanan's?

– Completa como, Gioconda? – quis saber Buchanan's.

– Porque eu só tenho um braço.

– Para dançar, jogar vôlei e atirar com qualquer arma, o braço não te faz falta, Gioconda.

– E para amar um homem, Buchanan's?

– Para amar eu não sei, Gioconda – disse Buchanan's.

– Catula disse que você já tomou banho de cachoeira com as 5 Irmãs. É verdade, Buchanan's?

– É – mentiu Buchanan's.

– Catula disse que durante o banho de cachoeira você trepou com as 5 Irmãs. Trepou mesmo, Buchanan's?

– Trepei – mentiu Buchanan's.

– E foi bom, Buchanan's?

– Foi ótimo, Gioconda – mentiu Buchanan's.

– Pois hoje eu vou trepar com você, Buchanan's, mas você tem que jurar pela alma de sua mãe se eu sou tão boa para amar como cada uma das 5 Irmãs, que têm dois braços. Jura, Buchanan's?

– Juro, Gioconda.

– Olha se me fez falta o segundo braço para eu tirar a roupa – disse Gioconda e ficou nua. – Deixa, eu vou tirar sua roupa com uma mão só. Viu? Agora, responde: as 5 Irmãs te ensinaram, Buchanan's, como se ama uma mulher?

– Não, Gioconda – disse Buchanan's.

– Pois hoje eu vou te ensinar o que as 5 Irmãs não te ensinaram: que nenhum homem substitui uma mulher na cama, Buchanan's.

Gioconda amou Buchanan's como só as argentinas e paraguaias haveriam de amar, anos depois, em Belo Horizonte. Foi um ritual que durou uma hora e os deixou molhados de suor. Durante o cerco do Coronel Bim Bim à fazenda de Vó Inácia, Buchanan´s foi feito prisioneiro e encostado no muro de fuzilamento. Quando os jagunços do coronel apontaram os rifles para seu peito, Buchanan´s pensou no corpo nu de Gioconda e no sal de seu suor e descobriu que a única verdade de sua vida era aquela moça de um braço só do Contestado. Recordou o momento em que, depois de amá-lo, Gioconda perguntou:

– Gostou, Buchanan's?

– Gostei, Gioconda.

– Eu te amei tão gostoso como a Dodô, a Dadá, a Dêdeu, a Dazinha e a Dô?

– Amou mais gostoso ainda, Gioconda.

– Você jura pela alma de sua mãe?

– Juro.

– Me amar foi melhor do que amar o Llansol, Buchanan's?

– Foi – disse Buchanan's.

– Graças a Deus – disse Gioconda, fazendo o Pelo Sinal –, vamos rezar, Buchanan's.

– Você ficou doida, Gioconda? – estranhou Buchanan's.

– Não. Prometi a Catula que ia fazer amor com você para você ver como é bom trepar com uma mulher de verdade mesmo tendo um braço só e esquecer o Llansol. Quer saber mais? Eu te amo. Mas não é só a você que eu amo.

– A quem mais, Gioconda? – perguntou Buchanan's.

– Eu amo Catula e amo Felipa – disse Gioconda.

– Ama Catula e Felipa? – estranhou Buchanan's.

– Amo, mas não é como você está pensando. Eu amo Catula e Felipa e Catula e Felipa também me amam, mas de um jeito que não é como você está pensando. Mas sabe quem é o grande amor da minha vida?

– Quem, Gioconda?

– Deus e todo mundo. Quem me der na telha, Buchanan's – disse Gioconda. – José, João, Pedro, Paulo, Manuel, Francisco, Joaquim, Gabriel – e aqui Gioconda riu –, Buchanan's e todos os homens do Contestado.

– Você quer colecionar homens, Gioconda? – Buchanan's vestia a roupa, sem disfarçar a irritação.

– Depois de perder um braço quando tinha três anos e depois da previsão da Cigana Carmen – seguia falando Gioconda –, eu aprendi que no Contestado a gente não pode deixar para amanhã o que pode fazer hoje, tem que fazer tudo o mais depressa possível. Antes que seja tarde. Sabe quantos anos eu tinha quando perdi a virgindade? Tinha 11 anos. E quer saber quem me deflorou, Buchanan's?

– Quem, Gioconda? – perguntou Buchanan's.

– O Llansol – respondeu Gioconda e, desde então, nada mais neste mundo surpreendeu Buchanan's. Gioconda continuava nua e inesquecível a seu lado e Buchanan's decidiu amar mil mulheres diferentes para esquecê-la. Comprou uma agenda e anotou o nome de Gioconda, a primeira mulher de sua lista, pois nunca teve nada com as 5 Irmãs, como mentia se Gioconda estava perto. Buchanan's descreveu na agenda a cena de amor com Gioconda, o suor salgado, a alegria do sexo e o fato de que o pecado não fazia parte de sua vida, o que tanto o assustava. Como não podia esquecer o que aconteceu com Gioconda, decidiu que as próximas mulheres de sua lista deveriam ser as 5 Irmãs e passou a lutar por isso. Mas, na primeira tentativa, Compadre Nico do Degredo, com a cartucheira nas mãos, disse, Nas ordis di Deus, Bucana, vai cantá nôtra friguisia, si vosmicê quisé vê a barra do dia nascê. Toda noite, Buchanan's acrescentava os nomes e os números de uma mulher diferente em sua agenda, tanto em Cruz dos Homens quanto em Belo Horizonte, mas em todas as mulheres que amava procurava alguma coisa de Gioconda, a moça de um braço só do Contestado que nunca deixava para amanhã o que podia fazer hoje e pedia a Deus que protegesse Gioconda se ela enfrentasse o Coronel Bim Bim num duelo para cobrar o braço que o coronel devia. Mais de uma vez, amando três mulheres por noite em Belo Horizonte e reencontrando Gioconda em todas elas, Buchanan's acreditava que seu encontro com o Diabo já tinha acontecido, como previu a Cigana Carmen. Gioconda era o Diabo. Mas na hora em que os jagunços do coronel apontaram os rifles para fuzilá-lo, Buchanan´s soube que Gioconda era um anjo e pediu a Deus que o deixasse viver para amá-la como a água ama a sede.

– Diga ao menino, Clô – pediu a Cigana Carmen –, que ele deve se preparar para um encontro com Satanás em pessoa. Diga mais, Clô, que não espere um Satanás com rabo e chifre e cheirando a enxofre. Satanás sabe ser encantador.

E pegando a mão da Anã Clô para ler:

– E você, Clô, que é a espiã de Deus contra Satanás, procure estar perto das três meninas e do menino, que vão precisar muito de você.

Quando ficou sabendo pela Anã Clô que a Cigana Carmen tinha fugido depois de ler as mãos das Três Malditas e de amar Tio Johnnie Walker debaixo de uma árvore em Cruz dos Homens, Tio Red Label decidiu encontrá-la nem que fosse no Cu do Judas. Queria propor à Cigana Carmen que tudo de trágico que ela leu nas mãos das Três Malditas acontecesse a ele, Tio Red Label. Tinha um retrato falado da Cigana Carmen feito pela Anã Clô. Sabia de sua beleza, dos olhos cor do amanhecer, da pele clara, do costume de deixar os cabelos negros caírem no rosto e de sacudir a cabeça jogando-os para trás e deixando ver como era bela. Sabia de seus 32 anos, aparentando ter 23, sabia do "r" áspero de seu espanhol, de mistura com o catalão, e da capacidade de enfeitiçar homens e mulheres, e tudo que soube o deixou ainda mais motivado a encontrá-la, fosse onde fosse. Pois trate de andar depressa, aconselhou a Anã Clô e contou que os pistoleiros a soldo do Coronel

Lelé Clemente tinham ordens de matá-la por ter seduzido e levado à morte a filha Lulinha. Tio Red Label decidiu chegar antes dos pistoleiros enviados pelo Coronel Lelé Clemente. Levava uma flor na mão e aos que perguntava pela Cigana Carmen dizia que sua missão era de amor e quanto mais seguia sua pista mais a amava, como era de seu feitio. Viajou de jipe de Cruz dos Homens a Vitória, levando uma maleta cheia de dólares, e soube que a Cigana Carmen tinha ido para Belo Horizonte e tomou o trem da Vitória-Minas no seu rastro. Em Belo Horizonte, disseram que a Cigana Carmen, após entrar no índex da Igreja Católica, seguiu para Fortaleza. Tio Red Label conseguiu lugar num avião de cargas da Panair do Brasil, onde viajava um cego que rezava uma oração sem nexo em voz alta, ao lado de um caixão com o corpo de uma fazendeira de cacau de Ilhéus, com os dedos cheios de anéis, e que parecia respirar depois de morta. Ia também no avião um bode tão faminto que comia o cabelo da velha, como se fosse capim. Seis dias depois, após várias escalas, o avião de cargas da Panair do Brasil aterrissou no aeroporto de Fortaleza, levantando uma nuvem de poeira, e Tio Red Label acreditou que estava louco, como acontecia a Vô Old Parr e aos Drummond do Brasil. Soube em Fortaleza que a Cigana Carmen escapou de um atentado feito pelos pistoleiros enviados pelo Coronel Lelé Clemente e simulou uma ida de navio para o Rio de Janeiro, onde embarcaria para Barcelona, mas tomou o rumo de Curitiba e depois foi para Foz do Iguaçu, na divisa do Brasil com o Paraguai, por onde pretendia escapar. Quando Tio Red Label chegou a Foz do Iguaçu, já estava perdidamente apaixonado pela Cigana Carmen mesmo sem conhecê-la. Acreditava que ela era a mulher que tinha pedido a Deus, quando ainda acreditava em Deus, e estava disposto a matar e a morrer para defendê-la contra os pistoleiros do Coronel Lelé Clemente. Foz do Iguaçu era um povoado iluminado apenas pelas estrelas, os vaga-lumes e os olhos dos gatos. Uma noite, Tio Red Label encontrou a Cigana Carmen conversando em guarani com índios paraguaios. Deu à Cigana Carmen uma rosa vermelha e, a sós com ela, nas ruas escuras de Foz do Iguaçu, disse que a amava. Fizeram amor debaixo de uma árvore e Tio Red Label contou à Cigana Carmen que ela estava jurada de morte pelo Coronel Lelé Clemente e que os pistoleiros a seguiam para matá-la. A Cigana Carmen sorriu e beijou a rosa vermelha, que tinha colocado nos cabelos, e disse a Tio Red Label que havia morrido várias vezes e voltado a viver e que os pistoleiros enviados pelo Coronel Lelé Clemente dispararam seus revólveres contra ela, mas escapou, pois ia morrer de amor em Barcelona, com ciganos cantando em catalão. Foram dormir numa pensão de terceira categoria em Foz do Iguaçu e como os percevejos os atacavam, preferiram fazer amor debaixo das árvores. Quando amanheceu, Tio Red Label contou a que veio e pediu à Cigana Carmen que mudasse a previsão feita para as Três Malditas. A Cigana Carmen disse que não havia feito uma previsão, mas revelado o que leu na palma das mãos das Três Malditas. Tio Red Label tentou suborná-la com os dólares que trazia na maleta preta, mas a Cigana Carmen sequer olhou para os pacotes de notas verdes. Tio Red Label pediu então que, fosse por que fosse, por bruxaria ou boa vontade, trocasse o destino trágico das Três Malditas por seu destino. A Cigana Carmen pegou a mão de Tio Red Label e leu à luz do dia. Disse então que, com o que acabava de ler na mão de Tio Red Label, a troca de destinos não iria beneficiar em nada as Três Malditas. Tio Red Label pediu que aceitasse, não como pagamento, mas pelo amor que ele sentia por ela, dois mil dólares e, durante a noite, com o ajuda de um índio paraguaio ainda jovem, a Cigana Carmen atravessou a fronteira e ficou a salvo no Paraguai e, já do lado paraguaio, fez uma previsão e revelou a Tio Red Label que a mulher de sua vida era a Moça Fantasma da Rua do Ouro em Belo Horizonte. Desde então, Tio Red Label passou a esperar a Moça Fantasma da Rua do Ouro. Como a dar razão às anotações da Anã Clô a seu respeito, a Cigana Carmen fez um cigarro com fumo de charuto, usando uma nota de dez dólares, e soltando fumaça pelo nariz, contou a Tio Red Label que Catula ia ser uma moça tão bela, que corria o risco de morrer virgem.

– Os homens serão tomados de tanta alegria vendo Catula nua – foi dizendo a Cigana Carmen entre uma baforada e outra do cigarro feito com a nota de dez dólares – que vão preferir rezar e agradecer a Deus ou a Exu por ela existir, em vez de amá-la.

– Nenhum homem conseguirá fazer amor com Catula? – perguntou Tio Red Label.

– Apenas um, entre todos os homens do mundo – respondeu misteriosamente, como era de seu feitio, a Cigana Carmen. – Mas não posso dizer quem é.

Antes de desaparecer em terras do Paraguai, a Cigana Carmen disse a Tio Red Label que o sentimento de culpa, típico dos Drummond, que ele carregava no peito, ia levá-lo a enfrentar um pelotão de fuzilamento. Tio Red Label passou a imaginar o que iria gritar diante do pelotão de fuzilamento. Pregou na parede uma reprodução das cenas de um fuzilamento de Goya e ensaiava todos os dias. Dedicava seu tempo livre ao trabalho de descobrir a máquina de materializar fantasmas, da qual haveremos de falar na hora oportuna.

6

Quando Vó Inácia Micaéla ficou cega, chamou a neta Catula, uma das Três Malditas, e disse:

– Catula, você vai enxergar o mundo por mim.

Antônia Maria Micaéla da Anunciação de Sotbhall y Cargill Drummond y Drummond, a Catula, era filha de Tia Rose, irmã gêmea de Tio Johnnie Walker, por quem sentia um amor incestuoso do qual nunca se livrou, e de Tio João Manuel, que morreu tuberculoso, declamando um poema de Manuel Bandeira e descobrindo, na hora da morte, que amava a cunhada e prima, Tia Viridiana, irmã de Tia Rose, mais do que amava a si mesmo. Vó Inácia escolheu o nome e o apelido da neta:

– Antônia Maria Micaéla da Anunciação – disse Vó Inácia diante de Padre Zé Lopinho, na hora do batizado na matriz de Cruz dos Homens –, você vai ser chamada de Catula e fazer por mim tudo que eu não fiz na vida, com medo de me transformar numa segunda Tia Anunciata.

Catula era a hora em que o Brasil e a Mãe África davam as mãos. Era branca, tinha cabelos fulvos e olhos verdes, mas quando uma frente fria vinha da Argentina, sentia um calafrio como a febre do incesto, espirrava três vezes e virava uma negra. A pele escurecia aos poucos. Catula ficava morena e depois mulata cor de canela, ganhava uma cor de chocolate, e, por fim, ficava negra e os cabelos iam do fulvo para o preto, mas os olhos continuavam verdes, e como os olhos não fugiam dos outros olhos nem olhavam pro chão, as burguesas de Belo Horizonte diziam, O que essa negra metida a sebo pensa que é? e acrescentavam entre dentes que devia ser proibido os negros terem olhos verdes, principalmente tratando-se de uma moça negra. Catula era tão bonita, branca ou negra, beirando uma aparição, que os homens diziam que só podia ser uma invenção do Diabo, pois apenas Satanás, e não Deus, poderia inventar uma mulher tão bela. Branca ou negra, Catula era meteorológica, estava sujeita a relâmpagos e trovoadas, a tempestades em copo d'água, a noites de lua e ao orvalho da madrugada. Mudava de estado de espírito conforme o tempo. Cantava nas manhãs de sol e dizia vendo o céu nublado:

– Eu hoje acordei com vontade de dar uma morrida.

Catula, a das segundas intenções. Nada nela era gratuito. A língua passeava pela boca, se o lábio estava seco, sugerindo, mas sempre negando, sempre deixando para qualquer dia desses, se Deus e o Diabo quiserem, todas as loucuras. Às vezes, Deus queria e o Diabo também. Aos 16 anos ganhou o apelido de Catula Quizas, por causa do bolero "Quizas, quizas, quizas", que fazia grande sucesso. Tinha uns olhos de mormaço, entre o dormindo e o acordado, pois estudava medicina, dormia tarde da noite e acordava cedo, estava sempre maldormida, abrindo a boca de sono. Era um olhar machucado. Alguma coisa doía nos olhos de Catula e os homens sentiam-se culpados, perguntando cada um Meu Deus, o que é que eu fiz com ela? A voz era rouca e rouco o riso, como para anunciar o triunfo da alegria sobre as tristezas do mundo. Mas não esbanjava o riso. Era um riso raro, e aos homens ficava parecendo que o riso de Catula era uma dádiva de Deus ou de Exu, um favor, uma deferência. Tinha o gosto de sofrer típico dos Drummond e sofrer para Catula era quase um prazer, uma vocação para santa, apesar dos pecados, a Santa Antônia Micaéla, padroeira dos deserdados do mundo. Tinha uma alma de bolero, não tivesse o apelido de Catula Quizas, e costumava dizer:

– Eu conspiro contra a felicidade!

Colecionava homens e sapatos, cada homem, um sapato, e como os que sonhavam com Catula sabiam de seu *hobby*, ia chegar o momento em que Catula teria 187 pares de sapatos em sua coleção. Era amiga de loucos, poetas, travestis, pederastas ativos e passivos, suicidas, comunistas, mães-de-santo, pais-de-santo, umbandistas, videntes, sambistas e das almas do outro mundo, e fazia confidências a Emily, a fantasminha inglesa, mas temia o fantasma de Tia Anunciata, que vai aparecer em nossa narrativa mais na frente. Quando se transformava numa negra, os olhos seguiam sendo verdes, mas tudo o mais mudava em Catula. Tudo era dança. Tudo era festa. Tudo era alegria. Tudo era dengo. Tudo era canto. Tudo era sexo. Tudo era riso. Tudo era samba. Surgia então a Catula de Iansã, que não acreditava no pecado nem na culpa, amava dançar e cantar, ria por um nada, ao contrário da Catula branca. Depois que ficou cega, Vó Inácia conversava com o rifle a tiracolo sobre a Catula negra.

– Quando vem uma frente fria da Argentina, rifle velho de guerra, e Catula vira uma negra, a alegria triunfa sobre a tristeza, e o sentimento de culpa desaparece como um exército batendo em retirada.

Vó Inácia acariciava o rifle a tiracolo e acrescentava:

– Ah, irmão rifle, Catula é a guerra que a África e Portugal travam no coração do Brasil. É a guerra entre a culpa e a alegria, e, assim como Catula, o Brasil só será feliz quando a África negra derrotar o Portugal branco...

Quando uma frente fria vinda da Argentina surpreendia Catula em Cruz dos Homens, o Coronel Bim Bim persignava-se ao vê-la e dizia: Evém a bruxa! O primeiro trauma da vida de Catula aconteceu no dia em que Júlia Preta cantou "Azulão" na varanda do sobrado de 28 janelas até ficar rouca e mataram Juvêncio Dias jogando sinuca em Cruz dos Homens. Juvêncio Dias foi o primeiro amor de Catula. Era um homem de uns 30 anos, casado e pai de uma menininha, a Lindinalva, e Catula, então com nove anos, gostava de Juvêncio Dias não apenas porque era um homem bonito, parecendo ator dos seriados no cinema, mas porque a tratava da mesma forma, como branca ou como negra. Juvêncio Dias era jogador profissional de sinuca e tudo que ganhava distribuía com os pobres de Cruz dos Homens. Catula gostava de ir ao Bar do Zé do Juca vê-lo jogar. Ficava em pé, perto da sinuca, vendo Juvêncio Dias encestar as bolas coloridas. Juvêncio Dias bebia refresco de groselha enquanto jogava. Punha o copo de groselha numa mesa e, antes de beber, entre uma e outra bola que encestava, balançava o copo de groselha. Às vezes, rabiscava com o dedo um nome de mulher no suor do copo de groselha. Uma noite, quando Juvêncio Dias ia matar a bola 7, negra como a pele de Catula, pistoleiros a mando do Coronel Bim Bim o mataram. Os pistoleiros entraram no bar e dispararam seus revólveres à queima-roupa e fugiram. Juvêncio Dias ficou em pé, segurando o taco de sinuca, com a camisa cáqui manchada de sangue no peito e anunciou:

– Digam ao coronel que eu volto pra puxar o cobertor dele – e caiu ao lado da sinuca, em meio ao corre-corre.

Antes de morrer, Juvêncio Dias olhou para Catula, ajoelhada a seu lado, e perguntou:

– Você sabe cantar "Elvira escuta"?

– Sei – respondeu Catula.

– Então canta – pediu Juvêncio Dias.

Catula cantou "Elvira escuta" e Juvêncio Dias morreu sorrindo parecendo que não tinha morrido e mesmo quando foi colocado no caixão ainda sorria, os olhos abertos como se vivesse, a barba rala, e Catula associou-o a Jesus Cristo.

– Catula é um campo de batalha – sentenciava Tio Red Label –, onde o Bem e o Mal estão em guerra – e acrescentava, quando bebia mais Valdepeñas que devia –, Catula tem uma alma branca, refém do sentimento do pecado herdado dos portugueses, e uma alma negra, herdada da Mãe África, para a qual não existe pecado – e, na quarta garrafa de Valdepeñas, Tio Red Label erguia um brinde e gritava: – Catula é a pátria brasileira!

O "Mistério de Catula", como o caso de sua negritude ficou conhecido, começou a acontecer aos três anos de idade. Veio uma frente fria da Argentina tão forte que provocou a gripe que ficou conhecida no Brasil como "Gripe Evita Perón". Catula sentiu calafrio e espirrou três vezes. Tia Rose pensou que a filha fosse pegar a "Gripe Evita Perón", mas após espirrar três vezes, Catula ficou com a pele morena, depois cor de canela, depois cor de chocolate e transformou-se numa negra. Tia Rose pensou que Catula estivesse morrendo. Mais calmo, Tio João Manuel levou Catula ao médico e iniciaram uma peregrinação percorrendo os especialistas de pele, onde quer que existissem no Brasil, na Argentina e nos EUA e nenhum deles decifrou o mistério, mas todos concordaram que a única maneira de evitar que Catula ficasse negra era proibir que as frentes frias chegassem ao Brasil vindo da Argentina. Tia Rose passou a sofrer de uma neurose contra a negritude de Catula e fazia novenas para o Menino Jesus de Praga evitar que as frentes frias viessem da Argentina. Quando fez sete anos e foi fazer o curso primário no Grupo Escolar Barão do Rio Branco em Belo Horizonte, Catula transformou-se numa negra na hora do recreio aos primeiros sinais de uma frente fria vindo da Argentina. A diretora do grupo ficou tão alarmada, acreditando que era um caso de bruxaria ou de possessão, que chamou a polícia, pois até que mais tarde o Governador de Minas, Milton Campos, decidisse mandar o trem pagador, em vez dos soldados, para acabar com a greve dos ferroviários da Rede Mineira de Viação em Divinópolis, que protestavam contra o salário atrasado, o costume por estas terras era chamar a polícia por qualquer motivo fora do normal. De forma que uma guarnição da Radiopatrulha chegou para levar presa a menina de cabelos fulvos que se transformou numa negra. Todos os meninos e as meninas do grupo escolar fugiram de Catula, menos um menino e uma menina. O menino também tinha sete anos. Era filho de espanhóis e chamava-se Juan Las Casas. Sua família era rica e influente, e quando a guarnição da Radiopatrulha chegou para levar Catula presa, por ter se transformado numa negra, Juan Las Casas ameaçou:

– Se a Rapa levar Catula, eu também vou.

Juan Las Casas veio a ser o maior amigo que Catula teve pela vida afora. Ele há de reaparecer em nossa narrativa já adulto, usando uma batina de padre e fugindo da polícia que queria prendê-lo, sob a acusação de ter matado um guarda civil nas manifestações comunistas que agitaram a célebre Rua da Bahia, nos anos 50, em Belo Horizonte. Ao ouvir Juan Las Casas dizer que iria preso com Catula, uma menina magra e que impressionava a todos pela beleza e pela tosse começou a chorar e a gritar, de mãos dadas com Catula. Era a filha única da bela Santuza Mascarenhas Guimarães, integrante da lista das "Dez Mais Elegantes", que estavam na moda nos jornais, e de Pedro Ernesto, um dos herdeiros do poderoso Clã dos Guimarães. Chamava-se Felipa e era conhecida, junto de Catula e de Gioconda, como uma das Três Malditas. Diante da ameaça de Juan Las Casas e de Felipa, a diretora do Grupo Escolar Barão do Rio Branco recuou. Dispensou a guarnição da Radiopatrulha e Tio Red Label foi avisado e chegou a tempo de fazer um comício contra o racismo, mas a sobrinha Catula foi expulsa do Grupo Escolar Barão do Rio Branco. Os pais de Juan Las Casas e de Felipa solidarizaram-se com Catula, e consideraram os filhos também expulsos.

Catula conviveu com toda espécie de racismo. Nos grupos escolares onde estudou em Belo Horizonte, quando transformava-se em negra, era isolada no recreio, sofria o que chamavam de "gelo". Mas a pior espécie de racismo que Catula enfrentou foi o preconceito de um negro contra um negro. Desde o episódio no Grupo Escolar Barão do Rio Branco, Catula adoecia quando ficava negra. Com a leitura dos livros em espanhol de Béla Zzékely, que fugiu de Hitler e morava na Argentina, e de Karen Horney, exilada nos EUA, também fugindo de Hitler, Tio Red Label percebeu que Catula acabaria mal se não se aceitasse como era, branca e negra ao mesmo tempo. Ajudado por Juan Las Casas e Felipa, no correr dos anos, cuidou de fazer com que a Catula branca convivesse pacificamente com a Catula negra. Por mais que Tio João Manuel e Tio Red Label tentassem, Tia Rose não colaborava. Vivia em guerra com as frentes frias que vinham da Argentina e bastava Catula virar uma negra para trancá-la dentro de casa. Uma vez, Tia Rose pegou-a em flagrante beijando a boca do primo Buchanan's, que tinha a mesma idade, nove anos, e deu um tapa na cara de Catula.

– Negra vagabunda! – gritou. – Puta sem vergonha!

Tia Rose passou a sentir desde então uma dor na mão direita, que subia pelo braço e aumentava quando as folhas caindo anunciavam a chegada do outono. Achava que tinha esbofeteado os negros do mundo e ela cresceu, tal como queriam os pais, Vó Inácia Micaéla e Vô Old Parr, sem nenhum tipo de preconceito racial.

– Onde houver um Drummond na face da terra – dizia Vô Old Parr, antes de tornar-se um covarde e fugir das galinhas no quintal da casa em Cruz dos Homens –, ele tem que ficar do lado em que a corda arrebenta.

Quando soube do tapa que Tia Rose deu na cara da neta Catula, Vô Old Parr deixou o Contestado e viajou para Belo Horizonte. Reuniu Tia Rose e Tio João Manuel na sala de estar da casa da Rua Pernambuco, frente a frente com Catula, que já tinha voltado a ser uma menina branca, e disse que o tapa na cara de Catula que Tia Rose deu doía nos negros do mundo, sim, mas doía antes de tudo na face dos Drummond, a começar por ele e por Vó Inácia Micaéla. E fez uma ameaça:

– Se a cena se repetir, Catula vai morar comigo e Sobrinha Inácia no Contestado.

Catula não perdoou Tia Rose pelo tapa na cara até o dia, como narraremos com detalhes, em que Tio Johnnie Walker viajou para a Amazônia chefiando a expedição para localizar os índios liliputianos. Só então, sem saber explicar por que, começou a entender aquela mulher bêbada que era sua mãe e andava a vida toda perseguida pela tentação do incesto com o irmão gêmeo e pelo medo de cair na mesma maldição de Tia Anunciata. Catula era tão parecida com o primo Buchanan's que quem os via juntos pensava que eram irmãos gêmeos e, por isso, e por acreditar que uma mãe de verdade não dá um tapa na cara da filha, nem a chama de negra vagabunda, cultivava a fantasia de que era filha de Tio Johnnie Walker com uma outra mulher e, por alguma razão tão misteriosa como o fato de sua pele ficar negra quando uma frente fria vinha da Argentina, era criada por Tia Rose e Tio João Manuel. Jamais conversou a respeito com Tio Johnnie Walker, mas quando o pai, Tio João Manuel, estava para morrer tuberculoso, Catula perguntou se era mesmo sua filha e de Tia Rose, e Tio João Manuel respondeu que sim, era seu pai e Tia Rose era sua mãe. Mas, com o tempo, Catula descobriu que Tia Rose tinha um coração de madrasta. A Anã Clô, *expert* nas várias formas que o Demônio assume para nos tentar, pensava diferente de Catula. Na décima caderneta de armazém que trazia pendurada ao pescoço por um barbante, a Anã Clô escreveu na página 18: "Rose encontrou o seu próprio Demônio, ao qual vendeu a alma." Tia Rose era uma mulher muito bonita, mas não precisava chegar diante do espelho mágico e perguntar para saber que, como branca ou como negra, Catula era a mulher mais bela jamais vista. Cansada de quebrar os espelhos, mesmo que ficassem mudos e não dissessem o que diziam à madrasta de Branca de Neve, Tia Rose começou a engordar. A solidão e o amor incestuoso pelo irmão Johnnie Walker levaram-na a ficar viciada em bombom de cereja. Catula tinha então 15 anos. Foi aí que Tia Rose vendeu a alma. Não, Tia Rose não vendeu a alma ao Diabo, em troca da eterna juventude e do corpo magro que enfeitiçava os homens mesmo quando chegou aos 40 anos. Mas encontrou, como sabia a Anã Clô, um Demônio muito particular. Por essa época, apareceu em Belo Horizonte um feiticeiro chinês de nome Lin Chin, e Tia Rose procurou-o num barracão de fundos, no bairro do Horto, onde os trens da Central do Brasil passavam apitando. Falou do medo de ficar gorda para sempre e Lin Chin disse num português típico de chinês que podia acabar com seu drama. Numa mistura de feitiço e de magia, fez Tia Rose engolir uma solitária viva, dentro de um bombom de cereja. Em poucos dias, Tia Rose começou a emagrecer, por mais que comesse bombons de cereja. Tinha que beber três litros de leite todos os dias e outro tanto de água e tudo que comia era para alimentar Berenice, nome com que batizou a solitária. Berenice amava o uísque e, em pouco tempo, Tia Rose tornou-se uma alcoólatra. Aos poucos, satisfazia todos os prazeres de Berenice e cedeu aos caprichos de Berenice a um tal ponto que a Anã Clô anotou em sua caderneta: "Rose entregou o corpo e a alma a Berenice, que é seu Demônio particular." É verdade que nunca mais Tia Rose teve problemas com a balança. Quando chegou ao terceiro ano na Escola de Medicina, Catula ficou sabendo dos riscos que a mãe corria. Disse a Tia Rose que a solitária podia provocar a cisticercose e, pior ainda, a neurocisticercose, capaz de cegar Tia Rose, deixá-la louca varrida ou paralítica das pernas, conforme a região do cérebro em que a tênia se alojasse.

– Surgiu um remédio alemão, mamãe – dizia Catula –, que pode matar a solitária.

Tia Rose respondeu que, por nada deste mundo, viveria sem a companhia de Berenice, e recusou os conselhos de Catula. Era uma escrava de Berenice. Vivia bêbada porque bebia por Berenice e por ela própria. Já não satisfazia apenas os prazeres gastronômicos de Berenice, além de beber água, leite e uísque. Sua competição com Catula viveu a pior fase por esse tempo. Divertia-se seduzindo os amigos de Catula e flertava com os namorados da filha. "É a vontade de Berenice", justificava-se.

7

Era sempre assim: quando a viam nua, como branca ou como negra, os homens caíam de joelhos aos pés de Catula e, em vez de amá-la, rezavam para agradecer a Deus e a Exu por Catula existir. Catula prometeu à Felipa, uma das Três Malditas, que ia fazer amor com um homem como se fosse ela. Toda noite, depois que ficou cega, Vó Inácia Micaéla rezava para as Três Malditas e, para Felipa, rezava dez Ave-Marias e dez Padre-Nossos a mais e dizia ao rifle a tiracolo que Felipa precisava do dobro de orações que Catula e Gioconda. Felipa era filha única. Com um ano e meio de idade assistiu a primeira briga do pai, Pedro Ernesto, com a mãe, Dona Santuza, e no correr dos anos, em meio às tosses e à febre das 5 da tarde, iria se recordar do bate-boca dos dois. A causa das brigas dos pais eram as paixões fulminantes por Miss vividas por Pedro Ernesto, disputado pelas mulheres em geral e as Misses em particular, mesmo sendo casado, porque era belo, rico, e não podia ver uma Miss. Uma vez, para espanto do mordomo e da governanta, Dona Santuza e Pedro Ernesto promoveram um quebra-quebra no palacete da Cidade Jardim em Belo Horizonte, onde moravam, em meio a gritos e palavrões. Felipa tinha cinco anos e descobriu a arma para acabar com a guerra entre o pai e a mãe, provocada pelo ciúme de Dona Santuza, e evitar que os dois se separassem. Nesse dia tossiu sangue. Aos sete anos, quando a Cigana Carmen leu as mãos das

Três Malditas em Cruz dos Homens, Felipa já estava tuberculosa, mas Dona Santuza recusava o diagnóstico médico.

– Suprema ousadia – inflamava-se – insinuar que a princesa do Clã dos Guimarães sofre dos pulmões!

Nessa época, Pedro Ernesto acreditou que ia, enfim, deixar Dona Santuza, seu primeiro amor, por causa da Miss Mato Grosso, que por ele deixou o noivo, dono de duas mil cabeças de gado e de uma fazenda tão grande que nem ele sabia quantos alqueires tinha. Iam-se casar no Uruguai como era moda na época entre os ricos brasileiros. Felipa via o pai e a mãe acertarem a separação e ficou sabendo que, numa tarde de segunda-feira, a Miss Mato Grosso ia esperar Pedro Ernesto no aeroporto do Rio de Janeiro, onde tomariam um avião para Montevidéu. A Miss Mato Grosso esperou inutilmente por Pedro Ernesto, pois Felipa simulou uma hemoptise, usando anilina vermelha, e o pai não foi ao encontro da amada. Mais tarde, Pedro Ernesto dizia a Tio Johnnie Walker, seu maior amigo, que dava graças a Deus e a Felipa, pois o noivo da Miss Mato Grosso matou-a e ao amante, com tiros de uma espingarda de caçar onça. A essa altura, Pedro Ernesto jurava que a mulher de sua vida era a Miss Rio de Janeiro, uma beldade cor de chocolate, embora vacilasse, na esperança de que a Miss Minas Gerais, ah, sim, é que ia fazê-lo feliz. Dona Santuza negava a doença da filha. Dizia que seus suores noturnos eram provocados pelo medo dos fantasmas e as tosses não passavam de uma bronquite mal curada. Felipa acordava pálida, mas ficava com as faces rosadas por causa da febre das 5 da tarde, o que Dona Santuza tomava como um sinal de saúde e, a princípio, recusou o diagnóstico do Dr. Alberto Cavalcanti, uma sumidade em tuberculose.

– Sinto dizer, Dona Santuza, Felipa está tuberculosa!

Dona Santuza e Pedro Ernesto pertenciam ao todo-poderoso Clã dos Guimarães, e queriam levá-la para o Sanatório Internacional em Davos, na Suíça, que serviu de modelo para Thomas

Mann em *A Montanha Mágica*. O Dr. Alberto Cavalcanti, ele próprio um ex-tuberculoso, que se curou em Davos, desaconselhou:

– Não há nada que em Davos possam fazer por Felipa que não podemos fazer aqui.

Dona Santuza insistiu, mas o Dr. Alberto Cavalcanti, por fim, a convenceu:

– Estive em Davos, eu sei: o clima de Belo Horizonte tem pouco a dever a Davos. E só o sofrimento psicológico de Felipa que, em Davos, não poderá ter a companhia da senhora, Dona Santuza, e ficará longe de casa, é um risco a mais, um risco que não corremos em Belo Horizonte. Insisto num ponto, Dona Santuza: Belo Horizonte é quase igual a Davos para a cura da tuberculose em geral, e, no caso de Felipa, é melhor que Davos.

Felipa foi então internada no Hospital da Baleia, especializado em paralisia infantil, mas que tinha uma divisão de sanatório e recebia crianças tuberculosas. Era um lugar longe do mundo. Ficava entre árvores e em meio ao canto dos pássaros e ao coaxar dos sapos, e os aviões passavam tão baixo, indo e vindo do Rio de Janeiro, que era possível vê-los em seu mistério. Dona Santuza e Pedro Ernesto sofriam tanto com a separação da filha que montaram uma barraca de lona diante do Hospital da Baleia e passavam as noites lá. Felipa fez amizade com o pássaro Sofrê, que cantava entre as árvores, e com quem conversava. Era muito bonita. Tinha um brilho febril nos olhos claros, as maçãs do rosto eram salientes, o rosto magro, um rosto triangular. A testa era pequena e as sobrancelhas negras e fortes. A tuberculose tornava pálida a pele morena de Felipa, cujos cabelos eram pretos, o nariz caprichosa e um tanto arrogantemente arrebitado, como a dizer a todos, ainda que ela, Felipa, duvidasse da própria beleza, Olhem como eu sou linda! Nos portões, nos muros e nas árvores do Hospital da Baleia, os meninos desenhavam corações e escreviam os nomes das meninas de que estavam gostando. O nome que mais despertava paixões e era visto junto dos pequenos corações trespassados por flechas de

Cupido era o de Felipa. Mas Felipa não namorava nenhum menino e quando Catula ia visitá-la nas manhãs de sábado, pedia:

– Catula, namora um menino lá de fora para mim.

– Namorar como, Felipa? – estranhava Catula.

– Você escolhe um menino bem bonito, Catula, e fala assim: este eu vou namorar pra Felipa. E depois você vem me contar com riqueza de detalhes.

Para o Dr. Alberto Cavalcanti, o caso de Felipa era um jogo de paciência. Aconselhou a Pedro Ernesto e a Dona Santuza preparar Felipa para a vida cá fora, quando ficasse curada. Desde então, professores particulares davam aulas para Felipa no Hospital da Baleia e ela fazia as provas finais no grupo escolar, combinando o repouso indispensável e o estudo. Cada vez mais bela, mas nem por isso menos magra, tossindo muito, Felipa fez o curso primário sem deixar o Hospital da Baleia, a não ser para fazer as provas finais. Alternava ótimos períodos, a ponto do Dr. Alberto Cavalcanti pensar em alta, com recaídas. Uma vez, o Dr. Alberto Cavalcanti chegou a dar alta a Felipa. Catula cuidou da vinda de Gioconda de Cruz dos Homens para festejarem a volta de Felipa ao palacete da Cidade Jardim. Era uma vitória das Três Malditas contra as previsões da Cigana Carmen, mas Felipa descobriu que o pai Pedro Ernesto estava namorando a Miss Santa Catarina e teve uma recaída antes da alta. Pouco antes de morrer, o Dr. Alberto Cavalcanti disse a Dona Santuza:

– É um mistério, mas Felipa não quer ficar curada!

Aos 11 anos, Felipa já falava inglês e francês fluentemente e aos 12 começou a estudar italiano e alemão. Fazia também o curso ginasial e, aos 14 anos, falava alemão e italiano e quando ia ao Colégio Sion fazer prova do curso ginasial, junto da enfermeira Flor, numa Mercedes da família, todos ficavam encantados com sua beleza. Aos 15 anos, Felipa concluiu o curso ginasial com nota 10 em todas as matérias e quem tomava a lição era a enfermeira Flor. As tosses foram embora e Felipa melhorou tanto que ia participar do "Baile das Debutantes", no Automóvel Clube, que o colunista social Rohan promovia. Dona Santuza importou de Paris, da Maison Coco Chanel, o vestido da filha e Rohan escreveu em sua coluna social que todos apostavam no sucesso de Felipa, herdeira do poderoso Clã dos Guimarães. Rohan tinha razão. Felipa seria uma linda debutante, mais linda do que as primas, se o Automóvel Clube não tivesse recebido uma carta anônima dizendo que ela sofria de tuberculose crônica e incurável desde os sete anos de idade e sua presença, no "Baile das Debutantes", não iria apenas comprometer a reputação do Automóvel Clube, mas pôr em risco a todos, já que era portadora de um Bacilo de Koch resistente aos remédios e drogas. Havia ainda o risco de Felipa morrer de hemoptise dançando a valsa em pleno Salão Dourado. O presidente do Automóvel Clube era conhecido por sua hipocondria e proibiu a participação de Felipa no "Baile das Debutantes", através de carta enviada aos pais. E mesmo com o poder dos Guimarães, pois havia outros poderes em jogo, Felipa ficou de fora do "Baile das Debutantes". Mas pediu a Catula, que também ia debutar, que tomasse os namorados das primas, pois Dona Santuza descobriu que foram as primas que escreveram a carta anônima enviada ao Automóvel Clube. Catula, já então muito bonita, atendeu o pedido da amiga e fez um relato detalhado sobre como seduziu os namorados das primas de Felipa.

– Você beijou os namorados delas, Catula? – perguntou Felipa.

– Beijei – respondeu Catula.

– Na boca? – insistiu Felipa.

– Na boca, Felipa – respondeu Catula.

Mais tarde, quando ela e Catula fizeram 18 anos, Felipa pediu a Catula que amasse um homem por ela, como se fosse ela, e contasse com riqueza de detalhes como era.

– Pode ficar tranqüila, Felipa – prometeu Catula. – Não vai demorar e eu amarei um homem como se eu não fosse eu, como se eu fosse você.

A primeira tentativa que Catula fez para amar um homem como se fosse Felipa aconteceu na Bahia. Uma frente fria tinha vindo da Argentina e Catula estava transformada em negra. Era a Catula de Iansã. A noite em Salvador parecia uma canção de Caimmy:

"A noite tá
que é um dia
disse alguém olhando a lua..."

Mas foi a lua que estragou tudo. Catula estava na praia em Salvador. Usava um vestido florido e passeava descalça de mãos dadas com o capoeirista negro Bartô. Era a Catula de Iansã, para quem não havia pecado nem culpa. Bartô lembrava os personagens de Jorge Amado, cujos livros Catula leu, aconselhada por Tio Red Label, para aprender a amar os negros, que era o mesmo que dizer, para aprender a se amar como negra. Bartô devia ser amigo do negro Balduíno e, na infância, quem sabe, foi um capitão de areia, aprendeu a amar com Dora ou com Rosa Palmeirão, que o iniciou nos mistérios do sexo. Bartô estava nu da cintura para cima, mesmo com o frio, e Catula sentia o seu cheiro. O mar quebrava-se na praia. Vinham da noite da Bahia os sons dos atabaques. Catula de Iansã tinha 18 anos. Quando virava negra, como foi dito, pensava diferente da Catula branca, era feita de feitiço e de sexo. De maneira que Catula de Iansã decidiu pagar a promessa de amar um homem como se fosse Felipa. Pôs-se a beijar Bartô, que tinha conhecido no Pelourinho, e Bartô pediu, no jeito de falar da Bahia, os cantares da Bahia, que era sempre uma canção para Catula, que ela ficasse nua. Passava das 10 da noite, ninguém ia ver, só a lua e as estrelas da Bahia. Tinha que acontecer num ritual. Catula de Iansã disse a Bartô:

– Fecha os olhos, Bartô – e Bartô fechou os olhos.

– Abre os olhos, Bartô – disse Catula de Iansã, e Bartô abriu os olhos.

Quando Bartô abriu os olhos e viu Catula de Iansã nua, clareada pela lua da Bahia, caiu de joelhos aos pés dela e começou a rezar em nagô e, diante de Catula de Iansã nua, dançou e entrou em transe e os malandros da beira do cais, os boêmios, os mestres dos saveiros e os capitães de areia, atraídos pelos gritos em nagô de Bartô, viram Catula de Iansã nua e negra, com os olhos verdes de uma gata, e também caíram de joelhos, cada um rezando à sua maneira, e foram os primeiros a descobrir que Catula era uma divindade, tinha que ser desencantada e abrir mão da imortalidade, ganhar rugas no rosto, sofrer as dores do mundo, para poder ser amada. Surpreendida na fazenda de Vó Inácia durante o cerco do coronel, Catula acordou ouvindo Júlia Preta cantando "Azulão". Achou que estava sonhando, mas ouviu a voz do coronel e a voz de Vó Inácia e, já aos primeiros tiros, sentindo o cheiro de pólvora misturado ao cheiro dos pneus queimando, acreditou que ia morrer sem pagar a promessa de amar um homem como se fosse Felipa. Seu Jorge Mascate e os músicos dos Seranaders, Mestre Otaviano de Brito e seus quatro filhos, não combatiam, mas passaram a tocar, primeiro, boleros, depois músicas carnavalescas, pois, fiel aos mandamentos da guerra de guerrilha, Vó Inácia queria lembrar ao Coronel Bim Bim que o carnaval estava chegando e ele não ia poder desfilar fantasiado de baiana no Cordão do Bola Preta, no Rio de Janeiro. Seu Jorge Mascate invocava a proteção de Alah em árabe. Mestre Otaviano e os quatro filhos dos Seranaders eram mulatos e estavam tão pálidos, já aos primeiros tiros, que ganharam a cor de um charuto e, à medida que o combate ficava mais violento e crescia o cheiro de pólvora, a pele deles ganhava uma cor cinza, que aumentava a certeza da morte que Catula sentia ouvindo as invocações a Alah feitas por Seu Jorge Mascate. Catula viu quando o pistoleiro Sem Dó pôs fogo nos pneus velhos no curral seguindo orientação de Vó Inácia, para que ninguém, nem o coronel, nem os jagunços, se aproximasse da casa-grande sem ser visto. As chamas dos pneus clareavam a varanda e toda a frente da casa-grande da fazenda. Catula olhava as chamas dos pneus e pensava que era o fim. Sabia que o coronel tinha 40 jagunços armados até os dentes e Vó Inácia não contava com mais de dez combatentes.

O coronel cortou a energia elétrica da fazenda e a casa-grande ficou às escuras e as lanternas à pilha, os lampiões e as lamparinas transformavam todos em fantasmas.

– Eu sei, Buchanan's – dizia Catula com o rifle nas mãos, entrincheirada no telhado da casa-grande da fazenda. – Vou morrer, sei que vou. Só resta um consolo: vou desmentir a previsão da Cigana Carmen sobre as Três Malditas.

Uma tarde, no nono dia do cerco, Catula começou a ouvir, primeiro longe, como um enxame de abelhas, depois mais perto, cada vez mais perto, vozes entoando canções religiosas. A voz das mulheres abafava a voz dos homens e, aos poucos, o canto ia calando a guerra. Surgiu, então, diante dos olhos de Catula, vindo das margens do Rio Doce, uma procissão comandada por um beato de barbas e cabelos longos, usando um camisolão imaculadamente branco e tendo ao lado onças mansas como gatos. Era seguido por homens e mulheres que também usavam vestes brancas. Era o Beato dos Santos Anjos e o ar ficou carregado de um perfume indiano de cheiro enjoativo que Seu Jorge Mascate vendia em todo o Contestado e do qual Vó Inácia não se esquecia depois de cega, quando apurava o olfato para sentir o cheiro de Deus. A procissão, tendo à frente o Beato dos Santos Anjos, sempre cantando, entrou no curral da fazenda de Vó Inácia. Catula viu as 5 Irmãs descerem do telhado com os rifles nas mãos e ficarem rezando aos pés do Beato no curral. A um sinal do Beato, as virgens pararam de cantar, e então, com uma voz fina, voz de moça que lembrava a voz do irmão gêmeo, com o vento do Contestado agitando sua barba e sua cabeleira, o Beato dos Santos Anjos fez um sermão anunciando que era o enviado de Deus para acabar com a guerra e dizer aos homens e às mulheres que deviam trocar o coração de lobos por um coração de beija-flor. Pediu então:

– Em nome de Deus, deponham as armas!

Seguido por duas virgens de vestes brancas, o Beato subiu a escada da varanda da fazenda, e o cheiro enjoativo do perfume indiano aumentou. Vó Inácia o recebeu na sala de visitas e o Beato recordou que devia a ela sua conversão, e ainda acreditava que ela era Nossa Senhora disfarçada. Ajoelhado, beijou a mão de Vó Inácia, impregnando-a de perfume, e pediu:

– Deponha as armas em nome de Deus Pai!

Vó Inácia disse que estava sendo agredida pelo irmão gêmeo do Beato dos Santos Anjos. Se o coronel suspendesse o cerco e fosse embora com seus jagunços, aceitaria o cessar-fogo. O Beato dos Santos Anjos foi então conversar com o coronel. Deu uma bênção especial para as 5 Irmãs que o cercaram no curral e ficaram ajoelhadas diante dele. Pôs a mão em seus cabelos negros e pediu às 5 Irmãs que rezassem em voz alta com ele:

– Com Deus eu me deito, com Deus eu durmo, com Deus eu me levanto, com Deus eu vivo.

Abençoou também Seu Jorge Mascate, que o abastecia de perfumes, e perguntou se não queria deixar a guerra e ir embora com ele, mas Seu Jorge Mascate respondeu no seu falar arrevesado que Alah não ia gostar se desertasse. Abriu uma pequena maleta, da qual não se separava, tirou frascos de perfumes e os negociou na hora com o Beato dos Santos Anjos, que os enfiou no bolso do camisolão branco, e pediu a Seu Jorge Mascate que anotasse em sua conta. O árabe respondeu que na guerra não vendia fiado, e pediu os perfumes de volta, mas o Beato tirou notas e moedas do bolso do camisolão, contou-as, e uma a uma as entregou a Seu Jorge Mascate e, acompanhado pelas duas virgens, foi falar com o irmão. A Anã Clô assistiu o encontro dos dois irmãos gêmeos. Eram iguais em tudo, mas o Beato dos Santos Anjos tinha envelhecido mais. Rugas no rosto e fios brancos na barba e nos cabelos pareciam dizer que a santidade castiga mais um homem do que a vida em pecado. Olharam-se calados, até que o beato estendeu a mão que o coronel apertou e um abraçou o outro.

– Deponha as armas em nome de Deus – pediu o Beato, mas fracassou. O coronel disse que se Vó Inácia Micaéla retirasse as ofensas e pedisse desculpas, iria embora com seus homens e pouparia sua vida. O Beato levou a procissão para as margens do Rio Doce, longe do alcance dos rifles, e as vozes seguiram cantando e rezando até que surgiu a primeira estrela sobre a cabeça de Catula. A noite chegou e o Beato foi embora, e as beatas e as virgens o acompanharam cantando desentoadas. A guerra recomeçou e foi então que, sobre os barulhos da guerra, Catula iniciou o plano para amar um homem antes de morrer e pagar a promessa que fez a Felipa. Pobre Catula, não sabia o que a esperava.

Uma noite, Tia Viridiana teve a certeza de que a presença das 5 Irmãs na resistência ao cerco do coronel induzia ao pecado. Estava entrincheirada no telhado da casa-grande da fazenda, com um rifle e um terço nas mãos, e iniciou um balanço de sua vida. Queria saber do que se arrependia e do que não se arrependia e concluiu que tinha sido fraca quando Tio João Manuel, já casado com Tia Rose, confessou que a amava e não podia viver sem ela. Tia Viridiana sentiu medo de ser a segunda Tia Anunciata e recusou a proposta de Tio João Manuel. Pensou na hora em Many Catão, a primeira mulher a fumar em público em Belo Horizonte. As mães proibiam as filhas de conversar com Many Catão, dizendo:

– Ela é perigosa! Fuma em público!

Many Catão usava óculos de armação colorida e, apesar de nascida e criada em Minas, falava com sotaque carioca, e durante muito tempo esteve na lista negra em Belo Horizonte. Ninguém a convidava para festas e casamentos, mas como as cabeças de noivas que criava eram as mais bonitas, as mães a procuravam clandestinamente para que fizesse os arranjos e os véus das filhas que iam se casar. Se por ter fumado em público, pensava Tia Viridiana entrincheirada no telhado da casa-grande, Many Catão entrou para a lista negra, o que seria de mim se provocasse a separação de Primo João Manuel e de Rose, minha irmã, e depois fosse morar com ele? Os Seranaders tocavam o bolero "Das Almas", e Tia Viridiana, entrincheirada no telhado da casa-grande, fechou os olhos e viu a si mesma dançando de rosto colado com Tio João Manuel. Quando abriu os olhos, Tia Viridiana viu Catula e Buchanan's dançando no terreiro de café, onde não chegavam os tiros da guerra, ao som do bolero "Quizas, quizas, quizas", que Dinho Otaviano cantava em portunhol. O dia estava nascendo. Mais tarde, Tia Viridiana iria culpar-se por não ter feito nada para evitar o que estava por acontecer. A madrugada chegou. Catula dançava de rosto colado com Buchanan's como se fosse Felipa, queria beijar e amar Buchanan's como se fosse Felipa, como havia prometido à amiga. Na hora, montando guarda com o rifle nas mãos numa janela que dava para a varanda, Tio Johnnie Walker olhava o céu e os primeiros sinais do dia. Tia Viridiana mudou de posição no telhado e ouvia Dinho Otaviano cantando em portunhol:

"Estás perdiendo o tiempo
pensando, pensando
siempre que te pregunto
de cuando, donde e como
tu siempre me respondes
quizas, quizas, quizas..."

Dodô, Dadá, Dêdeu, Dazinha e a Dô também estavam entrincheiradas no telhado da casa-grande, com os rifles nas mãos, perto do Compadre Nico do Degredo com sua cartucheira, nas ordis di Deus, e viram Catula e Buchanan's dançando de rosto colado no terreiro de café, mas não podiam imaginar que Catula dançava de olhos fechados, pensando em Tio Johnnie Walker, nem que na hora Tio Johnnie Walker pensava nos índios liliputianos e na promessa que fez a Tia Beth de organizar a expedição para localizá-los na Amazônia. As 5 Irmãs viram quando Catula e Buchanan's pegaram seus rifles e entraram na senzala e viram quando fecharam a porta da senzala. Mas nunca ficaram sabendo, por mais que imaginassem, o que aconteceu lá dentro. No "Diário do Cerco do Coronel", que ela guardava num cofre com medo de que a mãe, Tia Rose, o lesse, Catula narrou o episódio em seus pormenores. "Acaso a culpa de tudo foi do sentimento de pecado que vinha das 5 Irmãs?", perguntava. Catula teve que vencer o trauma provocado pelas histórias de Tia Anunciata, um espantalho que a perseguia desde a infância, para entrar na senzala com Buchanan's, que tinha na conta de irmão. Numa espécie de *mea culpa* recordava que, já aos nove anos, quando ia à fazenda ou à casa de Vó Inácia em Cruz dos Homens, sentia febre quando via Buchanan's porque pensava em Tio Johnnie Walker. Era a febre do incesto, a mesma febre que fez Tia Anunciata arder, e que desafiava os médicos, as altas doses de aspirina, e só acabava quando Catula ficava longe de Buchanan's e de Tio Johnnie Walker. Desde que começou o cerco do Coronel Bim Bim, exatamente desde o momento em que acordou ouvindo a voz de mezzo-soprano de Júlia Preta cantando "Azulão", Catula foi tomada pela febre do incesto. Fazia o 2º ano de medicina e tinha comprimidos de aspirina, dos quais não se separava. Mas sabia que a aspirina era incapaz de baixar aquela febre. E não queria que aquela febre baixasse. Desde os nove anos, Catula e Buchanan's trocavam beijos e ficavam cheios de culpa. Mas nunca Catula deixou que Buchanan's a visse nua. Sofria da "Síndrome de Tia Anunciata" e só cedeu à febre do incesto, sua velha conhecida, porque acreditava que, tanto quanto Buchanan's, vivia a última noite de sua vida. Catula usava um vestido bolero que não combinava com a guerra, da mesma forma que os vestidos estampados usados pelas 5 Irmãs não combinavam com a guerra. Era um vestido florido e deixava ver as costas nuas e as sardas nos ombros de Catula. "Pobre de mim, eu já tinha preconcebido tudo" – escreveu Catula no "Diário do Cerco do Coronel". "Estava disposta a seduzir Tio Johnnie Walker e como não tive coragem, seduzi Buchanan's." Pela manhã, quando acordou, Catula teve a certeza da morte depois de dormir apenas três horas, pois o sono de todos que resistiam ao cerco do coronel, incluindo Vó Inácia e as 5 Irmãs, era obrigatório e controlado pela Anã Clô. Todos deviam dormir três horas por noite, nem mais, nem menos, e de maneira escalonada. Só as 5 Irmãs e Compadre Nico do Degredo dormiam no mesmo horário. Catula acordou e tirou o vestido florido da mala que já estava pronta para a viagem de volta a Belo Horizonte se o cerco não começasse. Ela o escolheu, como explicava no "Diário do Cerco do Coronel", porque "queria morrer bonita, como se fosse para uma festa". Ainda no "Diário do Cerco do Coronel", Catula perguntava: "O que aconteceu com Tia Viridiana naquela noite? Se Tia Viridiana me mandasse tirar o vestido bolero e invocasse Tia Anunciata, como sempre fazia, aquilo teria acontecido?" E seguia perguntando, antes de contar o que aconteceu: "Será que, como é de meu feitio, vou jogar a culpa no vestido bolero, em Tia Viridiana, em minha promessa a Felipa de amar um homem por ela e nas 5 Irmãs?" Quando Catula dançava o bolero "Quizas" de rosto colado com Buchanan's, pensando em Tio Johnnie Walker, no terreiro de café, a febre do incesto aumentou.

– Você está ardendo em febre – disse Buchanan's.

– É a febre do incesto, Buchanan's. Devo estar com 41 graus de febre. Já estou delirando.

– Delirando com o quê?

– Com a felicidade, Buchanan's. Qual foi o pecado de Tia Anunciata?

– O incesto, Catula.

A febre de Catula aumentava. Pegaram os rifles e entraram no quarto da senzala, onde na época da escravidão dormiam os escravos, e foi então que aconteceu. As balas dos rifles assoviavam e ricocheteavam nas paredes e no telhado da casa-grande e os Seranaders cantavam "Quizas". O dia nascia e Catula disse a Buchanan's:

– Fica nu, Buchanan's.

Buchanan's ficou nu e Catula pediu que fechasse os olhos e quando Buchanan's abriu os olhos e viu Catula nua, caiu de joelhos e pôs-se a rezar uma Ave-Maria. Ao vê-lo ajoelhado e rezando, fazendo agradecimentos a Deus, Catula achou divertido, como aconteceu quando nove homens fizeram o mesmo que Buchanan's.

Sentiu-se homenageada e era suficientemente narcisista para gostar do que Buchanan's fazia e outros homens fizeram. Mas como, depois da Ave-Maria, Buchanan's seguiu rezando um Padre-Nosso, sempre de joelhos diante de seu corpo nu, que ardia de febre, ela gritou:

– Merda, Buchanan's! Pára com isso!

Agora era diferente. Ao contrário das outras vezes com nove homens, vivia o último dia de sua vida. De modo que Catula aproximou-se de Buchanan's e tentou levantá-lo. Buchanan's continuou ajoelhado e rezando, enquanto os Seranaders cantavam e os combates continuavam. Depois Buchanan's vestiu a roupa e saiu da senzala carregando o rifle. Catula sentou-se nua num canto da senzala, abraçou os joelhos, e sentiu a maior solidão de sua vida. Começou a chorar e as 5 Irmãs ouviram. Desceram às pressas do telhado, seguidas por Compadre Nico do Degredo, nas ordis di Deus, e quando entraram na senzala viram Catula nua. Catula enfiou às pressas o vestido bolero e sem parar de chorar disse às 5 Irmãs, Pelo amor de Deus me abracem, me abracem, me abracem.

8

Nas noites de lua cheia, Júlia Preta não cantava "Azulão" na varanda do sobrado de 28 janelas, pois o lobisomem aparecia em Cruz dos Homens, espalhando o medo. Os cães, os gatos, os bêbados e os loucos desapareciam das ruas e o Coronel Bim Bim rezava o terço em voz baixa, armado com três revólveres e com o rifle ao alcance das mãos, protegido por seus 40 jagunços, entrincheirados dentro do sobrado de 28 janelas. Apenas as 5 Irmãs ousavam desafiar o lobisomem no alto da varanda debruçada sobre a rua no sobrado que Compadre Nico do Degredo tinha em Cruz dos Homens. A pobre e santa Dona Dá morria aos poucos, magra e pálida, um desafio para os médicos, de maneira que Compadre Nico do Degredo foi com Dona Dá e as 5 Irmãs para a cidade. Dona Dá não queria morrer sem ver as filhas normalistas. Antes de ficar muda protestando contra as línguas-de-trapo da UDN, seu hino era a música de Nélson Gonçalves que todo o Brasil cantava:

"Vestida de azul e branco
trazendo um sorriso franco
no rostinho encantador
minha linda normalista
rapidamente conquista

meu coração sofredor
ai, ai, ai, ai"

Dona Dá não perdia a esperança. Morreu sem saber que estava morrendo, acreditando que ia ver as filhas professoras, tinha calos nos joelhos de tanto rezar para que Santa Rita de Cássia tirasse o pecado do coração daquelas meninas. Vó Inácia Micaéla era madrinha das 5 Irmãs, como foi dito, e estranhava os ares de moça quando elas ainda eram meninas, as bocas pintadas de batom, as pernas de fora, nem no Rio de Janeiro, em meu tempo, era assim, decidi procurar Comadre Dá, Toma tento, Comadre Dá, tenho perdido o sono preocupada com minhas afilhadas, não fica bem, não, comadre, as pobrezinhas vestidas como moças feitas, com os dengos de moças feitas e essas roupas, Comadre Dá, Ah, Comadre Inácia Micaéla, Santa Rita de Cássia é testemunha, e benzia-se, ralho com elas, ponho de castigo, adianta não, Comadre Inácia Micaéla. As 5 Irmãs fizeram o curso primário em Cruz dos Homens, depois iniciaram, no tempo devido, uma via crucis pelos colégios de freiras, onde estudavam internas. Vagaram por colégios de freiras em Vitória, Mariana, Belo Horizonte, mesmo em Itabira as 5 Irmãs estiveram, as freiras faziam de tudo, chamavam o padre, benziam as 5 Irmãs, borrifavam com água benta, não as deixeis, Senhor, cair em tentação. As 5 Irmãs tentavam as outras alunas, uns risos sem propósito, por um nada, uns olhares, Santo Deus, as freiras as surpreendiam aos beijos e abraços, ah, no colégio de freiras em Mariana, a santa Irmã Matilde, tão linda, tão nova, não se perdeu de amores pelas 5 Irmãs? Ficou cantando música profana, já não dizia coisa com coisa e repetia como quem reza o nome de Dodô, Dadá, Dêdeu, Dazinha e a Dô, foi definhando, os olhos azuis perdidos longe, pálida e louca, ficava pelos cantos com um terço nas mãos rezando uma oração feita com os nomes de Dodô, Dadá, Dêdeu, Dazinha e a Dô. Expulsas do colégio de freiras de Mariana, as 5 Irmãs conseguiram ser aceitas, graças a Santa Rita de Cássia, no colégio das freiras em Vitória. Mas um dia chegou carta da Madre Estergilda, Estimada Dona Dá, que esta a encontre gozando saúde e paz, aqui tudo como Deus é servido, sinto muito ter que dizer, Dona Dá, que tivemos que pedir ao bom e santo Padre João de Deus, de passagem aqui com destino a Belo Horizonte, onde vai cumprir, *ipsis litteris*, diga-se de passagem, a previsão feita no passado pela Cigana Carmen, para exorcizar as 5 Irmãs, uma vez que Satanás ocupou o coração das pobrezinhas, mas por mais que Padre João de Deus insistisse, tentou em vão, e concluiu que Dodô, Dadá, Dêdeu, Dazinha e a Dô eram seus próprios Demônios, Satanás no pior disfarce, com caras de anjo, razão por que, estimada Dona Dá, é com o coração em pedaços que escrevo para comunicar que não poderemos mais ter as 5 Irmãs em nosso colégio, mas rogamos a Deus Todo-Poderoso que as abençoe.

Numa noite de lua cheia, a noite do lobisomem em Cruz dos Homens, Dona Dá morria sem queixas no quarto do sobrado, mas tinha forças para conversar, em pensamento, com Santa Rita de Cássia, pois a greve da voz em protesto contra as línguas-de-trapo da UDN valia até para os santos, e pedia, Toma conta dessas cinco cabecinhas-de-vento, Santa Rita de Cássia, no fundo, quem viver verá, elas são boas meninas. Compadre Nico do Degredo montava guarda, entrincheirado atrás de uma janela, pronto para disparar a cartucheira contra o lobisomem. Na varanda do sobrado, Dodô, Dadá, Dêdeu, Dazinha e a Dô estavam vestidas como se fossem para uma festa. Usavam vestidos vermelhos, iguais em tudo, um ousado decote, os cabelos negros molhados, penteados com a ponta dos dedos, e estavam de batom e fumavam um cigarro na piteira, que passavam de mão em mão. Quando estudavam, as 5 Irmãs tiravam boas notas apenas em português e em latim e descobriram que os lobisomens do mundo falavam latim. De forma que, uma noite, quando ouviram o uivo do lobisomem e toda Cruz dos Homens tremeu, as 5 Irmãs acenderam o cigarro na piteira e ficaram esperando na varanda do sobrado. O lobisomem apareceu. Andava como um homem e ao ouvir seus uivos, Compadre Nico do Degredo pensou em fugir. Já as 5 Irmãs o receberam tirando rosas vermelhas de dentro de uma cesta e jogando para o lobisomem, do alto da varanda, que era muito alta e fazendo propostas em latim tão indecorosas que Padre Zé Lopinho, olhando pela greta da janela da casa paroquial, vizinha de frente do sobrado de Compadre Nico do Degredo, entendeu o que as 5 Irmãs diziam, e varou a noite repetindo, Jesus, Maria, José, tende piedade daquelas pobres pecadoras. O lobisomem devorou as rosas vermelhas que as 5 Irmãs jogaram. Parado diante da varanda do sobrado encarou-as e Dodô, Dadá, Dêdeu, Dazinha e a Dô ficaram perguntando de quem eram aqueles olhos, ah, conheciam aqueles olhos. Por um momento, o lobisomem considerou a possibilidade de entrar no sobrado e cometer com as 5 Irmãs os pecados do mundo que sugeriam em latim. Quem sabe uma delas, a Dô, a mais nova, poderia beijá-lo na boca e acabar com seu encanto, como anunciou a cigana que sabia latim e se dizia enviada de Deus? Teve medo que as 5 Irmãs, até onde um lobisomem pode sentir medo, descobrissem sua verdadeira identidade. Mas pensou no quanto poderia ser feliz com a caçula das 5 Irmãs, a Dô, e o fato de considerá-la um anjo, mas que não tinha amor no coração e nunca o beijaria com amor, tornou a sua solidão de lobisomem tão grande que, uivando e tomado de fúria, perseguiu cães e gatos que ousaram sair às ruas, mas confraternizou-se com uma louca que o chamou de Jesus Cristo. O lobisomem apanhou um cravo vermelho no jardim do sobrado de Vó Inácia Micaéla. Na hora, Catula o esperava entrincheirada na varanda no 2º andar do sobrado, com um rifle nas mãos, e quando o lobisomem atirou o cravo vermelho para ela, disparou o rifle, sem saber que os lobisomens eram imortais. O tiro passou de raspão no rosto do lobisomem, deixando um cheiro de pólvora que iria persegui-lo como perfume, porque àquela moça do rifle, ele amou ao vê-la tão bela e tão inacreditável, como uma aparição, e sua solidão cresceu a tal ponto, que correu como uma mula-sem-cabeça pelas ruas, seus grandes pés soando como ferradura na calçada em pé-de-moleque, atravessou a ponte e penetrou nos domínios da UDN, onde o Coronel Bim Bim era rei. O coronel satisfazia uma necessidade velha como a história dos homens debaixo de uma árvore. O lobisomem o atacou, pondo em fuga os 40 jagunços que o protegiam e não dispararam seus rifles, obrigando o coronel a correr com as calças nas mãos e pedir asilo a Padre Zé Lopão na casa paroquial. O lobisomem só não invadiu a casa paroquial por instâncias de Padre Zé Lopão, que ousou abrir a janela da casa paroquial e encará-lo com um crucifixo de madeira nas mãos, e disse em latim, Seja bem-vindo à casa do Senhor, prometendo em latim que o coronel ia rezar um terço ajoelhado e se penitenciar de seus pecados. Era tanta a solidão do lobisomem, tanta a vontade de conversar com alguém, que ele se deixou ficar ouvindo o sermão feito em latim. Padre Zé Lopão acreditou, oh, Deus pai, que aquele lobisomem, diferente de todos os lobisomens, podia ter sido enviado por Deus, para obrigar os pecadores, como o coronel, a cair de joelhos e pedir perdão pelos pecados. Foi pensando que o lobisomem era um ser divino, com uma missão junto ao coração dos homens, que Padre Zé Lopão disse em latim, olhando-o da janela:

– Dominus vobiscum!

O lobisomem entendeu o que Padre Zé Lopão disse. Não falava a língua dos homens nem a língua dos anjos, mas falava a língua dos padres. Poderia cair de joelhos e dizer em latim:

– Pater, benedica me quia pecavi.

Poderia tentar descobrir, abrindo o coração com Padre Zé Lopão, que pecado tinha cometido para transformar-se em lobisomem. Poderia falar com Padre Zé Lopão do medo que sentiu quando viu pela primeira vez sua imagem de lobisomem refletida num espelho. Poderia dizer a Padre Zé Lopão que acompanhava as fases da lua, tomado de pânico, um pânico que nunca o abandonava. Poderia confessar a Padre Zé Lopão que se sentia irmão dos fracos e dos oprimidos, dos humilhados e ofendidos, irmão dos feios que amavam as mulheres belas, irmão dos pobres do mundo que amavam as ricas, mas em seu coração de lobisomem, metade coração de lobo, metade coração de homem, o Bem e o Mal, como irmãos que se odeiam, Caim e Abel, estavam em guerra, e no coração de um lobisomem o bem é uma flor frágil. Poderia pedir a Padre Zé Lopão que dissesse à moça que disparou o rifle que não precisava sentir medo dele, não precisava ficar com o rifle na mão, nas noites de lua cheia, não precisava apontar o rifle e abrir fogo, mesmo porque os lobisomens têm o corpo fechado e são imortais, esse era o único consolo que tinham. O lobisomem estava bêbado. Antes de dar o galope no coronel invadiu um bar e bebeu conhaque e, agora, estava ali, diante de Padre Zé Lopão, que o olhava da janela da casa paroquial. Como a dizer que um lobisomem pode ter Deus no coração, o lobisomem ajoelhou-se diante de Padre Zé Lopão e disse em latim:

– Confiteor Deo omnipotente!

Padre Zé Lopão acreditou que alguma coisa era doce no lobisomem e recriminou-se em voz baixa, Deus me perdoe pelo amor de Deus. Acreditou que, por trás de tudo que o lobisomem tinha de horrível e de terrível, os olhos guardavam lembranças dos olhos de um homem, e Padre Zé Lopão perguntava-se, onde já vi estes olhos, meu Deus? Passou a ter, desde aquele momento, um suspeito, o nome do homem que virava lobisomem quando a lua cheia aparecia no céu do Contestado. Deu um tapa na própria boca e pôs-se a repetir, Cala-te, boca, cala-te, boca, cala-te, boca, e os lábios grossos e sensuais, que não combinavam com os lábios de um ministro de Deus, ficaram inchados de tanto que Padre Zé Lopão batia na própria boca, repetindo, Cala-te, boca, cala-te boca, cala-te boca. Fechou a janela e, quando a abriu depois, tinha água benta e não mais o crucifixo de madeira nas mãos.

– Abre teu coração para Deus, meu filho – disse em latim para o lobisomem, que estava bêbado e abraçou o poste.

Depois, cambaleando como um bêbado, mal amparado nas duas pernas como um homem, o lobisomem saiu cantando pelas ruas de Cruz dos Homens, uma canção jamais ouvida com versos numa língua que ninguém entendia, indiferente à guerra política entre o PSD e a UDN, pois cantava debaixo de todas as janelas. Ninguém entendia os versos, mas a música era tão bonita, dava nas pessoas uma vontade tão grande de serem felizes, que os maridos fizeram as pazes com as esposas e vice-versa, pais brigados com os filhos fizeram cafunés neles e Gioconda, uma das Três Malditas, a moça de um braço só do Contestado, que tinha pressa de viver, entendeu que sua única esperança, para não ficar louca de vez, se escapasse de um duelo com o Coronel Bim Bim, era convencer Buchanan's a desistir de amar mil mulheres diferentes, e viverem juntos, acreditando que beber um copo d'água um ao lado do outro era a felicidade, mesmo que ela não tivesse a mão esquerda para colocar uma aliança no dia do casamento.

Na manhã seguinte, Cruz dos Homens acordou mais tarde, mas todos sabiam que o Coronel Bim Bim levou um galope do lobisomem com as calças nas mãos e que Padre Zé Lopão conversou em latim com o lobisomem. Sabiam que as 5 Irmãs fizeram propostas indecorosas em latim ao lobisomem e que havia dez suspeitos de terem os olhos do lobisomem. Sabiam que Catula disparou o rifle contra o lobisomem e que, mesmo assim, o lobisomem atirou um cravo vermelho para Catula. Principalmente sabiam a canção do lobisomem, que toda a cidade assoviava e que convidava ao pecado, porque acabava com a fronteira entre o Bem e o Mal, o Certo e o Errado. Surgia um novo herói em Cruz dos Homens e, logo, apareceram nos muros da cidade inscrições feitas a piche, com vivas ao lobisomem.

Tantos mortos votaram nos candidatos do PSD e da UDN que as eleições para vereador em Cruz dos Homens foram anuladas e novas eleições convocadas. O lobisomem teve sua candidatura lançada, em inscrições feitas a piche nos muros e em panfletos clandestinos, e estava tão popular, por ter dado um galope no Coronel Bim Bim, que foi o vereador mais votado, com mais votos que todos os candidatos do PSD e da UDN juntos. Mesmo sendo adversários políticos, ela, líder do PSD, ele, líder da UDN, Vó Inácia e o Coronel Bim Bim decidiram unir-se contra o lobisomem, incomodados com as inscrições a piche nos muros pedindo: Todo poder ao lobisomem. O coronel e Vó Inácia mandaram buscar longe, muito longe, em Dores de Guanhães, um certo Seu Sô Sô, que era caçador de lobisomem. Não, Seu Sô Sô não matava o lobisomem, que nem armado andava. Ia, sim, responder uma pergunta, dizer quem, afinal, era o homem que virava lobisomem nas noites de lua cheia em Cruz dos Homens. A lista de suspeitos era grande e, para tirar as dúvidas, acabar com aquele mistério, o PSD e a UDN se uniram. Seu Sô Sô era famoso por ter o corpo fechado e parte com o Diabo. Tomava a forma dos pássaros da noite, virava coruja, e não temia tocaia, tiros de rifle, mula-sem-cabeça, nada. Nem o lobisomem Seu Sô Sô temia. Era um homem tão feio que espantava, mas os olhos eram bonitos, cor de cinza. O olho esquerdo era só um enfeite, dele Seu Sô Sô não enxergava, que para fazer seu pacto com o Demo, vendeu a alma e entregou o olho esquerdo, aquele olho que ficava parado, como uma bola de vidro, enquanto o outro olho, esse, sim, tinha que trabalhar pelos dois. Seu Sô Sô foi recebido com honras em Cruz dos Homens. As duas bandas de música, a do PSD e a da UDN, o receberam tocando o "Cisne branco" e o coronel hospedou-o no sobrado de 28 janelas e enviou seus jagunços aos brejos para caçar rãs, o prato preferido de seu hóspede, e prometeu a Seu Sô Sô duas vacas girolandas prenhas e um touro holandês, em troca de descobrir quem era, na verdade, o lobisomem com quem Bim Bim tinha contas a acertar. Seu Sô Sô chegou a Cruz dos Homens e ficou esperando a noite de lua cheia. Era, sabia Seu Sô Sô, um lobisomem estranho. Não gostava de titica de galinha e ninguém teve até então notícia dele nos galinheiros, provocando corre-corre, pânico entre galos e galinhas. Amava as flores, de preferência as rosas. Comia quantas rosas houvesse nos jardins de Cruz dos Homens e, entre as rosas, as preferidas eram as rosas vermelhas, do jardim do adro da igreja. Seu Sô Sô ia ficar escondido na torre da igreja matriz comandada por Padre Zé Lopinho. Dada sua missão, mesmo não sendo um homem sem Deus, ganhou licença de Padre Zé Lopão e de Padre Zé Lopinho para ficar à vontade nas casas do Senhor. De lá, ficaria esperando, transformado num pássaro da noite, para seguir os passos do lobisomem, até o momento mais aguardado, a hora que o lobisomem voltaria a ser um mortal comum, governado pelas leis dos homens. Era sabido que o lobisomem voltava a seu natural, com feições e corpo de homem, quando a madrugada dava seus primeiros sinais, e corria em Cruz dos Homens a notícia de que era comendo rosas vermelhas no jardim do adro da igreja que o lobisomem voltava a ser um homem. Estavam todos certos que Seu Sô Sô ia descobrir a verdadeira identidade do lobisomem. Afora os diz-que-diz das línguas-de-trapo da UDN, que na lista de suspeitos colocavam os quatro filhos varões de Vó Inácia e Vô Old Parr, Tio Dimple, Tio Johnnie Walker, Tio White Horse e Tio Red Label, por terem tido uma loba como mãe de leite e terem sido mordidos por um lobo enciumado, as maiores suspeitas recaíam em dois homens sinistros, como convém a um lobisomem. Um deles era o Vicentão da Ventura. Tinha matado o cunhado por briga tola, e comeu o fígado do cunhado, e era um homem que não ria. O outro suspeito era o Geraldão da Aninha, que diziam que era o pai e o avô dos filhos de suas três filhas. Eram sinistros, mas tratados com deferência, que ninguém, nem mesmo o Coronel Bim Bim, até o galope que levou, queria ficar mal com o lobisomem. O Vicentão da Ventura e o Geraldão da Aninha recebiam em casa leite fresco, tirado das vacas do coronel. Ao saber que o Vicentão da Ventura gostava de requeijão, Vó Inácia o abastecia com os melhores, e enviava a aguardente mandada buscar longe, em Salinas, ao Geraldão da Aninha. E os dois não pagavam conta em armazéns, que ninguém cobrava deles, tinham médico de graça, farmácia de graça, dentista de graça para toda a família e ganhavam a honra de terem os nomes anunciados entre as autoridades nas festas religiosas e políticas. Sem esquecer, pois ninguém queria desfeitear o lobisomem, que todos plantavam rosas vermelhas nos jardins das casas, para que o lobisomem se fartasse, e Vó Inácia Micaéla mandou um portador de confiança a Barbacena, procurar os Bias Fortes, seus aliados do PSD, para trazer sementes das rosas mais bonitas que existiam e quando floresceram em Cruz dos Homens eram o manjar dos deuses do lobisomem.

Mais que o medo, foi a sede do mando, que nisso eram muito parecidos, que levou Vó Inácia e o Coronel Bim Bim a se unirem contra o lobisomem. Pois desde que o lobisomem foi eleito vereador com mais votos que todos os candidatos do PSD e da UDN, o Coronel Bim Bim e Vó Inácia Micaéla descobriram que o poder podia fugir de suas mãos. Tecido pelos fios do medo, o prestígio de Vicentão da Ventura e do Geraldão da Aninha crescia tanto que já pensavam em se candidatar a Prefeito de Cruz dos Homens. Todos descobriam que havia uma maneira de chegar aos dois mandachuvas do lugar, Vó Inácia Micaéla e o Coronel Bim Bim, e não receberem um não, ou aquela conversa, própria do político mineiro, que não diz sim, nem não, muito antes pelo contrário. Era valer-se dos préstimos de Vicentão da Ventura e do Geraldão da Aninha. Foi num encontro sigiloso no solar dos Drummond que Vó Inácia e o Coronel Bim Bim selaram o pacto contra o lobisomem. Precisavam descobrir quem era o verdadeiro lobisomem, mesmo porque, coronel, disse Vó Inácia, carregando no sotaque carioca, as línguas-de-trapo da UDN andam insinuando coisas contra meus quatro filhos, então, coronel, quero pôr essa história de lobisomem em pratos limpos. Chegou então a noite de lua cheia, a lua do lobisomem, em Cruz dos Homens. Por volta de 10 da noite, Seu Sô Sô foi visto, magro e esguio, entrando na igreja matriz do lado do PSD, que teve sua porta aberta pelo próprio Padre Zé Lopinho. Chegou um momento – ia a lua cheia no céu – em que toda a cidade estava trancada dentro de casa. Todos acordados. Todos com medo. Então o lobisomem apareceu e seus uivos, às vezes lembrando uma canção, foram ouvidos. Pelas frestas da veneziana, Vó Inácia Micaéla o viu passar diante do solar dos Drummond e comer rosas no jardim. Seu Sô Sô conseguiria descobrir a identidade do lobisomem? A crer no relato de Padre Zé Lopinho, feito a Vó Inácia, na manhã seguinte, quando ele entrou na igreja matriz, com uma outra chave que tinha, não viu Seu Sô Sô, viu a coruja em que Seu Sô Sô estava transformado. Toda a cidade acordou cedo, para saber a revelação de Seu Sô Sô, já que, sem despertar as suspeitas do lobisomem, conseguiu identificá-lo, quando se transformou em homem, e ele, Seu Sô Sô, deixou a forma de uma coruja. Mas alguma coisa estranha aconteceu a Seu Sô Sô. Quando foram encontrá-lo para saber quem era o lobisomem, seguidos por uma multidão de curiosos, Vó Inácia e o Coronel Bim Bim encontraram Seu Sô Sô desfigurado. Estava verde e tremia dos pés à cabeça, como se tivesse sido atacado pela Dança de São Guido, e a voz saía arrastada de sua boca e Seu Sô Sô, tido como um homem sem Deus, ligado a Satanás, fazia o Nome do Padre sem parar, gaguejava, Valei-me, Virgem Santíssima Puríssima, misturava Ave-Marias com Padre-Nossos, e, para decepção de todos, foi buscar dentro da igreja um certo Pedrim das Posses.

– Este é o lobisomem – e apresentou Pedrim das Posses algemado.

Magrinho, encolhidinho, amarelinho, assustadinho, quase pedindo desculpas, Pedrim das Posses apareceu diante da multidão, que esperava ver um homem sinistro, com a face do Vicentão da Ventura ou do Geraldão da Aninha, e não aquela figura tão longe das suspeitas. O medo, que assumiu a forma de reverência, tomou o lugar da decepção. Os soldados tiravam o quepe, os homens tiravam o chapéu e saiu um grito das bocas da multidão:

– Viva Pedrim das Posses!

E a própria multidão respondeu, para tristeza do Coronel Bim Bim e de Vó Inácia, que não esperavam essa atitude da multidão:

– Vivôoô – gritaram aquelas bocas e explodiram as palmas.

Reverente com o lobisomem, resoluta, como nunca o Coronel Bim Bim tinha visto, nem na passeata para comemorar o fim da Segunda Grande Guerra, a multidão obrigou os soldados e Seu Sô Sô a abrir as algemas em que Pedrim das Posses estava preso, e tomou-o nos braços e o carregou em triunfo nos ombros, como só tinha feito uma vez, quando o craque de futebol Silvio Leite, que tinha apenas um braço, fez quatro gols vestindo a camisa do Flamengo de Cruz dos Homens, numa goleada de 5 a 1 contra o Democrata de Governador Valadares. Mais tarde, tomada de fúria, a multidão apedrejou as casas onde moravam o Vicentão da Ventura e o Geraldão da Aninha, cujas feições sinistras não amedrontaram mais ninguém, depois da revelação de Seu Sô Sô sobre a verdadeira identidade do lobisomem. As únicas vozes discordantes em Cruz dos Homens eram as 5 Irmãs que diziam, num falar um tanto rude para moças tão belas, Que Mané Pedrim das Posses, o lobisomem é outro, como mãe diz, quem viver verá. Naquele mesmo dia, o Coronel Bim Bim avisou Vó Inácia que já havia encomendado a morte de Pedrim das Posse. Antes de nova lua cheia, Júlia Preta cantou "Azulão" na varanda do sobrado de 28 janelas e cinco jagunços mataram Pedrim das Posses numa emboscada. O inverno era tão rigoroso, em meio às frentes frias que vinham da Argentina, que Catula, passando as férias em Cruz dos Homens, ficava transformada em negra noite e dia, para espanto do Coronel Bim Bim. Ia esfriando cada vez mais e Vô Old Parr disse, olhando o céu, que ia nevar em Cruz dos Homens. Tia Viridiana não saia de perto de Vô Old Parr, pois no inverno ele sempre ficava louco e passou a esperar a chegada da neve. Rezando uma ladainha em voz baixa, sem abandonar o terço de pérolas que ganhou de Tio Johnnie Walker, Tia Viridiana recordava seu sonho de esquiar na neve nos Alpes Suíços com Tio João Manuel.

9

Aquele mês de julho ia ficar na lembrança de Vó Inácia. A temperatura desceu a três graus abaixo de zero e a neve caiu em Cruz dos Homens, tal como Vô Old Parr tinha previsto e Tia Viridiana desejava. Os telhados das casas, as torres das igrejas, as vidraças das janelas e as árvores e as flores e a calçada em pé-de-moleque das ruas e os postes e os pássaros e os cães de rua e os gatos amanheceram cobertos de neve. A ponte de madeira, que era negra, ganhou uma cor de fumaça e o Rio Doce lembrava um enorme lagarto branco. Foram as beatas, que iam para a missa das 6, as primeiras a saber da novidade, quando abriram a porta das casas e olharam a rua. Encolhidas de frio, pisando na neve, saíram pelas ruas gritando, tomadas de festa:

– Aleluia! Aleluia!

As crianças acordaram e foram fazer bonecos de neve nas ruas. Os pais, e os irmãos mais velhos, tios, primos, e os avós, como Vó Inácia Micaéla e Vô Old Parr, quando viram o que estava acontecendo, sentiram uma vontade infantil de brincar e atiravam bolas de neve uns nos outros. Vó Inácia chamou a Anã Clô, Catula e Buchanan's e reencontrou a infância perdida brincando na neve. Na verdade, no sobrado de Vô Old Parr e de Vó Inácia, foi Tia Viridiana quem primeiro soube que estava nevando em Cruz dos Homens. Não foi pelo frio em si. Tia Viridiana sentia um frio na alma, mesmo no verão, tão forte que só os boleros eram capazes de consolá-la. Não ia demorar o dia, como vamos contar, que era sempre verão no rosto de Tia Viridiana, pois a sua menopausa chegou mais cedo. Haveremos de encontrá-la abanando o rosto com as mãos como se fossem um leque, aquelas mãos que Tia Viridiana acabaria por descobrir, entrincheirada no telhado da casa-grande da fazenda durante o cerco do coronel, segurando o rifle e um terço de pérolas, que eram mãos de amante, a amante que nunca chegou a ser de Tio João Manuel, uma vez que a tuberculose o matou. Quando soube que a neve caía em Cruz dos Homens, Tia Viridiana rezava uma ladainha, ajoelhada ao pé da cama. Escutou então as beatas gritando aleluia, aleluia. Abriu a janela do quarto que dava para a rua e viu a neve caindo em flocos. Era o Conto de Fadas que tinha pedido a Santa Rita de Cássia desde o dia em que viu o irmão gêmeo White Horse nu na cama com uma negra de jovens seios. Abriu o baú e tirou de lá de dentro, sentindo cheiro de naftalina, a roupa que tinha encomendado a Seu Jorge Mascate, como se fosse esquiar nos Alpes Suíços com Tio João Manuel. Nas noites de solidão, ouvindo Júlia Preta cantar "Azulão" na varanda do sobrado de 28 janelas em Cruz dos Homens, para anunciar uma morte na tocaia a mando do coronel, Tia Viridiana trancava à chave a porta do quarto, esperava todos dormirem e quando Vô Old Parr começava a sonhar em voz alta, desafiando o Coronel Bim Bim para um duelo, vestia a roupa própria para o frio suíço e passeava na neve com Tio João Manuel. Pois agora, ah, Tia Viridiana viu com os olhos verdes, que tanto tentavam os homens, a Suíça na porta da casa. De maneira que vestiu às pressas as roupas de lã, pôs um gorro e as luvas, e foi de quarto em quarto acordando um a um, a começar pela sobrinha Catula, dizendo está nevando em Cruz dos Homens. Quando Tia Viridiana, levando o terço pendurado no pescoço, fez um boneco de neve com as mãos de amante, um boneco nada infantil, do tamanho de um homem, e dançou diante do homem das neves, todos, incluindo Vó Inácia, souberam, que nos três dias e nas três noites que nevou em Cruz dos Homens, as proibições, de toda espécie, tinham acabado. As 5 Irmãs tiraram do baú as roupas de frio que usavam no colégio das freiras em Mariana e, nas ordis de Deus, acompanhadas por Compadre Nico do Degredo, com uma capa gaúcha que ia até os pés e a cartucheira no ombro, saíram cantando:

"Ô jardineira
por que estás tão triste
mas o que foi que te aconteceu
foi a camélia que caiu do galho
deu dois suspiros e depois morreu."

Dodô, Dadá, Dêdeu, Dazinha e a Dô pareciam tristes. A mãe, a pobre e santa Dona Dá, ia morrendo aos poucos. As 5 Irmãs levaram Dona Dá à varanda do sobrado, enrolada em três cobertores, e disseram em coro, como era próprio delas:

– É um milagre, mãe, está nevando em Cruz dos Homens!

O clima político estava tão tenso antes de nevar em Cruz dos Homens que os tiros eram ouvidos de um lado e do outro do Rio Doce e Júlia Preta cantava "Azulão" toda noite na varanda do sobrado de 28 janelas. No outro dia de manhã, todos iam ver quem morreu. As primeiras a ver os mortos eram as beatas. Elas persignavam-se, e em seus sermões, tanto Padre Zé Lopão quanto Padre Zé Lopinho ousavam uma rebeldia e repetiam a mesma frase, como se tivessem combinado: "Deus é o pai de todos!" A neve acabou com os limites impostos pelo PSD e a UDN a Cruz dos Homens, e Padre Zé Lopão e Padre Zé Lopinho concelebraram uma missa campal, a que não faltaram nem mesmo a Henriquetinha e a Suzaninha, as duas irmãs que eram as donas dos dois bordéis da cidade. E o Coronel Bim Bim e Vó Inácia Micaéla foram vistos rezando, muito piedosos, mas, nem por isso, deixaram de ficar com a mão pronta para sacar o 38. Mas o momento mais emocionante dos dias em que nevou em Cruz dos Homens não aconteceu quando a Henriquetinha e a Suzaninha, que estavam separadas por imposição do PSD e da UDN, jogaram bola de neve uma na outra, e depois se abraçaram em lágrimas. Nem quando Padre Zé Lopão atirou uma bola de neve em Padre Zé Lopinho, e Padre Zé Lopinho devolveu a brincadeira, acertando uma bola de neve no rosto de Padre Zé Lopão. Aconteceu na praça da igreja, quando o Coronel Bim Bim e Vó Inácia Micaéla ficaram frente a frente, a dois metros de distância, olhando-se nos olhos, não apenas porque desrespeitaram a Lei do Contestado, mas porque a neve que polvilhava o chapéu e o paletó do coronel e a boina vermelha que Vó Inácia usava e seu casaco argentino decretava uma nova lei em Cruz dos Homens. Ao verem Vó Inácia e o Coronel Bim Bim frente a frente, armados com os rifles polvilhados de neve, todos pararam de brincar, e os aliados políticos e os pistoleiros, de um lado e do outro, aproximaram-se dos dois com os dedos nos gatilhos. Os jagunços do coronel, brancos de neve, e os pistoleiros Vagalume e o Sem Dó, também brancos de neve, tomaram posição. Vô Old Parr que ainda era um homem valente, mesmo ficando louco de tempos em tempos, ficou pronto para sacar o 38. Catula não tinha arma alguma. Estava transformada em negra, para susto do coronel, e ficou ao lado de Vó Inácia, mas Gioconda, uma das Três Malditas, estava armada e ficou ao lado de Vó Inácia, pronta para sacar o 38, pensando:

– É hoje que o coronel vai pagar o braço que me deve.

O Coronel Janjão Boca de Ouro e Dona Jerusa, que era perita em armas de fogo, pois cresceu vivendo a guerra da família em Pernambuco, irmãos matando irmãos, também tomaram posição. O suspense cresceu quando Tio Johnnie Walker ficou um pouco atrás de Vó Inácia, atento a qualquer gesto suspeito do coronel. Foi então que Vó Inácia gritou, carregando no sotaque carioca, que nunca perdeu:

– A neve não quer saber de guerra. Enquanto a neve cair, fica decretada a paz em Cruz dos Homens.

Vó Inácia fez uma bola de neve e atirou no coronel. Os dois iniciaram uma guerra de neve, que não acabava, entre risos. De modo que Padre Zé Lopão e Padre Zé Lopinho mandaram tocar os sinos das igrejas e irmãos que não se viam porque a luta entre o PSD e a UDN proibia trocaram abraços, e os namorados clandestinos, que para se encontrarem tinham que ir a Vitória e a Belo Horizonte, jogavam bolas de neve uns nos outros e riam e olhavam nos olhos, como em tempos normais não faziam em Cruz dos Homens e em todo o Contestado. Depois que ficou cega, longe do Contestado, Vó Inácia conversava com o rifle a tiracolo sobre a neve que caiu em Cruz dos Homens.

– Por que será, irmão rifle, que a felicidade é um pássaro tão arisco? Durante três dias e três noites a neve caiu em Cruz dos Homens e todos eram irmãos e eram crianças. Mas a felicidade bateu asas, como um colibri, hoje que sou uma cega, eu sei.

Acariciava o rifle a tiracolo, pensando que o cheiro de Deus podia ser o cheiro da neve caindo em Cruz dos Homens, e continuava:

– Se eu voltasse a enxergar, irmão rifle, com a sabedoria de cega, e a neve caísse novamente em Cruz dos Homens, eu não ia deixar a alegria voar como um beija-flor. Eu não ia deixar a alegria bater asas e ir embora. Eu ia falar com ela: fica mais, alegria. Canta seu canto de cotovia.

Ria, recordando a guerra de bola de neve com o coronel:

– Eu não perco este sotaque carioca que eu trouxe comigo do Rio de Janeiro. Saí de lá aos 16 anos e, fazendo as contas, tenho 50 anos de Minas na alma. Mas ainda falo puxando o "s" como uma carioca. Mas Minas está dentro de mim, irmão rifle. Os sinos das igrejas de Minas tocam dentro de mim e há procissão com beatas cantando desentoadas passando dentro de mim. Há sempre uma conspiração em curso, em Minas e em mim. Hoje, que sou cega, rifle, eu conspiro contra o tempo. Sou uma inconfidente mineira conspirando contra o maior de todos os tiranos: o tempo.

Passava a mão no rosto, sentindo na lembrança uma bola de neve atirada pelo coronel, prosseguia:

– Será que Minas não gosta de alegria, irmão rifle? O Dr. Benedito Valadares uma vez me contou: ele nunca riu em público. Dizia que não era como o Juscelino que vivia esbanjando alegria e riso. Riso, Dona Inácia, a gente não gasta, guarda como ouro em pó. O ouro de Minas. Já o Juscelino, sempre riu muito. Uma vez, no Palácio da Liberdade, Juscelino era o governador, e riu tanto na audiência com correligionários do PSD, que começou a chorar. Eu estava lá e vi. Alguém perguntou: "O que foi, que o governador está chorando?" O Juscelino respondeu: "É de alegria." Minas é como o Juscelino, rifle. Minas chora de alegria.

Enquanto Vó Inácia e o Coronel Bim Bim seguiam atirando bolas de neve como crianças, as 5 Irmãs, apoiadas por Tia Viridiana, tiveram a idéia de organizar um grande baile no adro da igreja, com uma orquestra única, pois as orquestras do PSD e da UDN uniram-se pela primeira e única vez em Cruz dos Homens. Quando os Cintas-Largas cercaram a expedição que ele chefiava na Amazônia para localizar os índios liliputianos e cantavam hinos de guerra que denunciavam seus propósitos antropofágicos, Tio Johnnie Walker ficou pensando no baile que uniu os adversários políticos do PSD e da UDN quando nevou em Cruz dos Homens. Recordou, no diário da expedição que deixou escrito, o momento em que Tia Viridiana dançou uma valsa com um boneco de neve do tamanho de um homem. Recordou o momento em que o Coronel Bim Bim tirou Vó Inácia para dançar a valsa. Recordou que Vô Old Parr, tomado de ciúme, bateu levemente no ombro do coronel, à moda do Contestado, para dizer que a dança agora era dele. Recordou o momento em que a orquestra deu um grito de carnaval e as 5 Irmãs organizaram um cordão em forma de trem, comum no carnaval, um trem imenso, cada folião dançando com as mãos na cintura do outro e as 5 Irmãs na frente, apitando como locomotivas roucas. Recordou o momento em que o adro da igreja ficou deserto, apenas ele, Tio Johnnie Walker, e a sobrinha Catula ficaram lá, ouvindo os foliões cantando. Recordou que Catula estava transformada em negra, mas toda branca de neve. Era a Catula de Iansã. Recordou que, cheia de dengo, Catula de Iansã tomou sua mão e os dois saíram pulando. Recordou que a orquestra tocou uma valsa. E ouvindo os Cintas-Largas cantando o hino que anunciava o ritual antropofágico, Tio Johnnie Walker perguntou no diário:

– Por que, naquela noite, eu não beijei Catula?

Quando veio o sol e derreteu a neve, e Cruz dos Homens voltou a ser como era antes, todos viram que a ponte de madeira era negra e lembrava um trem de ferro e que o Rio Doce nada tinha que pudesse recordar um lagarto branco. Então, os adeptos do PSD descobriram que o negro Andorinha morreu de frio na Praça Brigadeiro Eduardo Gomes, do lado dominado pela UDN. Era um tipo popular muito querido. Como as andorinhas, batia as asas sem avisar ou dizer adeus ao sentir que o inverno estava chegando em Cruz dos Homens, como se em algum outro lugar do Brasil pudesse encontrar seu verão, mas um dia, como as andorinhas, sempre voltava a Cruz dos Homens. Pois o PSD, por decisão de Vó Inácia, deu a Andorinha um enterro de herói. Ganhou um caixão de rico, feito pelo velho Antônio Leandro, que fazia os caixões dos mortos do PSD, e teve direito às bandeiras do Brasil, de Minas e de Cruz dos Homens colocadas sobre o caixão. Por sugestão do futuro deputado Eugênio Klein Dutra, que era correligionário, amigo e conselheiro de Vó Inácia, o PSD de Cruz dos Homens mandou trazer de avião, de Belo Horizonte, um grande orador, o ex-seminarista Odilon Pereira, conhecido como Odilon Deputado, que arrancou lágrimas quando fez o elogio fúnebre de Andorinha:

– Vai, filho do infortúnio! Bate tuas asas e voa, Andorinha, que encontrarás o tão sonhado verão no reino dos céus, para onde vão os puros de coração, vítimas do despudorado descaso dos adeptos da UDN de Cruz dos Homens que abandonam os pobres filhos de Deus!

No dia seguinte, uma mendiga conhecida como Maria Muquiranga, cuja casa era o buraco num barranco não muito distante do sobrado de Vó Inácia Micaéla, foi encontrada morta de frio pelos seguidores da UDN e eles pagaram com a mesma moeda. Fizeram missa de corpo presente para Maria Muquiranga e trouxeram de avião, de Belo Horizonte, um jovem orador ligado à UDN, que estava fazendo grande sucesso, o estudante Orlando Vaz Filho, que fez o elogio fúnebre de Maria Muquiranga. Arrancou lágrimas quando disse:

– Adeus, filha da quimera, segue em paz e quando bateres à porta do céu, diz: deixa-me entrar, São Pedro, que sou vítima inocente do desamor do PSD de Cruz dos Homens pelos pobres filhos do Senhor!

A guerra política entre Vó Inácia Micaéla e o Coronel Bim Bim conheceu seu tempo mais difícil e Vô Old Parr, ainda um homem valente, desafiou Bim Bim para um duelo, com revólver 38, aceito na mesma hora pelo coronel.

10

O duelo entre Vô Old Parr e o Coronel Bim Bim estava marcado para as 9 da manhã de domingo no adro da igreja matriz de Cruz dos Homens. O dia ainda estava escuro quando começaram a chegar os primeiros curiosos para encontrar um lugar seguro, longe dos tiros dos revólveres de Vô Old Parr e do Coronel Bim Bim, de onde pudessem assistir todos os lances, sem perder nada. Vô Old Parr e o coronel eram tão bons no gatilho que o desfecho mais justo para o duelo era o mais trágico: a morte dos dois. Nas apostas, o coronel levava ligeira vantagem, afinal, tinha dois corações, enquanto Vô Old Parr tinha apenas um, sem esquecer que o coronel possuía o corpo fechado, através do pacto com o Diabo. Havia ainda o risco de Vô Old Parr ficar louco durante o duelo e os apostadores levavam em conta esse detalhe.

Às 8 horas da manhã, acompanhado por Padre Zé Lopão e por Júlia Preta, o coronel chegou ao adro da igreja matriz. Não pregou os olhos durante a noite. Tomou um café da manhã reforçado, quase um almoço, pois tinha medo de morrer sentindo fome. Preferiu ir a pé até o adro da igreja. Queria ver cada casa, cada pessoa, cada árvore, cada rua, ver os cães e os gatos, ver até mesmo os adversários políticos, afinal, descobriu que seus dois corações eram poucos para o tanto que amava Cruz dos Homens. Veio calado do sobrado de 28 janelas à praça da igreja, não conversou com Padre Zé Lopão, nem com Júlia Preta. Conversou, sim, com seus dois corações. Andando atrás do coronel, formando duas filas, como numa procissão, rezando e enchendo o ar de suspiros e de uma mistura de suor e perfume barato, vendido por Seu Jorge Mascate, umas descalças, carregando os sapatos nas mãos, outras batendo o salto dos sapatos na calçada em pé-de-moleque, vinham 48 mulheres, contadas a dedo por Júlia Preta. Eram as mães dos filhos naturais do coronel e estavam divididas. Queriam que Vô Old Parr levasse a melhor no duelo e, assim, receber a herança que mereciam, mas um amor que não suspeitavam que sentiam por quem, ao engravidá-las, as abandonou deixava-as com o coração numa encruzilhada. Cada uma então acreditava que era a ela que, com seus dois corações, aquele homem de voz fina, uma voz de moça, que não parecia dele, realmente amava. Por isso, olhavam-se como rivais. Mas as unia um sentimento amargo. Era o ódio por Júlia Preta, que temiam ser a dona dos dois corações e a única beneficiária do testamento que, na noite de véspera do duelo, o coronel ditou, em tom de confissão, a Padre Zé Lopão.

Quando chegou à praça da igreja, o coronel olhou a manhã. Preparou então um cigarro de palha num ritual de adeus. Pôs a palha atrás da orelha, tirou o fumo de rolo e o canivete do bolso do paletó e, calado, cortava o fumo, como se fosse pela última vez, e ia pondo os pedaços do fumo na palma da mão. Guardou o fumo de rolo no bolso do paletó, fechou o canivete e também o guardou no bolso, e então pegou a palha atrás da orelha, fez o cigarro, molhando a palha com a língua, e tirou o isqueiro do bolso. Era um isqueiro dourado, com seu nome bordado, e o coronel olhou-o com emoção, pois tinha sido um presente de Vó Inácia Micaéla, nos bons tempos em que eram amigos. Acendeu o cigarro, mas ficou com o isqueiro na mão, e só quando apagou o cigarro com o pé é que falou alguma coisa. Pediu então a Padre Zé Lopão que, caso acontecesse o pior, expulsasse aqueles rabos-de-saia do velório, que detestava choradeira de mulher. Depois ficou calado, e recordava a manhã de domingo em que conheceu Vó Inácia Micaéla. Conseguia vê-la agora como antes, o vestido florido, que o vento levantava, o sapato de salto alto combinando com o vestido, e o chapéu que lembrava o ninho de um pássaro. O vento de Cruz dos Homens varria as ruas, soprava tão forte como agora, como a avisar que o Diabo estava solto.

Às 8h15 da manhã, parou um jipe na praça da igreja. O coronel reconheceu o jipe verde desbotado que pertencia a Vó Inácia. Viu quando Padre Zé Lopinho desceu do jipe verde e veio andando pela praça com seus passos miúdos como se pedisse desculpas por andar. Aproximou-se dizendo Louvado seja Nosso Senhor Jesus Cristo e o coronel sentiu seu hálito de vinho de missa. Padre Zé Lopão e um coro das 48 mulheres responderam Para sempre seja louvado e o hálito de vinho de missa misturou-se ao hálito de cebola das 48 mães dos filhos do coronel. Olhando para o chão, sem encarar o coronel, Padre Zé Lopinho disse que Vô Old Parr tinha ficado louco de repente e não viria enfrentá-lo no duelo. Houve um "ah" de decepção entre a multidão que aguardava no adro da igreja, e muitos começaram a ir embora. Mas o coronel disse a Padre Zé Lopinho que ia ficar aguardando, na praça da igreja, até às 10 da manhã, que algum Drummond viesse enfrentá-lo. Padre Zé Lopinho disse que daria o recado a Vó Inácia Micaéla e pediu que o coronel ficasse esperando, mesmo porque, se não viesse um Drummond, viria um membro do PSD de Cruz dos Homens enfrentá-lo no duelo, assim, que o coronel fizesse o obséquio cristão de aguardar. Houve grande agitação no adro da igreja e os que iam embora voltaram a ocupar seus lugares, e esfregavam as mãos.

Às 8h35 da manhã, o jipe verde desbotado voltou e ficou parado na praça da igreja. Um segundo jipe, de cor azul, fez uma curva, e desapareceu atrás da igreja. O coronel teve medo de que Tio Johnnie Walker descesse do jipe azul atrás da igreja e viesse andando para enfrentá-lo no duelo em nome de Vô Old Parr. Sentiu um frio na boca do estômago, pois sabia que Tio Johnnie Walker era o melhor gatilho do Contestado, melhor até que ele, Coronel Bim Bim. Ia olhar nos olhos de Tio Johnnie Walker na hora do duelo e pensar, quem sabe pela última vez, nos olhos de Vó Inácia Micaéla e sua única chance de sobreviver era ganhar o sorteio com a moeda que Padre Zé Lopão e Padre Zé Lopinho, os dois padrinhos do duelo, iam fazer e ser o primeiro a atirar e não errar o alvo. Se errasse o alvo, poderia pedir a Padre Zé Lopão para encomendar sua alma. Tio Johnnie Walker jogava moedas para o ar e acertava uma a uma disparando seu 38. O frio na barriga aumentou e o coronel sentiu vontade de urinar.

– Deus é bom pai – pensou, com uma fé que ele próprio desconhecia, por mais que rezasse, e teve medo de urinar na calça. – Deus é bom pai – disse em voz alta.

Foi então que o coronel viu Vó Inácia Micaéla, que ainda não usava o rifle a tiracolo, descer do jipe verde desbotado. Não, o coronel não acreditava no que via e quando a multidão reconheceu Vó Inácia, começou a gritar seu nome, Dona Inácia! Dona Inácia!, e muitos choravam. Vó Inácia tinha ao lado Padre Zé Lopinho, a Anã Clô e Gioconda, uma das Três Malditas. Um pouco atrás vinham os pistoleiros Vagalume e o Sem Dó com seus rifles, e Bim Bim viu também o Coronel Janjão Boca de Ouro e Dona Jerusa, também armados de rifle. O coronel sentiu frio, não apenas na barriga, no corpo todo, e creditou tudo à frente fria vinda da Argentina. Então o coronel viu Catula, transformada em negra, ao lado de Buchanan's, que o coronel chamava de maricas. Viu as 5 Irmãs acompanhadas, nas ordis de Deus, pelo pai, o Compadre Nico do Degredo, com sua cartucheira no ombro e teve certeza que seria chacinado e, com uma voz de confessionário, pediu a Júlia Preta que chamasse seus jagunços.

– T'esconjuro, Satanás – disse o coronel, quando Catula adiantou-se e ficou ao lado de Vó Inácia.

O coronel viu quando Vó Inácia veio andando junto de Padre Zé Lopinho, usando um vestido estampado que a deixava mais nova e bonita.

– T'esconjuro – disse o Coronel Bim Bim em voz baixa, e acrescentou, também em voz baixa, mas não tão baixa que Padre Zé Lopão, acostumado a ouvir pecados no confessionário, não pudesse escutar: – Benzóh Deus!

Quatro jagunços armados de rifles tomaram posição um pouco atrás do coronel. A multidão preferia Vó Inácia e gritava seu nome.

– Coronel Bim Bim – gritou Vó Inácia Micaéla parada a cinco metros de distância, e carregou no sotaque carioca. – Espero que o coronel não se oponha que, pela vontade de Deus, uma Drummond venha enfrentá-lo no impedimento, por justa causa, de meu tio e marido Old Parr Drummond.

Houve desmaios e o choro crescia entre a multidão. O vento do Contestado soprava forte e Vó Inácia protegia a saia do vestido estampado sem abandonar o revólver 38. O coronel olhava calado para Vó Inácia recordando o domingo em que a conheceu e ela segurava o vestido por causa do vento. Apertava na mão, como se fosse a imagem de um santo, o isqueiro que ganhou de Vó Inácia, e decidiu morrer assim. Por um momento, quis matá-la, mas quis também que Vó Inácia o matasse e imaginou os dois caminhando um para os braços do outro com os passos dos bêbados que é o andar de quem leva um tiro. O relógio da igreja matriz de Cruz dos Homens bateu as 9 horas da manhã.

– Coronel! – gritou Vó Inácia. – São 9 horas da manhã. É a hora que o coronel marcou para o início do duelo.

– Carece de duelo não, Sinhá Dona Inácia Micaéla – gritou então o coronel com a voz de moça, e, rápido como era, tirou o 38 do coldre e jogou-o aos pés de Vó Inácia e carregou no seu dialeto caipira: – Atira ni mim cum o rifle e os revólvi, Sinhá Ináça, e qui Deus seja lôvado!

Vó Inácia encarou o coronel. Podia matá-lo, mas, naquela hora, no adro da igreja matriz de Cruz dos Homens onde, muitos anos antes, ela o desarmou e ao irmão, entendeu que o coronel era a lembrança de seus anos jovens. Era os seus 16 anos. E, tentando lutar contra um calafrio como febre e uma vontade de cantar, já seus velhos conhecidos, pôs-se a rezar em voz baixa a oração ensinada por Padre Pierre Banderaux que a exorcizou quando foi possuída pelo Demônio. Parou de rezar, olhou o revólver que o coronel tinha jogado a seus pés e gritou:

– Coronel Bim Bim, eu não mato um homem indefeso. Pegue seu revólver, coronel – e jogou-o. – E depois vá à igreja, coronel, e acenda uma vela para São José Menino que salvou sua vida.

Em meio a lágrimas e vivas e tiros para o ar, a multidão cercou Vó Inácia, e os Bretas a puseram nos ombros e a multidão percorreu as ruas de Cruz dos Homens, do lado do Rio Doce sob o controle do PSD, cantando "Oh, Minas Gerais". À falta de fogos, os rifles e os revólveres eram disparados para o ar e Vó Inácia acenava para as comadres, os compadres e os afilhados. Foi levada à sede do PSD, onde sua fotografia estava pendurada na parede. Sempre carregando Vó Inácia nos ombros, uns revezando-se com os outros, a multidão voltou ao adro da igreja, onde a Furiosa de Mestre Otaviano de Brito tocava dobrados. Mais tarde, uma caravana de adeptos do PSD, uns de jipe, outros a cavalo, sob o comando das 5 Irmãs, levou Vó Inácia à fazenda do Rancho Fundo. Durante três dias e três noites, Vó Inácia cantou a canção de letra arrevesada, que Padre Pierre Banderaux dizia que era a canção do Diabo, e alimentou-se de rosas, tendo ao lado a neta Catula e Gioconda. Tia Viridiana, Tio Johnnie Walker e Tio White Horse cuidavam de Vô Old Parr, recolhido à cela de grades e usando a camisa-de-força. Na madrugada do quarto dia, Tia Viridiana e a Anã Clô seguraram as mãos de Vó Inácia e rezaram a oração para expulsar o Demônio rezada por Padre Pierre Banderaux. Vó Inácia ficou boa, parou de comer rosas e disse à neta Catula:

– Santo Deus, Catula: será que eu cometi o mesmo pecado de Tia Anunciata? Ela também se alimentava de rosas.

Os toques de mão de Tia Viridiana na cabeça de Vô Old Parr o curaram da loucura. Ele era ainda um homem valente. Uma noite de lua cheia, pegou o rifle, pôs dois 38 na cintura, e ficou na tocaia, escondido atrás do coreto do jardim, à espera do lobisomem, que gostava de comer rosas vermelhas. Os uivos do lobisomem foram ouvidos, mas Vó Inácia não escutou tiros. Quando o dia nasceu, Vô Old Parr voltou ao sobrado onde moravam em Cruz dos Homens. Tremia da cabeça aos pés como se sofresse da Dança de São Guido e trazia nos olhos todo o medo do mundo. Chorou debruçado no ombro do Coronel Janjão Boca de Ouro, a quem contou o que aconteceu em seu encontro com o lobisomem, e tornou-se um covarde. Sentia medo até das galinhas soltas no quintal, às quais atribuía propósitos sinistros, escondendo debaixo das penas agentes ingleses que preparavam a invasão de Cruz dos Homens para prender, levar para a Inglaterra e, depois, encostar no muro de fuzilamento, os simpatizantes de William Wallace, o rebelde escocês condenado à morte pelos ingleses. Tinha surtos de coragem e decidiu formar um exército para enfrentar as galinhas de Cruz dos Homens. Usando um *kilt*, o saiote escocês, e com um rifle a tiracolo, Vô Old Parr saiu pelas ruas de Cruz dos Homens recrutando voluntários para as Forças Armadas de Libertação da Escócia, a FALE, das quais era o comandante e chefe supremo. Recrutou loucos, mendigos, desocupados, vagabundos, um Carlitos de bengala, um místico que se dizia o novo Antônio Conselheiro, um novo Lampião, proclamado o Rei do Cangaço, uma Maria Bonita, uma Anita Garibaldi e uma Joana D'Arc de seios desnudos. Armou-os com cartucheiras de carregar pela boca e os levou a se preparar para o grande ataque contra os agentes ingleses. Proclamou-se Napoleão e, sem que Vó Inácia nada pudesse fazer para evitar, chegou o dia da grande batalha. Quando o primeiro galo cantou em Cruz dos Homens, as Forças Armadas de Libertação da

Escócia, sob o comando de Vô Old Parr, entraram em ação, invadindo os quintais das casas na caça ao inimigo disfarçado de galinha. A FALE teria provocado a maior matança de galinhas de que a humanidade teve conhecimento, mas o galo índio Muzengo, o rei das rinhas de Cruz dos Homens, enfrentou os agressores, depois que sete galinhas foram mortas, deixando órfãos 23 pintinhos, que Vô Old Parr transformou em prisioneiros de guerra. Como se tivesse o corpo fechado, Muzengo avançou sobre os inimigos, apoiado por outros galos índios, bicando e atacando com suas esporas afiadas como facas. Logo, os galos comuns e as galinhas rebelaramse e enfrentaram os agressores. Houve tal pânico entre as forças de Vô Old Parr que seus soldados debandaram com as mãos na cabeça, entregando as armas a galos e galinhas. Só e abandonado, Vô Old Parr bateu em retirada, correndo pelas ruas, perseguido pelo exército de galos e de galinhas. Refugiou-se debaixo da cama, enquanto, diante do solar, Tia Viridiana aplacava a ira do exército de galinhas comandadas pelo general Muzengo, atirando-lhes milho da varanda, bela e inesquecível, pois deu a si mesma a penitência de jejuar toda quinta-feira, apenas bebendo água, e ficou insuportavelmente linda, pois pertencia à estirpe das mulheres que, passando fome, ficavam mais bonitas.

Uma lua cheia veio e uma lua cheia foi, uma lua minguante veio e uma lua minguante foi. Apareceu no céu de Cruz dos Homens uma lua crescente amarela que parecia trazer maus fluidos. A lua cheia foi marcada por dois fatos que toda Cruz dos Homens comentou. As 5 Irmãs tiveram uma visão da própria morte e passaram a ensaiar a música "Tão longe, de mim distante", que iam cantar na hora de morrer, e toda a cidade as acompanhou em coro. Então aconteceu o segundo fato objeto dos diz-que-diz. O coronel estava agachado, com as calças nas mãos, debaixo de uma árvore, quando o lobisomem o atacou, obrigando-o a correr com as calças nas mãos e pedir o asilo de Padre Zé Lopão na casa paroquial. Padre Zé Lopão não ousou abrir a janela, apenas olhou o lobisomem pela veneziana, por onde o vento entrava, e, acreditando que sabia quem era o verdadeiro lobisomem, bateu na boca, repetindo Cala-te, boca, cala-te, boca! Catula dormiu naquela noite com a janela aberta, nua como veio ao mundo, que era assim que dormia. No outro dia de manhã, quando todos comentavam sobre o novo galope que o lobisomem deu no Coronel Bim Bim, Catula acordou e encontrou um cravo vermelho na cama. Guardou-o dentro de um exemplar de *Por Quem os Sinos Dobram*, de Ernest Hemingway, que era seu livro de cabeceira, a um ponto que dispensava o travesseiro para dormir, e onde já havia um outro cravo vermelho.

O coronel começou a suspeitar que o lobisomem era um dos quatro filhos de Vó Inácia e de Vô Old Parr que tiveram como mãe de leite a loba conhecida como Lô. Suspeitava, principalmente, de Tio Dimple, pois sempre que o lobisomem aparecia, Tio Dimple estava em Cruz dos Homens ou na fazenda do Rancho Fundo e espalhava sua suspeita nos bares e nas ruas. Ainda que Tio Johnnie Walker, Tio White Horse e Tio Red Label pudessem ser vistos no Contestado nas noites de lua cheia, o Coronel Bim Bim continuava a suspeitar apenas de Tio Dimple. Cartas anônimas com o carimbo dos correios de Vitória começaram a chegar a Cruz dos Homens acusando Tio Dimple de ser o lobisomem. Por essa época, o coronel decidiu fazer o cerco à fazenda de Vó Inácia, com a ajuda de 40 jagunços armados até os dentes. Nas vésperas do carnaval, o Coronel Bim Bim esquecia tudo. Adiava mortes, vinganças, negócios, amores, pois apaixonava-se com freqüência em meio à paixão por Vó Inácia e ia ao Rio de Janeiro desfilar no Cordão do Bola Preta, fantasiado de baiana. Era assim havia 20 anos. Usava balangandãs e um turbante feito com frutas tropicais como o de Carmen Miranda, um vestido estilizado, o rosto maquiado e batom na boca em forma de coração, e dançava em cima de um sapato de plataforma. Era um pecado na maneira de ver o mundo do coronel, mas tão urgente, quando chegava o carnaval, como respirar. Uma noite a acauã, que ele tinha na conta de pássaro azarento, cantou numa árvore diante do sobrado de 28 janelas em Cruz dos Homens, como a anunciar sua morte, e o coronel contou seus pecados a Padre Zé Lopão. Contou quantos homens mandou para o outro mundo nas tocaias que encomendava e que Júlia Preta anunciava cantando "Azulão". Contou que não se perdoava por haver encomendado a morte de Juvêncio Dias, que morreu sorrindo, como quem não morre, depois de anunciar que ia voltar depois de morto para puxar o cobertor do coronel. Contou quantas mulheres amou e abandonou, quando ficavam grávidas. Contou que odiava e amava Vó Inácia acima de tudo que odiava e que amava. Contou pecados de toda espécie, e recebeu uma penitência tão alta que nem o Padre Nélson, vigário de Santana dos Ferros, dava à Beata Fininha e a Tia Ciana, e o coronel fez as contas e viu que tinha que viver 100 anos para ficar em dia com Deus, rezando toda noite. Mas quando o coronel contou que ia ao Rio de Janeiro durante o carnaval desfilar no Cordão do Bola Preta fantasiado de baiana, Padre Zé Lopão disse que Deus gostava da alegria, desde que não fosse alegria de padre, pois padre que vivia rindo, Deus não gostava nem perdoava. Por aqueles dias passou de mão em mão uma fotografia do coronel fantasiado de baiana que o PSD de Cruz dos Homens mandou imprimir em Vitória e colocou debaixo das portas de todas as casas, até mesmo do lado do Rio Doce onde o coronel mandava. O suspeito de ter trazido a fotografia e vendido por uma fortuna ao PSD de Cruz dos Homens era um viajante comercial da The Sydney Ross. O coronel vingou-se. Quando o viajante da The Sydney Ross voltou, dias depois, a Cruz dos Homens, não o matou, nem encomendou uma tocaia. Obrigou-o a desfilar fantasiado de baiana pelas ruas de Cruz dos Homens usando um sapato plataforma, modelo Carmen Miranda, ao som de "O que é que a baiana tem", tocado no carro com alto-falante da UDN. Depois do desfile o coronel encostou o 38 na cabeça do viajante da The Sydney

Ross e o interrogou. Era um homem de pele cor de azeitona e, implorando por tudo quanto é sagrado que o coronel não o matasse, contou que entregou o negativo da fotografia a Catula, uma das Três Malditas, não por dinheiro, mas por amor, pois estava louca e perdidamente apaixonado pela neta de Vó Inácia. A mancha como um escorpião apareceu na testa do coronel. Era o sinal de sua fúria. Toda noite, Júlia Preta cantava "Azulão" na varanda do sobrado de 28 janelas em Cruz dos Homens e o coronel jurava vingança contra Vó Inácia, carregando no jeito caipira de falar. Vó Inácia deixou o sobrado em Cruz dos Homens e foi com o Clã dos Drummond para a fazenda do Rancho Fundo. Vô Old Parr rezava pelos cantos, com medo das galinhas, e Tio Johnnie Walker preparava a resistência ao cerco do coronel e, para enganá-lo, simulava estar organizando a expedição que ia ao Amazonas localizar os índios liliputianos. Tio Johnnie Walker acreditava que o coronel ia atacar antes do carnaval, numa operação relâmpago, a tempo de poder desfilar no Cordão do Bola Preta, no Rio de Janeiro, fantasiado de baiana e pensou em todos os detalhes para a resistência. Mandou construir caixas-d'água na fazenda, longe do alcance da bala dos rifles, e disse a Vó Inácia que a água reservada daria para 30 pessoas, durante 45 dias, sem saber do amor das 5 Irmãs, Dodô, Dadá, Dêdeu, Dazinha e a Dô pelos banhos demorados. Tio White Horse foi a Vitória comprar munições e trouxe uma pequena farmácia de primeiros socorros e lampiões e velas e lanternas à pilha e munição para os rifles e revólveres e Tio Johnnie Walker estocou carne-de-sol e arroz e feijão e batata e sal e açúcar e toda movimentação na fazenda era explicada como preparativos para a expedição que ia à Amazônia localizar os índios liliputianos. Tio Johnnie Walker ergueu barricadas camufladas em volta da fazenda e construiu trincheiras com sacos de areia e armadilhas para o coronel e seus jagunços, de tal forma que jamais poriam os pés na casa-grande da fazenda. Durante a noite, Tio Johnnie Walker lia junto a um abajur as cartas das 28 namoradas espalhadas pelo mundo. Escreviam em várias línguas e Tio Johnnie Walker respondia a todas as cartas. Ao terminar os preparativos para enfrentar o Coronel Bim Bim, escreveu para cada uma das 28 namoradas e foi a Cruz dos Homens colocar as cartas no correio e disse que eram cartas de adeus, pois estava indo para a Amazônia com a expedição para localizar os índios liliputianos. Queria que a notícia chegasse aos ouvidos do Coronel Bim Bim. Ofereceu uma festa de despedida para mil convidados na fazenda de Vó Inácia, animada pelo conjunto musical Seranaders, de Mestre Otaviano de Brito e seus quatro filhos. Vinte vacas foram abatidas para o churrasco. Quando o dia nasceu, os Seranaders tocaram "A valsa do adeus". Os mil convidados cantavam e Tio Johnnie Walker simulou a partida para a Amazônia. Quando realmente foi para a Amazônia em busca dos liliputianos e os índios Cintas-Largas cercaram a expedição nas margens do Rio Negro, Tio Johnnie Walker recordou o momento em que os Seranaders tocaram a "Valsa do adeus". Ah, o que não daria, ouvindo os Cintas-Largas tocando os tambores de guerra e cantando as canções que anunciavam um ritual antropofágico, para estar novamente ouvindo a "Valsa do adeus"? O que não daria para abraçar novamente um a um os convidados? O que não daria para ver a sua gente? A festa na fazenda do Rancho Fundo varou a noite e os Seranaders ainda tocavam às 10 da manhã, mas quando o sol dos trópicos esquentou não havia mais nenhum convidado, a não ser Seu Jorge Mascate. O Coronel Janjão Boca de Ouro, Dona Jerusa, o filho Janjinho e a filha Gioconda foram embora. Também Compadre Nico do Degredo, nas ordis di Deus, foi embora, com Dodô, Dadá, Dêdeu, Dazinha e a Dô. Os Bretas, os Lage, os Caldeira e os aliados de Vó Inácia também foram embora. Tia Rose, Tia Dô e Tio Black Label voltaram a Belo Horizonte no carro de Tio Dimple e Tia Odete. Tio Red Label foi o último a deixar a fazenda num Ford V-8. Faltavam 23 dias para o carnaval começar. Chegou a noite e Catula e Buchanan's dormiam. Todos dormiam, na casa-grande, incluindo os Seranaders, menos Vó Inácia Micaéla, Tio

Johnnie Walker, o pistoleiro Vagalume e Seu Jorge Mascate que sofria de insônia pensando na mulher que estava em Beirute, quando a voz de Júlia Preta cantando "Azulão" cortou a noite:

"Vai azulão
azulão companheiro
vai..."

O cerco do Coronel Bim Bim à fazenda de Vó Inácia estava começando e um cheiro de urina, lembrança da festa que Tio Johnnie Walker deu para mil convidados, subia da terra, mas logo seria abafado, nas lembranças de Vó Inácia, pelo perfume das 5 Irmãs.

11

Rezem uma Ave-Maria para as 5 Irmãs, pois durante o cerco do Coronel Bim Bim à fazenda do Rancho Fundo, Dodô, Dadá, Dêdeu, Dazinha e a Dô realizaram uma operação suicida que ia deixar Vó Inácia com uma pergunta sobre o que, afinal, as motivou, se foi a coragem, o ódio pelo coronel ou o sentimento do pecado. Tia Viridiana acreditava, no que era apoiada por Catula, que desde o momento em que as 5 Irmãs, acompanhadas, nas ordis di Deus, pelo pai, o Compadre Nico do Degredo, furaram o cerco do coronel, uma vontade de pecar tão forte que dava febre tomou conta da fazenda de Vó Inácia. Depois que ficou cega, Vó Inácia sonhava com as 5 Irmãs fazendo o ataque suicida e ficava conversando com o rifle a tiracolo:

– Lembra da fuzilaria, rifle velho de guerra, lembra da hora que começou o ataque suicida das 5 Irmãs ao QG do coronel? Alguma coisa deu errada, o ataque suicida atrasou, atrasou muito, e quando começou a fuzilaria, dava para ouvir as 5 Irmãs cantando, elas podiam xingar o coronel, dizer tudo que o coronel nunca ouviu na vida, mas preferiam cantar, ainda hoje eu ouço as 5 Irmãs cantando no meio do tiroteio:

“Tão longe, de mim distante
onde irá, onde irá
teu pensamento...”

– Responde, irmão rifle, as 5 Irmãs queriam morrer, por isso fizeram o ataque suicida ao QG do coronel, durante o cerco? Ah, o que levou Dodô, Dadá, Dêdeu, Dazinha e a Dô a buscarem a morte? Foi o sentimento do pecado, elas que comungavam toda primeira sexta-feira do mês, e eram estranhamente religiosas, caíam de joelhos por um nada e persignavam-se, deram a si mesmas a morte como uma penitência que Padre Zé Lopinho jamais daria? Minha neta Catula não crê na penitência, irmão rifle. Acredita que foi um ato heróico das 5 Irmãs. Dodô, Dadá, Dêdeu, Dazinha e a Dô eram tão carentes, tão necessitadas de serem amadas e tinham uma necessidade tão grande de afirmação, que fizeram o ataque suicida por isso. A gente vai ficar a vida inteira querendo saber, querendo esclarecer o mistério das 5 Irmãs, rifle. Catula pensa que foi um gesto heróico exibicionista e narcisista, complicado porque tinha rancor e amor misturados. Rancor pelo Coronel Bim Bim e amor, ah, amor das cinco, por meu filho White Horse. Responde, irmão rifle, o ataque suicida das 5 Irmãs foi culpa minha? Foi culpa da estratégia guerrilheira pra fazer guerra de nervos na hora em que o coronel recebia o reforço dos mercenários recrutados em Governador Valadares e dos pistoleiros de aluguel contratados no Vale do Rio Doce? Eu disse na reunião, você se lembra, rifle, temos que atacar o QG do coronel, agora ou nunca, White Horse, Johnnie Walker, Vagalume e Nico Furbino ofereceram-se para ir, mas as 5 Irmãs fincaram o pé, teimaram, a Dodô falou por elas, Madrinha Inácia, ataque suicida é com a gente mesmo, nós vamos, e elas foram, você se lembra, irmão rifle?

– Você estava lá, rifle velho de guerra, você viu. Viu as 5 Irmãs fantasiadas de melindrosas. Era carnaval, eu sei, mas elas tinham preconcebido tudo, trouxeram as fantasias, o lança-perfume, e na hora de se despedirem de White Horse, cheiraram o lança-perfume e ficaram de porre. Compadre Nico do Degredo, nas ordis di Deus, assistia tudo, um pouco afastado, não foi mesmo, rifle? Além de Compadre Nico do Degredo e das 5 Irmãs, estávamos eu e você, irmão rifle, e Catula e White Horse. Mas Dodô, Dadá, Dêdeu, Dazinha e a Dô só tinham olhos para White Horse e elas cinco o cercaram e a Anã Clô, que descobriu a fé em meio aos combates da guerra, entrou e disse: "Louvado seja Nosso Senhor Jesus Cristo." Compadre Nico do Degredo respondeu: "Pra sempre seja lôvado." Eu não sabia, rifle, se era o lança-perfume que as 5 Irmãs cheiravam ou se era o amor, mas quando Dodô, Dadá, Dêdeu, Dazinha e a Dô fizeram um círculo, uma roda em volta de White Horse, e White Horse ficou assustado e alegre com o que via, aquilo era muito bonito, rifle, você viu tudo. Viu que as 5 Irmãs não eram o Diabo, não, elas eram a presença de Deus, elas mais riam do que falavam e olhavam pra White Horse, como se nunca tivessem visto um homem na vida, como se White Horse fosse o único homem do mundo, ele, Adão, elas, cinco Evas. Elas estavam fantasiadas de melindrosas, mas com os rifles a tiracolo, e sempre cheirando o lança-perfume na barra da saia da fantasia, deixavam ver as pernas morenas e aquilo, nas ordis di Deus, incomodou Compadre Nico do Degredo, não porque Dodô, Dadá, Dêdeu, Dazinha e a Dô cheiravam o lança-perfume, mas porque deixavam ver as pernas. Lembra, rifle velho de guerra, quando White Horse disse: "Eu vou com vocês", lembra? A Dodô falou por ela e pelas irmãs: "Vai não, White Horse." Sem dar tempo a White Horse de falar nada, a Dodô disse: "Ouça bem, White Horse, você nunca soube, mas eu, a Dadá, a Dêdeu, a Dazinha e a Dô, nós te amamos com um amor do tamanho do mundo, cada uma de nós te viu e te amou, ouça bem, White Horse, ouça bem, e nós assinamos um pacto com o sangue de nossas veias, abrindo mão de você, porque se fosse nas Arábias de Seu Jorge Mascate, você podia ter um harém e nós cinco íamos ser suas, White Horse, e íamos carregar água no balaio pra você e ver como é a cara da felicidade, que nunca vimos, mas no Brasil, White Horse, um homem não pode ter mais de uma mulher, então assinamos o pacto de sangue, se você não ia ser das cinco, não ia ser de nenhuma."

– Eu pensei na hora que as 5 Irmãs falavam assim, que meu filho White Horse ia levitar, lembra, irmão rifle? White Horse ficou pálido e parecia leve, então as 5 Irmãs se despediram e a nós, elas abraçaram, mas a White Horse elas beijaram na boca, a mim, pediram a bênção e abraçaram o pai, Compadre Nico do Degredo, e beijaram não na boca, mas no rosto e falaram como as moças de Cruz dos Homens falam: "Bença, pai, bença pra mãe." Compadre Nico do Degredo respondeu: "Nas ordis di Deus, Deus abençoe vosmicê, mininas", e Compadre Nico do Degredo acariciou a cartucheira que trazia pendurada no ombro e disse "Nas ordis di Deus eu vô com vosmicês" e a Dodô disse "Vai não, pai, o senhor fica pra rezar pra nós, se acontecer o pior", e elas saíram para fazer o ataque suicida. Saíram acenando e a Dô, que era a caçula e de língua mais solta das 5 Irmãs gritou: "White Horse, quando se lembrar de nós, toma um banho pelo amor de Deus", e desde então, desde que as estrelas e os pássaros da noite e os pistoleiros que o Coronel Bim Bim mandou buscar em Governador Valadares viram as 5 Irmãs numa canoa, remando, Rio Doce acima, White Horse toma cinco banhos por dia, um banho para cada uma das 5 Irmãs.

Vó Inácia era capaz de lembrar-se de todos os cheiros durante o cerco do coronel. Lembrava-se do cheiro de urina que subia da terra, do cheiro do suor dos cavalos do coronel e dos jagunços na hora do cerco começar, do cheiro de pólvora dos rifles sendo disparados no meio da noite e do cheiro dos pneus queimando diante da casa-grande da fazenda, fabricando fantasmas e clareando tudo, mas não conseguia lembrar-se do cheiro do coronel. Lembrava-se do cheiro de sabonete Lifebuoy de Dodô, Dadá, Dêdeu, Dazinha e a Dô, que não dispensavam demorados banhos de chuveiro em meio à guerra e cantavam enquanto se ensaboavam, indiferentes aos tiros que ricocheteavam nas paredes da casa-grande, e saíam do banheiro com o cabelo molhado, que penteavam com a ponta dos dedos, e cheirando a sabonete Lifebuoy, depois que furaram o cerco montadas em seus cavalos brancos, acompanhadas pelo pai, o Compadre Nico do Degredo que, nas ordis di Deus, vinha num jumento, com a cartucheira no ombro e o inseparável chapéu.

– Posso sentir, rifle velho de guerra, o cheiro do chapéu cor de burro fugido de Compadre Nico do Degredo, mas não posso sentir o cheiro do coronel em época alguma, nem antes, nem durante o cerco, nem depois do cerco. Posso sentir até o cheiro da voz de Júlia Preta cantando "Azulão" para anunciar que o cerco do coronel e seus jagunços à fazenda do Rancho Fundo tinha começado.

"Vai azulão,
azulão companheiro..."

Quando Júlia Preta parou de cantar "Azulão", houve um silêncio tão grande que Vó Inácia ouviu o coração bater e em seguida ouviu o canto dos sapos e dos grilos e ouviu os cavalos do coronel e dos jagunços relinchando. Um pássaro da noite cantou. Cantava como se fosse pela última vez e Vó Inácia escutou a voz fina, a voz de moça do coronel gritando na noite:

– Vosmicê tá ouvino, Sinhá Dona Inácia Micaéla?

– Sou toda ouvidos, coronel – respondeu Vó Inácia, entrincheirada atrás de uma janela com o rifle nas mãos.

– Intonce – continuou a voz de moça do coronel no seu falar caipira – se adiscurpa das ofensa, que vosmicê mi fez, Sinhá Dona Inácia Micaéla.

– Peço desculpas não, coronel – disse Vó Inácia, carregando no sotaque carioca.

– Pur tudo quanto é sagrado, Sinhá Dona Inácia Micaéla – gritou o coronel. – Si adiscurpi dos vexame e das ofensa que vosmicê e o PSD mi fez.

– Eu só me desculpo diante de Deus, coronel – gritou Vó Inácia.

– Vosmicê alembra do asucedido no adro da igreja de Cruz dos Home quando Sinhá Inácia desarmou ieu e meu mano?

– Lembro, coronel.

– Alembra que meu mano tomô vosmicê na conta de Nossa Senhora?

– Lembro, coronel.

– Mas ieu bati os oio em vosmicê e vi qui era uma cascavé adisfarçada de sabiá fêmea.

– Cada um olha com o que tem no coração, coronel.

– Alembra de tudo, intonce, Sinhá Inácia?

– Lembro de tudo, coronel.

– Alembra qui vosmicê contô até dez mode tomá os revolvi de ieu e di meu mano?

– Lembro, coronel.

– Pois intonce vô dá a vosmicê o mesmo benifiço da contage, Sinhá Dona Inácia. Vô contá até dez!

O coronel contava em voz alta. Contava devagar como se quisesse, para o sossego do coração do lado esquerdo, que nada daquilo fosse verdade e ele estivesse levando um favo de mel de abelha para a moça do Rio de Janeiro que lembrava Tedda Bara. Logo contava rápido, guiado pelo coração do lado direito. Quando Vó Inácia esperava que o coronel continuasse a contar, ele voltava à estaca zero, e começava a contar novamente com a voz fina, voz de moça: 1, 2, 3. Parava de contar, como se quisesse ouvir a canção dos pássaros da noite e a canção das águas do Rio Doce que passava em frente da fazenda, e pensava no ataque das abelhas quando ia buscar favo de mel para a moça do Rio de Janeiro e as picadas das abelhas não doíam, ao contrário, cantavam em seus dois corações. Ficava calado, como se fosse embora, como se mandasse os 40 jagunços guardarem os rifles. Afinal, o carnaval não ia demorar a chegar, e o coronel queria sair fantasiado de baiana no Cordão do Bola Preta no Rio de Janeiro. Queria ficar ouvindo as moças do Rio de Janeiro conversando e pensar no jeito de Inácia Micaéla falar. E se ele morresse agora, com um tiro de misericórdia dado por ela? Tinha dois corações e se um coração morresse o outro coração continuaria a viver. Então o coronel gritou, terminando a contagem: 8, 9, 10! e o silêncio voltou, cortado pelos cavalos relinchando. A acauã, que assustava os dois corações do coronel, piou, e Júlia Preta cantou "Azulão" novamente, como se fosse para ganhar tempo:

"Vai azulão
azulão, companheiro..."

Quando Júlia Preta parou de cantar, o coronel puxou uma Ave-Maria em intenção da alma de Juvêncio Dias, acompanhado por Júlia Preta e pelos 40 jagunços, enquanto os cavalos relinchavam. Então gritou com a voz de moça:

– Si adiscurpa das ofensa, Sinhá Dona Inácia Micaéla!

– Eu só me desculpo diante de Deus, coronel – respondeu Vó Inácia.

– Intonci seja o qui Deus quisé, Sinhá Dona Inácia Micaéla – gritou o coronel.

– Seja o que Deus quiser, coronel – gritou Vó Inácia.

No segundo dia do cerco era possível ouvir o cerrado tiroteio dos jagunços do coronel em vários pontos do cordão armado em volta da fazenda de Vó Inácia e Catula pediu ao Saci que fosse ver o que estava acontecendo. O Saci era um negrinho da fazenda. Nasceu com uma perna só, o que nunca o impediu de circular como uma aparição por todos os lugares desde que aprendeu a andar, pulando numa perna só. Andava nu e usava um gorro vermelho dado por Catula, trocado por um novo quando ficava velho, e era confundido com o verdadeiro Saci e tido na conta de uma assombração. Catula tomou-o sob seus cuidados e o Saci freqüentava a escola primária que Vó Inácia instalou na fazenda, mas não usava roupa como os outros meninos. De forma que, aos 11 anos, quando começou o cerco, o Saci andava nu, pulando numa perna só, e conseguia penetrar no território em volta da fazenda sob o controle do coronel e os jagunços o viam e rezavam. O próprio coronel persignava-se ao vê-lo. O Saci espionou a região onde trocavam tiros e deu a Catula a notícia de que o Coronel Janjão Boca de

Ouro e Dona Jerusa, os filhos Gioconda e Janjinho, os Bretas, os Lage, e, nas ordis di Deus, Compadre Nico do Degredo e as 5 Irmãs, todos montados a cavalo e cada grupo num ponto diferente, tentavam furar o cerco do coronel, trocando tiros com os jagunços. O Janjinho foi ferido e o Coronel Janjão Boca de Ouro, Dona Jerusa e Gioconda o levaram para o hospital em Cruz dos Homens. Desde então, o Janjinho não seria mais o mesmo, deu para beber e a envolver-se com mulheres da vida, às quais pedia em casamento, e gastava uma fortuna. Os Bretas e os Lage deram cobertura à retirada do Janjinho, que ia deitado numa escada, improvisada como maca. Mas, nas ordis di Deus, Compadre Nico do Degredo e as 5 Irmãs seguiam trocando tiros com os jagunços. Um dia antes de Compadre Nico do Degredo e as 5 Irmãs furarem à bala o cerco do coronel, Vô Old Parr improvisou uma bandeira branca com um lençol, hasteou num cabo de vassoura, e desceu a escada da varanda da casa-grande, indiferente aos tiros, com um terço em volta do pescoço. Era um homem magro, alto, trágico, a barba por fazer, os cabelos grisalhos soltos ao vento e gritava É de boa paz, é de boa paz. Desceu a escada e chegou ao curral. Escorregou na bosta de boi, endireitou o corpo, e ergueu a bandeira branca gritando, É de boa paz, é de boa paz! Lembrava um espantalho de si mesmo e quando abriu a porteira, os tiros o atingiram e Vô Old Parr caminhou no curral como um bailarino bêbado. Era o fogo mais intenso desde o início do cerco e Vó Inácia disparava o rifle contra os jagunços do coronel recordando o dia em que Vô Old Parr matou uma onça-pintada. Volta, Vô Old Parr, gritava Catula, entrincheirada no telhado, ao lado de Tia Viridiana e Buchanan's, Volta, Vô Old Parr! Vô Old Parr tentou proteger-se contra os tiros dos jagunços do coronel escondendo-se atrás da porteira. O tiroteio continuou e o cheiro de pólvora ficou tão forte que Vó Inácia iria sonhar com ele depois de cega. Os tiros cessaram de repente, dos dois lados. Então Vô Old Parr caiu no chão do curral. Mesmo caído, cantava uma música de carnaval:

"Implorar, só a Deus
mesmo assim,
nem sempre sou atendido..."

Tio White Horse rastejou até onde estava Vô Old Parr e, enfrentando uma saraivada de balas do coronel e seus jagunços, carregou Vô Old Parr nas costas e entrou com ele pelos fundos da casa-grande da fazenda e o deitou numa cama de solteiro, num quarto improvisado como sala de um hospital, onde as balas inimigas não chegavam. Estava muito ferido e sangrava e a neta Catula, segundanista de medicina, soube que ele ia morrer. Não gritava de dor, continuava a cantar e ao ver Catula tomou-a por Vó Inácia quando jovem:

– Sobrinha Inácia, quer casar comigo? – disse.

O delírio de Vô Old Parr aumentava e ele continuava a confundir a neta Catula com Vó Inácia Micaéla. Deixou a cama onde estava deitado e ficou de pé. Como se não estivesse ferido, como se não sangrasse, como se não fosse morrer e como se os tiros dos rifles não continuassem a ricochetear nas paredes da casa-grande da fazenda, abriu os braços cantando:

"Eu amei
e não venci
fui um louco..."

Na hora de morrer, Vô Old Parr recuperou a coragem. Era novamente o homem valente que, sozinho, enfrentou o Coronel Bim Bim e seus jagunços e salvou da morte o Coronel Janjão Boca de Ouro, Dona Jerusa e os filhos Gioconda e Janjinho, e mais tarde matou a onça-pintada numa luta corpo a corpo. De pé ao lado da cama, Vô Old Parr repetiu como quem reza os nomes dos pais e dos filhos e de Vó Inácia e dos amigos, como o Coronel Janjão Boca de Ouro e o Compadre Nico do Degredo, e ele que nunca dizia palavrões, que educou os filhos ensinando que não deviam dizer palavras de baixo calão, e mais de uma vez castigou-os por isso, encarou Vó Inácia, tomou suas mãos e gritou com o que ainda restava de voz:

– Puta que pariu! Que honra ter vivido com vocês! – e caiu morto.

Vô Old Parr foi enrolado num lençol e enterrado atrás de um bambuzal, perto do córrego Presiganga, com honras militares. Vó Inácia disparou o rifle para o alto e gritou Viva Old Parr Drummond, morto em combate, e nunca mais, nem para dormir, separou-se do rifle a tiracolo. Tio Johnnie Walker falou em nome dos filhos e disse apenas, Obrigado, pai, por este sonho em nosso coração. O conjunto musical Seranaders, de Mestre Otaviano de Brito, tocou a "Valsa do adeus", e Tia Viridiana gritou:

– Viva Old Parr Drummond, nosso pai, guia e mestre!

Naquela hora, Viridiana, quando todos ouviram sua voz rouca, uma voz que combinava mais com frases como Eu te amo do que com as palavras de ordem da guerra, naquela hora, Viridiana, com um rifle e um terço com contas de pérolas nas mãos, você entendeu o que não entendia nas noites de insônia em Cruz dos Homens, quando Júlia Preta cantava "Azulão" para anunciar que alguém ia morrer numa tocaia a mando do Coronel Bim Bim, você entendeu que a alegria e a dor travam uma guerra em nosso coração, entendeu mais, Viridiana, entendeu que a alegria é invenção de Deus, tal qual a felicidade, e que a dor é invenção de Satanás, tal qual a tristeza, e você decidiu que não ia abandonar o terço, noite e dia, dormindo ou acordada, estaria com o terço nas mãos, sempre invocando Deus contra Satanás, num exorcismo permanente e você prometeu, Viridiana, só para Deus ouvir, que se escapasse viva do cerco do coronel, ia criar um mundo onde a dor ficasse proibida de entrar, e você repetia em meio aos barulhos da guerra, Deus é alegria, Deus, é alegria, Deus é alegria, e como se adivinhasse que Vó Inácia Micaéla ia ficar cega, e trocar o Contestado por Belo Horizonte, você pensou em comprar um castelo abandonado, habitado por morcegos e fantasmas, e transformá-lo num castelo dos Contos de Fadas, onde a dor ia ficar proibida de entrar e onde seu irmão mais sonhador, Tio Red Label, ia ter um laboratório para desenvolver uma máquina para materializar os fantasmas tentando materializar a Moça Fantasma que a Cigana Carmen anunciou, lendo a palma de sua mão, que era a mulher de sua vida. Em Belo Horizonte, Viridiana, você ia comandar a guerra de Deus contra o Diabo, mas o que era Deus, o que era Satanás, Viridiana? Quando o fantasma de Tio João Manuel pediu para você abrir a janela do castelo, ele falava em nome de Deus ou em nome do Diabo?

– Em Belo Horizonte, Viridiana – dizia Tio Red Label –, o sobrenatural é natural como um sabiá cantando. Em Belo Horizonte, Viridiana, todo sonho é possível, desde que os ingleses da Saint John Del Rey Mining Company passaram por aqui...

12

Quando os índios Cintas-Largas cercaram a expedição que tentava localizar os índios liliputianos e começaram a cantar canções que anunciavam um ritual antropofágico, Tio Johnnie Walker reviveu o dia em que o filho Buchanan's foi feito prisioneiro pelos jagunços do Coronel Bim Bim durante o cerco à fazenda de Vó Inácia. As 5 Irmãs, Dodô, Dadá, Dêdeu, Dazinha e a Dô, montadas em seus cavalos brancos, e o pai, Compadre Nico do Degredo, nas ordis di Deus, montado num jumento com seu chapéu cor de burro fugido, tinham furado o cerco cinco dias antes. Trouxeram a notícia de que Gioconda, uma das Três Malditas, tentava romper o cerco sozinha, trocando tiros com os jagunços do coronel, e ao saber que ela corria riscos, Buchanan's foi em socorro de Gioconda, armado com seu rifle, e caiu prisioneiro nas mãos dos jagunços. O coronel decidiu usar Buchanan's para conseguir a rendição de Vó Inácia e enviou Júlia Preta como emissária. Escutando os Cintas-Largas cantando a canção que anunciava o ritual antropofágico, tal qual anotou em seu diário, Tio Johnnie Walker viu novamente Júlia Preta, com uma bandeira branca nas mãos, aproximando-se da casa-grande da fazenda. Viu Júlia Preta subir a escada. Viu Júlia Preta diante de Vó Inácia dizendo que o coronel ia fuzilar Buchanan's se Vó Inácia não aceitasse a rendição. Ouviu Vó Inácia falar:

– Diga ao coronel que eu só me rendo diante de Deus.

Viu a si mesmo dizendo a Júlia Preta que ele, Johnnie Walker, ia substituir Buchanan's, que o coronel o fuzilasse, mas poupasse o filho. Viu Júlia Preta ir ao QG do coronel e voltar dizendo que o coronel não aceitava a troca e ia fuzilar Buchanan's. Viu Júlia Preta voltar carregando a bandeira feita com um lenço branco.

– Morreremos todos – anunciou Vó Inácia –, mas o coronel não fuzila meu neto Buchanan's.

Buchanan's foi encostado no muro do paiol improvisado como muro de fuzilamento. Era uma tarde tão bonita, que Tio Johnnie Walker não podia acreditar no que estava acontecendo. Tio Johnnie Walker, Tio White Horse e os pistoleiros Vagalume e Sem Dó iam tentar libertar Buchanan's quando a Anã Clô cantasse a canção que aprendeu com os marinheiros gregos. O coronel e quatro jagunços apontavam os rifles para Buchanan's que, ao contrário de outros condenados à morte, descobriu que sua ideologia era a moça de um braço só do Contestado, uma das Três Malditas, e gritou seu nome:

– Gioconda!

O coronel e os jagunços iam puxar o gatilho quando a Anã Clô começou a cantar a canção que aprendeu com os marinheiros gregos. Parecia uma música de reza, numa língua estranha, e era tão bonita, que emocionou Dodô, Dadá, Dêdeu, Dazinha e a Dô. As 5 Irmãs tomavam banho na hora, e, nas ordis di Deus, Compadre Nico do Degredo montava guarda, com a cartucheira nas mãos, na porta do banheiro da casa-grande. As 5 Irmãs ouviram a Anã Clô cantando e saíram do banho nuas, vestidas de Eva, com o cabelo molhado penteado com a ponta dos dedos e os rifles nas mãos, e fizeram o primeiro ensaio do pelotão suicida, saindo em defesa de Buchanan's. Eram tão bonitas, assim nuas, com o corpo moreno e os seios empinados, que os jagunços abaixaram as armas, tiraram os chapéus de couro e caíram de joelhos. O próprio coronel que, uma vez, como foi dito, tentou comprá-las, persignou-se ao vê-las.

Certo de que os Cintas-Largas iam devorá-lo, Tio Johnnie Walker recordava os momentos em que um Cessna sobrevoava a fazenda de Vó Inácia durante o cerco do coronel. O avião era esperado com festa. As 5 Irmãs acenavam. Catula acreditava que ia viver e amar um homem para Felipa. O Cessna dava vôos rasantes e era possível ver o piloto, Pedro Ernesto, pai de Felipa, uma das Três Malditas. Ao lado de Pedro Ernesto, um homem usando o uniforme das Brigadas Internacionais que lutaram contra os fascistas de Franco na Guerra Civil da Espanha jogava pela janela pacotes com biscoitos, latas de salsicha e de leite condensado e panfletos conclamando à resistência contra o coronel e seus jagunços, que terminavam sempre com a célebre frase de Dolores Ibarruri, La Pasionaria, dita aos fascistas de Franco, "No passarón". Era Tio Red Label. Junto dos panfletos, jogava também cartas de Tio Dimple e de Tia Odete, de Tia Rose, e de Tia Dô e de Tio Black Label, que assumiam um tom guerreiro e terminavam com a frase "No passarón". Quando ficou cega, Vó Inácia gostava de recordar o vôo do avião amarelo como um canário belga, que pertencia a Pedro Ernesto. Com os olhos da lembrança, via o avião surgir, anunciado pelo ronco do motor, via Pedro Ernesto pilotando e Tio Red Label com o uniforme das Brigadas Internacionais. Vó Inácia gostava de recordar também a mais espetacular ação da guerra de guerrilha contra o coronel e seus jagunços. Desenhava a giz num quadro-negro e discutia a ação, em todos os detalhes, com as 5 Irmãs e com Compadre Nico do Degredo, Tio White Horse e Nico Furbino, que formavam uma coluna guerrilheira. Infiltrando-se durante a noite no *front* inimigo, a coluna guerrilheira levou os jagunços do coronel a trocar tiros entre si. Cinco jagunços do coronel morreram nos combates e vários deles ficaram feridos e o coronel atribuiu tudo aos poderes de Catula, que tinha na conta de uma bruxa. Conversando com o rifle a tiracolo depois de cega, Vó Inácia dizia:

– Ah, rifle velho de guerra, responda: a coragem das 5 Irmãs tinha a ver com uma vocação suicida?

No quadro pendurado na parede do quarto onde Vô Old Parr morreu, Vó Inácia anotava os dias que faltavam para o carnaval começar e quando anunciou na reunião do alto comando que queria prender o coronel vestido de baiana, Tio White Horse duvidou e disse que era uma fantasia, ao que Vó Inácia respondeu, Não é fantasia não, meu filho, é guerra de guerrilha. As 5 Irmãs apoiaram o plano de Vó Inácia e, nas ordis di Deus, Compadre Nico do Degredo, que também participava das reuniões, sentado num banco e com a cartucheira em pé, entre as pernas, concordava sem falar, dando o seu de acordo com a cabeça. Tio White Horse insistia em organizar um ataque em massa para matar o coronel e vingar a morte de Vô Old Parr, mas Vó Inácia anunciou, apoiada pelas 5 Irmãs, que sua vingança era condenar o coronel a desfilar vestido de baiana pelas ruas de Cruz dos Homens. A seu pedido, como foi dito, os Seranaders começaram a tocar boleros e músicas de carnaval e a movimentação cresceu, pelos dados que o Saci trazia para Catula, no paiol onde funcionava o QG do Coronel Bim Bim. Tio Johnnie Walker gostava de ouvir os boleros. Não, nunca pôde dançar um bolero de rosto colado com mulher alguma. Nunca teve a paz de dançar um bolero. O homem do corredor da morte não dança bolero. O condenado diante do pelotão de fuzilamento não dança bolero. Era assim que Tio Johnnie Walker se sentia esperando a lua cheia, a lua do lobisomem. Tio Johnnie Walker não gastava munição. Só disparava o rifle quando sabia que poderia provocar algum dano nos jagunços do coronel. Era tão bom no gatilho como o pistoleiro Vagalume, assim chamado porque apagava a luz de um vaga-lume com os tiros de seu revólver 38.

Depois da ação guerrilheira em que os jagunços do coronel trocaram tiros entre si, houve pânico entre o inimigo. Jagunços bateram em retirada e o Coronel Bim Bim mandou contratar mercenários em Governador Valadares e pistoleiros de aluguel em Santa Maria do Suassuí. Vó Inácia sentiu então que era preciso realizar uma nova ação espetacular, e investir contra o QG do coronel que ficava no paiol, cujas paredes eram de madeira, num ataque suicida. Tio Johnnie Walker, Tio White Horse e Nico Furbino ofereceram-se para a missão, mas as 5 Irmãs disseram que só elas podiam fazer o ataque suicida. Quando as 5 Irmãs saíram para a missão, Tio Johnnie Walker estava entrincheirado no telhado da fazenda. O ataque suicida demorou muito a acontecer. O dia estava nascendo quando as 5 Irmãs iniciaram a operação. Tio Johnnie Walker ouvia os tiros e depois ouviu as 5 Irmãs cantando:

"Tão longe, de mim distante
onde irá, onde irá
teu pensamento..."

O carnaval estava por três dias e a lua cheia, a lua do lobisomem, ia chegar em seis dias. Se alguém entrasse em seu pensamento haveria de saber que Tio Johnnie Walker conversava com Tio Johnnie Walker. Um calafrio subia por minhas pernas, É gripe ou é a língua de uma mulher, perguntei a mim mesmo, perguntei como num sonho na primeira vez que virei lobisomem, depois eu senti a boca formigando e as mãos também formigavam e eu olhei pro céu. Era um céu muito limpo, céu de abril, cheio de estrelas, e uma lua cheia vinha vindo, olhei minhas mãos, não eram mais minhas mãos, eram mãos de um lobisomem, mordi o braço pra ver se aquilo não acontecia num pesadelo, mordi até sangrar e descobri, vendo o sangue, que estava acordado. As estrelas no céu estavam acordadas e a lua estava acordada e a canção que alguém cantava também estava acordada, rezei pra ver se evitava aquilo, eu andava afastado de Deus, por isso que acontecia, rezei mas o que rezei não era em português, era em latim, a língua do lobisomem. Eu era metade lobisomem, metade homem, fugi pra ninguém me ver e eu senti que não era dono de mim, do meu gostar, do meu querer, do meu amar, do meu odiar, estava em guerra com o mundo: eu era como uma guerra e a guerra não tem vontade, procurei um espelho, queria ver minha imagem, no que encontrei um espelho e olhei, vi a face do horror, tive medo de mim mesmo, que é o pior medo que existe, o medo que a guerra ia sentir se olhasse no espelho e foi crescendo uma saudade do que eu era ou fui, que de mim nada ficou, talvez só ficou um pouco da cor dos olhos. Desde então, desde aquela primeira vez eu fico olhando pro céu, contando as fases da lua, e vai me dando um medo, ah, o lobisomem não tem a quem confessar, não tem um ombro amigo onde debruçar e chorar, não tem como falar com Deus, nisso também é como a guerra. Decidi: ia ser bom, ia fazer o bem sem olhar a quem, pra me livrar da maldição: pra não ter medo da chegada da lua cheia, rezei ajoelhado em bago de milho, fiz voto de castidade, jejum, cortei prazeres, mas a maldição continuou, olhava as fases da lua e tinha medo de mim mesmo: eu, o lobisomem do Contestado.

A Anã Clô seguiu as 5 Irmãs, sem que elas vissem, armada com dois revólveres 38, na hora do ataque suicida. Era noite e Clô viu as sombras nuas das 5 Irmãs nadando no Rio Doce, brincando como crianças, como se despedissem. Riam e brincavam na água e demoraram tanto que a Anã Clô pensou em falar com Dodô, Dadá, Dêdeu, Dazinha e a Dô sobre os riscos de ficarem assim. Mas nada falou. A Anã Clô ficou escondida olhando. As 5 Irmãs nadaram até a outra margem do rio e Clô viu suas sombras vestindo a fantasia de carnaval. Viu suas sombras do outro lado do rio e escutou suas vozes rezando uma oração que não tinha pé nem cabeça numa língua que a Ana Clô, que sabia várias línguas e conhecia meio mundo, nunca tinha ouvido. Só depois entraram na canoa para realizarem o ataque suicida, quando o dia estava nascendo.

– Eu gritei com elas – contou a Anã Clô a Tio Johnnie Walker. – Gritei: voltem que a jagunçada do coronel vai trucidar vocês. Sabe o que a Dadá falou? Falou assim, com aquela voz rouca dela: "Pense em nós de vez em quando, Anã Clô." E foram remando na canoa e chegaram perto do QG do coronel no paiol. Aí começou a fuzilaria. As 5 Irmãs entraram na canoa e começaram a cantar:

"Tão longe, de mim distante
onde irá, onde irá
teu pensamento..."

O dia tinha nascido e dava para ver Dodô, Dadá, Dêdeu, Dazinha e a Dô cantando na canoa que seguia rio abaixo, alvos fáceis para o coronel e a jagunçada. Os jagunços e o coronel disparavam os rifles nas 5 Irmãs que seguiam cantando e uma a uma caíam na água e a canoa vazia desceu rio abaixo.

– Temos que agir rápido, Clô – disse Tio Johnnie Walker e desceu do telhado onde estava entrincheirado.

Vó Inácia reuniu o alto comando e gritou:

– Em nome de Dodô, Dadá, Dêdeu, Dazinha e a Dô, vamos lutar até a morte.

Naquele mesmo dia, Vó Inácia recebeu o reforço de oito preciosos aliados, que furaram o cerco do coronel, os Bretas, num total de três homens, os Lage, que eram quatro, e ainda Minga Caldeira. Vinham armados de rifles e revólveres e Minga Caldeira trazia uma escopeta. Contaram que o Coronel Janjão Boca de Ouro e Gioconda estavam tentando furar o cerco e que Cruz dos Homens estava em pé de guerra. Havia luta nas ruas e homens leais a Vó Inácia, todos do PSD, ocuparam a ponte sobre o Rio Doce para impedir que o coronel recebesse novos reforços. Na véspera do carnaval começar, o Coronel Janjão Boca de Ouro furou o cerco dos jagunços do Coronel Bim Bim e juntou-se a Vó Inácia Micaéla. Veio com a filha Gioconda e sem Dona Jerusa, que ficou cuidando do filho Janjinho, ferido na tentativa de furar o cerco. Em Cruz dos Homens, o medo de que o Coronel Bim Bim ia derrotar Vó Inácia era tão grande, depois da morte de Vô Old Parr e do que aconteceu às 5 Irmãs, que membros do PSD debandavam e aderiam à UDN.

– Anotei o nome da cambada que pulou a cerca, Comadre Inácia – avisava o Coronel Janjão Boca de Ouro, que era o Prefeito de Cruz dos Homens. – Anotei bem anotado.

– Vocês caíram do céu – disse Vó Inácia, e dirigindo-se a Mestre Otaviano de Brito: – Música, maestro! Vamos pegar o coronel fantasiado de baiana.

Não parecia guerra. Parecia carnaval. A banda de música da UDN de Cruz dos Homens, mandada buscar pelo coronel, também tocava músicas de carnaval e um cheiro de lança-perfume, de que Vó Inácia recordaria depois de cega, quando apurava o olfato para sentir o cheiro de Deus, começou a vir do paiol que o coronel mandou decorar com motivos carnavalescos como um clube. O "Dia D" era a noite do domingo de carnaval. A estratégia guerrilheira traçada por Vó Inácia era infiltrar homens e mulheres fantasiados na área ocupada pelo coronel. Gioconda e Catula chegaram tão perto do paiol transformado em clube carnavalesco que viram o coronel fantasiado de baiana e, se disparassem seus rifles, poderiam matá-lo. Mas a ordem de Vó Inácia era não atirar. Os Bretas também penetraram fantasiados no território em poder do coronel e fizeram um colar em volta do paiol. Aumentava o cheiro de lança-perfume e a animação no QG do coronel. Depois do ataque suicida das 5 Irmãs, os mercenários e os pistoleiros de aluguel contratados pelo coronel tinham debandado, porque, durante a noite, eles viam Dodô, Dadá, Dêdeu, Dazinha e a Dô numa canoa rio acima cantando:

"Tão longe, de mim distante
quisera saber agora
onde irá, onde irá
teu pensamento."

De modo que a ordem do coronel era fazer um grande carnaval no paiol decorado como um clube para Vó Inácia não suspeitar dos problemas que enfrentava. A banda de música da UDN, transformada em orquestra, tocava sucessos do carnaval e o coronel, fantasiado de baiana, de turbante e rosto maquiado, dançava. Júlia Preta cantava, com a voz de mezzo-soprano, comandando os foliões:

"Mamãe eu quero, mamãe eu quero
Mamãe eu quero mamar
Dá a chupeta, dá a chupeta
Pro neném não chorar."

O comando das operações estava entregue a Tio Johnnie Walker. No momento em que os Seranaders tocaram "As pastorinhas", a senha para o ataque, Tio Johnnie Walker pensou nas 28 namoradas espalhadas pelo mundo.

– Qual delas vai chorar por mim se eu morrer? – pensou.

Desejou mais que nunca viver e decidiu que se sobrevivesse ia organizar a expedição para ir à Amazônia localizar os liliputianos. Só então deu a ordem de atacar. Na noite em que os índios Cintas-Largas o cercaram nas margens do Rio Negro, quando comandava a expedição para localizar os índios liliputianos na Amazônia, tal como registrou no diário que deixou escrito, Tio Johnnie Walker lembrou-se do momento em que o Coronel Bim Bim foi preso fantasiado de baiana no último dia do cerco à fazenda de Vó Inácia. Viu a si mesmo apontando o rifle para o coronel. Fazia pontaria entre os olhos do coronel pois sabia que um tiro entre os olhos era mortal. Mas não estava disposto a fazer pontaria com o mesmo rifle entre os olhos de um índio e escreveu no diário:

– Matar um índio é como matar um anjo e eu prefiro ser devorado num ritual antropofágico.

O coronel foi levado fantasiado de baiana para o curral da fazenda e julgado. Júlia Preta o acompanhava. Vó Inácia foi a primeira a votar, convocada por Tia Viridiana. Nem o aliado mais fiel, o Coronel Janjão Boca de Ouro, nem o filho White Horse, nem a neta Catula acompanharam o voto de Vó Inácia. Queriam fuzilar o coronel. Quando Tia Viridiana chamou Gioconda, uma das Três Malditas, a penúltima a votar, o coronel estava sendo condenado a desfilar em carro aberto, um jipe sem capota, fantasiado de baiana, pelas ruas de Cruz dos Homens, por apenas um voto.

– Gioconda – chamou Tia Viridiana. – É sua vez de votar.

Segurando com a única mão o rifle que sabia manejar como poucos homens, mesmo tendo apenas um braço, Gioconda foi andando pelo curral e parou na frente do coronel e começou a falar, interrompida pelos aplausos e os gritos de fuzila, fuzila. Disse que toda manhã, quando acordava, procurava o braço esquerdo e a mão esquerda, que perdeu aos três anos de idade, quando o Coronel Bim Bim e seus jagunços cercaram a fazenda do pai, o Coronel Janjão Boca de Ouro. Aprendeu a acreditar em Deus. Aprendeu a rezar. Aprendeu a fazer poemas e tentou aprender, no grupo escolar em Cruz dos Homens e depois no colégio em Belo Horizonte, a viver apenas com um braço e uma pobre mão.

– Toda manhã eu acordo e procuro meu braço e minha mão esquerda e não encontro – repetiu.

– Lindo, Gioconda! – gritou Catula. – Lindo!

No meio da noite em Cruz dos Homens, Gioconda escutava Júlia Preta cantar "Azulão", e ficava pensando no que a mão esquerda poderia ter feito e não fez. A mão esquerda nunca segurou outra mão. Nunca acenou adeus. Nunca fez um carinho, um cafuné na cabeça de um homem. Nunca se molhou na água. Nunca se queimou no fogo. E quando eu me casar, disse Gioconda, eu não tenho minha mão esquerda pra usar a aliança. Todas as moças de minha idade são como Deus fez. Eu sou a Gioconda Sem Braço, uma das Três Malditas. Minha maldição é o braço e a mão que eu não tenho. Ficou calada, encarou o coronel e gritou:

– O Coronel Bim Bim tem que pagar o que me deve. Eu vou votar em nome do meu braço esquerdo e de minha mão esquerda, voto por fuzilar o Coronel Bim Bim e que eu seja a escolhida pra dar o tiro de misericórdia no homem sem coração.

Foi aplaudida em delírio e carregada, aos gritos de fuzila, fuzila! Tia Viridiana pediu silêncio e chamou Tio Johnnie Walker para votar. A votação estava empatada: oito queriam fuzilar o coronel, oito queriam vê-lo desfilando vestido de baiana pelas ruas de Cruz dos Homens. Durante todo o julgamento o coronel encarava Tio Johnnie Walker, olhando-o nos olhos. Quando Tia Viridiana disse que a votação estava empatada e que Tio Johnnie Walker decidiria a sorte do coronel houve um silêncio tão grande que o canto de um galo parecia inacreditável. Então, a voz de moça do coronel se fez ouvir e ele pediu em seu dialeto caipira que Tio Johnnie Walker votasse por sua execução. Mas Tio Johnnie Walker era fiel à Vó Inácia e, assim, o coronel foi condenado a desfilar fantasiado de baiana pelas ruas de Cruz dos Homens. Era uma segunda-feira de carnaval. Os Lage foram avisar em Cruz dos Homens o que havia acontecido e Vó Inácia também foi, junto de Catula, da Anã Clô e Gioconda, num jipe dirigido por Buchanan's. Vó Inácia ficou na janela do sobrado em Cruz dos Homens, com o rifle a tiracolo, e viu o Coronel Bim Bim passar fantasiado de baiana com as mãos amarradas no banco de trás do jipe sem capota que Minga Caldeira dirigia, com Vagalume e o Sem Dó apontando os rifles para os dois corações do coronel e Júlia Preta ao lado. Blocos de mascarados cantavam "O que é que a baiana tem" e ao ver o coronel diante do sobrado, Vó Inácia disparou o rifle para o alto, calando os foliões e gritou:

– Viva Old Parr Drummond, morto em combate! Viva Dodô, Dadá, Dêdeu, Dazinha e a Dô, mortas em combate!

Poucos ouviram o que o Coronel Bim Bim disse a Júlia Preta na hora:

– A cascavé me paga!

A multidão foi cantando até à boca da ponte sobre o Rio Doce. Escoltado pelos Bretas e os Lage, o Coronel Bim Bim foi entregue, com as mãos amarradas e fantasiado de baiana, a Padre Zé Lopão, e os foliões cantavam "O que é que a baiana tem". O coronel trancou-se no sobrado de 28 janelas e ficou sete dias e sete noites sem sair e sem falar com ninguém. Não deixava o sobrado de 28 janelas e não recebia pessoa alguma. Nem Padre Zé Lopão tinha permissão para vê-lo. Vagava pelo sobrado de 28 janelas como uma alma penada. Mal comia. Passava o tempo repetindo Ave-

Marias e Padre-Nossos, em meio a palavrões, com a barba por fazer. Pensava em Getúlio Vargas, o inimigo político que mais odiou na vida, depois de Vó Inácia. Quando soube anos antes, no dia 24 de agosto de 1954, pela edição extra do *Repórter Esso* que Getúlio Vargas tinha dado um tiro no peito com um revólver 32, em seus aposentos no Palácio do Catete, o coronel festejou à sua maneira. Já morreu tarde, disse entre dentes, e descarregou o 38, atirando para o ar. Mas agora, depois da humilhação imposta por Vó Inácia, o coronel ficou certo que o suicídio é o único caminho digno para um homem humilhado. Com o 38 na cintura, buscava criar coragem inspirando-se em Getúlio Vargas. Chegou a apontar o 38 contra o próprio peito. Doía no coronel a reação dos que o cercavam. Viu em todos, até mesmo nos jagunços e em Padre Zé Lopão, uma mal disfarçada alegria ao vê-lo fantasiado de baiana desfilando em carro aberto pelas ruas de Cruz dos Homens. Apenas Júlia Preta sofreu. Mais de uma vez, o coronel pensou em convocar Padre Zé Lopão ao sobrado de 28 janelas e ditar uma Carta Testamento, à moda de Getúlio Vargas, fazendo de Júlia Preta sua única herdeira. No sétimo dia, depois de uma noite sem dormir, escutando os adversários do PSD cantando "O que é que a baiana tem", o coronel fez a barba de sete dias com a lâmina de barbear, tomou um banho na cachoeira no fundo do quintal do sobrado de 28 janelas e mandou Júlia Preta ir à casa paroquial chamar Padre Zé Lopão. Mas não ditou uma Carta Testamento. Pediu que toda primeira sexta-feira do mês Padre Zé Lopão celebrasse em seu nome uma missa pela alma de Getúlio Vargas. Padre Zé Lopão olhou-o sem acreditar no que ouvia.

– O coronel disse mesmo o que eu ouvi, ou é um delírio meu? – perguntou.

O coronel confirmou o que disse e pediu a Padre Zé Lopão que não fizesse segredo. As missas em intenção da alma de Getúlio Vargas, todo mês, deviam ser anunciadas como uma oferenda dele, Coronel Bim Bim. Convocou os jagunços que se mantinham fiéis e, na presença de Padre Zé Lopão e de Júlia Preta, anunciou à moda caipira:

– Agora é oio por oio, dente pur dente! A jararaca num perde por esperá!

Encomendou 14 tocaias contra Vó Inácia Micaéla, anunciadas por Júlia Preta cantando "Azulão" na varanda do sobrado de 28 janelas, com a voz de mezzo-soprano e rezava o terço ajoelhado em bagos de milho ouvindo-a cantar. Uma vez, o coronel contratou um menino para matar Vó Inácia numa noite de lua, quando ela voltava a cavalo, protegida pelos pistoleiros Vagalume e Sem Dó, de uma visita a Compadre Nico do Degredo. O menino estava de tocaia atrás de uma árvore. Puxou o gatilho do rifle, mas errou o alvo, e Vó Inácia o matou acreditando que matava um homem.

– Você é testemunha, irmão rifle, Deus e você são testemunhas – dizia Vó Inácia ao rifle a tiracolo –; matei o menino, mas eu não sabia que era um menino.

Os pistoleiros Vagalume e Sem Dó cercaram a árvore onde estava o morto e o Sem Dó acendeu uma lanterna à pilha que ganhou de Tio White Horse e Vó Inácia viu que tinha matado um menino.

– Era um menino louro, você se lembra, irmão rifle, e tinha sardas no rosto – seguia falando Vó Inácia –; e ele ficou olhando pra mim com os olhinhos azuis. Mesmo morto ele me olhava e havia um espanto naqueles olhinhos azuis...

Quando o dia nasceu, Vó Inácia mandou Vagalume e o Sem Dó entregarem o menino morto ao Coronel Bim Bim. Eles o levaram no jipe de Vó Inácia e o deixaram na varanda do sobrado de 28 janelas em Cruz dos Homens, e Vagalume disse a Júlia Preta que era uma encomenda que Vó Inácia tinha mandado para o coronel. O menino morto doía em Vó Inácia e ela sempre conversava com o rifle a tiracolo a respeito.

– Você sabe, rifle, que a dor de ter matado é a pior dor que existe, porque dói na alma. É dor que não tem remédio e eu preferia não ter matado o menino.

13

Vó Inácia Micaéla ficou cega numa tarde de maio quando estava debruçada no parapeito da varanda da casa-grande da fazenda do Rancho Fundo, de costas para a parede e as janelas, onde havia marcas dos tiros disparados durante o cerco do Coronel Bim Bim. Tinha o rifle a tiracolo e era perseguida pela lembrança do menino que matou numa noite de lua quando voltava montada no cavalo Chimarrão de uma visita a Compadre Nico do Degredo. Nas ordis di Deus, Compadre Nico do Degredo morava sozinho na fazenda, ele e suas lembranças da mulher, a pobre e santa Dona Dá, e das filhas Dodô, Dadá, Dêdeu, Dazinha e a Dô. Era como se não tivessem morrido. Como se Dona Dá ainda falasse, antes de ficar muda numa greve de silêncio protestando contra o diz-que-diz das línguas-de-trapo da UDN:

– Quem viver verá, minhas filhas carregam Jesus Cristo no coração.

Compadre Nico do Degredo estava com a barba de três dias, sentado no banco de madeira que ia de um extremo a outro da varanda da casa-grande, com a perna encolhida como perna de garça e a cartucheira no ombro. Ao redor dele, pendurados em cabides presos num varal, Vó Inácia viu o vestido de seda cinza de Dona Dá e, inflados pelo vento, os vestidos estampados e decotados, que tanto davam o que falar, de Dodô, Dadá, Dêdeu, Dazinha e a Dô. Ao ver Vó Inácia chegar, acompanhada pelos pistoleiros Vagalume e o Sem Dó, Compadre Nico do Degredo olhou para o vestido de Dona Dá e disse:

– Vigia, Dá, nas ordis di Deus, quem é vivo sempre aparece, oia Cumadre Sinhá Inaça apiando do Chimarrão.

Olhou depois para os vestidos das 5 Irmãs e falou com voz de mando, mas docemente:

– Minina, vem pedi a bença a Madrinha Inaça, nas ordis di Deus.

Vó Inácia abraçou-o e perguntou como estava passando e Compadre Nico do Degredo disse que, nas ordis di Deus, Cumadre Sinhá Inaça, vô temperano. Dá é qui anda perrengue, aquelas falta di á de sempre, Cumadre, num é memo Dá? E as minina tá gripadas. Num ôve as tosse delas, Cumadre? Para não fazer desfeita a Compadre Nico do Degredo, Vó Inácia conversou com os vestidos pendurados na varanda como se conversasse com a Dona Dá e com as 5 Irmãs. Compadre Nico do Degredo servia de intérprete, como se elas falassem uma outra língua. De maneira que Vó Inácia foi ficando e era noite quando voltou à fazenda do Rancho Fundo. Até aquela noite de lua Vó Inácia já tinha escapado, sem sequer um arranhão, de 13 tocaias a mando do Coronel Bim Bim. Onde ia, era protegida pelos pistoleiros Vagalume e o Sem Dó, temidos em todo o Contestado, que a seguiam como sombras. Voltava para casa conversando com o rifle a tiracolo sobre o ataque suicida das 5 Irmãs durante o cerco à fazenda do Rancho Fundo. Desde que prendeu o Coronel Bim Bim durante o cerco à fazenda e condenou-o a desfilar fantasiado de baiana pelas ruas de Cruz dos Homens, a fama de Vó Inácia Micaéla cresceu tanto que os Drummond do Brasil iam ao Contestado conhecê-la. Queriam vê-la, tocar nela, posar para fotografias a seu lado, afinal, para os Drummond do Brasil, Vó Inácia era uma resposta a medos e fobias, a neuroses e loucuras, uma resposta, enfim, aos que queriam reduzir os Drummond do Brasil a filhos do incesto e a loucos de toda espécie. Pois aquela mulher, com seu rifle a tiracolo, que mandava no Contestado, onde só os homens mandavam, dizia ao inquieto coração dos Drummond:

– Nós, os Drummond do Brasil, somos bravos e corajosos e fortes como nossos antepassados da velha e heróica Escócia, e conquistaremos a glória, porque estamos vivendo uma epopéia.

Vó Inácia olhava a tarde de maio e pensava no menino que matou quando viu um pequeno monstro verde. Vinha aos saltos pela varanda da casa-grande da fazenda. Vó Inácia não tremeu diante do Coronel Bim Bim durante o cerco, agora tremia e queria gritar, mas perdeu a voz. O pequeno monstro verde aproximava-se aos saltos, e, tomada de pânico, o mesmo pânico que sentiu uma vez, ainda menina, ao ver um pequeno monstro verde no quintal da casa dos pais, no Rio de Janeiro, Vó Inácia Micaéla disparou o rifle. Errou o alvo da primeira vez e disparou outra vez e novamente errou. Seguiu disparando o rifle e o pistoleiro Vagalume correu à varanda, de onde vinham os tiros, e a viu apontando o rifle para uma pobre e mísera perereca que, aos saltos e negaceios, escapava dos tiros e aproximava-se, cada vez mais, de seu alvo. O pequeno monstro verde chegou a meio metro de Vó Inácia e deu um salto em sua direção. Vó Inácia fechou os olhos com o rifle nas mãos. Quando abriu os olhos, era noite no mundo. Estava cega. Cresceu então a suspeita de que o pequeno monstro verde soltou um jato de urina nos olhos de Vó Inácia e a cegou como punição por Vó Inácia desrespeitar a Lei do Contestado e olhar nos olhos das pessoas. No mesmo dia em que Vó Inácia Micaéla ficou cega, Tio Johnnie Walker levou-a num jipe para Belo Horizonte.

– Esta é a cidade das tosses, dos fantasmas e da orgia: oremos por ela, irmãos.

Era assim que Padre João de Deus encerrava o "Sermão da Montanha" na missa das 6 da tarde na igreja de Nossa Senhora da Boa Viagem, a padroeira de Belo Horizonte. Padre João de Deus era pálido e sua palidez era amarela. Parecia feito de cera e duas rugas, de cada lado do nariz, desciam pelo rosto como se fossem feitas à navalha na madeira. Os cabelos negros e revoltos caíam no rosto durante os sermões. Sofria de tuberculose crônica e deixou Vitória, no Espírito Santo, após ser o missionário entre os índios na Amazônia, e veio para Belo Horizonte, cumprindo a previsão da Cigana Carmen, combater a orgia e cuidar dos pulmões, a convite do Bispo Dom Cabral. Em sua cadeira de rodas, pois era paralítico das duas pernas, Dom Cabral recebia as notícias, dadas por padres e beatas sobre a orgia, cada vez maior, em Belo Horizonte. Conversou, então, com Dom Afrânio, Bispo de Vitória, que indicou Padre João de Deus, especialista em combater o Demônio. Por esse tempo, uma vez por ano, as Três Malditas realizavam, no mês de fevereiro, antes do carnaval, uma reunião para avaliar como reagiam diante das previsões feitas pela Cigana Carmen. Como Felipa não podia viajar, pois continuava internada num sanatório como tuberculosa, Gioconda vinha do Contestado e as Três Malditas reuniam-se debaixo dos pés de eucalipto do Sanatório Belo Horizonte. Elas ficaram muito assustadas quando souberam que tudo o que a Cigana Carmen previu aconteceu a Padre João de Deus. Catula recebeu das Três Malditas a incumbência de visitar Padre João de Deus para saber detalhes. Tinha vindo uma frente fria da Argentina e Catula estava negra, de maneira que Padre João de Deus considerou-a uma bruxa a serviço de Exu e de Satanás e passou a acusá-la no "Sermão da Montanha" por todos os males de Belo Horizonte. A Cigana Carmen tinha dito que uma mulher negra apareceria na vida de Padre João de Deus para pôr à prova sua santidade. Padre João de Deus dizia que Belo Horizonte estava comprometida até a alma com toda espécie de pecados, a começar pelos rituais de antropofagia. Ganhou seu primeiro nome de Curral Del Rey porque era num curral que os índios Aimorés deixavam seus presos engordando para, depois, devorá-los. Belo Horizonte tinha particular estima pelos fantasmas. Moças fantasmas, com seus esvoaçantes vestidos brancos, podiam ser vistas, depois da meia-noite, e uma delas, que aparecia no bairro da Serra, ficou tão famosa que ganhou um poema do poeta Carlos Drummond de Andrade, primo de Vó Inácia Micaéla e de Vô Old Parr. Era depois que os bondes elétricos, os seresteiros, os gatos, a música das festas e os bordéis iam dormir, e apenas o vento, as tosses, os cães e as sirenes ficavam acordados, que as moças fantasmas circulavam pelas ruas de Belo Horizonte. Toda noite, Tio Red Label entrava em sua Cadillac Rabo-de-Peixe, que era vermelha, para aplacar seu sentimento de culpa esquerdista por ser dono de um carro burguês, e iniciava sua vigília à espera da moça fantasma que a Cigana Carmen anunciou que era a mulher de sua vida. Um Carro Fantasma circulava altas horas pelas ruas de Belo Horizonte. Era um Citroen Negro, que não tinha ninguém ao volante, pois era dirigido por um fantasma invisível. Quando Tia Dô e Tio Black Label faliram e perderam tudo o que tinham, inclusive o Oldsmobile, pegavam carona no Carro Fantasma. Sentavam-se no banco de trás e cantavam, pois o fantasma invisível gostava de músicas que o faziam recordar os tempos em que era vivo.

Foram os ingleses da Saint John Del Rey Mining Company, que vieram explorar o ouro das minas de Morro Velho em Nova Lima, os responsáveis pela estima que Belo Horizonte sentia pelos fantasmas. Quando, muitos anos atrás, os ingleses chegaram e abriram suas malas, cheios de saudade, e penduraram as roupas nos cabides, descobriram que seus fantasmas também vieram, como passageiros clandestinos, e se em Londres conviviam mal com eles, em Belo Horizonte, onde vinham dormir a tempo de tomar o Chá das 5, depois de um dia estafante em Nova Lima, ficaram amigos. Era possível ver, por exemplo, Sir John Hailleg tomar a fresca da tarde, passeando acompanhado da sobrinha Margareth, cujo rosto pálido e as olheiras azuis como feitas por maquiagem denunciavam sua condição de moça fantasma. E tanta naturalidade, pois Sir John Hailleg apresentava Margareth aos novos amigos, com os quais falava por mímica, permitiu que Belo Horizonte convivesse bem com os fantasmas e os aceitasse, mesmo os que a assustavam, como o Velho Quentin, que mancava de uma perna, usava um tapa-olho, a barba por fazer, trajes de mendigo, e que parecia ter saído de um conto de Charles Dickens e era visto nas noites de Natal queixando-se em mau português, com seu bafo de cachaça, da saudade de Londres. Ao contrário de Sir John Hailleg e outros ingleses, que afogavam a saudade no Chá das 5, os fantasmas *made in England* não tinham como sossegar seus corações, e foram tomados por uma tristeza semelhante ao banzo que os negros escravos sentiam com saudade da Mãe África quando chegaram ao Brasil. Eram vistos bêbados pelas ruas e pelos bares de Belo Horizonte e Sir John Hailleg gastou todo o seu *fair-play* e sofreu muito quando a sobrinha Margareth passou a ser vista bêbada durante a noite debaixo das árvores aos beijos e abraços com nativos. Sir John Hailleg morreu do coração e, ainda que seu corpo tenha sido enviado à família na Inglaterra, seu fantasma ficou em Belo Horizonte e foi recebido com um certo fervor nacionalista, que estimulava os primeiros protestos contra a entrega do ouro de Nova Lima à Saint John Del Rey Mining Co. Depois de morto, Sir John Hailleg passou a liderar os fantasmas ingleses, que tinham o visto nos passaportes negado pela Embaixada da Inglaterra no Rio de Janeiro e não conseguiam voltar à pátria como clandestinos. Belo Horizonte assistiu então a várias rebeliões de fantasmas ingleses. Uma vez, apedrejaram e saquearam lojas e foi a lembrança do que fizeram que inspirou os saques às lojas dos alemães, quando o Brasil declarou guerra a Hitler, feitos por brasileiros vivos e não por fantasmas ingleses.

– O quebra-quebra, mamãe – dizia Tio Red Label a Vó Inácia –, é outra herança que Belo Horizonte recebeu dos ingleses, no caso, os fantasmas ingleses.

Tio Red Label ia ao delírio. A qualquer grito de "quebra!", sem nenhum motivo, a não ser uma insatisfação comum nos trópicos, lojas da Avenida Afonso Pena eram quebradas e saqueadas.

Emily, sobrenome Redgrave, a menina fantasma inglesa de que ainda vamos nos ocupar, tinha dez anos quando as manifestações dos fantasmas ingleses, liderados por simpatizantes do Partido Trabalhista da Inglaterra, assumiram um caráter político. Nunca Emily se esqueceu das passeatas dos fantasmas ingleses na Avenida Afonso Pena. Soube então que os fantasmas podiam morrer uma segunda morte, pois viu Sir John Hailleg morrer novamente, sentindo as dores do infarto, durante um comício no pirulito da Praça Sete, dissolvido pelos soldados da cavalaria da Polícia Militar, que avançaram sobre os manifestantes montados em cavalos cuja alimentação consumia o dobro de seus soldos, e jogavam bombas de gás lacrimogêneo. Pouco depois de morrer tuberculosa, já transformada em fantasma, Emily participou de novas manifestações dos fantasmas ingleses na Praça Sete, também reprimidas pelos soldados da cavalaria com as patas de cavalos tão lindos como Emily jamais viu e pelas bombas de gás lacrimogêneo. As manifestações ganhavam um novo sentido. Os manifestantes carregavam cartazes em inglês onde estava escrito "Happiness Now!", pois descobriram, depois de mortos, que a maior reivindicação humana era a felicidade e eles nunca tinham sido felizes nem na Inglaterra nem no Brasil, nem vivos nem depois de mortos, e queixavam-se de que eram reféns do Império Britânico e de seus preconceitos e diziam aos gritos que eram irmãos de Gandhi e dos pobres do mundo. Sir Winston Churchill, que era o Primeiro-Ministro, teve medo de que a rebelião dos fantasmas ingleses, noticiada com destaque pelos jornais de Londres, se alastrasse pela Inglaterra e que Hitler tirasse partido dela e mandou um avião especial buscar os fantasmas ingleses em Belo Horizonte. Alérgica ao gás lacrimogêneo, Emily teve uma crise de asma, e perdeu o vôo. Tornou-se, então, o único fantasma inglês em Belo Horizonte. Ia chegar o dia em que Vó Inácia apurou de tal forma os ouvidos de cega que escutava os passos dos fantasmas, parecendo folhas secas arrastadas pelo vento. Ficou amiga, como se contará, de Emily, a fantasminha inglesa, a quem prometeu:

– Se a Rainha Elizabeth II não autorizar sua volta à Inglaterra, eu vou adotá-la como neta.

Em Belo Horizonte, Vó Inácia foi examinada pelo Dr. Hilton Rocha, que ganhava fama como um médico que devolvia a vista aos cegos e curava toda espécie de cegueira. Era um homem ainda jovem, de voz mansa, tinha fios precocemente grisalhos na cabeleira negra e usava óculos tartaruga de lentes grossas por causa da miopia e transmitia uma paz de pombos voando e de galinhas ciscando a terra. Conversou a sós com Vó Inácia, que carregava o rifle a tiracolo. Depois, examinou-a e encheu de esperança o Clã dos Drummond, ao dizer:

– Assim como a visão de Dona Inácia Micaéla se foi, pode voltar a qualquer momento.

A sós com Tia Viridiana e Tio Johnnie Walker, o Dr. Hilton Rocha afastou a suspeita de que a urina do pequeno monstro verde tivesse cegado Vó Inácia e disse que, com tantas dores e sobressaltos na vida, como a morte de Vô Old Parr e a morte das 5 Irmãs, tanta tensão e a expectativa de um novo ataque do Coronel Bim Bim, renovando-se a cada dia e a cada noite e ainda a dor de ter matado o menino que a tocaiou, os nervos de Vó Inácia ficaram abalados. Aconselhou a mudança definitiva de Vó Inácia para Belo Horizonte. Devia deixar o Contestado por causa do pânico de que estava tomada com relação ao pequeno monstro verde e para afastar-se da lembrança do menino morto.

– Entendam-me bem – preveniu o Dr. Hilton Rocha –, em mais um mistério deste mundo de Deus, que escreve certo por linhas tortas, o Coronel Bim Bim passa a ser, no momento, não uma ameaça, mas um aliado precioso de Dona Inácia Micaéla.

– Mas aliado como, Dr. Hilton Rocha? – estranhou Tia Viridiana.

– O Coronel Bim Bim é uma lembrança heróica de Dona Inácia – disse o Dr. Hilton Rocha. – Ele, um homem tão temido, foi enfrentado por Dona Inácia durante o cerco. Lembrar que enfrentou o Coronel Bim Bim e o prendeu faz bem ao amor-próprio de Dona Inácia, amor-próprio que ficou terrivelmente abalado e desgastado com o episódio, chamemo-lo assim, do pequeno monstro verde e, antes, por ter matado o menino.

– E as ameaças de vingança do Coronel Bim Bim, Dr. Hilton Rocha? – perguntou Tio Johnnie Walker.

– Eu diria que são altamente terapêuticas, na medida em que fazem bem ao ego de Dona Inácia e a valorizam – seguiu o Dr. Hilton Rocha. – Já a lembrança do menino que matou faz muito mal a Dona Inácia.

– O que fazer, Dr. Hilton Rocha? – insistiu Tia Viridiana.

– Fazer Dona Inácia recuperar a auto-estima – aconselhou o Dr. Hilton Rocha. – E você, Viridiana, parece a pessoa certa para ajudá-la.

– Eu cuidarei disso, Dr. Hilton Rocha – prometeu Tia Viridiana.

– E lembre-se, Viridiana – seguiu o Dr. Hilton Rocha, como se a conhecesse há muito tempo. – É preciso evitar os dissabores e as contrariedades para Dona Inácia Micaéla. Qualquer tensão. Qualquer nervosismo. Ela não deve ser sobressaltada pelas más notícias.

Vó Inácia Micaéla tinha uma casa na Rua Pernambuco, vizinha do Colégio Santo Antônio, com pés de jabuticaba nos jardins da frente, em meio a flores, onde Tio Red Label, já então banido da universidade sob a acusação de colocar a química a serviço das idéias do Cavaleiro da Esperança, realizava num laboratório no quintal, às expensas da mãe, as experiências para materializar os fantasmas na esperança de materializar a moça fantasma que a Cigana Carmen anunciou que era a mulher de sua vida. A casa de Vó Inácia ficava ao lado do bangalô onde moravam Tia Rose e a filha Catula, mas era tão sem segurança, tão exposta, alvo fácil a um ataque do Coronel Bim Bim, que Vó Inácia não dormiu depois de cega nem uma noite lá quando chegou a Belo Horizonte. Pedro Ernesto e Dona Santuza, pais de Felipa, uma das Três Malditas, fizeram questão fechada de recebê-la, como hóspede, no palacete da Cidade Jardim, mais seguro que o palacete, também na Cidade Jardim, de Tia Dô e de Tio Black Label, que ainda não tinham falido. O Coronel Janjão Boca de Ouro e Dona Jerusa vieram no mesmo dia de Cruz dos Homens. Ficaram hospedados no Oeste Hotel e passavam o dia e parte da noite com Vó Inácia. A filha Gioconda vinha e ficava na casa de Tia Rose e de Catula. Os pistoleiros Vagalume e o Sem Dó vieram do Contestado para montar guarda diante do palacete de Pedro Ernesto. Vó Inácia Micaéla estava tão deprimida que não conseguia dormir e não se separava do rifle a tiracolo. A neta Catula dormia no mesmo quarto de Vó Inácia e segurava sua mão. A Anã Clô cantava a canção que aprendeu dos marinheiros gregos quando era da trupe do Gran Circo Norte-Americano e Tio Johnnie Walker falava, para fazer Vó Inácia Micaéla esquecer os episódios que resultaram em sua cegueira, nos índios liliputianos.

– Os índios liliputianos descobriram a felicidade mesmo, meu filho? – perguntou uma noite Vó Inácia.

– Quanto a isso, eu não tenho dúvida, mamãe. Conversei com os Irmãos Vilas Boas, que sabem tudo dos índios, e eles disseram que os liliputianos sabem a receita da felicidade.

– Então, Johnnie Walker, se é assim, promete à sua mãe, como prometeu à Sobrinha Elizabeth, que vai com a expedição à Amazônia localizar o liliputianos.

– Prometo, mamãe. Quando o Coronel Bim Bim der uma trégua. Sabia, mamãe, que o coronel está alardeando em todo o Contestado que vem com os jagunços armados até os dentes buscar a cabeça da senhora e levar para pendurar na parede do sobrado de 28 janelas em Cruz dos Homens? – disse Johnnie Walker e piscou o olho para a sobrinha Catula, como a dizer que seguia as instruções do Dr. Hilton Rocha.

– Pois se o coronel vier, Johnnie Walker – e Vó Inácia acariciava o rifle a tiracolo –, eu vou seguir o exemplo do Floriano Peixoto: vou recebê-lo à bala.

14

Depois que ficou cega e trocou o Contestado por Belo Horizonte, Vó Inácia passou a morar num castelo, idéia fixa de Tia Viridiana, desde que visitou o castelo dos Drummond na Escócia. Entrincheirada no telhado da casa-grande da fazenda do Rancho Fundo com um rifle e um terço nas mãos, rezando e puxando o gatilho, durante o cerco do coronel, Tia Viridiana prometeu a Catula e a Buchanan's que, se escapassem vivos, iam morar num castelo, que era o sonho dos Drummond do Brasil. Quando ficou decidido que Vó Inácia não ia voltar mais ao Contestado mas morar em Belo Horizonte, foi criado no Clã dos Drummond um órgão clandestino de cuja existência ela jamais teve conhecimento, o Conselho de Família, e Tia Viridiana foi eleita presidente por unanimidade. Ao Conselho de Família cabia decidir o que os Drummond deviam fazer diante das tragédias e dos surtos de gripe e das frentes frias que vinham da Argentina, o que podiam contar ou não a Vó Inácia, e o que fazer se um deles tossia, tinha febre às 5 da tarde e suores noturnos, que eram os sinais da tuberculose, o terror da época.

– Honra e glória a nosso pai, guia e mestre Old Parr Drummond, morto em combate e que deixou este incêndio em nossos corações. Um passo para a frente, dois para trás, dez passos para a frente, três passos para trás – disse Tia Viridiana, ao tomar posse como presidente do Conselho de Família. – Assim caminha a humanidade, indo e vindo como as ondas do mar. A epopéia que nós, os Drummond, estamos vivendo mundo afora não deixa de ser epopéia por causa de um pequeno monstro verde – continuou, referindo-se ao episódio que resultou na cegueira de Vó Inácia Micaéla.

Tia Viridiana sabia da existência de um castelo em Belo Horizonte, e propôs ao Conselho de Família que o comprasse e, não, uma casa. Vó Inácia foi a última a saber.

– Mamãe – anunciou Tia Viridiana –, a senhora vai morar num castelo digno da Baronesa do Café.

Era um castelo como os castelos dos Contos de Fadas. Nas noites de lua, com suas paredes levemente pintadas de azul, ganhava um toque de magia. Parecia pertencer a um mundo de faz-de-conta, como queria Tia Viridiana. Tinha quatro torres e a torre maior subia acima de seus cinco andares como o pescoço de uma girafa. Era na torre mais alta que o pistoleiro Vagalume montava guarda. A luz de um lampião, sempre aceso, anunciava ao Coronel Bim Bim e a seus jagunços que eles eram aguardados e dava à sombra de Vagalume o contorno de um fantasma. Vagalume era fiel à Lei do Contestado e nunca olhava nos olhos. Olhava de banda, olhava pro chão e tinha a voz mansa e arrastada e falava pouco e quem não conhecesse sua fama de valente acreditava que era um covarde, pois não era de gastar coragem. Estava sempre rezando em voz baixa. Rezava pela alma dos homens que matou e rezava pela alma dos que ainda ia matar e, nas noites de lua minguante, quando era esperado o ataque ao castelo de Vó Inácia, Vagalume rezava por antecipação pela alma do Coronel Bim Bim, a quem esperava matar. Quando não estava rezando, Vagalume pensava numa mulher de plástico inflável, em tudo igual a uma mulher de verdade, com boca, seios, pernas, corpo, cabelos cor de palha e olhos azuis e também sexo, que Tio Johnnie Walker prometeu trazer para Vagalume em sua próxima viagem a Amsterdã, e que haveria de amá-lo para todo o sempre.

– Ela só falta falar, Vagalume – prometia Tio Johnnie Walker. – Tudo o mais, ela faz, como uma mulher de verdade.

Quando Tia Viridiana se interessou pelo castelo, soube que pertencia aos herdeiros de um Drummond tido como louco, que jogou toda a fortuna em sua construção, a ponto de ficar arruinado, e o deixou como única herança para a família, a viúva e os três filhos, que não o perdoavam por isso. Era refúgio de morcegos e aranhas e os mendigos e assaltantes o evitavam porque tinha fama de mal-assombrado. Uma vez, o castelo foi o cenário de um baile carnavalesco que recebeu o título de "No mundo encantado de Branca de Neve". Foi então festivamente invadido pela Branca de Neve e os 7 Anões, a Bela Adormecida, Ali Babá e os 40 Ladrões, o Lobo Mau e Chapeuzinho Vermelho, e o Barba Azul, mas tudo terminou em pancadaria e a intervenção da polícia, quando Ali Babá, cheio de ciúmes do Lobo Mau com a Branca de Neve, agrediu seu rival, com a ajuda dos 40 Ladrões, e houve tanta pancadaria que a polícia foi chamada. Então, o castelo apareceu com destaque no noticiário policial. E não foi a única vez. Pouco depois, o célebre bandido Sete Dedos, entrincheirado na torre mais alta do castelo, enfrentou quatro guarnições da Radiopatrulha que tentavam prendê-lo. No quinto dia, Sete Dedos entregou-se, porque, à medida que acabava a munição de sua mauser e o estoque de sanduíches, era tomado por súbita religiosidade e pediu, piedosamente, que o bispo de Belo Horizonte, Dom Cabral, comparecesse ao castelo, em sua cadeira de rodas, e se entregou a Sua Eminência, em troca de uma Bíblia para ler na prisão. Foi lembrando a resistência de Sete Dedos que Tio White Horse disse a Tio Johnnie Walker e a Tio Dimple, quando Tia Viridiana os levou para conhecer o castelo:

– Se Sete Dedos sozinho resistiu a quatro guarnições da Radiopatrulha, nós resistiremos facilmente no castelo ao ataque do Coronel Bim Bim e da jagunçada.

No Clã dos Drummond ninguém duvidava que o coronel ia atacar o castelo para cumprir a ameaça de levar a cabeça de Vó Inácia para pendurar na parede do sobrado de 28 janelas em Cruz dos Homens. Assim, quando Tio White Horse recordou a proeza de Sete Dedos, Tio Johnnie Walker teve a idéia de colocar os pistoleiros Vagalume e o Sem Dó para montar guarda na torre e nos jardins do castelo. Então, Tio Dimple fechou o negócio, em nome de Vó Inácia, comprando o castelo em mãos dos herdeiros do Drummond louco. A guardiã daquele mundo de faz-de-conta, em que foi transformado o castelo, era Tia Viridiana. Ela cuidou de todos os detalhes para criar uma atmosfera de encantamento, ainda que Vó Inácia só pudesse saber dos cheiros e dos barulhos, nada podia ver. Já no jardim em frente do castelo, era possível sentir o dedo mágico de Tia Viridiana. Tudo combinava, é verdade, com a estratégia militar, traçada por Tio Johnnie Walker e Tio White Horse. Um pé de rosas amarelas, que Tia Viridiana tanto amava, escondia uma trincheira, de onde o pistoleiro Sem Dó podia responder, sem ser visto, ao ataque do Coronel Bim Bim e seus jagunços. A hera do muro do castelo disfarçava um portão clandestino, muito usado por Tio Red Label. Tia Viridiana cuidou também da decoração interna do castelo, os lustres, as cores das paredes, os quadros, os móveis, alguns vindos da fazenda do Rancho Fundo e da casa em Cruz dos Homens, e tudo criava uma sensação de festa. Vó Inácia nada podia ver, mas, a todos da família Drummond, tudo alegrava.

Os serviços domésticos do castelo, incluindo a cozinha, Tia Viridiana entregou aos 7 Anões, escolhidos pela Anã Clô. Eram artistas de circo desempregados, dados a nostalgias e, de manhã, quando ia para a aula na Escola de Medicina, sempre atrasada, Catula encontrava os anões bêbados nos jardins do castelo. O anão Alegria tinha sido cozinheiro de um circo e de um restaurante no Rio de Janeiro e respondia pela cozinha. O fogão era a lenha, pois Vó Inácia gostava de sentir o cheiro de lenha e fumaça, junto aos cheiros das iguarias que o anão Alegria preparava, subindo e descendo escadas. O fogão ficava nos fundos do castelo, virado para o quintal, e o anão Alegria tinha medo de cair numa panela de feijoada e não poder se casar com Dona Baratinha, que tinha dinheiro na caixinha, por isso usava suspensórios especiais, inventados por Tio Red Label.

Quem subia durante a noite os 59 degraus da escada de mármore de Carrara do castelo encontrava, na primeira curva do "S", atrás de inocentes Damas-da-Noite, o pistoleiro Sem Dó com um rifle nas mãos, montando guarda. Usava um chapéu de couro à moda dos cangaceiros de Lampião e tinha os olhos tortos, ninguém sabia para onde olhavam, duas falhas nos dentes, a pele mulata. Era um pistoleiro da confiança de Vó Inácia, por ela treinado nas artes do tiro desde menino, pois nasceu e cresceu na fazenda do Rancho Fundo. Assim como Vagalume rezava depois que matava, o Sem Dó cantava, que ser cantador de dupla caipira era seu sonho, já que nasceu depois da hora e nunca pôde juntar-se ao bando de cangaceiros de Lampião e de Maria Bonita na caatinga do Nordeste. Quando sentia saudade do Contestado o Sem Dó cantava:

"Benzim dos otro
faz favô de me querê
dinheiro num tenho não
mas um carinho eu sei fazê
oi, ai..."

Um homem de cavanhaque olhava do retrato pendurado na parede da sala de estar do castelo, como se estivesse ouvindo o que Vó Inácia dizia ao rifle a tiracolo, e parecia sentir pena por todos estarem vivos e, ele, morto durante o cerco do Coronel Bim Bim à fazenda do Rancho Fundo. Era Vô Old Parr e seus olhos claros eram os olhos da coragem, de seu tempo de homem valente. Foi Tia Viridiana quem escolheu a fotografia de Vô Old Parr, ajudada por Catula, e depois a submeteu ao Conselho de Família. Coisa rara: teve aprovação unânime. Tio Johnnie Walker, que tinha tudo pronto para seguir com a expedição à Amazônia para localizar os índios liliputianos, disse que era assim, como naquela fotografia, que gostava de se lembrar de Vô Old Parr. Quando Vó Inácia Micaéla foi morar no castelo, depois da reforma que o deixou como novo, Tia Viridiana iniciou a campanha para reabilitar Vô Old Parr, usando os poderes de presidente do Conselho de Família. Pendurou na parede da sala de estar, ao lado da Santa Ceia, o couro da onça-pintada que Vô Old Parr matou antes de tornar-se um covarde e espalhou por todos os lugares, até mesmo nos banheiros, fotografias 18 x 24 de Vô Old, com a roupa rasgada e sangrando, ajoelhado ao lado da onça-pintada, fazendo pose de herói.

– Estamos vivendo uma epopéia – dizia Tia Viridiana nas reuniões do Conselho de Família –, mas não sabemos: agimos como soldados batendo em retirada!

Para inaugurar o retrato de Vô Old Parr, puxando a fita simbólica, Tia Viridiana convidou o Coronel Janjão Boca de Ouro, seu maior amigo, que era o Prefeito de Cruz dos Homens. O Coronel Janjão Boca de Ouro em companhia da mulher, Dona Jerusa, eram as visitas mais freqüentes que Vó Inácia recebia dos amigos e correligionários do PSD de Cruz dos Homens, desde que ficou cega. Hospedavam-se no próprio castelo e Gioconda, uma das Três Malditas, costumava ficar, às vezes, 15 dias, para alegria de Catula e de Buchanan's e preocupação de Vó Inácia, pois não tirava da cabeça a idéia de desafiar o Coronel Bim Bim para um duelo com revólver 38 para cobrar o braço e a mão que o coronel devia.

– Gioconda saiu à família de Jerusa, Comadre Inácia – desculpava-se o Coronel Janjão Boca de Ouro. – Herdou o sangue quente de Jerusa.

Dona Jerusa era a única sobrevivente da guerra de família em Pernambuco. Os irmãos se mataram uns aos outros e as próprias irmãs também se matavam. Agora, os sobrinhos e as sobrinhas prosseguiam a guerra e a matança continuava na família. Quando veio inaugurar o retrato de Vô Old Parr, o Coronel Janjão Boca de Ouro trouxe Dona Jerusa, e Gioconda e o Janjinho, que estava sempre bêbado, também vieram. Todos do Clã de Vô Old Parr estavam presentes e Vó Inácia deu a palavra ao Mano Velho. Antes de puxar a fita simbólica, o Coronel Janjão Boca de Ouro fez um improviso exaltando a bravura, a coragem, o coração sonhador, a amizade do Mano Velho, como chamava Vô Old Parr. Improviso, sentimos ter que dizer, que tinha o dedo de Tia Viridiana, que o escreveu e fez o Coronel Janjão Boca de Ouro decorar. O que não impediu que, ao falar na bravura com que o Mano Velho, sozinho, ele e Deus, enfrentou o Coronel Bim Bim e seus jagunços durante o tiroteio em que a filha Gioconda, então com três anos, perdeu o braço, o Coronel Janjão Boca de Ouro chorasse. O Coronel Janjão Boca de Ouro esqueceu a parte final do improviso, gerando um grande desconforto, e Tia Viridiana soprou em voz de confessionário para ele, esquecida que o coronel não escutava do ouvido esquerdo. O Coronel Janjão Boca de Ouro começou então a chorar copiosamente, pois recordou-se do episódio, que só ele conhecia, de como Vô Old Parr tornou-se um covarde. Dando razão ao irmão gêmeo White Horse, que a definia carinhosamente como um Stálin de saia com o coração da Branca de Neve, Tia Viridiana deu uma cotovelada na costela do Coronel Janjão Boca de Ouro e disse, Coronel, no Contestado, e aqui é um território do Contestado, homem não chora. O Coronel Janjão Boca de Ouro enxugou as lágrimas num lenço de papel que Tia Viridiana pôs em sua mão, e, muito aplaudido, puxou a corda inaugurando o retrato de Vô Old Parr.

A decisão de esquecer a covardia de Vô Old Parr e só lembrar seus momentos heróicos provocou uma das mais dramáticas reuniões do Conselho de Família, realizada como sempre no apartamento de Tio Red Label, anexo ao laboratório onde realizava as experiências para materializar os fantasmas que habitavam a noite de Belo Horizonte. Quando Tia Viridiana disse que Vô Old Parr jamais tornou-se um covarde, apenas viveu uma crise em sua valentia, e que a seu coração sonhador os Drummond deviam sua capacidade de acreditar nas quimeras e nas fantasias e transformá-las em alguma coisa tão palpável como o pão, Tio White Horse ameaçou ir embora e tornar-se um dissidente, não mais participar das decisões clandestinas do Conselho de Família. Depois da morte de Dodô, Dadá, Dêdeu, Dazinha e a Dô, durante o cerco do coronel à fazenda de Vó Inácia, Tio White Horse tornou-se um outro homem. Tomava cinco banhos por dia, um para cada uma, atendendo ao pedido feito pela Dô, em nome das 5 Irmãs, e tornou-se casto. Nunca mais, depois que as 5 Irmãs foram fuziladas na canoa e o Rio Doce as levou, procurou mulher nenhuma, nem negra, nem branca. Ia nos fins de semana para a margem do Rio Doce, onde a Anã Clô viu as 5 Irmãs serem fuziladas pelo Coronel Bim Bim e seus jagunços, e ficava lá noite e dia, esquecido de tudo, sem comer nem dormir. Tio Johnnie Walker procurou-o uma noite. Entendo sua dor, White Horse, mas assim você vai acabar louco. Tio White Horse nada respondia, ficava olhando o rio passar, sem esquecer, é verdade, de tomar os cinco banhos diários com sabonete Lifebuoy, acreditando que as águas do Rio Doce levariam lembranças suas a Dodô, Dadá, Dêdeu, Dazinha e a Dô. Quando, na reunião do Conselho de Família, Tia Viridiana disse que Vô Old Parr jamais tornou-se um covarde, Tio White Horse explicou que amava até a covardia de Vô Old Parr, porque fazia parte dele, e levantou-se para ir embora, Tia Dô teve uma crise de asma. Houve um corre-corre para descobrir a bombinha antiasma de Tia Dô, que sempre esquecia onde a havia deixado e que estava na bolsa pendurada na cadeira de seu marido, Tio Black Label. Quando Tia Dô melhorou, Tia Viridiana conseguiu que o Conselho de Família decidisse, por apenas um voto contra, o de Tio White Horse, e a abstenção que iria tornar-se costumeira de Tio Red Label, que fossem esquecidos os episódios que desonravam a memória de Vô Old Parr. Mas os choques de opinião nas reuniões do Conselho de Família continuaram e as duas correntes, a da fantasia e a da realidade, venciam e perdiam, conforme cada caso. Quando Tio White Horse a chamava de Stálin com o coração da Branca de Neve, Tia Viridiana retrucava chamando-o de Lobo Mau e dizia que o que Tio White Horse chamava de fantasia, ela chamava de epopéia. Tio White Horse acreditava que estavam abrindo mão da própria identidade e que qualquer dia iam olhar no espelho e não veriam o próprio rosto, mas reis e rainhas, príncipes e princesas.

– Sem auto-estima, White Horse – pregava Tia Viridiana –, todo povo é escravo.

15

Neste ponto de nossa narrativa, Tia Viridiana continuava a ser uma bela mulher, os olhos cor de musgo não perderam o encanto, mas era gorda por amor, por devoção ao único homem que amou na vida. Quando Tio João Manuel morreu, Tia Viridiana entendeu que a melhor maneira de ser fiel àquele amor condenado à clandestinidade, sendo uma mulher tão bonita, era engordar, o que não foi difícil através dos anos, dada sua idéia fixa nas musses de chocolate. Era bom abraçar Tia Viridiana. Era um abraço macio, aconchegante, acalmava, um abraço terapêutico, como dizia Catula que, quando estava em crise, quebrando copos e pratos e brigando com Deus e o mundo, atacada pela tensão pré-menstrual, ficava logo boa, voltando a enfeitiçar os homens, com uma sessão de abraços de Tia Viridiana. Tio White Horse, seu irmão gêmeo, como foi dito, era o grande adversário de Tia Viridiana no Conselho de Família. Tia Viridiana defendia o Conto de Fadas, a fantasia. Entrincheirada no telhado da casa-grande da fazenda de Vó Inácia durante o cerco do Coronel Bim Bim, com um rifle e um terço nas mãos, Tia Viridiana jurou que, se escapasse sã e salva, ia derrotar as dores do mundo.

– As dores do mundo – pensava então, em meio aos barulhos da guerra – não são uma invenção de Deus, mas de Satanás.

Sempre que Catula ficava negra, rompia com o sentimento de culpa e, nesses dias, Tia Viridiana tomava o chá feito com as asas das borboletas amarelas. Emagrecia tanto que parecia a Tia Viridiana dos melhores tempos e aguardava febrilmente, em noites maldormidas, que Tio Red Label inventasse a máquina de materializar fantasmas para que Tio João Manuel pudesse voltar ao mundo dos vivos e amá-la como nunca a amou. Tio White Horse era partidário da realidade e costumava dizer que, mesmo doendo, a realidade era a saúde, e alfinetava nas reuniões do Conselho de Família:

– Viridiana é um Stálin de saia com o coração da Branca de Neve.

Como presidente do Conselho de Família, Tia Viridiana era a responsável por cumprir os conselhos e sugestões do Dr. Hilton Rocha para fazer Vó Inácia recuperar a auto-estima e enfrentar a noite escura de uma cega. Toda sexta-feira, às 4 da tarde, Vó Inácia Micaéla era examinada pelo Dr. Hilton Rocha em seu consultório. Era acompanhada pela neta Catula e pelo neto Buchanan's, levando sempre o rifle a tiracolo, e ainda assim, o pistoleiro Vagalume a seguia, pronto para qualquer emergência. O Dr. Hilton Rocha tinha dito a Tia Viridiana que o maior adversário de Vó Inácia depois que ficou cega não era propriamente a cegueira. Era a depressão, feita de pânico, desespero e crises de choro, inevitável em toda pessoa que fica cega. Uma tarde de sexta-feira, depois de examinar Vó Inácia, o Dr. Hilton Rocha conversou a sós com Catula, pois sabia que ela estudava medicina. Disse então uma frase que iria tirar o sono de Tia Viridiana e provocou uma das mais tensas reuniões clandestinas do Conselho de Família, realizada no apartamento de Tio Red Label, anexo ao castelo, no fundo do quintal.

– Ouça bem, Catula: os dois grandes aliados de Dona Inácia Micaéla, no atual estágio, são Deus e o Diabo.

Catula nasceu e cresceu temendo a Deus e ao Diabo e ficou assustada com o que acabava de ouvir de um católico praticante como o Dr. Hilton Rocha, que comungava toda primeira sexta-feira do mês.

– Não precisa ficar assustada, Catula – seguiu o Dr. Hilton Rocha –, eu vou explicar.

Falou então que o fato de Vó Inácia Micaéla estar apurando o olfato de cega para sentir o cheiro de Deus era decisivo e devia ser estimulado. Sugeriu a construção de uma capela no castelo e acrescentou que Deus ia ajudar Vó Inácia a sair da depressão. Mas, infelizmente, e ele falava como médico e, não, como católico praticante, Deus apenas era pouco.

– O senhor está dizendo, Dr. Hilton Rocha, que Deus é pouco? – espantou-se Catula.

– Exatamente, Catula. E penso que você, que não vai demorar será uma médica, pode me entender melhor do que Viridiana.

– Mas onde entra o Diabo, Dr. Hilton Rocha? – insistiu Catula.

– Que o Coronel Bim Bim não nos ouça, Catula, mas o coronel faz as vezes do Diabo, e a velha guerra entre o PSD e a UDN e Dona Inácia e o Coronel Bim Bim não pode ser riscada do mapa – disse o Dr. Hilton Rocha.

Naquela sexta-feira, quando chegou ao castelo de volta do consultório do Dr. Hilton Rocha, Vó Inácia Micaéla estava tão animada que pediu a Tia Viridiana para convocar uma reunião em família. Convocados pelo rádio, Tio Johnnie Walker e Tio White Horse vieram do Contestado. Vó Inácia ainda não tinha apurado o olfato de cega para reconhecer cada um pelo cheiro. Quando a reunião em família começou, sabia apenas que, não muito longe dela, estava a filha Roseana, por causa do bafo de uísque, pois Tia Rose era alcoólatra e vivia bêbada. Sentou-se à cabeceira da mesa de jacarandá, que Tia Viridiana trouxe da fazenda do Rancho Fundo, e perguntou, referindo-se ao sobrinho e genro Black Label, casado com Tia Dô:

– Black Label, você e Dô já tomaram lugar à mesa?

– Já, mamãe – apressou-se Tia Dô, que sofria de asma e tinha olheiras, tal como Tio Black Label, pois os dois varavam a noite perdendo tudo o que tinham jogando cartas no Automóvel Clube.

– E vocês, Dimple e Odete, já tomaram seus lugares? – perguntou Vó Inácia.

– Eu e Odete estamos aqui ao lado da senhora, mamãe, em frente a Red Label – disse Tio Dimple.

Tio Dimple e Tia Odete também tinham um ar de maldormidos por razões que saberemos mais na frente. As últimas lâmpadas a serem apagadas no castelo de Vó Inácia eram do quarto de Tia Viridiana no 3º andar e de Tio Dimple e Tia Odete no 4º andar. Tia Viridiana escutava até altas horas da noite a canção das tosses. As tosses, que o vento carregava em meio à música das festas, eram uma canção para Tia Viridiana, porque recordavam Tio João Manuel, seu amor proibido, que morreu tuberculoso. Uma noite, Catula surpreendeu Tia Viridiana ouvindo o toca-fitas, mas não ouvia música nem nenhuma voz, só as tosses, que eram sua canção. Quando Tia Viridiana apagava a lâmpada do quarto, Tio Dimple podia ser visto na janela do 4º andar do castelo, tocando uma pequena sanfona da qual não saía música. Era o tossômetro, aparelho inventado por Tio Red Label para medir as tosses, inspirado no palmômetro usado para saber quem era mais aplaudido nos programas de calouros da Rádio Nacional. Tio Dimple tocava a sanfona e Tia Odete o olhava, deitada num sofá, usando um *baby-doll*, a grande sensação da época. Tio Dimple era o filho mais velho de Vó Inácia e o que mais lembrava fisicamente o pai, Vô Old Parr. Media 1,81m de altura e tinha os cabelos precocemente brancos para os seus 46 anos, e as sobrancelhas eram negras e fortes, como feitas a carvão, e a voz era chorosa e parecia estar sempre pedindo desculpa por alguma coisa que nos fez ou um dia nos fará. Criava beija-flores soltos nos jardins do castelo e eles beijavam a ponta de seus dedos como se beijassem uma flor. Tio Dimple exercia nos beija-flores um fascínio só comparado ao que exercia nas mulheres. Era viúvo duas vezes e Tia Odete, sua terceira mulher, era irmã de Tia Cielito e de Tia Gaida, as duas primeiras. As mulheres da família de Tia Odete, a começar pela mãe, Tia Maria do Amparo, morriam como passarinhos, antes dos 35 anos. Quando Tia Cielito sentiu que não ia viver muito, preparou Tia Gaida para se casar com Tio Dimple e, por sua vez, Tia Gaida agiu da mesma maneira. Ao sentir o aviso de que seu dia estava chegando tratou de preparar Tia Odete para o casamento com Tio Dimple. Quando Tia Gaida morreu, sem dar filhos a Tio Dimple, tal como Tia Cielito, Tia Odete era noiva no Rio de Janeiro, mas já na missa do 30º dia pela alma de Tia Gaida estava livre e desimpedida para receber os olhares cheios de lágrimas mas gulosos de Tio Dimple. Eram todas muito bonitas, todas Drummond, todas primas em 1º grau de Tio Dimple. As duas irmãs mais novas de Tia Odete eram Lady e Meg. Com seu cabelo negro caindo nos olhos claros e o hábito de roer as unhas, Tia Odete não estava disposta a repetir o papel de Tia Cielito e de Tia Gaida. Quando Vó Inácia, sem perceber a gafe que estava cometendo, no que foi prevenida pela neta Catula, convidou Lady e Meg para o almoço de noivado que ia oferecer na fazenda do Rancho Fundo, antes de ficar cega, Tia Odete escreveu uma carta muito amável para sua querida tia e futura sogra e disse que as irmãs estavam tomadas por seus afazeres no Rio de Janeiro, Lady, como bailarina do Corpo de Baile do Teatro Municipal, e Meg, como professora da Cultura Inglesa, e não poderiam comparecer à festa, mas não faltaria oportunidade. Tia Maria do Amparo educou as filhas contando a verdade e preparando-as, tal como foi preparada pela mãe e a mãe pela avó:

– Vivam cada coisa da vida, minhas filhas, das mais simples, como olhar a rua da janela, às mais importantes, como amar e serem amadas, como se fosse pela última vez.

Tia Odete era espírita. Acreditava que durante a noite ouvia a voz de Tia Cielito e Tia Gaida quando o vento soprava no castelo e elas diziam que Tio Dimple virava lobisomem nas noites de lua cheia. Era seguidora do médium Chico Xavier, que morava em Pedro Leopoldo e conversava com o Além e psicografava romances de Dostoievski e de Machado de Assis. As duas irmãs mais novas, Lady e Meg, eram louras, ao contrário de Tia Odete, que era morena. Se Tia Odete morrer como um passarinho, seguindo a tradição da família, a vez de se casar com Tio Dimple caberá a Lady, com sua pele de bailarina. Já a mais nova, Meg, era a mais bonita de todas. Quando visitavam Tia Odete e ficavam hospedadas no castelo, Tio Dimple redobrava-se em atenções, e Catula dizia a Buchanan's, Viu o olhar de gula de Tio Dimple para Lady e Meg? Mas Tia Odete recusava-se a morrer como um passarinho, apoiada por Catula. Bebia oito copos de água por dia, fazia alimentação rica em vitamina E e em selênio e em zinco e em magnésio, e longas caminhadas a pé. Quando bebia vinho além do normal dizia, Eu me recuso a morrer como um passarinho. Tio Dimple era formado em advocacia, mas jamais exerceu a profissão. Foi delegado de polícia em Belo Horizonte, mas uma noite de lua cheia um lobisomem libertou os presos, e Tio Dimple ficou solidário com o lobisomem e foi expulso da polícia civil. Iniciou, então, um tipo de atividade, com as economias que tinha, e esperava ficar tão rico quanto o irmão, Tio Johnnie Walker, que exportava esmeraldas e águas-marinhas. Começou a comprar pensões sanatoriais em Belo Horizonte e chegou a ter dez. Certas noites, o palmômetro registrava ligeira queda nas tosses e Tio Dimple não dormia nem deixava Tia Odete dormir com medo de que a tuberculose estivesse acabando.

Quando Vó Inácia teve certeza de que todos, incluindo a Anã Clô, estavam presentes, ficou em pé, com o rifle a tiracolo, acompanhada por todos, e passou a palavra a Tia Viridiana.

– Honra e glória a nosso pai, guia e mestre Old Par Drummond y Drummond – disse Tia Viridiana –, a quem devemos este hino de amor à vida que canta em nosso coração.

Feita a invocação a Vô Old Parr por Tia Viridiana, todos se sentaram, e Vó Inácia contou que o Dr. Hilton Rocha tinha dito durante a última consulta que o cego não é um doente e sugeriu que, mesmo cega, ela continuasse comandando a política no Contestado, como presidente, que ainda era, do PSD de Cruz dos Homens. Vó Inácia comunicou então ao Clã dos Drummond que ia reassumir o comando da luta política no Contestado. Na noite seguinte recebeu a visita do Senador Benedito Valadares, que sempre ouvia desde que era o Interventor de Minas durante a ditadura de Getúlio Vargas. O senador garantiu o apoio do PSD e do Governador de Minas, Bias Fortes, a Vó Inácia.

– O Palácio da Liberdade – prometeu – não fará nada no Contestado sem ouvir a senhora, Dona Inácia. Tudo continua como antes no quartel de Abrantes.

Tia Viridiana perdia o sono noites seguidas. Na quinta noite sem dormir, convocou uma reunião de emergência do Conselho de Família para discutir se Vó Inácia devia ou não reassumir a luta política no Contestado e amargou sua primeira derrota. Foi exatamente sua querida sobrinha Catula, para quem transferia o amor que sentia por Tio João Manuel, a responsável por tudo. Quando Tia Viridiana propôs que Vó Inácia devia ser desencorajada a reassumir a guerra política no Contestado, Catula pediu a palavra e disse que estava havendo um engano, Vó Inácia Micaéla não era uma Rapunzel prisioneira num castelo. A vida de Vó Inácia era dela e só a Vó Inácia cabia decidir o que ia fazer da vida. Tio White Horse e Buchanan's apoiaram Catula. Tia Viridiana abanou o rosto onde sempre era verão por artes da menopausa com as costas das mãos em forma de leque e encheu os pulmões de ar com tanta força que rompeu a alça do sutiã e depois soltou um longo suspiro.

– Mas a instância superior, no Clã dos Drummond – sentenciou Tia Viridiana –, é o Conselho de Família.

– Nisso – concordou Tio Dimple – Viridiana está coberta de razão.

– Eu também acho – disse Tia Rose, meio bêbada.

– Pois eu – cortou Tia Odete – concordo com Catula em gênero, número e grau.

– Só para me contrariar, Odete – disse Tio Dimple, seu marido.

– Coloque em votação, Viridiana – propôs Tia Dô.

– De maneira alguma, Tia Dô – discordou Catula. – Se dermos ao Conselho de Família o direito de se meter nas decisões de Vó Inácia, vamos abrir um perigoso precedente.

– Que precedente, Catula? – perguntou Tia Dô.

– Daqui para a frente, Tia Dô, o Conselho de Família pode se tornar um órgão ditatorial, digno de Stálin com o coração da Branca de Neve, como diz Tio White Horse, e se imiscuir em nossas vidas – e Catula ficou de pé. – Mamãe – e Catula olhou para Tia Rose – diz que eu gosto mais de Tia Viridiana do que dela. Talvez tenha razão. Então eu sou insuspeita, Tia Viridiana, para propor que uma decisão pessoal de Vó Inácia e de qualquer um de nós não seja discutida pelo Conselho de Família.

Tio Johnnie Walker ouvia calado e puxou palmas para Catula. Todos o acompanharam nas palmas. Mesmo Tio Dimple. Mesmo Tia Dô. Mesmo Tia Viridiana. Na sexta-feira seguinte, o castelo recebeu a visita dos líderes do PSD de Cruz dos Homens. Vó Inácia Micaéla os recebeu com o rifle a tiracolo e ficou feliz por sentir o cheiro de seus aliados políticos, como o Coronel Janjão Boca de Ouro, Dona Jerusa e Gioconda. O primeiro a usar a palavra foi o Coronel Lelé Clemente, nascido Ribamar Lelis Clemente, que se vangloriava de usar um português castiço como só era dado aos filhos de São Luís do Maranhão, de onde tinha vindo jovem para o Contestado, a convite de Vô Old Parr:

– Possam as bênçãos divinas enviadas pelo bom Deus misericordioso recair sobre esta nobre casa já de si abençoada...

– Chega de lantejoulas, Compadre Lelé Clemente – cortou Vó Inácia e acariciou o rifle a tiracolo. – Vamos deixar os confetes e as serpentinas para a época do carnaval.

Um tanto assustado, o Coronel Lelé Clemente olhou os correligionários, em busca de apoio, e disse:

– Proponho que, no impedimento de Comadre Inácia Micaéla, assuma a presidência do PSD e a liderança política no Contestado nosso ínclito vice-presidente, Coronel Janjão Boca de Ouro.

– E quem disse, Compadre Lelé Clemente – cortou Vó Inácia Micaéla acariciando o rifle a tiracolo –, que estou impedida?

– E não está, Comadre? – estranhou o Coronel Lelé Clemente.

– Não estou impedida de nada, Compadre Lelé Clemente – disse Vó Inácia, sempre acariciando o rifle a tiracolo. – Convoquei esta reunião, que é do conhecimento do Senador Benedito Valadares, presidente do PSD, e do Governador de Minas, Dr. Bias Fortes, para comunicar que estou reassumindo a presidência do PSD e o comando da luta contra os inimigos da UDN no Contestado e, particularmente, contra o Coronel Bim Bim.

– Comadre Inácia Micaéla falou, acabou – disse o Coronel Janjão Boca de Ouro.

– Meu marido tem razão – apoiou Dona Jerusa.

– Pai tem razão – disse Gioconda.

– De acordo – disse Nico Bretas, falando pelos Bretas, que eram quatro. – O comando é de Comadre Inácia Micaéla.

– Mesmo cega, Comadre Inácia Micaéla enxerga mais que muita gente que tem dois olhos – disse Moacir Lage, em nome dos Lage, que eram quatro, dando uma alfinetada no Coronel Lelé Clemente, de quem não gostava.

Assim, mesmo cega, mesmo sem deixar o castelo, Vó Inácia continuou a comandar a política no Contestado. Nada era feito em

Cruz dos Homens sem que fosse ouvida pelo Palácio da Liberdade. Toda noite de sexta-feira o Senador Benedito Valadares subia os 59 degraus da escada do castelo, recebendo uma reverência do pistoleiro Sem Dó, que montava guarda armado com um rifle e tirava o chapéu ao vê-lo, aconselhado por Vó Inácia. Era anunciado por um discreto perfume de lavanda que o olfato de Vó Inácia percebia. O Benedito está chegando, rifle velho de guerra – dizia então Vó Inácia. O Senador Benedito Valadares, cacique-mor do PSD, trazia debaixo do braço um exemplar do seu romance *O Esperidião*. Bebia uísque com guaraná e lia um capítulo em voz alta para Vó Inácia ouvir. Certo de que era ouvido apenas por Vó Inácia e pelo rifle a tiracolo, além de Vô Old Parr no retrato na parede, fazia amargas queixas contra o Presidente da República, Juscelino Kubitschek, um ex-afilhado político, seu correligionário e de Vó Inácia no PSD de Minas.

– Eu é que inventei o Juscelino, Dona Inácia Micaéla não me deixa mentir – dizia o senador em voz de confessionário e olhava em volta para ver se não havia alguém ouvindo. – Se eu não nomeasse o Juscelino Prefeito de Belo Horizonte, com carta branca até para chamar os comunistas para fazer uma igreja na Pampulha, Dona Inácia sabe bem, ele seria até hoje apenas o Pé-de-Valsa...

O senador renovava o uísque com guaraná no copo, punha uma pedra de gelo, e só os ouvidos de cega de Vó Inácia eram capazes de ouvir o comentário que fazia sobre os arrufos do Presidente da República com a UDN e os militares que queriam derrubá-lo.

– O Juscelino está querendo bancar o Tiradentes com o pescoço da gente, Dona Inácia.

Depois de beber meia garrafa do uísque Old Parr com guaraná, o Senador Benedito Valadares despedia-se, muito elegante, levando no bolso do colete as anotações com o que devia ser feito pelo Governador Bias Fortes no Contestado, a mando de Vó Inácia. Certas noites, o Senador Benedito Valadares esvaziava uma garrafa de uísque

Old Parr e ele achava que a reunião de mais de duas pessoas era comício, aproveitava a chegada de Catula para cumprimentá-lo, e dizia:

– O Juscelino é um mal-agradecido, Catula. Cospe no prato em que comeu.

– Mas o que o Juscelino fez, Dr. Benedito? – perguntava Catula.

– Não sabe, minha filha, que eu que inventei o Juscelino?

– Sei, Dr. Benedito.

– O Juscelino devia me tomar a bênção todo dia, Catula – dizia o senador. – Mas ele só faz o contrário do que eu penso. Construir Brasília é uma coisa de louco...

Aconselhada pelo Senador Benedito Valadares, Vó Inácia passou a receber no castelo não apenas os aliados políticos. Recebia também os compadres, os afilhados e as afilhadas e deu uma festa no castelo, na época da inauguração da capela, com uma missa rezada por Padre Zé Lopinho. Recusou-se a confessar, dizendo a Padre Zé Lopinho que agora só contava os pecados ao rifle a tiracolo. Todo mês, Padre Zé Lopinho vinha de Cruz dos Homens celebrar uma missa na capela do castelo e Vó Inácia comungava. Passou, desde então, a receber no castelo os correligionários do Contestado. Recebia homens e mulheres e, aos poucos, sempre orientada pelo Senador Benedito Valadares, dava conselhos não apenas sobre o que fazer diante das ameaças do Coronel Bim Bim e da UDN, mas sobre as coisas do coração. Resolvia brigas de casais que a procuravam e acabou criando, sem querer, um consultório sentimental. A um ponto que, nas manhãs de quinta-feira, quando recebia os correligionários do Contestado, formava-se uma fila ao pé da escada do castelo em busca dos conselhos sentimentais de Vó Inácia e ia chegar o dia em que o Coronel Bim Bim infiltrou um jagunço para matá-la como se viesse em busca de seus bons ofícios de conselheira.

16

Vó Inácia Micaéla ficou tão íntima do rifle a tiracolo que não tinha segredos para ele. Abria o coração com o rifle como só abriu com Padre Pierre Banderaux, que a exorcizou quando foi possuída pelo Demônio.

– Meu medo, rifle velho de guerra, é morrer de morte matada ou morte morrida sem ter tempo de apurar meu olfato de cega para sentir o cheiro de Deus. Se eu sentir o cheiro de Deus – dizia Vó Inácia –, posso dizer a minha neta Catula: quando uma frente fria vier da Argentina e você espirrar três vezes, cante um hino em nagô, Catula, porque eu sei como é o cheiro de Deus e o cheiro de Deus há de te salvar. Poderei dizer aos humilhados e ofendidos: façam um comício porque eu sei como é o cheiro de Deus!

Vó Inácia Micaéla fazia uma pausa e continuava:

– Fiquei amiga da morte no Contestado, de tanto esperar por ela. Toda noite eu pedia como quem reza: morte, me dá mais um dia de vida, e a morte atendia meu pedido e eu sou grata a ela. Hoje eu peço: não me leve, morte, antes que eu tenha tempo de sentir o cheiro de Deus, porque eu vou dizer ao mundo: mundo velho sem porteira, pára com a guerra, a fome e a injustiça, porque eu sei como é o cheiro de Deus!

Toda noite, menos nas noites de segunda-feira, o fantasma de Tia Anunciata aparecia no jardim do castelo de Vó Inácia e cantava. Cantava tão bonito, enquanto as cortinas dançavam como bailarinas e o vento uivava nas janelas, que, abraçada ao travesseiro, Tia Viridiana pensava no quanto poderia ter sido feliz com Tio João Manuel. Sentada numa cadeira de balanço, Vó Inácia escutava a canção de Tia Anunciata, misturando italiano e grego, acariciava o rifle a tiracolo e perguntava, Rifle, rifle, e se Tia Anunciata for os meus 20 anos, os pecados que eu quis pecar e não pequei? Nua, pois era assim, vestida de Eva, que dormia no quarto do 3º andar do castelo, Catula escutava Tia Anunciata cantando e sentia o medo que habitava seu coração desde Cruz dos Homens. Era o medo de que o amor de sua vida fosse o homem que virava lobisomem no Contestado. Quando as 5 Irmãs morreram no ataque suicida ao QG do coronel durante o cerco à fazenda de Vó Inácia, a Anã Clô acreditou que o fim de todos tinha chegado e disse a Catula que as previsões da Cigana Carmen estavam erradas. Catula quis saber por que, em meio às músicas de carnaval que os Seranaders tocavam e os barulhos da guerra, e a Anã Clô respondeu que ela, Clô, Catula, e Gioconda iam morrer nas mãos dos jagunços do coronel e não iam viver o que a Cigana Carmen leu em suas mãos.

– Qual previsão que a Cigana Carmen fez para você, Clô? – perguntou Catula.

– A Cigana Carmen disse – e Clô estava muito assustada – que Giorgy ia chegar com uma perna só, como mutilado da Segunda Guerra, para dizer que me amava.

– E para mim, Clô? – quis saber Catula. – Você sabe o que a Cigana Carmen previu para mim?

– Que você só será feliz se tiver coragem para desencantar o lobisomem do Contestado, pois o único homem que poderá te fazer feliz é o que se transforma em lobisomem – disse a Anã Clô.

Uma noite, Tia Viridiana olhou pela janela, escondida atrás da cortina, e viu o fantasma de Tia Anunciata comendo rosas no jardim do castelo. Sentiu tanto medo que ficou muda três dias e três noites, falando apenas por sinais, e quando recobrou a voz, jurou que, por nada deste mundo, contaria o que viu. Revelou apenas que, quando não estava cantando, nem conversando sozinha em aramaico, que era o dialeto dos fantasmas, Tia Anunciata escrevia, usando caneta de tinteiro e folhas de papel tão brancas como um lençol. Era quando delirava que Tia Anunciata escrevia. Uma noite em que Vó Inácia sentiu o cheiro de chuva e disse ao rifle, Ah, irmão rifle, o que eu não daria para ver a chuva caindo, Tia Anunciata estava escrevendo no jardim do castelo. Com medo de que a chuva molhasse seus manuscritos, Tia Anunciata fugiu às pressas e deixou cair três folhas nas escadas do castelo, que o pistoleiro Sem Dó recolheu, depois de rezar uma oração contra os fantasmas, e entregou a Catula. A letra de Tia Anunciata era bordada e pelo que leu e levou ao conhecimento do Conselho de Família, Tia Anunciata estava escrevendo a história de Vó Inácia e de todos eles e ameaçou:

– Se Tia Anunciata pintar um retrato desfavorável a meu respeito, vai ouvir poucas e boas...

Tia Viridiana acreditou que poderia agradar Tia Anunciata deixando guloseimas no jardim, já que a viu comendo rosas. Ao anoitecer deixou pastéis de camarão e torta de maçã num prato de papel e uma garrafa de vinho do Porto e um copo. Como na manhã seguinte encontrou a garrafa de vinho do Porto vazia e nenhum sinal dos pastéis e da torta, toda noite deixava pastéis, ora de carne, ora de palmito, e torta nos pratos de papel, e nunca se esquecia de um bom vinho. Um dia, Solidão, um dos 7 Anões contratados para os serviços domésticos do castelo, contou a Tia Viridiana que o pistoleiro Sem Dó bebia e comia o que por direito era de Tia Anunciata. Tia Viridiana levou o assunto a Vó Inácia, que chamou o Sem Dó, e ameaçou mandá-lo de volta ao Contestado, onde seria alvo fácil para os jagunços do Coronel Bim Bim, se voltasse a se apropriar do que pertencia a Tia Anunciata. Depois disso, Tia Viridiana deixava pastéis de camarão e uma garrafa de Chiant e o fantasma de Tia Anunciata bebia toda a garrafa. Bêbada, Tia Anunciata gritava em inglês: "I love you, Catula: I am you", que a Anã Clô traduziu para os 7 Anões tentando acalmá-los, "Eu te amo, Catula, eu sou você". Quando o fantasma de Tia Anunciata aparecia, o Sem Dó só montava guarda no jardim depois que ela ia embora. Uma noite, o Sem Dó viu Tia Anunciata e sentiu tanto medo que o rifle caiu de suas mãos e disparou sozinho. Vó Inácia mandou chamá-lo e disse:

– Por nada deste mundo, Sem Dó, dispare seu rifle contra o fantasma de Tia Anunciata!

Quando o medo passou, o Sem Dó contou à Anã Clô que Tia Anunciata era tão bonita quanto Catula e, quando ficava bêbada bebendo o vinho que Tia Viridiana deixava no jardim do castelo, Tia Anunciata ficava nua e era jovem como Catula e, nesse ponto, o Sem Dó tirava o chapéu, benzia-se e rezava uma oração para afastar as tentações que aprendeu com o Padre Luiz, que, não há de demorar, vai aparecer em nossa narrativa. Pequena como era, a Anã Clô refugiou-se atrás de uma roseira no jardim, e soube que tudo o que o Sem Dó disse sobre Tia Anunciata era verdade e ela tinha a mesma idade de Catula, a idade em que morreu depois de cometer o incesto. A Anã Clô descobriu, espionando-a em outras noites, que Tia Anunciata também transformava-se em negra, como Catula, quando vinha uma frente fria da Argentina.

– Tia Anunciata, Catula – dizia então Tia Viridiana, apoiada pela Anã Clô –, é o nosso inconsciente. E você lê Freud e sabe que, com o inconsciente, a gente não brinca.

Ao contrário do fantasma de Tia Anunciata, que provocava tanto medo a ponto dos 7 Anões ameaçarem pedir demissão no castelo, só não pedindo com o medo do desemprego, pois já tinham passado da idade de trabalhar nos circos, Emily, a fantasminha inglesa, era querida por todos no castelo de Vó Inácia e não assustava ninguém. Na primeira vez em que visitou o castelo, em companhia da Anã Clô, Tia Viridiana encontrou uma menina loura que dormia no chão, numa das torres, encolhida de frio. Acordou-a tocando de leve seu ombro e perguntou:

– Quem é essa menininha tão bonita?

– I am Emily Redgrave – respondeu Emily em inglês.

Emily Redgrave perguntou num português misturado com inglês se Tia Viridiana e a Anã Clô também eram fantasmas. A Anã Clô quis saber a razão da pergunta e a menina respondeu que tinha morrido há muitos anos e por isso era chamada de Emily, a fantasminha. Tia Viridiana viu as sardas no rosto de Emily, o narizinho arrebitado, os olhinhos azuis e os cabelos louros e amou-a como a uma filha, pois teve certeza que, se tivesse tido uma filha com Tio João Manuel, seu amor proibido, haveria de ser assim como Emily. Não acreditou que Emily fosse uma menina fantasma e convidou-a para viver, como hóspede, com todo o conforto, no castelo que Vó Inácia ia comprar e Emily disse, falando em portinglês, com forte sotaque, que aceitava de muito bom grado o convite e ficava feliz que o castelo fosse habitado, não apenas por morcegos e fantasmas, mas pelos vivos, afinal, sofria com a solidão e tinha medo de morrer uma segunda morte, antes de voltar à Inglaterra, como era seu sonho, se é que os fantasmas têm o direito de sonhar. Mais tarde, quando desenvolveu a capacidade de sentir cheiros e de ouvir ruídos a um ponto que identificava até o caminhar e o cheiro das formigas e o cheiro e os passos dos fantasmas, Vó Inácia ficou amiga da fantasminha inglesa. Emily sentia tanta saudade dos pais e dos irmãos, que eram fantasmas e moravam em Londres, que escreveu uma carta à Rainha Elizabeth II, mal chegada ao trono, pedindo respeitosa e encarecidamente que Sua Majestade se dignasse conceder o passaporte especial, o *green-card*, que permitia aos fantasmas ingleses, onde quer que estivessem, na Índia, nos EUA, na África ou no Brasil, retornar à Inglaterra. Escreveu a carta de próprio punho, no papel creme da coleção de Catula, borrifou-o, a conselho de Catula, com Chanel nº 5, para causar uma impressão melhor em Sua Majestade, pôs o endereço do castelo de Vó Inácia como sua residência e ficou aguardando a resposta.

– Se a Rainha Elizabeth II não mandar seu passaporte, Emily – prometia Vó Inácia –, vou adotá-la como neta.

Tia Viridiana apoiava:

– A senhora faz bem, mamãe, pois Emily é a filha que eu pedi a Deus.

Emily não dizia de que morreu, mas como sentia febre às 5 da tarde, queixava-se de suores noturnos e tossia muito, Catula, que estava para se formar em medicina, acreditava que Emily morreu tuberculosa. Emily divertia-se vendo Vó Inácia treinar o olfato para responder ao ataque do Coronel Bim Bim ao castelo e aplaudia porque estava apaixonada por Buchanan's.

Naquelas noites, Catula perdia o sono e ficava escrevendo o "Diário da Cidade das Tosses e da Orgia" até de madrugada. Escrevia até ouvir a Cadillac Rabo-de-Peixe de Tio Red Label parar diante do castelo. Na página 212, volume IV, do "Diário", Catula registrou, com a letra de quase médica, difícil de decifrar: "Alguma coisa está acontecendo com Primo Buchanan's que, agora, ele parece um homem de verdade." Mais uma vez Catula tinha razão. Como se preparasse para os fatos que estavam por acontecer, Buchanan's parecia um outro Buchanan's, e isso vinha acontecendo há um bom tempo, sem Catula perceber, desde que ele começou a ajudar Vó Inácia a conviver com a cegueira, graças a Frei Pedro, de quem ainda haveremos de nos ocupar. Frei Pedro aconselhava Buchanan's a deixar de pensar em si mesmo, como se o mundo fosse o seu próprio umbigo, nas conversas que aconteciam, não diante do confessionário, mas andando nos fins de tarde pelo Bairro dos Funcionários, nas imediações do Colégio Santo Antônio. Se sua dedicação, como reconheceu o Dr. Hilton Rocha, serviu para Vó Inácia como "uma excelente terapia", Buchanan's acabou fazendo a sua própria terapia, e enfrentou frente a frente seus fantasmas. Quando teve a obrigação, dada por ele mesmo, de acordar cedo para ajudar Vó Inácia a aprender os cheiros, Buchanan's derrotou o fantasma da insônia. Depois da insônia, sempre encorajado por Frei Pedro, enfrentou o fantasma da loucura. Até aquelas lições sobre os cheiros e os barulhos e o próprio ato de tatear que dava diariamente a Vó Inácia, Buchanan's era sua própria aranha, tecia a teia em que acabava um prisioneiro quase tão frágil e indefeso como uma mosca. A cada manhã, encontrava um aviso da loucura, como aconteceu a muitos Drummond, como Vô Old Parr. Afinal, era filho de primos-irmãos. Aos poucos, no entanto, Buchanan's foi esquecendo a loucura e sua vida, resumida em amar mil mulheres e nas ameaças do Coronel Bim Bim de invadir o castelo, ganhou um novo sentido, e Buchanan's surpreendia Catula. A partir do momento que exorcizou o fantasma da loucura, Buchanan's descobriu que poderia derrotar todos os outros fantasmas. Nem sempre Frei Pedro recorria a São Francisco. A frase que mais citava para Buchanan's era do pensador espanhol Ortega y Gasset:

– Eu sou eu e minhas circunstâncias.

Aconselhava Buchanan's a considerar suas circunstâncias, que o levavam a querer amar mil mulheres diferentes, pouco importando por que era levado a isso, não apenas por circunstâncias pessoais, também pelas circunstâncias culturais. E dizia com o português com o forte sotaque que não se esforçava em perder:

– Não haja com você mesmo, Buchanan's, como se estivesse diante de um tribunal militar.

E respondia a Padre João de Deus sem mencionar seu nome:

– São Francisco nos ensina que Deus não criou um tribunal divino para nos julgar. Deus é amor. Aceite as suas circunstâncias, Buchanan's.

Uma manhã, Buchanan's lia a revista *O Cruzeiro* para Vó Inácia ouvir, quando viu um anúncio de Charles Atlas, que prometia fazer de qualquer homem um homem novo, através da ginástica conhecida como "tensão dinâmica", que consistia em opor um grupo de músculos a um objeto imóvel, como uma parede, por exemplo. Buchanan's preencheu o cupom que recortou na revista *O Cruzeiro* com um entusiasmo quase infantil e o enviou a Charles Atlas nos EUA. Dias depois, recebeu vários folhetos e, por fim, pagando uma pequena fortuna, recebeu o Método Charles Atlas, com todas as lições. Em apenas 15 dias, era fisicamente um homem novo, a tal ponto que, com um mês de ginástica, toda sua roupa ficou apertada, e ele teve que renovar seu guarda-roupa. Ao mesmo tempo que fazia o Método Charles Atlas, já na fase de manutenção, Buchanan's aprendia a lutar caratê. Anos antes, na presença de Catula, Buchanan's foi desafiado por um tal de Chicletes, da temida mas doce no fundo do coração Turma da Savassi, e não reagiu. Em Cruz dos Homens teria reagido à bala, mas estava em Belo Horizonte, e ficou com Chicletes engasgado na garganta, como um de seus fantasmas. Uma tarde particularmente quente, quando já se sentia um homem novo, graças a Charles Atlas, e já sabia os golpes do caratê, Buchanan's convidou Catula para tomar um sorvete no Seu Domingos, que fazia o melhor sorvete de Belo Horizonte e onde Chicletes ia muito. Ao vê-lo tão forte, ainda que continuasse um homem belo como antes de Charles Atlas, nos estreitos limites entre o masculino e o feminino, Chicletes aproximou-se com a conversa de sempre, dizendo que Catula era o amor de sua vida. Então Buchanan's pediu um sorvete de morango e o enfiou na cara de Chicletes como nos filmes de pastelão e antes que a turma do deixa-disso pudesse intervir, nocauteou-o com golpes de caratê, diante dos olhos estarrecidos de Catula. Buchanan's estudava Direito e trabalhava no jornal *Diário de Minas*. Ia à redação na Praça Raul Soares, sentava-se diante de uma velha Remington, em cujas teclas esverdeadas faltavam as letras "a" e "f", e, batendo com dois dedos, escrevia o noticiário do dia no Fórum Lafaiete. Quando terminava, entregava as duas laudas e meia ao secretário de redação, um certo Flores, que usava uma camisa de colarinho sujo, a barba por fazer, unhas de luto, e já havia bebido bastante no bar da esquina. Flores lia e dizia: Está uma merda. Depois, amassava as laudas de Buchanan's, fazia uma bola e, recordando os anos jovens em que jogou futebol e sonhava fazer gols e ser carregado nos braços da torcida, controlava a bola de papel, com passos bêbados, e chutava, e em seu coração bêbado imaginava a bola de papel beijando a rede, e ficava ouvindo a torcida gritar seu nome: Flores! Flores! Flores! Uma tarde, Buchanan's chegou à redação do *Diário de Minas*, bateu na velha Remington o noticiário do dia no Fórum Lafaiete e o entregou a Flores. Está uma merda, disse Flores, depois de correr os olhos bêbados pelas laudas escritas por Buchanan's, e iniciou o ritual de sempre. Quando transformou as laudas numa bola de papel e começou a controlá-la no joelho bêbado, Buchanan's tomou-a e enfiou-a na boca bêbada de Flores, como se fosse um pão de queijo. Depois, pegou o paletó pendurado na cadeira, jogou-o nas costas e nunca mais voltou ao *Diário de Minas*. Chegou então a hora de Buchanan's exorcizar seu quarto fantasma. Era o próprio pai. Frei Pedro tentava convencer Buchanan's que a história de amar mil mulheres tinha a ver com as dúvidas sobre a própria masculinidade. Dúvidas inconscientes, mas que começaram quando Tia Viridiana fez a promessa a São José Menino para ele ficar com os cabelos grandes e só cortá-los aos 11 anos e com o episódio ligado a Llansol, o menino do circo.

Tio Johnnie Walker não era um homem de fazer queixas. Ficou viúvo muito novo, mas tinha o que seu amigo José Aparecido de Oliveira chamava de "destino lotérico". Era um homem muito rico, como já foi dito, um homem do mundo, falava várias línguas, mas fazia questão de não esquecer que era um Drummond, com tudo que isso tinha da febre do incesto e do medo da loucura e outros riscos, como ter medo de virar lobisomem na noite de lua cheia. Cismava que os cavalos espantavam-se ao vê-lo e que provocava pânico nas galinhas, mas os lobos, dos quais considerava-se irmão, porque a loba Lu foi sua mãe de leite, tratavam-no como um igual. Acreditava que, se fosse bom como São Francisco, como já foi contado, fazendo o bem sem olhar a quem, acabaria com a maldição da lua cheia. Nessa época começou a provocar chuvas de dólares na sacada do edifício Acaiaca e eram tão freqüentes que o filho Buchanan's pediu uma reunião do Conselho de Família para tratar do assunto, mas Tia Viridiana deu seu *veredictum* dizendo que o dinheiro era de Tio Johnnie Walker e ele fazia com ele o que bem quisesse. Tio Johnnie Walker sabia conviver com todos, menos com o filho Buchanan's, e isso o adoecia. Tentava compensar a falta de diálogo entre os dois dando toda espécie de presentes a Buchanan's, que mudava de carro a cada ano, no mês de janeiro, e no entanto o via cada vez mais arredio.

– Melhore seu relacionamento com seu pai, Buchanan's – insistia Frei Pedro. – Até onde sei, seu pai é inocente, não tem culpa de nada.

Uma tarde, Vó Inácia sentiu pelo cheiro de lobo que Tio Johnnie Walker estava chegando ao castelo. Então, Buchanan's pensou, É hoje! Convidou Tio Johnnie Walker para beber uma cerveja no Tip-Top, e de tanto que beberam e conversaram, e lavaram toda a roupa suja em casa, como Tio Johnnie Walker disse depois a Vó Inácia, apostaram uma queda-de-braços.

– Está bem, Buchanan's – disse Tio Johnnie Walker. – Quem vencer escolhe o prêmio que quiser.

A queda-de-braços durou dez minutos. Em volta da mesa no Tip-Top, todos acreditavam que Buchanan's ia vencer. Mas, aos dez minutos, muito vermelho e com as veias do pescoço tão dilatadas que pareciam que iam estourar, Tio Johnnie Walker derrotou Buchanan's.

– Agora, papai – disse Buchanan's –, escolhe um prêmio.

– Eu quero como prêmio, Buchanan's, que você me abrace como um filho abraça um pai.

Buchanan's abraçou e beijou Tio Johnnie Walker, no meio das palmas no Tip-Top, e Tio Johnnie Walker disse:

– Esta noite ninguém paga nada, a conta é minha.

Tio Johnnie Walker disse a Buchanan's que não tinha sentido o filho trabalhar em jornal ou no que fosse, sendo tão rico, e chamou-o para trabalhar na empresa de exportação de esmeraldas e águas-marinhas. Buchanan's aceitou e Tio Johnnie Walker acordou no outro dia muito feliz e, depois de contar a Vó Inácia tudo o que aconteceu no Tip-Top, anunciou que já sabia falar o tupi-guarani, e ia organizar a expedição para ir à Amazônia localizar a tribo dos índios liliputianos.

– O obstáculo maior, mamãe, foi vencido – disse Tio Johnnie Walker a Vó Inácia, referindo-se ao relacionamento com o filho Buchanan's. – Agora só falta o obstáculo nº 2: as ameaças do Coronel Bim Bim de invadir o castelo.

Tio Johnnie Walker fez seu testamento e só aguardava uma trégua do Coronel Bim Bim para seguir com a expedição à Amazônia em busca dos liliputianos. Gioconda era o grande fantasma da vida de Buchanan's. Antes dela, havia o fantasma de Llansol, que ainda o perseguia, mas o esquecia pensando em Gioconda. Sofria também porque, mesmo sendo um homem novo pelo Método Charles Atlas, sua beleza continuava na fronteira entre o masculino e o feminino, como antes, em Cruz dos Homens, quando Júlia Preta cantava "Azulão" e espalhava o medo na noite. Buchanan's seguia com a idéia fixa em Gioconda. Todas as mulheres que amava, às vezes três no mesmo quarto, fossem brasileiras, argentinas ou paraguaias, falando português, espanhol ou guarani, traziam a Buchanan's a lembrança de Gioconda. Por isso, sempre apagava a luz, para que, no escuro dos quartos, nos *rendez-vous* da Zezé e da Margarida, ou onde fosse, as mulheres adquirissem alguma coisa de Gioconda, uma das Três Malditas, a moça do Contestado que não deixava para amanhã o que podia fazer hoje. Gioconda era, entre todos, o último Demônio ou o último anjo de sua vida.

17

A realidade estava terminantemente proibida por Tia Viridiana de subir os 59 degraus da escada do castelo de Vó Inácia. Tia Dô e Tio Black Label queimavam a fortuna perdendo no jogo de cartas nas noitadas enfumaçadas no Automóvel Clube. Hipotecaram o palacete na Cidade Jardim e foram obrigados a vender o Oldsmobile cheirando a novo que importaram dos Estados Unidos. De maneira que, depois da meia-noite, eram obrigados a pedir carona ao Carro Fantasma. Era um Citroen preto que circulava sem motorista e tirava o sono de Belo Horizonte desde que uma guarnição da Radiopatrulha o perseguiu e os guardas civis dispararam seus revólveres, mas não o atingiram porque o Carro Fantasma não era deste mundo. Tia Rose vivia bêbada. Era uma alcoólatra, viciada em uísque com guaraná, seguindo a vontade e os caprichos de Berenice, a solitária que havia engolido, mas Tia Viridiana dizia nas reuniões do Conselho de Família, aleluia, aleluia, já imaginaram se Berenice preferisse heroína em vez de uísque com guaraná? Buchanan's havia prometido entregar a alma a Satã em pessoa, se conseguisse amar mil mulheres. Amava três mulheres por noite e não ia demorar a atingir sua meta. Tia Viridiana impôs a lei do silêncio aos 7 Anões com medo de que Vó Inácia escutasse seus comentários com os apurados ouvidos de cega, capazes, por esse tempo, de ouvir os lamentos dos presos políticos nas masmorras das ditaduras militares na América Latina.

Já nos primeiros e mais inocentes dias no castelo, se é que houve inocência entre eles, os Drummond, incentivados por Tia Viridiana, começaram a criar uma fantasia para o consumo de Vó Inácia. Eram, de início, inocentes. Inventavam, com o aplauso de Tia Viridiana, um tipo de leitura dos jornais para uma cega ouvir. Era a leitura mágica. Com um exemplar do *Estado de Minas* nas mãos, pois Vó Inácia precisava sentir o cheiro do jornal e ouvir o ruído das páginas sendo manuseadas, para mais facilmente acreditar em suas invenções, passaram a inserir nos noticiários aquilo que eles não tinham, alegria e magia. Inventavam novas canções para Orlando Silva, o cantor preferido de Vó Inácia, e, ao contrário do que acontecia, contavam, como se lessem nos jornais, que "O Cantor das Multidões" abandonou o vício da heroína e de todas as drogas que vinham arruinando sua carreira e onde ia cantar parava o trânsito e as fãs rasgavam suas roupas e o deixavam nu e diziam que a atriz que o amava jamais tentou cortar o pulso nem quis morrer por amor e os dois formavam o casal mais feliz da face da terra. Um arco-íris sobre a Baía de Guanabara, no Rio de Janeiro, onde Vó Inácia nasceu e descobriu o amor, ganhava uma minuciosa descrição feita por Buchanan's. E se um avião caía e todos os passageiros morriam, Catula lia o noticiário do acidente com sua voz rouca, sim, mas inventava um sobrevivente, cujo relato, sobre como escapou, emocionava não apenas a Catula, que o inventava, mas a Vó Inácia. O Dr. Hilton Rocha renovava as instruções a Tia Viridiana de que o Coronel Bim Bim era o grande aliado de Vó Inácia. Com sua fama de homem mau, freqüentando o noticiário dos jornais, ora escapando de uma tocaia, ora sendo o mandante das tocaias, noticiário dos jornais que Catula lia, enxertando exageros, aqui e ali, o coronel fazia um bem enorme a Vó Inácia. Se Vó Inácia amanhecia queixando-se da saudade dos cheiros do Contestado, onde não voltou mais desde que ficou cega, atribuíam ao Coronel Bim Bim declarações nas quais, após contar que já tinha escapado de 54 tocaias, o que era absolutamente verdadeiro, dizia que tinha um acerto de contas com uma certa Inácia Micaéla e ia cortar sua cabeça e levar como troféu para pendurar na parede do sobrado de 28 janelas em Cruz dos Homens. Vó Inácia Micaéla era devota do Padre Eustáquio Vanx Lieschout, da Congregação dos Sagrados Corações de Jesus e de Maria, que morreu em 1943, em Belo Horizonte, venerado como santo, e cujo processo de canonização arrastava-se na burocracia do Vaticano. Ela o guardava para as ocasiões mais difíceis e graves de sua vida. Em seu caso pessoal, a cegueira, decidiu recorrer ao Padre Eustáquio e, não, a Santa Luzia, por acreditar que Santa Luzia estava muito ocupada em atender milhares de pedidos feitos antes do dela. Depois, o Padre Eustáquio tinha a fama de milagreiro e Vó Inácia cultivava a esperança de que pudesse devolver sua visão. De manhã, ao acordar com o galo de Catula cantando no quintal do castelo, Vó Inácia rezava uma oração feita pelo Padre Eustáquio, "Ó Jesus, pelo sangue que derramastes e pelas lágrimas de Vossa Mãe Santíssima, dai vista aos cegos, andar aos paralíticos, saúde aos enfermos, paz a todos os que sofrem e padecem." Um dia, Vó Inácia Micaéla escreveu ao Santo Papa, pedindo seus bons ofícios para apressar a canonização do Padre Eustáquio. Ditou ao neto Buchanan's uma carta muito afetuosa e respeitosa, lembrando alguns milagres do Padre Eustáquio. A carta foi enviada ao Santo Papa em Roma e Sua Santidade respondeu, com um breve cartão em português, em que prometia interceder pessoalmente pela canonização do Padre Eustáquio. Uma manhã Vó Inácia ditou a Buchanan's uma carta para ser enviada a João XXIII: "Permita-me crer, Sua Santidade, que estou recebendo a cegueira como penitência por haver matado um menino com um tiro de rifle numa noite de lua no Contestado. Ah, Santo Papa, o menino morto dói em mim como um tiro na alma." Tia Viridiana convocou uma reunião de emergência do Conselho de Família e Buchanan's recebeu a incumbência de escrever uma carta como se fosse João XXIII. Catula a leu com a voz rouca para Vó Inácia ouvir e emocionou a todos:

"Cidade do Vaticano, 5 de dezembro do Ano das Graças de 1958.

Muito dileta irmã em Cristo Inácia Micaéla Furst de Stobhall y Cargill Drummond:

Que Deus esteja em sua santa casa e abençoe a essa admirável família que tem o sonho no coração.

Apraza aos céus possa eu, em tempo próximo, dar boas novas quanto à canonização de Padre Eustáquio, por cujo processo tenho pessoalmente me interessado.

Quero, no entanto, reiterar que não me esqueço da querida irmã em Cristo em minhas orações, invocando sempre a ajuda de nossa boa Santa Luzia. Tanto tenho orado por sua recuperação, estimada irmã, que Santa Luzia apareceu em pessoa para este humilde servo de Cristo. O que se passou merece um registro. Era noite em Roma e eu estava recolhido a meus aposentos no Vaticano, quando alguém bateu na porta de meu quarto:

– Entre em nome de Deus – falei então e vi Santa Luzia entrar e ficar de pé ao lado de minha humilde cama.

– Querido Papa João XXIII – ela disse –, vim aqui para atender, dentro do possível, um pedido seu.

Lembrei-me então da querida irmã brasileira e roguei:

– Santa Luzia, existe no Brasil, mais exatamente em Belo Horizonte, capital de Minas Gerais, uma devota e abnegada filha de Cristo que perdeu a visão.

– E quem é ela, Santo Papa? – quis saber Santa Luzia.

– É portadora das melhores virtudes do coração, Santa Luzia, e sofre, Santa Luzia, porque aguarda o ataque do Coronel Bim Bim e seus jagunços ao castelo onde vive e apura o olfato de cega para sentir o cheiro de Deus e sente-se culpada por ter matado um menino na região do Contestado e, diga-se em sua defesa, Santa Luzia, o menino fez uma emboscada para matá-la e ela não sabia que era um menino, quando puxou o gatilho do rifle.

– Como se chama tão dileta filha de Cristo, Santo Papa? – perguntou Santa Luzia.

– Chama-se Inácia Micaéla Furst de Stobhall e Cargill Drummond, Santa Luzia.

Mal pronunciei seu nome, querida irmã em Cristo Inácia Micaéla, Santa Luzia disse prontamente:

– Mas o caso de Inácia Micaéla eu conheço, Santo Papa.

– Conhece? Pois eu apelo a Santa Luzia para devolver a visão a Inácia Micaéla.

– Sinto muito, mas não posso, Santo Papa – lamentou Santa Luzia.

– Não pode, Santa Luzia? – estranhei.

Santa Luzia explicou:

– Conheço em todos os detalhes o caso de Inácia Micaéla. Trata-se de uma predestinada.

– Uma predestinada? – indaguei eu, sem conseguir disfarçar minha curiosidade, que é um pecado, junto da gula, que não consegui eliminar em meu sacerdócio devotado a Deus.

– Sim, uma predestinada – anunciou Santa Luzia. – Inácia Micaéla foi escolhida, exatamente por suas virtudes cristãs, aliadas a seu apurado olfato, o que é dádiva dos cegos, para sentir o cheiro de Deus. E com um detalhe, Santo Papa: Inácia Micaéla é a única pessoa no mundo que vai sentir o cheiro de Deus, portanto, perdoe-me, não posso devolver-lhe a visão, pelo menos até lá.

Como vê, a dileta irmã em Cristo Inácia Micaéla, ao perder a visão, não foi punida, mas divina e merecidamente premiada por Deus.

Louvemos, portanto, ao Senhor.

Receba as bênçãos do Papa João XXIII."

No castelo, todos, até mesmo os 7 Anões, passaram a acreditar na carta de João XXIII, que era lida, todo mês, depois do jantar por Catula, e foi reproduzida em fac-símile que Tia Viridiana pregou nas paredes dos banheiros. Teve início, então, uma constante troca de cartas entre Vó Inácia e João XXIII. Catula cedia os envelopes de sua coleção e um papel de trigo semelhante ao papel que João XXIII usou quando realmente escreveu a Vó Inácia e os borrifava com um vago perfume e fazia chegar ao tato, que Vó Inácia apurava como apurava o olfato e o ouvido de cega. Sempre que se sentia aflita, Vó Inácia escrevia ao Santo Papa e recebia afetuosas respostas de João XXIII. Quando, já morando no castelo, Vó Inácia ganhou o costume de conversar com o rifle a tiracolo, Tia Viridiana ficou tão assustada que convocou uma reunião de emergência do Conselho de Família. Coube a Catula, que lia Freud como quartanista da Escola de Medicina, tranqüilizar:

– Bendito rifle a tiracolo, Tia Viridiana. Como uma cega, que perdeu os poderes que tinha, Vó Inácia acabará louca, se não tiver seus mecanismos para vencer a solidão e o desespero por não enxergar mais...

Foi conversando com o rifle a tiracolo que Vó Inácia ficou certa de que tinha que apurar o olfato de cega para sentir a chegada do coronel com seus jagunços. Catula ouviu quando Vó Inácia disse ao rifle a tiracolo:

– Se eu vou apurar o olfato de cega para sentir o cheiro de Satanás, rifle velho de guerra, posso me preparar, em minhas aleluias, para sentir o cheiro de Deus.

Passou a ocupar todo o seu tempo apurando o olfato e quando sentia saudade do Contestado, consolava-se dizendo ao rifle a tiracolo:

– Só os cegos, irmão rifle, hão de sentir o cheiro de Deus.

18

Em pouco tempo, Vó Inácia tinha 17 suspeitas do cheiro de Deus, mas o cheiro do suor dos amantes seguia em primeiro lugar. Tia Viridiana perdeu o sono pensando no suor de Tio João Manuel e, por fim, convocou uma reunião de emergência do Conselho de Família e, exibindo as olheiras que estranhamente a deixavam mais jovem e mais bela, propôs a construção de uma praça aromática com 250 plantas de perfumes diferentes, que combinavam mais com o cheiro de Deus que o cheiro do suor dos amantes. Tio White Horse, que seguia liderando a oposição ao Conto de Fadas, perguntou onde Tia Viridiana pensava construir a praça aromática.

– No jardim em frente ao castelo, White Horse – disse Tia Viridiana abanando o rosto com as mãos como se fossem leques, por causa do calor provocado pela menopausa. – É o melhor lugar, White Horse.

– A idéia é boa, Viridiana – concordou Tio White Horse. – Mas a praça aromática não pode ser no jardim. Como cega, mamãe ficará exposta aos tiros dos jagunços do coronel.

A praça aromática foi construída em três meses. Não diante do castelo, mas no quintal. Catula tinha uma amiga chamada Denise Magalhães que sempre amou as flores e foi ela quem selecionou 250 plantas aromáticas, que foram plantadas. Tia Odete desenhou a praça de tal maneira que Vó Inácia pudesse circular à vontade, com seu rifle a tiracolo, sem o risco de uma queda. A praça aromática foi inaugurada com uma festa em que Tia Dô e Tio Black Label cantaram as músicas preferidas de Vó Inácia. Mesmo assim, com os 250 aromas da praça, o cheiro do suor dos amantes continuava a liderar o *ranking* de Vó Inácia para ser o cheiro de Deus. Vó Inácia apurava também os ouvidos de cega de forma que pudesse ouvir os passos do Coronel Bim Bim subindo os 59 degraus da escada do castelo para levar sua cabeça e pendurar na parede do sobrado de 28 janelas em Cruz dos Homens. Ficou íntima então do barulho do silêncio. Pois o silêncio era feito de barulhos pequenos e grandes e, sentada na cadeira de balanço com o rifle a tiracolo, Vó Inácia podia escutar o que só aos cegos é dado ouvir. Escutava o barulho de uma agulha caindo. Escutava os bondes elétricos passando nas ruas, as sirenes tocando, os cães latindo e a voz dos seresteiros cantando debaixo das janelas das amadas. Mas era capaz de ouvir os passos dos fantasmas, parecendo folha seca carregada pelo vento. Sentia o cheiro das paixões não correspondidas e das paixões clandestinas. Vó Inácia iniciou seu aprendizado de cega quando foi morar no castelo. Seu primeiro desafio foi aprender a conviver com a cegueira sem a ilusão de que ia acordar vendo a manhã e o sol e as pessoas que amava, como antes. Quando Tia Viridiana tentou convencê-la a pendurar o rifle que trazia a tiracolo na parede do quarto no castelo, Vó Inácia disse que era o mesmo que pendurar um braço.

– Meu rifle, Viridiana, faz parte de mim.

Vó Inácia sofria quando ia tomar banho e era ajudada por Tia Viridiana e pela Anã Clô, que a levavam até à banheira redonda cheia de água quente. Pedia que a deixassem pelo menos ensaboar com as próprias mãos. O mais penoso era na hora das refeições. Procurava o pão sobre a mesa e enfiava os dedos na manteiga. Procurava a xícara com café e pegava o pão. Levava o garfo ao nariz e, não, à boca. Localizar as coisas na hora das refeições era, depois de aceitar a cegueira, o maior desafio para Vó Inácia Micaéla. Ela desenvolveu o tato e ia aprendendo os cheiros e os barulhos e sons, e certa manhã disse a Buchanan's:

– Sabia, Buchanan's, que as mãos enxergam?

Era penoso para a Baronesa do Café, acostumada a dar ordens no Contestado, antes de ficar cega, ter que pedir que a levassem ao banheiro. Achava constrangedor ser ajudada a trocar de roupa e festejou o dia em que conseguiu tatear com os dedos acostumados a manejar o rifle e encontrar a pasta de dentifrício, abrir, e depois voltar a fechá-la, e colocar o dentifrício na escova e escovar os dentes sozinha. Passou a tomar banho sem a ajuda de Tia Viridiana e da Anã Clô, trocava de roupa, e ia ao banheiro sozinha. Foi então apresentada ao castelo. Buchanan's descobriu que a melhor maneira de Vó Inácia localizar as salas, os corredores, as escadas, era pelo cheiro. Tia Viridiana colocou, um metro antes de cada escada, um pequeno vaso de amor-perfeito, de maneira que, sentindo o perfume, seu velho conhecido, Vó Inácia era advertida do perigo, quando começou a andar sozinha pelo castelo, e assim evitava uma queda. Cada sala tinha uma flor cujo perfume a identificava. Na sala de estar havia uma hortênsia, na sala de jantar uma margarida e cravos na sala onde ficava o piano.

Quando perdia o sono, Vó Inácia recordava, conversando com o rifle a tiracolo, a noite cheia em que o lobisomem correu atrás do Coronel Bim Bim pelas ruas de Cruz dos Homens. Perguntava ao rifle por que, depois de cega, pensava tanto no lobisomem do Contestado como se o lobisomem fosse filho de Deus e não um filho de Satanás. A capacidade de sentir cheiros com seu olfato de cega cada vez mais apurado aumentou tanto que Vó Inácia passou então a sentir o cheiro de lobo quando Tio Johnnie Walker começava a subir as escadas do castelo e o cheiro do amor que roubava o sono de Catula. Nos sonhos, Vó Inácia enxergava. Via as pessoas que amava como eram antes de ficar cega, mas Cruz dos Homens aparecia em seus sonhos envolta numa névoa cinza como a fumaça de um cigarro e tinha mar. Vó Inácia escutava o barulho do mar nos sonhos e via os navios passando e acenava com um lenço branco como uma garça para os passageiros. Os navios passavam tão perto que Vó Inácia podia ver os passageiros, como antes de ficar cega, e via Catula, Gioconda e Felipa, como na época em que a Cigana Carmen fez a previsão sobre as Três Malditas, e perguntava ao rifle a tiracolo do qual não se separava nem nos sonhos:

– Que viagem é essa, irmão rifle, que essas meninas vão fazer?

O Sudoeste soprava nos sonhos e Vó Inácia sentia os perfumes do Rio de Janeiro em meio ao cheiro da maresia e via os pais, Vô Furst e Vó Maria Micaéla, na praia e conversava com os dois o que não teve tempo de conversar quando estavam vivos pois morreram quando Vó Inácia tinha 19 anos, na queda de um avião na Serra de Petrópolis. Nos sonhos de Vó Inácia, Vô Old Parr era tão novo como numa fotografia dos 18 anos e ela estava com 11 anos e os dois faziam amor com o barulho dos gatos. Vó Inácia Micaéla sonhava com o cerco do Coronel Bim Bim à fazenda do Rancho Fundo e sentia o cheiro de pólvora e podia ouvir os barulhos da guerra. Sonhava com o menino que matou e o sonho se repetia noite após noite, sempre o mesmo. Vó Inácia escutava os pés descalços do menino subindo os 59 degraus da escada do castelo como se fosse um fantasma. Logo, alguém batia palmas na porta e, em vez de tocar a campainha, à moda do Contestado, uma voz de 13 anos, que era a idade do menino que Vó Inácia matou, dizia:

– Ô, de casa! – e Tia Viridiana atendia e depois avisava a Vó Inácia: – O menino está aí, mamãe.

– Manda o menino entrar, Viridiana – pedia Vó Inácia.

No sonho, Vó Inácia enxergava o menino. Tinha os mesmos olhos azuis, os mesmos cabelos louros, as mesmas sardas no nariz, as mesmas calças curtas, os mesmos pés descalços, a mesma camisa feita de saco de farinha de trigo manchada de sangue no peito, tal como na noite em que o matou, e todo o susto do mundo nos olhos azuis.

– Vosmecê é Dona Inácia Micaéla? – perguntava o menino, encarando-a com os olhos azuis.

– Sou eu mesma, às suas ordens – respondia Vó Inácia.

– Foi vosmicê que me matou, não foi, Dona Inácia?

– Eu não sabia que você era um menino – defendia-se Vó Inácia. – E lembre-se que você foi contratado pelo coronel para me matar na emboscada e que foi você quem atirou primeiro em mim.

– Mas eu não queria matar vosmicê, Dona Inácia – falava o menino. – Armei a emboscada porque o coroné obrigou, mas não atirei em vosmicê pra matar.

Mesmo maldormida, pois acordava e perdia o sono quando sonhava com o menino morto, toda manhã Vó Inácia ia para o quintal do castelo e, com o rifle nas mãos, exercitava o olfato e os ouvidos de cega para descobrir pelo cheiro a chegada do Coronel Bim Bim ao castelo. Nunca duvidou que sua vida dependia da capacidade de sentir cheiros e ouvir barulhos. Os exercícios eram comandados toda manhã pelo pistoleiro Vagalume. Na primeira parte dos exercícios, Vó Inácia devia descobrir, pelo cheiro, quem chegava, com pés de gato, no quintal do castelo. Sabia quando era a Anã Clô e dizia, Clô cheira a esperança do amor. A segunda parte dos exercícios, como sempre orientada por Vagalume, era a mais emocionante. Deviam simular a invasão do castelo, o momento da vingança tão sonhada pelo Coronel Bim Bim, como anunciavam os boatos, os diz-que-diz que chegavam de Cruz dos Homens, para levar a cabeça de Vó Inácia e pendurar na parede do sobrado de 28 janelas. O exercício exigia, além do olfato, ouvidos bem treinados. Vó Inácia devia apontar o rifle na direção em que o cheiro e um vago ruído indicassem a presença do coronel, representado por Buchanan's, e disparar, imitando com a boca o estampido de um tiro. Vagalume tinha o cuidado, nessas horas, de tirar a munição do rifle de Vó Inácia e explicava, em seu jeito cadenciado de falar:

– Cum arma de fogo carece tê cuidado.

Quando Buchanan's chegava ao quintal, como se fosse o Coronel Bim Bim, para o grande acerto de contas com Vó Inácia, Vagalume gritava Fooogooo e Vó Inácia puxava o gatilho do rifle e ouvia-se um tiro de festim. Depois dos exercícios de tiros orientados por Vagalume, Vó Inácia ia descansar e, sentada na cadeira de balanço na sala de estar do castelo, dizia ao rifle a tiracolo:

– Rifle, rifle: e se o Diabo chegar antes que eu sinta o cheiro de Deus?

Às vezes Vó Inácia acreditava que o cheiro de Deus era o cheiro de Hans e de Franz, os dois alemães louros e queimados de sol, donos de um caminhão Ford amarelo, que iam à fazenda do Rancho Fundo e o carregavam de sacas de café para serem levadas ao porto de Vitória. Hans e Franz eram irmãos gêmeos e tão parecidos que Vó Inácia os confundia. Tinham fugido de um campo de concentração na Alemanha de Hitler e vieram para o Brasil. O pai, a mãe, a irmã, e os tios e os primos e as primas morreram nos campos de concentração nazistas e por isso Hans e Franz não queriam voltar à Alemanha mesmo com o fim da guerra e mesmo sabendo que Hitler estava morto. Sentiam-se culpados por estarem vivos e toda a família morta e davam-se penitências por isso. Eram castos e não amavam mulher alguma porque eram fiéis ao amor que sentiam pelas duas primas que morreram nos campos de concentração. Uma noite, na fazenda do Rancho Fundo, Vó Inácia tocou no piano as músicas pedidas por Hans e Franz e eles ficaram tão emocionados que contaram a Vó Inácia que eram judeus e não se chamavam Hans e Franz mas Abraão e Moisés e mostraram a Vó Inácia a fotografia da irmã Sara, que a Gestapo levou para o campo de concentração junto dos pais, quando tinha nove anos, e de quem nunca mais tiveram notícia. Era uma menina loura, usava tranças e um vestido azul com pequenas flores brancas e sorria na fotografia, que era a única lembrança que Hans e Franz tinham da família. Depois que ficou cega, Vó Inácia acariciava o rifle a tiracolo e dizia:

– Eu penso na menina Sara e penso em Hans e Franz e meu coração fica alegre, irmão rifle, e eu sinto que fiquei cega para sentir o cheiro de Deus, que é o cheiro da menina Sara e dos humilhados e ofendidos.

Vó Inácia conversava também com o rifle a tiracolo sobre Seu Jorge Mascate, um árabe de olhos tristes que vendia tecidos, perfumes e toda espécie de bugigangas no Contestado, e que foi surpreendido na fazenda de Vó Inácia durante o cerco do Coronel Bim Bim e seus jagunços e, no meio do tiroteio, invocava Alah em árabe. Seu Jorge Mascate queria saber quantas horas eram em Beirute, onde a mulher e os dois filhos moravam. Uma noite de lua crescente, Seu Jorge Mascate perguntou a Vó Inácia se a mesma lua podia ser vista em Beirute e como Vó Inácia respondeu que sim, mas não exatamente na mesma hora, Seu Jorge Mascate contou que era 23 anos mais velho que Farid, a mulher, e quis saber se a lua exercia no coração das mulheres a mesma influência que exercia nos loucos e nos homens que viravam lobisomens.

– A influência da lua no coração das mulheres, Seu Jorge Mascate – respondeu Vó Inácia –, é tão grande como no coração dos loucos e dos lobisomens.

Seu Jorge Mascate jurou por Alah que se escapasse são e salvo do cerco do Coronel Bim Bim, voltaria a Beirute, pois já estava longe da família havia oito anos e não sabia como eram os filhos e gastou a fotografia da mulher Farid de tanto olhá-la nas pensões de terceira categoria, onde os percevejos, a solidão e o medo do lobisomem não o deixavam dormir. Seu Jorge Mascate cheirava a ervas e Vó Inácia perguntava ao rifle a tiracolo:

– E se o cheiro de ervas dos árabes for o cheiro de Deus?

19

Nas noites de insônia, temendo que as folhas secas arrastadas pelo vento fossem os jagunços do coronel chegando para levar sua cabeça e pendurar no sobrado de 28 janelas em Cruz dos Homens, Vó Inácia escutava as músicas tocadas pelas orquestras com seus ouvidos de cega cada vez mais apurados. Era a época do bolero e do baião. Havia festas todas as noites, como se o mundo fosse acabar amanhã, pois de tanto conviver com a morte, todos acreditavam em Belo Horizonte que tinham a vida breve das borboletas. Os bordéis ficavam lotados. O hino de Tio Red Label, um boêmio inveterado e um esquerdista em crise desde que o 20º Congresso do Partido Comunista da União Soviética denunciou os crimes de Stálin, convivendo pacificamente com a "Internacional", era um samba de carnaval que dizia:

"É hoje que eu vou me acabar
amanhã não sei
se eu chego até lá..."

Vó Inácia ouvia, também, as tosses, nas noites de insônia. Belo Horizonte era cidade sanatório e recebia homens e mulheres pálidos como folha de papel, magros e tossindo muito, ardendo de febre às 5 da tarde, vindos de todo o Brasil. Chegavam nos trens da Central do Brasil e nos ônibus na Estação Rodoviária em busca de cura. Situada ao longo da Serra do Curral, que a protegia como se um exército inimigo sob o comando do General Koch estivesse pronto para atacá-la, e a 857 metros acima do nível do mar, com o ar puro e o clima das montanhas, seco e pouco úmido, Belo Horizonte era melhor do que Campos do Jordão e quase tão boa para a cura da tuberculose como Davos, na Suíça. Aos benefícios do clima das montanhas, somava-se a paz, pois até os assaltantes, depois da prisão de Zé Muniz e do bandido Sete Dedos, transformado em piedoso pregador evangélico na Penitenciária de Neves, eram homens amáveis. O Homem dos Besouros Amestrados deixava bilhetes e versos nas casas que assaltava. Existiam em Belo Horizonte sanatórios para todos os bolsos. Os ricos preferiam o Sanatório Hugo Werneck. Ocupava um prédio branco, para os lados de Santa Luzia, e era cercado de árvores e os sabiás cantavam nas árvores, e lá tudo era branco. Haveremos de encontrar mais na frente Felipa, uma das Três Malditas, sonhando com a cura e ao mesmo tempo temendo a cura no Sanatório Belo Horizonte, com seus pés de eucaliptos nos jardins. Outro sanatório ganhou o nome da mãe do ex-Governador de Minas, hoje Presidente da República, Juscelino Kubitscheck. Chamava-se Júlia Kubitscheck. Os pobres preferiam o Sanatório Morro das Pedras, cujo alto-falante tocava, durante a tarde, a toda altura, o "Bolero" de Ravel. Mas a indústria mais lucrativa da cidade das tosses e da orgia, como a chamava Padre João de Deus, era mesmo a das pensões sanatoriais.

– Irmão rifle, irmão rifle – dizia Vó Inácia nas noites de insônia no castelo –, as tosses estão só aumentando.

Aos filhos da terra, nativos ou adotivos, irritava a paródia de "Cidade Maravilhosa" que os caixeiros viajantes cantavam:

"Cidade tuberculosa
cheia de micróbios mil
cidade tuberculosa
sanatório do Brasil."

A segunda parte da paródia falava no famoso compositor Noel Rosa, autor de "Feitiço da Vila", que trocou o Rio de Janeiro por Belo Horizonte, durante curta temporada, para tratar dos pulmões avariados:

"Cidade onde Noel tossiu
e um samba cantou
ô ô ô
cidade onde o filho chorou
ô ô ô
e a mãe não viu.
Cidade dos bacilos mil
cidade tuberculosa
tão formosa
sanatório do Brasil."

Toda noite, antes de dormir, Vó Inácia rezava na capela que Tia Viridiana mandou construir no castelo. Rezava ajoelhada com o rifle a tiracolo, pela alma de seus mortos, incluindo os pais, Vô Furst e Vó Maria Micaéla, com os quais tinha longas conversas, e Vô Old Parr, e Tia Beth e Tio João Manuel, Tia Gaida e Tia Cielito e rezava para as 5 Irmãs e pedia, Deus, manda São Pedro abrir a porta do céu para Dodô, Dadá, Dêdeu, Dazinha e a Dô, deixe as pobrezinhas entrar, Deus, que elas purificaram o coração e merecem o paraíso. Rezava ainda para que a Cigana Carmen estivesse enganada quanto ao que leu nas mãos das Três Malditas e certa sobre o amor de Giorgy, o domador húngaro, pela Anã Clô, e rezava pela alma de Tia Anunciata, que era uma alma penada, e pela alma do menino que matou. Rezava também para Emily, a fantasminha inglesa. Era acompanhada por Tia Viridiana e pela Anã Clô e encerrava suas orações assim:

– Pelos tuberculosos do mundo, e, em particular, pelos tuberculosos que vieram buscar a cura em Belo Horizonte, rezemos ao Senhor.

– Rezemos ao Senhor – repetiam Tia Viridiana e a Anã Clô.

Vó Inácia não sabia que se a tuberculose acabasse, como pedia nas orações, iria à falência, pois era dona sem saber de 136 pensões sanatoriais, já que o Conselho de Família escondeu a verdade e ela acreditava que tinha comprado uma fábrica de tecidos. Até ficar cega, Vó Inácia administrava seus negócios. Era assim desde que Vô Old Parr ficou louco pela primeira vez. Ficou conhecida como a Baronesa do Café porque, sozinha, produzia mais café do que qualquer outro produtor de São Paulo, do Sul de Minas e do Paraná. Depois que ficou cega e veio morar no castelo, a aplicação do dinheiro de Vó Inácia ficou nas mãos de Tio Dimple, e Tio White Horse administrava a fazenda e as lavouras de café. Numa das mais tensas reuniões do Conselho de Família, Tio Dimple pediu carta branca, contra os protestos de Tio Johnnie Walker e Tio White Horse, para comprar 136 pensões sanatoriais em Belo Horizonte em nome de Vó Inácia dizendo que as pensões sanatoriais eram um negócio da China, melhor do que o café e do que as esmeraldas e águas-marinhas que tornaram Tio Johnnie Walker podre de rico. Tio White Horse argumentou que Vó Inácia não ia concordar com o negócio.

– Mamãe não vai saber de nada, White Horse – disse Tio Dimple. – Vamos dizer a ela que estamos comprando a fábrica de tecidos Renascença e não as pensões sanatoriais.

– Você ficou louco mesmo, Dimple – disse Tio White Horse –, Johnnie Walker tem razão. Você está louco.

– Henry Ford também foi chamado de louco. Rockfeller idem. O Conde Matarazzo idem idem – e Tio Dimple falava com a voz de quem pedia desculpas. – Estou em ótima companhia, White Horse.

Tio Dimple disse, com a voz mais chorosa, pondo a mão no ombro de White Horse, para aplacar sua ira, que era dono de dez pensões sanatoriais, como todos sabiam, e estava ganhando uma fortuna. Mesmo assim queria vendê-las para Vó Inácia, de papel passado em cartório, e comprar mais 126 pensões sanatoriais em nome dela. Gostaria que Tio Johnnie Walker e Tio White Horse o acompanhassem à Central do Brasil e à Estação Rodoviária, para verem os tuberculosos chegando em cachos, com a pele tão branca como uma folha de papel. E a maioria preferia as pensões sanatoriais, que estavam abarrotadas, aos sanatórios que cobram os olhos da cara. Tio Johnnie Walker pediu a palavra e disse que o negócio que Tio Dimple propunha era de alto risco, pois a tuberculose estava acabando, vivia seu canto de cisne e invocou o testemunho da sobrinha Catula, que era quase médica e confirmou a previsão.

– E nossa querida Felipa, sua dileta amiga – fustigou Tio Dimple –, acaso já recebeu alta, Catula?

– Devagar com o andor, Dimple – cortou Tia Odete, que podia morrer como um passarinho. – Não fale assim sobre Felipa.

– Não digam que não avisei – continuou Tio Johnnie Walker. – A tuberculose vai acabar e o que Dimple propõe pode levar mamãe à bancarrota.

Tia Viridiana colocou em votação e o Conselho de Família, por apenas um voto de vantagem, deu carta branca a Tio Dimple para comprar as 136 pensões sanatoriais em nome de Vó Inácia. No dia seguinte, Tio Dimple foi falar com Vó Inácia, junto de Tia Viridiana. Disse que surgiu um negócio de ocasião, um verdadeiro negócio da China, pois a fábrica de tecidos Renascença estava à venda e era hora de Vó Inácia, além de Baronesa do Café, ser a Baronesa dos Tecidos. Alguns dias depois, Vó Inácia disse a Tio Dimple que queria conhecer a fábrica de tecidos e o diálogo dos dois, gravado sem que soubessem por Buchanan's, iria entrar para os anais do castelo e de todo o Clã dos Drummond:

Ela (decidida): – Hoje quero conhecer minha fábrica de tecidos, Dimple.

Ele (apoiado pelo olhar de Tia Viridiana): – Logo hoje, mamãe. Hoje é muito arriscado.

Ela: – Arriscado por que, Dimple?

Ele: – Os operários da fábrica estão em greve, mamãe.

Ela: – Greve? Então meus operários estão em greve, Dimple?

Ele: – Estão, mamãe. Insuflados pelos comunistas.

Ela: – Na fazenda do Contestado nunca aconteceu uma greve, Dimple.

Ele: – Lá era diferente, mamãe. Lá não havia o dedo de Moscou infiltrado entre os trabalhadores da fazenda.

Ela: – Quantos operários tenho em minha fábrica, Dimple?

Ele: – 1.283, mamãe.

Ela: – E todos entraram em greve, meu filho?

Ele: – Todos, mamãe.

Ela: – Ninguém furou a greve, meu filho?

Ele: – Ninguém, mamãe.

Ela: – Nem as mulheres?

Ele: – Nem as mulheres, mamãe.

Ela: – E quantos comunistas existem em minha fábrica, meu filho?

Ele: – Uns gatos-pingados, mamãe.

Ela: – Gatos-pingados? Quantos comunistas são, Dimple?

Ele: – Cinco ou seis, mamãe.

Ela: – Você disse cinco ou seis, Dimple?

Ele: – Disse, mamãe.

Ela: – Mas como podem cinco ou seis comunistas, uns gatos-pingados, como você mesmo diz, convencerem 1.283 operários e operárias a entrar em greve, se a situação não está ruim?

Ele: – Tem o dedo de Moscou na greve, mamãe. E eu suspeito que tem também o ouro de Moscou. É Moscou que está financiando a greve, mamãe.

Ela: – Quais as reivindicações de meus operários, Dimple?

Ele: – Querem 35% de aumento, mamãe, querem creches para as crianças e leite gratuito para os filhos até sete anos.

Ela: – E não podemos dar, meu filho?

Ele: – Se a gente dá a mão, os comunistas querem o braço, mamãe.

Durante a noite, Vó Inácia não conseguiu dormir. Ficou conversando com o rifle a tiracolo, sentada na cadeira de balanço, como era seu costume nas noites de insônia. E quando, enfim, dormiu, viu o Presidente da República Getúlio Vargas num sonho. Vestia o pijama listrado, manchado de sangue no peito, que usava quando deu um tiro no peito no dia 24 de agosto de 1954, no Palácio do Catete, no Rio de Janeiro. Vó Inácia e Vô Old Parr conheceram Getúlio Vargas, quando era ditador e o pai dos pobres, nos anos 40, no Grande Hotel de Araxá, a convite do Senador Benedito Valadares, na época o Interventor de Minas, que nada fazia no Contestado sem ouvi-la. Quando, depois de seu refúgio na fazenda em Itu, no Rio Grande do Sul, Getúlio Vargas foi candidato a Presidente da República pelo PTB, a UDN lançou o Brigadeiro Eduardo Gomes e o PSD lançou Cristiano Machado. Benedito Valadares era o cacique-mor do PSD e chamou Vó Inácia a Belo Horizonte e, a sós com ela e Vô Old Parr, num apartamento do Hotel Financial, pediu que descarregassem os votos do Contestado no Dr. Getúlio. Nascia a expressão "cristianizar", pois o PSD, em Minas e em todo o Brasil, não votou em Cristiano Machado, e sim em Getúlio Vargas, que foi eleito. Pouco depois da vitória de Vargas nas urnas, Francisco Alves, o Rei da Voz, lançou o grande sucesso do carnaval daquele ano:

> "Bota o retrato do velho
> Outra vez
> bota no mesmo lugar
> o sorriso do velhinho
> faz a gente trabalhar."

No sonho de Vó Inácia, Getúlio Vargas falava com a mesma voz de sotaque gaúcho que ficou famosa iniciando seus discursos pelo rádio falando nos Trabalhadores do Brasil, e pedia a Vó Inácia que atendesse as reivindicações dos grevistas de sua fábrica de tecidos. No café da manhã, sentada na cabeceira da mesa, com o rifle a tiracolo, Vó Inácia disse a Tio Dimple para atender todas as reivindicações dos operários da fábrica de tecidos Renascença e falou do pedido que Getúlio Vargas fez no sonho. Quando desenvolveu a capacidade de sentir cheiros, que Tia Odete, como espírita, atribuía a seus poderes paranormais, Vó Inácia dizia ao rifle a tiracolo que sentia na brisa da noite o cheiro das reivindicações dos proletários do mundo e acreditava que o cheiro de Deus era o cheiro do suor da classe operária e, não, o cheiro do suor dos amantes.

Uma noite, Vó Inácia disse que precisava ter uma conversa em família, aproveitando que Tio Johnnie Walker e Tio White Horse estavam no castelo. Vinha sentindo um inquietante cheiro de golpe militar, mas ainda não podia saber, como mais tarde aconteceu, se era um golpe militar no Brasil, na Argentina, no Paraguai, na Venezuela, na Guatemala ou em algum outro país da América Latina.

– O que está acontecendo, Viridiana, que vocês estão escondendo de mim? – perguntou Vó Inácia Micaéla e acariciou o rifle a tiracolo. – Vocês falam da vida como se todos os problemas tivessem acabado sobre a face da terra. Falam como se não existisse mais a dor do mundo.

Olhando para todos do Clã dos Drummond, como se os visse, fazendo crescer a suspeita de Tia Viridiana de que estava enxergando, Vó Inácia continuou:

– Eu sinto no ar o cheiro da dor do mundo. Sinto o mesmo cheiro da pobreza de antes. O mesmo cheiro da fome. O mesmo cheiro dos humilhados e ofendidos, quando o vento sopra no fim da tarde. E quando a noite chega, sinto o vago perfume das ilusões perdidas. Tudo, como antes de ficar cega.

Encarava um a um, era mesmo como se os enxergasse, e seguiu dizendo:

– Depois que fiquei cega e apuro o olfato para sentir o cheiro de Deus, tenho conversado muito com meu rifle, e ganhei uma ideologia: a ideologia dos desesperados e dos oprimidos.

Vó Inácia Micaéla ocupava a cabeceira da mesa de jacarandá vinda da fazenda, e estava de frente para o retrato de Vô Old Parr pendurado na parede.

– Respondam – e os longos dedos de pianista de Vó Inácia acariciavam o rifle. – Respondam por que eu sinto o cheiro de golpe militar, os aviões passam trovejando no céu e você diz, Viridiana, que depois das rebeliões de Aragarças e de Jacareacanga, está tudo bem com o Presidente da República, que o Juscelino tem nas mãos as rédeas do poder.

O silêncio era tanto que dava para ouvir o ruído, como o bicho-da-seda comendo as folhas de amora, de Catula mascando a ponta dos cabelos fulvos.

– Então – e Vó Inácia Micaéla percorreu, com os olhos cor de musgo, como se os enxergasse, todos que estavam sentados em volta da mesa. – Alguma coisa vocês estão escondendo de mim. O que é, Viridiana? A cambada da UDN e os militares golpistas derrubaram o Juscelino e decretaram o estado de sítio?

Vó Inácia encarou cada um, não apenas Tia Viridiana, e todos ficaram certos de que estava enxergando.

– Solta a franga, Viridiana! – disse Vó Inácia um tanto irritada. – Vamos, solta a franga! O Juscelino caiu e pediu asilo no Uruguai? Este cheiro de golpe militar não me engana!

– Calma, mamãe – pediu Tia Viridiana usando as mãos como um leque. – O Juscelino abafou o golpe militar, tem as rédeas do poder nas mãos – seguiu mentindo – e já prendeu 685 militares, mais do que em Aragarças e Jacareacanga, mamãe.

– E não prendeu o Lacerda, Viridiana? – perguntou.

– Não prendeu não, mamãe – respondeu Tia Viridiana.

– É por isso, então, Viridiana, que eu sinto o cheiro de golpe militar – disse Vó Inácia acariciando o rifle a tiracolo. – Enquanto o Corvo do Lavradio e a cambada da UDN estiverem à solta vão conspirar pra derrubar o Juscelino e eu vou ficar sentindo este cheiro de golpe militar.

Catula seguia mascando a ponta dos cabelos fulvos como o bicho-da-seda comendo folha de amoreira quando Vó Inácia disse:

– Alguma coisa vocês estão escondendo de mim. O que é, Dô? Responda, Black Label: o que está acontecendo com vocês dois? Nós, Drummond, cultivamos o gosto de sofrer. Mas vocês dois, Dô e Black Label, foram feitos um pro outro, são unha e carne, farinha do mesmo saco, e chegam às raias do masoquismo. Solta a franga, Dô! Solta a franga, Black Label – disse Vó Inácia muito irritada. – Vamos, soltem a franga! O que está acontecendo?

Tia Dô ficou calada, não, desta vez não apelou para a crise de asma, a que recorria nos momentos difíceis. Olhava para Tia Viridiana como se coubesse a ela, como presidente do Conselho de Família, encontrar uma saída. Olhava, como quem pede socorro, para Tio Johnnie Walker, e apertava a mão do marido, Tio Black Label. Tia Dô gostaria de contar a verdade. Contar que, nos últimos anos, a cada noite, ela e Tio Black Label perdiam tudo o que tinham jogando cartas no Automóvel Clube. Gostaria de falar, Mamãe, eu e Black Label estamos falidos, queimamos nossa fortuna nas noites enfumaçadas do Automóvel Clube. Mas nada falou. Apenas sentiu vontade de cantar. Quando sofria, Tia Dô cantava e a voz de soprano purificava-se, ficava mais bonita.

– Johnnie Walker – disse então Vó Inácia e o encarou guiada pelo cheiro de lobo, que só ela sentia, fazendo crescer a suspeita de que estava mesmo enxergando –, você é o homem mais verdadeiro que conheço. Então, responda, meu filho: o que está acontecendo com Dô e Black Label e vocês querem esconder de mim?

Tio Johnnie Walker sorriu como era de seu feitio e encantava as mulheres do mundo.

– Mamãe, é que eu tenho uma surpresa para a senhora: já estou com tudo pronto para ir à Amazônia com a expedição para localizar os índios liliputianos!

– Verdade, meu filho? Então, que Deus te proteja – festejou Vó Inácia, que ainda não sabia qual era o cheiro da mentira. – Vamos abrir um Chianti para comemorar!

Passaram boa parte da noite bebendo Chianti e conversando sobre os índios liliputianos e, desta maneira, foi possível esconder de Vó Inácia que Tia Dô e Tio Black Label tinham falido. Para todos os efeitos, os dois vieram morar no castelo porque o palacete da Rua Conde de Linhares, vizinho do palacete de Pedro Ernesto, estava em reforma. Vó Inácia não sabia que tinha ido a leilão, nem que, antes disso, Tia Dô e Tio Black Label tiveram que vender, um a um, os oito apartamentos que davam uma ótima renda mensal com o aluguel, 12 lotes na Pampulha, o Oldsmobile cheirando a novo e as ações, compradas por Tio Dimple, que tinham nas 136 pensões sanatoriais. Tia Dô e Tio Black Label perdiam aos poucos jogando cartas no Automóvel Clube. E quanto mais perdiam, mais jogavam, na ilusão, comum a todo jogador, de que iam recuperar o dinheiro perdido e ganhar uma fortuna. Foram perdendo mais e mais, e venderam tudo o que tinham. Quando o palacete da Rua Conde de Linhares foi a leilão, Tia Dô e Tio Black Label nada mais tinham. No dia do leilão, pararam na frente do palacete e cantaram o "Va Pensiero". Era sua maneira de derrotar a dor. Uma noite Tio Dimple disse que teve "um Estalo de Vieira" e propôs a Tia Dô e Tio Black Label, que eram excelentes cantores, criar uma dupla para atender o último desejo musical dos doentes das 136 pensões sanatoriais. Pensava oferecer um serviço especial nas pensões sanatoriais para exorcizar o fantasma da morte, tornar a morte, não a indesejada das gentes, mas alguma coisa, senão bonita, mas que, pelo menos, não doesse tanto. A princípio, Tia Dô reagiu à idéia, dizendo que não era o tipo de vida que ela e Tio Black Label tinham pedido a Deus. Mas Tio Dimple lembrou que os familiares dos doentes iam ficar encantados e livres do sentimento de culpa de continuarem vivos, se pudessem atender o último desejo musical do pai, do marido, da esposa, da filha, do filho e até mesmo da neta e do neto. Já tinha até um nome para a dupla musical.

– E qual é, Dimple? – perguntou Tia Dô, cheia de má vontade.

– Os Rouxinóis do Paraíso – disse, com ar triunfante, Tio Dimple. – Gostaram?

– Excelente – festejou Tio Black Label. – Gostei muito.

– Vá lá – cedeu Tia Dô. – Lá vá.

A idéia foi um sucesso. Morriam tantos tuberculosos que Os Rouxinóis do Paraíso atendiam cinco pedidos musicais durante o dia e a noite. A dor que Tia Dô e Tio Black Label sentiam quando cantavam era tal que purificava a voz dos dois. Adotavam um repertório popular, tango, bolero, baião, samba-canção, valsa, guarânia, rancheira. Em pouco tempo, os sanatórios que hospedavam os ricos passaram a utilizar os serviços musicais dos Rouxinóis do Paraíso. Foi nos sanatórios dos ricos que, passado algum tempo, para desassossego de Tio Dimple, começou a acontecer um novo tipo de pedido musical para Os Rouxinóis do Paraíso. Era cantar "A valsa do adeus" para os doentes que recebiam alta e voltavam para casa curados.

– O índice de altas – disse uma noite Tia Dô numa reunião do Conselho de Família – cresce assustadoramente.

Uma noite de segunda-feira, quando benzia com água benta o passeio e os muros do castelo de Vó Inácia, Padre João de Deus viu Tia Dô e Tio Black chegando no Carro Fantasma e perguntou, com uma voz de confessionário para que os ouvidos de cega de Vó Inácia nada escutassem, se Os Rouxinóis do Paraíso cantavam "Panis Angelicus".

– Cantamos, Padre João de Deus – respondeu Tia Dô também em voz baixa.

– Então, ensaiem bastante, que quando eu sentir que chegou a minha hora – e ele parou de falar para tossir, protegendo a boca com a mão – quero Os Rouxinóis do Paraíso cantando "Panis Angelicus" em meu adeus.

20

Às 5 da tarde a febre dos doentes subia a 41 graus. Eram tantos e tossiam tanto, que Catula dizia a Vó Inácia que Belo Horizonte também estava com febre, também delirava. Crescia o movimento na Zona Boêmia e filas davam volta nos quarteirões dos *rendez-vous* da Zezé e da Margarida e em outros *rendez-vous* da cidade. Nas pensões da Rua Caetés e nas imediações da Zona Boêmia, onde uma placa anunciava "Aluga-se camas", ferindo a língua dos cultores da última flor do lácio inculta e bela, os casais faziam filas. Os jornais noticiavam os flagrantes de adultério, detetives particulares ofereciam seus préstimos nos pequenos anúncios, maridos traídos matavam as mulheres e o ouvido de cega de Vó Inácia estava tão apurado que escutava a fuzilaria em meio aos barulhos da cidade.

A sensação nas noites boêmias em Belo Horizonte era a guerra erótica entre as argentinas e as paraguaias nos *rendez-vous* da Zezé e da Margarida, provocando a santa ira e a santa insônia de Padre João de Deus e congestionando a Avenida Francisco Salles e a Rua Uberaba. A Zezé e a Margarida disputavam uma clientela masculina cada vez mais numerosa. Os coronéis do interior de Minas já não fumavam charutos feitos de notas de mil como na época de ouro do gado zebu. Mas com a alta do café e a euforia do Governo do Presidente da República Juscelino Kubitscheck, ex-governador de Minas, vinham fazer o turismo do sexo em Belo Horizonte. A Zezé e a Margarida coexistiam pacificamente dividindo a maior fatia da noite boêmia. Mas alguém soprou no ouvido da Zezé a idéia de importar de Buenos Aires as mulheres argentinas. Eram altas, louras, generosos decotes e tentadoras sardas nas costas brancas, e a Zezé as apresentou à clientela com uma festa, em ritmo de tango, que ganhou o título de "Na noche en que me quieras", e congestionou a Avenida Francisco Salles e adjacências, e esvaziou o *rendez-vous* da Margarida. Quando diziam que a Margarida ia fechar as portas, a Rainha da Rua Uberaba reagiu. Foi a Assunção e trouxe as paraguaias. Eram o oposto das argentinas, morenas, de uma beleza quase triste, os cabelos negros e lisos, e falavam o guarani. A Margarida anunciou a chegada das paraguaias num carro com alto-falante que percorreu as ruas centrais com o locutor Oliveira Duarte, então um principiante, prometendo loucuras, ao som da música "Índia", cantada por Cascatinha e Nhanha:

"Índia da pele morena
tua boca pequena
eu quero beijar..."

Estava declarada a guerra entre as argentinas e paraguaias, e os *rendez-vous* da Zezé e da Margarida na Avenida Francisco Salles e na Rua Uberaba conheceram noites de glória que só o Montanhês Dancing e o Maravilhoso Hotel, na Rua Guaicurus, na Zona Boêmia, iriam conhecer mais tarde, na época de Hilda Furacão. Para desviar Vó Inácia de suas lembranças do menino que matou, ainda mais que associava a cegueira a uma punição por desrespeitar a Lei do Contestado e olhar nos olhos, Tia Viridiana pedia a Tio Red Label que falasse sobre a guerra entre argentinas e paraguaias. Uma noite, de tanto ouvir Tio Red Label falar a respeito, Vó Inácia disse a Buchanan's que queria passar em frente aos dois *fronts* onde acontecia a guerra erótica entre as argentinas e as paraguaias.

– É o caminho da roça de Buchanan's – provocou Catula.

Diante dos *rendez-vous* da Zezé e da Margarida, Vó Inácia respirava fundo, como se buscasse algum cheiro. Quando voltou ao castelo, ocupou a cadeira de balanço diante do retrato de Vô Old Parr pendurado na parede e disse ao rifle a tiracolo:

– Ah, meu irmão rifle: que Deus tenha piedade das moças sul-americanas que sonham com a felicidade. Senti o cheiro da vontade de ser feliz da América do Sul diante dos dois *rendez-vous*, onde reinam as argentinas e as paraguaias.

Acariciou o rifle a tiracolo e continuou:

– A mim me dói que moças da Argentina e do Paraguai venham se prostituir em Belo Horizonte. A mim me dói muito. Quer saber, irmão rifle? O cheiro das argentinas e das paraguaias pode ser o cheiro de Deus, por que não?

Padre João de Deus pensava diferente de Vó Inácia e atribuía às argentinas e paraguaias poderes demoníacos. Eram agentes de Satanás a serviço do comunismo ateu e anticristão. Nas noites de segunda-feira, Padre João de Deus borrifava com água benta as sucursais do pecado na cidade das tosses e da orgia. Era acompanhado por beatas vestidas de branco e moças fantasmas de rosto pálido, arrependidas de seus pecados. Ele próprio lembrava um fantasma com seus paramentos brancos e tinha nas mãos a água benta, e cada beata trazia, por via das dúvidas, um vidrinho de água benta, e como as necessidades eram tantas, fazia parte do grupo um certo Joãozinho Flor, figura cheia de trejeitos, com uma garrafa de água benta na mão. Em meio a orações, cânticos e esconjuros, Padre João de Deus jogava água benta nos templos do pecado, o *rendez-vous* da Zezé e o *rendez-vous* da Margarida. Havia outros *rendez-vous* famosos, como o da Nena e o da Ruth e havia ainda a Zona Boêmia, cujo coração era a Rua Guaicurus, onde ficava o Montanhês Dancing, com seus luminosos a néon. Mas Padre João de Deus não ia à Zona Boêmia desde a noite em que foi expulso da Rua Guaicurus por Maria Tomba Homem e pelo travesti Cintura Fina, que iriam ganhar fama na época em que

Hilda Furacão enfeitiçava os homens no Maravilhoso Hotel. O primeiro alvo de Padre João de Deus nas noites de segunda-feira era o *rendez-vous* da Zezé. Não que a Zezé e as argentinas fossem mais pecadoras. Era uma questão de comodidade, pois a Avenida Francisco Salles ficava mais perto da Igreja da Boa Viagem. De qualquer forma, da Boa Viagem à Zezé, era um bom pedaço de chão. Padre João de Deus, seguido pelas beatas e Joãozinho Flor, descia a Rua Alagoas, dobrava à esquerda a Avenida Afonso Pena, com seus famosos ficus, acordando os pardais, que dormiam nas árvores. O grupo rezava e entoava hinos. Diante do Parque Municipal, cenário do famoso "Crime do Parque", um dos muitos crimes misteriosos de Belo Horizonte, Padre João de Deus fazia esconjuros.

– Esconjuro a morte por homicídio!

(E as beatas e Joãozinho Flor respondiam: Esconjuro!)

– Esconjuro o pecado homossexual!

(E as beatas, pois Joãozinho Flor calava-se prudentemente, respondiam: Esconjuro!)

Depois de dez esconjuros, Padre João de Deus seguia pela Avenida Afonso Pena, descia a Rua da Bahia, e tomava o Viaduto Santa Teresa. O grupo parava para descansar, pois não vamos nos esquecer que Padre João de Deus era tísico. Era comum, quando o Trem do Sertão chegava apitando na Estação Central do Brasil, Padre João de Deus abençoar novas levas de moças fantasmas, arrependidas de seus pecados, que se uniam ao grupo. Já refeito da caminhada, Padre João de Deus iniciava a subida da Avenida Tocantins e, novamente ofegante, dobrava à direita, na Avenida Francisco Salles, e estava diante da sucursal do pecado, o *rendez-vous* da Zezé. Era uma casa amarela de dois andares, escondida por árvores no jardim em frente e por um muro coberto de heras. Naquela hora, as argentinas levavam os clientes ao delírio e a Zezé fazia palavras cruzadas. Após borrifar a rua em frente ao *rendez-vous* da Zezé e borrifar também o portão de entrada, que era verde,

Padre João de Deus fazia, mais do que um sermão, uma espécie de comício, inspirado nos poetas que amava:

– Por que esse portão vem pintado de verde, se é a porta de entrada para um templo do pecado?

Rostos louros apareciam nas janelas, e as beatas gritavam em coro:

– Pecadoras! Pecadoras!

Padre João de Deus condenava os pecados do sexo e fazia uma exortação contra o beijo.

– Satanás, o Bacilo de Koch e o comunismo ateu e anticristão estão em conluio para a prática pecaminosa e a disseminação da doença!

E denunciava, ainda delirando com a febre da tuberculose:

– Atentai, brasileiros! A Argentina e o Paraguai invadiram o Brasil com um Cavalo de Tróia cheio de pecadoras, que são as guerreiras do sexo e do mal!

Após o ritual diante da Zezé, Padre João de Deus e as beatas de branco, as moças fantasmas e Joãozinho Flor iam para a Rua Uberaba, onde ficava o *rendez-vous* da Margarida, templo das paraguaias. Mas não iam a pé. Faziam o trajeto num bonde elétrico especial, colocado à disposição de Padre João de Deus pelo Prefeito de Belo Horizonte, ele próprio, acusava a oposição, um *habitué* dos *rendez-vous*, durante a tarde. A cerimônia diante do *rendez-vous* da Margarida era mais demorada, pois Padre João de Deus, como já foi lembrado, serviu entre os missionários na Amazônia, falava o tupi-guarani, e era nessa língua que fazia invocações especiais para as mulheres paraguaias, convidando-as a deixar aquele templo do pecado e vir juntar-se ao rebanho de Deus. As paraguaias interrompiam os amores e rezavam em guarani. Por fim, Padre João de Deus e as beatas deixavam a Rua Uberaba e iam cumprir o último lance de sua peregrinação contra o pecado. Entravam novamente no bonde elétrico que mais parecia um bonde fantasma e desciam a cinco quarteirões do castelo de Vó Inácia, que ocupava enorme área, afastado das gentes e das casas. Padre João de Deus nada falava diante do castelo, para não desagradar Vó Inácia, que fazia generosas oferendas em dinheiro à igreja da Boa Viagem, em piedosa troca por uma missa, toda sexta-feira, pela alma do menino que matou no Contestado. Padre João de Deus borrifava com água benta o muro coberto de heras, o portão de entrada, e toda a rua em frente ao castelo, que entrou em sua lista negra por causa de Catula que, sem ser vista, espionava Padre João de Deus e suas beatas, olhando da janela do 5º andar, escondida atrás da cortina.

– Ah, rifle velho de guerra – dizia Vó Inácia ao rifle a tiracolo –, já sou capaz de ouvir até o barulho da água benta de Padre João de Deus borrifando o muro do castelo.

Uma noite, usando um vestido branco esvoaçante como uma moça fantasma, e com pés descalços, para que os ouvidos de cega de Vó Inácia nada percebessem, Catula foi tomar satisfações com Padre João de Deus. Uma frente fria tinha vindo da Argentina, de forma que Catula estava negra. Ao vê-la, Padre João de Deus foi tomado por tal alegria, que anunciava o fim da culpa e do pecado, a ponto de cair de joelhos aos pés de Catula, pondo-se a rezar em tupi-guarani, afinal, o vestido branco e esvoaçante deixava entrever o corpo nu da enviada de Satanás. Sem esquecer as argentinas e as paraguaias, passou a dedicar a Catula a parte final do "Sermão da Montanha". Padre João de Deus estava assustado. As frentes frias vinham com tal freqüência da Argentina que Catula passava, às vezes, três semanas transformada em negra. Padre João de Deus culpava Catula pelo fim do sentimento do pecado nas pessoas quando estava negra. De tal forma que o número de confissões na igreja da Boa Viagem caía a um ponto que só as mais convictas beatas continuavam a contar a Padre João de Deus que eram pobres pecadoras. Os apurados ouvidos de cega de Vó Inácia conseguiram ouvir um novo som nas noites da cidade da orgia e das tosses. Era o som dos atabaques dos candomblés criados pela influência da Catula negra, a Catula de Iansã.

21

Uma noite tão fria que podia nevar, o Coronel Bim Bim acordou com mãos puxando seu cobertor no sobrado de 28 janelas em Cruz dos Homens. Sacou o 38, com o qual dormia debaixo do travesseiro, ao alcance das mãos, e não precisou acender a lâmpada do quarto para ver, em pé ao lado da cama, clareado pela claridade do poste da rua que entrava pela janela, um certo Juvêncio Dias, que mandou matar muitos anos atrás, porque olhava nos olhos. Juvêncio Dias tinha um rosto pálido, próprio dos mortos, e a coragem de encarar o coronel, também própria dos mortos.

– Cruz-credo – disse o coronel tentando disfarçar o medo, apontando o 38 para Juvêncio Dias com a mão trêmula. – Quanto mais ieu rezo mais assombração mi aparece.

– Eu não avisei que vinha puxar o cobertor do coronel? – disse Juvêncio Dias com a voz rouca arranhando a garganta, como falam os mortos.

– O que vosmecê qué, Juvenço Dias? – perguntou o coronel com o 38 tremendo na mão.

– Vim ter um particular com o coronel – anunciou Juvêncio Dias.

Na mesma hora, longe, muito longe de Cruz dos Homens, Vó Inácia viu o menino que matou. Ao contrário do coronel, Vó

Inácia estava sonhando. O coronel continuava a apontar o 38 para Juvêncio Dias. Viu que Juvêncio Dias tinha um olho azul e outro esverdeado, como era quando vivo, e usava uma blusa cáqui como na noite em que Júlia Preta cantou "Azulão" na varanda do sobrado de 28 janelas para anunciar sua morte. Juvêncio Dias jogava sinuca entre um gole e outro de vermute no bar Estrela de Minas quando o pistoleiro Cruz Credo o matou com três tiros a mando do coronel.

– Desembucha, Juvenço Dias – disse o coronel, procurando disfarçar o medo que sentia. – Mode o quê vosmicê veio puxá meu cobertô?

Juvêncio Dias não vinha cobrar do coronel a vontade de beber vermute que sentia depois de morto. Não vinha cobrar a vontade de jogar sinuca depois de morto. Não vinha cobrar o ciúme que sentia depois de morto quando a mulher abria a janela para homens diferentes entrarem depois que ele estava morto. Não vinha cobrar os abraços e os beijos que a Rita dava em outros homens como nunca deu nele, Juvêncio Dias.

– Desembucha, Juvenço Dias – pediu novamente o coronel, morto de medo.

Na mesma hora, no meio do sonho no castelo, Vó Inácia disse ao menino que matou que ele fizesse um pedido, fosse qual fosse, que ela ia fazer tudo para atender.

– Eu quero a minha vida de volta, Dona Inácia – disse o menino.

– Se eu pudesse, Deus e meu rifle sabem bem, eu te dava a sua vida de volta, Jonas. Eu tenho rezado muito para você, Jonas, para Deus levá-lo para o paraíso, que é muito melhor do que o Contestado.

– Quero o paraíso não, Dona Inácia – disse o menino. – Quero é minha vida de volta.

Juvêncio Dias disse que não vinha cobrar a vida que o coronel tirou, pois descobriu depois de morto que a mulher, a Rita, o traía e se continuasse a viver ia ter tanto desgosto, descobrindo a traição, que de alguma forma agradecia ao coronel por contratar o pistoleiro Cruz Credo para matá-lo na hora em que ia encestar a bola 7 jogando sinuca com o Walter da Jardineira. O que o levou a puxar o cobertor do coronel era o que acontecia à filha Lindinalva. Tinha 17 anos e agora a Lindinalva era prostituta.

– Adonde, Juvenço Dias? – perguntou o coronel, sem guardar o 38.

– Na Rua Guaicurus em Belo Horizonte, coronel – respondeu Juvêncio Dias.

Júlia Preta dormia no quarto ao lado e acordou ouvindo a conversa do coronel com Juvêncio Dias cuja voz reconheceu. Ao ouvir o barulho de Júlia Preta deixando a cama, Juvêncio Dias escondeu-se dentro do guarda-roupa, de maneira que quando entrou no quarto, Júlia Preta viu apenas o coronel com o 38 na mão. Perguntou ao coronel com quem ele conversava e o coronel respondeu: "Juvenço Dias", e deixando a cama, ainda com o 38 na mão, fechou a porta do guarda-roupa e deixou Juvêncio Dias trancado lá dentro. Nas noites que seguiram, Juvêncio Dias esmurrava a porta do guarda-roupa, pedindo ao coronel que o libertasse pois só queria fazer um pedido. Naquelas noites, o menino morto reaparecia nos sonhos de Vó Inácia e Vó Inácia o via diante de um pelotão de fuzilamento, usando o uniforme de um miliciano condenado à morte. Falava espanhol, russo, chinês, inglês, alemão, polonês, iídiche, árabe, até javanês o menino morto falava e, no sonho, Vó Inácia entendia todas as línguas, incluindo os dialetos africanos e o tupi-guarani. O menino cobrava a vida a Vó Inácia em várias línguas e ela dizia no sonho que não era nenhum general nem nenhum ditador, nem czar, nem rei, e não podia ser culpada pelo que faziam e o menino morto surgia também em seus sonhos com a pele negra e era linchado pela Ku-Klux-Klan nos EUA. Aparecia diante do muro de fuzilamento e estufava o peito como numa fotografia de um condenado à morte pelos fascistas de Franco durante a Guerra Civil da Espanha que Tio Red Label guardava e que Vó Inácia conhecia de quando enxergava, e gritava em português com uma voz de criança:

– Me dá minha vida de volta, Dona Inácia!

Vó Inácia acordava e não dormia mais, passava o resto da noite lutando contra o sono. Nunca houve tantas festas como naquelas noites na cidade das tosses e da orgia. Vó Inácia já estava sem dormir havia três noites e, de tão cansada, dormiu, e o menino morto reapareceu em seu sonho. Não, desta vez não estava diante do pelotão de fuzilamento, não. Estava sentado na cadeira de balanço ao lado da cama e Vó Inácia podia vê-lo.

– Êta cidade festeira, hein, Dona Inaça – disse o menino.

– É verdade – concordou Vó Inácia.

– Se a senhora não me tivesse matado com seu rifle, Dona Inácia, eu podia ir às festas e dançar – disse o menino. – Se a senhora não tivesse me matado, eu já seria um rapaz.

Juvêncio Dias esmurrou a porta do guarda-roupa durante cinco noites seguidas. Na sexta noite, ameaçou urinar dentro do guarda-roupa e o coronel deixou-o sair, com a condição de fazer o pedido que queria e nunca mais voltar. Juvêncio Dias prometeu nunca mais puxar o cobertor do coronel se o coronel fosse a Belo Horizonte e tirasse a Lindinalva da Zona. O menino morto seguia aparecendo nos sonhos de Vó Inácia queixando-se que nunca dançou um bolero e um baião e Vó Inácia decidiu oferecer uma festa ao ar livre em Belo Horizonte só para rapazes louros e de olhos azuis. Comunicou sua decisão no café da manhã e todos, a começar por Tia Viridiana, aplaudiram a idéia. Foi criada uma comissão de festas presidida por Tia Odete e integrada por Catula e Gioconda, que veio especialmente de Cruz dos Homens, e por Buchanan's. Tio Dimple conseguiu uma licença especial na Prefeitura para a festa ser realizada na Praça da Estação, que ficava na fronteira com a Zona Boêmia, fazendo divisa com a Rua Guaicurus, não muito longe do Hotel Paraíso, onde Lindinalva fazia a vida. Buchanan's teve a idéia de colocar um pequeno anúncio nos jornais, mais tarde repetido pelas rádios: "Rapazes louros de olhos azuis, de preferência com sardas no rosto, na faixa de idade entre os 15 e os 21 anos. Vocês serão homenageados na Praça da Estação, na primeira sexta-feira do mês de julho próximo vindouro, num grande baile." Na noite da primeira sexta-feira de julho apareceram tantos rapazes louros, que iam assinando um livro, que Tia Odete informou, cheia de animação, a Catula:

– São exatamente 67 rapazes louros e de olhos azuis.

Vó Inácia fez questão de ir à festa. Vinha acompanhando os preparativos e, para susto de Tia Viridiana, anunciou, acariciando o rifle a tiracolo:

– Quero ir à festa.

Todo o castelo agitou-se. Principalmente Tia Viridiana e Tio Dimple, pois se Vó Inácia queria ir à festa era porque estava enxergando e, assim, podia descobrir a farsa da compra das 136 pensões e saber que não era dona de uma fábrica de tecidos. Na véspera da festa Vó Inácia fez uma revisão com o Dr. Hilton Rocha, levada por Tia Viridiana, e ele disse que, infelizmente, ela continuava cega. Exatamente na noite da primeira sexta-feira de julho, o coronel foi à Zona Boêmia em Belo Horizonte procurar Lindinalva para atender ao pedido de Juvêncio Dias. Encontrou o trânsito engarrafado nas imediações da Praça da Estação. Estacionou o jipe que ele próprio dirigia na Avenida Amazonas, na esquina com a Rua Caetés, e decidiu pegar a Rua Guaicurus pela Praça da Estação. Ia andando a pé, seguido pelos jagunços que serviam de guarda-costas, e encantou-se com a festa para os rapazes louros e de olhos azuis. Holofotes iluminavam os pares que dançavam, uma idéia de Tio Red Label, e o coronel achou estranho que todos os rapazes que dançavam fossem louros e de olhos azuis. Se o coronel observasse melhor, teria visto a neta de Vó Inácia, que chamava de bruxa, dançando com um dos rapazes de olhos azuis. Ela já havia dançado com 66 rapazes e faltava apenas mais um para dançar com todos. Os Rouxinóis do Paraíso cantavam "Olhos verdes", o bolero de que o coronel mais gostava. O coronel ficou tão emocionado que não viu Catula dançando a poucos passos dele. Era inverno e tinha vindo uma frente fria da Argentina e Catula estava transformada em negra. Se o coronel chegasse perto do palanque onde estavam Os Rouxinóis do Paraíso, teria visto Vó Inácia com o rifle a tiracolo, ao lado do pistoleiro Vagalume. Mas o coronel tinha pressa em chegar ao Hotel Paraíso, na Rua Guaicurus, onde Lindinalva fazia a vida. Era um hotel de terceira categoria. Ficava na esquina da Guaicurus com Rua Rio de Janeiro e, respirando um cheiro de perfume barato, o coronel subiu dois andares acompanhado pelos jagunços. Enquanto subia as escadas, aumentava o cheiro de perfume barato. No 2º andar, o coronel parou na porta de um quarto que tinha a porta aberta. Uma mulher gasta e mulata ouvia uma radionovela e, ao mesmo tempo, fazia tricô, sentada numa poltrona ao lado de um rádio. O coronel perguntou por Lindinalva e, sem abandonar o tricô, a mulher disse que não havia Lindinalva alguma ali.

– Sabe com quem está falando? – perguntou um dos jagunços, deixando ver o 38 na cintura. – Este é o Coronel Bim Bim.

– Santo Deus! – disse a mulher e levou o coronel à porta do quarto 201, onde estava Lindinalva, sentada na cama no quarto de lâmpadas vermelhas, com um São Jorge junto à cabeceira. A iluminação criava uma atmosfera de sonho e o coronel surpreendeu-se com a beleza de Lindinalva. Devia andar pelos 17 anos, mas aumentava a idade, e o coronel sentiu calafrio ao vê-la, pois Lindinalva parecia uma cópia de Vó Inácia Micaéla quando a viu pela primeira vez no adro da igreja matriz de Cruz dos Homens.

– Ô tetéia – disse o coronel, depois que Lindinalva fechou a porta do quarto na cara dos quatro jagunços –, qualé sua graça?

– Kenia – mentiu Lindinalva e a voz lembrava a voz de Vó Inácia quando jovem.

Lindinalva reconheceu o coronel. Sabia que era o mandante da tocaia da morte do pai Juvêncio Dias e prometeu vingança.

– Vou matar o coronel – jurou Lindinalva – de tanto trepar.

Naquela noite, Lindinalva amou o coronel cinco vezes, de tal maneira que ele deixou a Rua Guaicurus sentindo uma febre e arrepios que iam acompanhá-lo pelo resto da vida. Desde que amou Lindinalva, o coronel decidiu apressar a invasão do castelo para levar a cabeça de Vó Inácia e pendurar na parede do sobrado de 28 janelas em Cruz dos Homens. Uma noite, Tio Dimple estava na janela do castelo. Tocava o tossômetro como uma sanfona, muito preocupado, com medo de que as tosses estivessem diminuindo, anunciando o fim da tuberculose. Com o tossômetro nas mãos, de pé junto à janela, Tio Dimple dava as costas para Tia Odete deitada num sofá com seu *baby-doll*. Outro homem, sem o medo da tuberculose acabar e levar à falência as 136 pensões sanatoriais, tomaria Tia Odete nos braços e a amaria. Deitada no sofá, Tia Odete olhava para Tio Dimple. Ele continuava a tocar a sanfona, como um sanfoneiro. O vento uivava na janela em meio ao barulho dos gatos que faziam amor nos muros do castelo e Tia Odete que, como dissemos, era médium, discípula de Chico Xavier, acreditava que ouvia as vozes de Tia Cielito e Tia Gaida denunciando Tio Dimple de estar tramando sua morte para subir ao altar com sua irmã Meg, razão por que ignorava seu *baby-doll*, a coqueluche da época, e que levaria qualquer homem a ficar com água na boca.

– Odete de Deus, vem cá, Odete – chamou Tio Dimple.

– O que foi, Dimple? – perguntou Tia Odete sem deixar o sofá.

– A canção das tosses, Odete.

– O que tem a canção das tosses, Dimple?

– A canção das tosses está diminuindo, Odete. Esta noite a canção das tosses já não é a mesma, Odete.

– Impressão sua, Dimple.

– Não, Odete. Sinto que a cada noite a canção das tosses diminui e o tossômetro acusa a queda.

– Esquece essas malditas tosses, Dimple.

– Não fale assim das tosses, Odete. Sem as tosses, o que será de nós?

– O que será de você, Dimple, eu não sei. Mas de mim, eu sei. Quando as tosses acabarem e a cidade se libertar e expulsar os exércitos do General Koch, eu sairei às ruas dançando e cantando, Dimple.

– Só você vai comemorar, Odete.

– Só eu, não, Dimple. Eu, Catula, Buchanan's, Red Label, Johnnie Walker e o povo em festa.

– O povo, não, Odete. O povo torce pelas tosses, porque o povo sabe que, sem as tosses, Belo Horizonte perderá sua grande fonte de renda. E, sem as tosses, todos nós, você, Catula, eu, estaremos arruinados, perderemos tudo, e conheceremos a pobreza! Mas... e se Johnnie Walker tiver razão? E se uma noite, quando eu menos esperar, não ouvir mais a canção das tosses?

– As tosses vão acabar é de repente mesmo, Dimple. O Dr. Feldman, que é uma sumidade no assunto, disse na aula de tisiologia da Escola de Medicina e Catula veio me contar que a tuberculose tem seus dias contados. Não vai demorar e ninguém mais vai ficar tuberculoso.

– Odete – implorou Tio Dimple com a voz chorosa. – Vem cá, vem ouvir – e Tia Odete deixou o sofá. Os pés descalços andaram no chão de mármore do quarto. Gatos miavam nos muros do castelo.

– Ouviu, Odete? – perguntou Tio Dimple.

– Os gatos estão fazendo amor, Dimple.

– Esquece os gatos, Odete. Hoje a canção das tosses é menor do que antes. Se a canção das tosses acabar, estaremos arruinados. Ficaremos na miséria e mamãe perderá o castelo, a fazenda, tudo. Como eu vou explicar a mamãe que eu a levei à falência jogando todo o seu dinheiro nas pensões sanatoriais?

– Vende as pensões sanatoriais, enquanto é tempo, Dimple.

– É uma mina de ouro, Odete. Ouça, ouça. A canção das tosses está diminuindo. O tossômetro não mente jamais. Oh, venha doce canção das tosses! Venham queridas e amadas tosses!

Foi então que Tio Dimple e Tia Odete ouviram Júlia Preta cantando, parada diante do castelo ao lado de dois jagunços armados de rifles:

"Vai azulão
azulão, companheiro..."

Vagalume acionou a sirene de alarme. Todos dormiam no castelo, à exceção de Tio Dimple e de Tia Odete, e acordaram com a sensação de que estavam numa cidade que ia ser bombardeada pelos aviões de Hitler. Vó Inácia sonhava que estava em Cruz dos Homens. Ia entrando no sonho na casa do Coronel Janjão Boca de Ouro e de Dona Jerusa, que vinham recebê-la no alpendre, quando escutou a sirene tocando e ouviu a voz de mezzo-soprano de Júlia Preta cantando, e preparou-se para receber à bala o Coronel Bim Bim. Emily, a fantasminha, tinha medo de morrer uma segunda morte, e ficou ao lado de Buchanan's, pois, assim, morria ao lado de quem amava. Amava tanto que, às vezes, desistia de voltar à Inglaterra, quando a Rainha Elizabeth lhe desse o *green card*. Júlia Preta acabou de cantar "Azulão", entrou no jipe, seguida pelos dois jagunços, e foi embora. Mais tarde, Vó Inácia disse ao rifle a tiracolo:

– A voz de Júlia Preta continua jovem, como naqueles tempos no Contestado.

No dia seguinte, Tia Viridiana convocou uma reunião de emergência do Conselho de Família e Tio White Horse contou que o coronel preparava uma invasão de pererecas ao castelo para provocar guerra de nervos, na esperança de que Vó Inácia sentisse o cheiro das pererecas. Vó Inácia tinha apurado tanto o olfato de cega que levantou 37 suspeitas para o cheiro de Deus, que iam do perfume das flores ao suor dos trabalhadores do Brasil, e podia sentir o cheiro das pererecas que o Coronel Bim Bim mandava soltar no jardim.

– Invoco o espírito de nosso pai, guia e mestre Old Parr Drummond – disse Tia Viridiana abanando o rosto com as mãos ao abrir a reunião do Conselho de Família –, para que nos ilumine e possamos evitar que mamãe sinta o cheiro das pererecas...

Tio Red Label acalmou-a e a todos que participavam da enfumaçada reunião do Conselho de Família dizendo que podia fabricar em seu laboratório perfumes tão bons, capazes de abafar o cheiro das pererecas. Poucas horas depois, Vó Inácia sentiu a fragrância de um perfume tão bom que acreditou que fosse o cheiro de Deus.

22

Toda manhã, um homem usando o uniforme das Brigadas Internacionais que lutaram contra os fascistas de Franco na Guerra Civil da Espanha, com a jaqueta suja aqui e ali de dentifrício, ficava entrincheirado atrás de um pé de Dama-da-Noite no jardim do castelo de Vó Inácia com uma espingarda de ar comprimido nas mãos. Era Tio Red Label e sua vigília era um tanto sem glória, não apenas porque acontecia à luz do dia, quando pegava a espingarda de ar comprimido e ia render o pistoleiro Sem Dó, que passava a noite em vigília, armado com um rifle, mas porque Tio Red Label não ficava à espera, como o Sem Dó, da chegada do Coronel Bim Bim e de seus jagunços. Sua missão era evitar a incômoda presença das pererecas que o coronel mandava seus jagunços soltarem no jardim do castelo. É fácil imaginar, se não a dor, o desconforto de Tio Red Label. Mas toda manhã, usando o uniforme das Brigadas Internacionais com a jaqueta cada vez mais suja de dentifrício, tendo nas mãos uma espingarda de ar comprimido, Tio Red Label libertava Madri. Pouco importa se era no sonho. Maldormido, após uma noite de boemia, Tio Red Label recostava-se no pé de Dama-da-Noite e dormia. E, no sonho, comandando o pelotão Abraão Lincoln da Brigada Internacional, expulsava Franco, numa batalha memorável descrita por Hemingway, Maulraux e Orwell, e libertava Madri. Tio Red Label era um sonhador e tinha o gosto de sofrer típico dos Drummond e um sentimento de culpa que não parava de crescer e que ele acreditava que acabaria por levá-lo ao muro de fuzilamento, cumprindo a previsão da Cigana Carmen. Tinha tanta certeza que ia enfrentar o pelotão de fuzilamento, que ensaiava no espelho a postura que ia adotar quando os soldados apontassem seus fuzis e o que ia gritar na hora. Convivia melhor com a derrota do que com a vitória e seus heróis já estavam mortos, como o poeta russo Maiakovski, de quem sabia poemas inteiros, ou derrotados, e no exílio, como a espanhola Dolores Ibarruri, La Pasionaria, cuja palavra de ordem "No passarán", dita contra os fascistas de Franco durante a Guerra Civil da Espanha, era seu *slogan*. Em todos os fracassos, no amor e na política, a cada mulher perdida, cuja lembrança era um fio de cabelo deixado no travesseiro, a cada guerra com final infeliz nos campos de batalha do mundo, Tio Red Label refugiava-se no sonho de inventar a máquina de materializar fantasmas. Era um homem claro, tinha o cabelo louro e os olhos verdes, e o rosto marcado pelas espinhas da juventude que fazia questão de preservar. Escondia a idade e passou a fazer o aniversário de trás para diante. Assim, todo dia 21 de dezembro, ficava um ano mais moço e já estava, por essa época, com 23 anos, mesma idade da sobrinha Catula e do sobrinho Buchanan´s.

– Preciso dos meus 18 anos – dizia Tio Red Label. – Quando voltar a meus 18 anos eu terei a loucura no coração de que preciso para realizar meu sonho de glória.

Tio Red Label era professor de química e queria ensinar química a seus alunos como quem ensina canções e poemas. Acreditava que a química não foi feita para humilhar ninguém, e muito menos para provocar insônia nos alunos e levá-los a ficar viciados em Pervitin e outros barbitúricos para varar a noite acordados. Dava à química, razão por que Padre João de Deus o chamava de criptocomunista, um sentido social.

– O papel da química – dizia nas aulas, como num comício – é o de ajudar a libertar a felicidade dos homens.

Não, Tio Red Label ainda não tinha descoberto o poder da inveja. Ainda não tinha o nome de quem pagava para pichar os muros da cidade pedindo sua morte. Mas tinha viajado para Paris com o propósito de atravessar a fronteira da França e alcançar San Sebastian, muitos anos atrás, para lutar nas Brigadas Internacionais contra os fascistas de Franco, na Guerra Civil da Espanha. Tinha sido sacudido pelas tosses nas madrugadas na Rive Gauche e achou por bem voltar a Belo Horizonte para cuidar dos pulmões, onde descobriu que sua tuberculose era apenas mais uma manifestação de sua hipocondria. E um sentimento de culpa, que ele não sabia explicar, crescia como se fosse o mentor de Sacco e Vanzetti, como se tivesse atirado a primeira pedra que deu início ao Bogotazo na capital da Colômbia, como quem encorajou o teatrólogo Arthur Miller a dizer não ao macartismo nos EUA, como quem estava por trás de todas as greves e motins e guerrilhas. Dizia então a Catula e a Buchanan's que tinha os dias contados, e como os dois duvidassem, abaixava a voz para dizer que estava incriminado até a raiz do cabelo e da alma.

Tio Red Label estava em crise política e existencial desde que o 20º Congresso do Partido Comunista da União Soviética denunciou os crimes de Stálin, e tomava bebedeiras homéricas. Bebia então sete dias seguidos. Tinha amigos inseparáveis. O mais constante de todos era Alberto da Veiga Guignard, já então o famoso pintor Guignard, conhecido em todo o Brasil, a quem chamava de Pato Donald, por causa da voz fanha, em conseqüência do lábio leporino que mandou costurar numa cirurgia plástica. Guignard cultivava uma paixão platônica por Catula, que era maior quando vinha uma frente fria da Argentina e ela virava uma negra. Se não visse Guignard todos os dias, Tio Red Label adoecia, e os dois disputavam protuberantes mulatas com nádegas espremidas em saias justíssimas e usando enormes brincos de argola. Os outros amigos de Tio Red Label não pertenciam propriamente ao reino deste mundo. Eram o Pirotécnico Zacarias e o Amanuense Belmiro que apareciam durante os feriadões quando Belo Horizonte ficava vazia e Guignard viajava para Ouro Preto e Tio Red Label sentia uma saudade tão grande da fazenda de Vó Inácia que ficava debaixo dos pés de manga no quintal do castelo, conversando com os dois amigos. Outro amigo querido era Totonho Pacheco, que fazia Tio Red Label dar gargalhadas, e sobre quem dizia a Catula:

– Totonho Pacheco é o amigo que eu pedi a Deus quando acreditava em Deus!

Uma noite, Tio Red Label entrou no guarda-roupa, fechou a porta por dentro, como um amante surpreendido pelo marido, e anunciou que nunca mais ia sair de lá, em protesto contra os crimes de Stálin. Tia Viridiana convocou uma reunião de emergência do Conselho de Família e Catula pediu a ajuda do pintor Guignard, o amigo que Tio Red Label mais ouvia.

– Sai daí, Red Label – pediu Guignard, com a voz fanha, agachado diante do guarda-roupa. – As mulatas nos esperam, Red Label, para uma noite de loucuras.

– Stálin me traiu vergonhosamente, Pato Donald – respondeu lá de dentro do guarda-roupa Tio Red Label. – Eu não posso perdoar Stálin, Pato Donald.

– As mulatas prometem orgias, Red Label – insistia Guignard.

– Sabe quantos comunistas Stálin mandou matar nos expurgos na União Soviética, Pato Donald? – gritou Tio Red Label dentro do guarda-roupa. – Sabe quantos judeus Stálin mandou matar? Sabe, Pato Donald?

– Não, não sei, Red Label – disse Guignard.

– Então, Pato Donald, não me venha falar que as mulatas prometem uma noite de loucuras – gritou Tio Red Label.

– Stálin passa, Red Label, mas as mulatas não passam – seguiu Guignard, tendo Catula ao lado, ele agachado e ela em pé. – Daqui a cinco anos, ninguém, nem você, Red Label, vai se lembrar de Stálin, mas as mulatas continuarão a fazer a loucura dos homens.

– Eu nasci no mesmo dia 21 de dezembro em que Stálin nasceu, Pato Donald. Eu sentia orgulho, Pato Donald, de ter nascido no mesmo dia do Camarada Stálin – soluçava Tio Red Label dentro do guarda-roupa. – Agora vem o Camarada Krushev, Pato Donald, e diz que o Camarada Stálin não passa de um frio e cruel assassino. Não foi nenhum agente do imperialismo ianque que chamou o Camarada Stálin de assassino, não foi a CIA, foi o secretário-geral do Partido Comunista da União Soviética.

– Pára com isso, Red Label – seguiu Guignard. – Você precisa esquecer Stálin, esquecer Krushev e esquecer aquela cigana espanhola. As mulatas prometem loucuras e é isso que conta, Red Label.

– Você fala, Pato Donald – gritou Tio Red Label –, como um agente do imperialismo.

– Que Mané imperialismo, Red Label – protestou Guignard. – Eu nem sei o que é o imperialismo. Esquece Stálin, Red Label, e esquece a tal da Cigana Carmen, senão você vai acabar louco varrido, porque louco manso você já é...

Enquanto fazia sua vigília diante do guarda-roupa onde Tio Red Label pediu asilo, Guignard pintou o retrato de Catula, que ia ganhar lugar de destaque na parede da sala de estar do castelo de Vó Inácia. Pintou-a com os grandes olhos verdes, bela como em seus melhores dias, com a metade do rosto branca e a outra metade negra, e os cabelos ao mesmo tempo fulvos e pretos, tendo ao fundo as igrejinhas de Minas, flutuando entre nuvens e anjos brancos e anjos negros, criando uma atmosfera de sonho. Guignard assinou o quadro e fez uma dedicatória: "Catula, você é para ser sonhada." No terceiro dia do protesto de Tio Red Label contra os crimes de Stálin, Tia Viridiana, que não sabia que a Anã Clô abastecia Tio Red Label de sanduíches, quando Guignard dormia no sofá-cama diante do guarda-roupa, temia pela morte do irmão, e declarou o Conselho de Família em reunião permanente. Foi aprovada a sugestão de Tio Dimple, contra os protestos de Catula e

Buchanan's. Se Tio Red Label não abandonasse seu protesto contra Stálin, o pistoleiro Vagalume devia arrombar a porta do guarda-roupa e tirá-lo de lá à força. Quando soube da decisão do Conselho de Família, Guignard disse com a voz fanha a Tia Viridiana que aquela era uma decisão que ia deixar Stálin muito feliz onde estivesse e que, antes de arrombar o guarda-roupa, Vagalume teria que passar por cima do seu cadáver. Era de noite. Guignard usava paletó de lã cor de terra e a gravata de crochê, que não abandonava mesmo no verão, e agachou-se em frente ao guarda-roupa, com Catula ao lado.

– Está ouvindo, Red Label? – gritou Guignard.

– Ouvindo o que, Pato Donald? – perguntou Tio Red Label lá de dentro do guarda-roupa.

– O canto da cotovia, Red Label.

– A cotovia está cantando, Pato Donald?

– Está, Red Label.

– É a cotovia que aprendeu a rezar, Pato Donald?

– É ela mesma, Red Label.

– Ah – fez Tio Red Label e deixou o guarda-roupa, com a barba de três dias, e ficou ouvindo o canto da cotovia, pois para seu pobre coração havia cotovias em Belo Horizonte, e tomou isso como um sinal de que a classe operária era mais forte que Stálin e seus crimes. Fez a barba de três dias e tomou um banho cantando a "Internacional" no trecho que mais amava:

"De pé, ó vítimas da fome
de pé, famélicos do mundo..."

Cantou depois, ainda debaixo do chuveiro, o samba de carnaval que também era seu hino:

"É hoje que eu vou me acabar
amanhã eu não sei
se eu chego até lá..."

Vestiu um terno de linho S-120, e com Guignard ao lado, entrou na Cadillac Rabo-de-Peixe vermelha, esquecido de que Stálin alguma vez existiu.

De qualquer forma, como o Coronel Bim Bim seguiu enviando as pererecas que os jagunços soltavam no jardim do castelo, e cresceu a certeza de que ia invadir o castelo na próxima lua minguante, Tio Red Label redobrava a vigilância. Quando vestia seu uniforme das Brigadas Internacionais e, com a espingarda de ar comprimido nas mãos, assumia seu posto no jardim do castelo de Vó Inácia, entrincheirado atrás de um pé de Dama-da-Noite, tinha demoradas conversas com Dolores Ibarruri, a célebre La Pasionaria, primeiro, acordado, depois, dormindo, sobre os crimes de Stálin. La Pasionaria o consolava quando chorava. Uma vez, Tio Red Label disse a La Pasionaria que foi o espírito do poeta Garcia Lorca, assassinado pelos fascistas, que protegeu os espanhóis, permitindo que Franco ganhasse a Guerra Civil, pois os stalinistas teriam provocado um banho de sangue na Espanha, se a República vencesse. La Pasionaria ficou furiosa.

– Isso é uma heresia, companheiro, um desvio pequeno-burguês, Camarada Red Label – disse Dolores Ibarruri em seu belo espanhol. – O camarada perdeu a perspectiva e pode perder o Trem da História.

La Pasionaria ameaçou nunca mais falar com Tio Red Label e perguntou a Tio Red Label o que era liberdade. Que liberdade é essa que existe no Brasil, camarada? Liberdade não é poder dizer: yo tengo hambre, es no tener hambre, camarada, não é dizer eu não tenho onde morar, é tener una casa adonde vivir, não es decir, como en el Brasil, no tengo tierra para plantar, es tener tierra, compañero. Tanto discutiam sobre os crimes de Stálin na União Soviética que ficaram amigos. Foi a La Pasionaria que Tio Red Label contou o maior segredo de sua vida, o medo de se transformar em lobisomem nas noites de lua cheia.

– Yo no creo en lobisomem – brincou La Pasionaria. – Pero que los hay, los hay.

– Eu sou a luta entre o Bem e o Mal – disse Tio Red Label a La Pasionaria. – Quando me transformo em lobisomem eu sou um campo de batalha.

Um dia, La Pasionaria falou da saudade da lua de Madri que sentia no exílio na União Soviética, ah, companheiro, a lua de Moscou não é como a lua de Madri. Contou que uma vez entrou clandestinamente na Espanha, desafiando a polícia de Franco, só para ver a lua de Madri e depois voltou a Moscou, onde estava exilada. Decidiram escrever a quatro mãos o "Novo Manifesto Comunista" em que pediam que os trabalhadores do mundo recebessem seus salários em manhãs de sol, em tardes azuis, em estrelas e noites de lua e diziam que o céu tinha sido transformado num latifúndio azul nas mãos dos ricos e exigiam uma reforma agrária no céu e na terra, de tal maneira que a lua de Madri e os ipês amarelos florindo em Belo Horizonte fossem um bem realmente coletivo gozado pelos proletários do mundo. Uma manhã, quando montava guarda no jardim diante do castelo de Vó Inácia, usando o uniforme das Brigadas Internacionais, cada vez mais manchado de dentifrício, Tio Red Label estava com tanto sono que dormiu. Conversava com La Pasionaria sobre a lua de Madri, entrincheirado atrás de um pé de Dama-da-Noite no jardim em frente ao castelo, quando acordou ouvindo vozes. Era quinta-feira, dia em que Vó Inácia recebia a gente de Cruz dos Homens para dar conselhos políticos e sentimentais e o primeiro homem da fila intrigou Tio Red Label. Era um cego que usava óculos escuros e tinha uma bengala branca na mão. O chapéu era um velho panamá e o paletó de brim era tão justo que parecia de outra pessoa. Tio Red Label pôs a espingarda de ar comprimido no chão e desceu a escada ao encontro do cego. Quando chegou perto, o cego sacou um 38 de cabo preto e encostou o cano do revólver nas costas de Tio Red Label e mandou-o subir a escada. Naquela manhã, o sentimento de culpa de Tio Red Label tinha crescido tanto que ele disse a La Pasionaria que só a sua morte diante de um pelotão de fuzilamento poderia curá-lo. Sentindo o cano do revólver nas costas, pensou que, se subisse os 58 degraus da escada e entrasse no castelo, o pistoleiro disfarçado de cego ia conseguir levar a cabeça de Vó Inácia para o Coronel Bim Bim pendurar no sobrado de 28 janelas em Cruz dos Homens. Decidiu morrer para defender Vó Inácia e começou a cantar a "Internacional".

"De pé, oh, vítimas da fome
De pé, famélicos do mundo..."

Como sempre atrasada para a aula na Escola de Medicina, Catula, que daí a pouco tempo ia-se formar, abriu a porta do castelo quando Tio Red Label começou a cantar. E, como era seu costume, desceu correndo a escada e foi parar diante do cego que apontava o revólver 38 de cabo preto para as costas de Tio Red Label.

– Mãos ao alto, moça! – gritou o cego e sacou um segundo revólver, um 32 de cabo de madrepérola. – Mãos na cabeça, moça!

Catula teve certeza de que a Cigana Carmen viu na palma de sua mão uma morte, inesperada e absurda, e, naquela hora, prometeu a si mesma que, se escapasse, fosse qual fosse o preço a pagar, ia desencantar o príncipe encantado que virava lobisomem.

– Se eu não morrer hoje – pensou Catula, vendo os revólveres do cego apontados para seu coração e as costas de Tio Red Label, que continuava a cantar a "Internacional" –, eu vou desencantar o lobisomem.

Espirrou três vezes, pois uma frente fria chegava da Argentina, e transformou-se, de loura que era, numa negra, e o jagunço disfarçado de cego ficou tão assustado com o que viu, acreditando que Catula era o Demônio, que deixou os dois revólveres cair e fugiu correndo. Os três homens que estavam na fila eram também pistoleiros enviados pelo Coronel Bim Bim e também fugiram na hora. Desde então, nas manhãs de quinta-feira, o pistoleiro Vagalume montava guarda diante do castelo. E quando soube do que aconteceu, Gioconda, uma das Três Malditas, e que era tratada como alguém da família, mesmo porque Vó Inácia não escondia que esperava viver até sentir o cheiro de Deus e saber que Gioconda e Buchanan's eram marido e mulher, cuidava das filas das quintas-feiras. Conhecia todos os rostos do Contestado e era a pessoa mais indicada para impedir que um jagunço do coronel entrasse na fila.

23

Quando sentia uma saudade feita de cheiros, Vó Inácia Micaéla sentava-se na cadeira de balanço na sala do castelo onde Vô Old Parr olhava para ela do retrato pendurado na parede e ficava cheirando a terra do Contestado, como se fosse rapé, guardada numa caixinha de bem-querer. As pessoas de que Vó Inácia gostava apareciam em sua lembrança com olhos, boca, nariz, rosto, um jeito de falar, de rir, de caminhar, mas também com seus cheiros. Uma manhã, Vó Inácia Micaéla chamou Tio White Horse pelo rádio, ela no castelo, e ele, na fazenda do Rancho Fundo.

– Meu filho, vá à igreja matriz e cheire a imagem de São José Menino e depois me diga se é um engano meu ou se São José Menino cheira mesmo a vinho tinto.

Tio White Horse foi de jipe a Cruz dos Homens e, à noite, informava pelo rádio a Vó Inácia:

– A senhora estava enganada, mamãe! São José cheira a sol com chuva.

– Então, meu filho – festejou Vó Inácia –, São José cheira a casamento da viúva, quer dizer, cheira a uma segunda chance para a felicidade.

Vó Inácia lamentava, conversando com o rifle a tiracolo, que, por mais que tentasse, não descobria como era o cheiro do

Coronel Bim Bim, mas conseguia sentir o cheiro da alegria e o cheiro da tristeza de Catula, uma das Três Malditas. Bastava Catula aproximar-se, como branca ou como negra, para Vó Inácia perceber seu estado de espírito.

– Catula, você está amando? – perguntou um dia Vó Inácia.

– Por que, Vó Inácia? – disse Catula.

– Sinto o cheiro da alegria e o cheiro do amor quando você está perto – explicou Vó Inácia.

Por aqueles dias, aconteceu a reunião anual das Três Malditas. Catula tinha aprendido com Tia Viridiana a destacar apenas o lado bom das coisas e abriu o encontro dizendo que as Três Malditas estavam derrotando tudo de trágico que a Cigana Carmen leu em suas mãos. Naquela tarde, debaixo dos pés de eucalipto do Sanatório Belo Horizonte, onde Felipa estava internada, Catula só não chegava à euforia por causa da notícia de que o Janjinho estava dilapidando a fortuna do Coronel Janjão Boca de Ouro. Lembrou, ao abrir o encontro, que as Três Malditas sabiam enfrentar e derrotar a dor, como Felipa demonstrou esses anos todos, e, agora, tinham que se preparar para conviver com a alegria e para nocautear as previsões da Cigana Carmen. Lembrou que, segundo a opinião de Tio Johnnie Walker e de Tio White Horse, Gioconda podia enfrentar o Coronel Bim Bim não num duelo, mas no voto, nas próximas eleições, e ser eleita Prefeita de Cruz dos Homens. Lembrou que ela, Catula, sendo branca e sendo negra, e agradecia a Deus por isso, ia-se formar em medicina e esperava realizar seu sonho de trabalhar na África com o Dr. Albert Schweitzer, para quem havia escrito. Não disse que mudava de namorado todo dia e, às vezes, tão bela e disputada como era, tinha três namorados ao mesmo tempo e sua coleção de sapatos, ocupando as prateleiras de dois quartos no castelo de Vó Inácia, já chegava a 299 pares. Não disse que os homens seguiam caindo de joelhos ao vê-la nua, e pouco importava se estava branca ou negra. Não disse que tomava banho com Chanel nº 5. Não disse que nua, dentro da banheira, mais de uma vez pensou em riscar o fósforo para ver se o Chanel nº 5 pegava fogo e só não riscava para não dar razão à Cigana Carmen. Não disse que continuava perseguida pela idéia de suicídio e apenas o medo de ficar feia depois de morta a salvava, e como quase médica já sabia que a melhor maneira de se matar sem perder toda a beleza era cortar os pulsos. Não disse que sentia febre só de pensar em Tio Johnnie Walker. Não disse que Gioconda havia desafiado o Coronel Bim Bim para um duelo com revólver na praça da igreja matriz de Cruz dos Homens. Não disse que Felipa tinha medo de ficar sã e o pai, Pedro Ernesto, trocar Dona Santuza pela primeira Miss que cruzasse seu caminho.

Pedro Ernesto sofria tanto por ver a filha, tão rica, tão bonita, tão nova, afastada da vida desde criança por causa da tuberculose, sem viver nada do que as outras moças de sua idade viviam, que contratou um namorado de aluguel para fazer a corte a Felipa, sem que ela soubesse. Era o homem mais bonito que os olhos do mundo já viram. Perto dele Buchanan's ficava feio. Uns o chamavam de Cara de Anjo, outros preferiam chamá-lo de Satã, e os dois nomes combinavam bem com aquele rapaz moreno, alto, os olhos verdes, podendo ficar azuis, com a pele queimada de sol como se estivesse chegando da praia e um ar de desamparo dava alguma coisa nas mulheres ao vê-lo, que fazia o efeito do vinho e convidava às loucuras do coração, mesmo porque era de uma beleza feminina sem ser afeminado. Corriam muitas histórias sobre o Cara de Anjo ou Satã. Diziam que era tuberculoso, o que facilitava as coisas com Felipa, mas tinha vendido a alma ao Diabo, e o pacto garantia a Satã vida além dos 24 anos, idade em que morriam tuberculosos os poetas de outrora. Quando Pedro Ernesto o contratou, o Cara de Anjo ou Satã era carpideiro profissional, pago para chorar ao lado dos caixões das vítimas da tuberculose, e encantava a todos, tão belo, chorando copiosamente nos velórios. Pedro Ernesto viu o Cara de Anjo ou Satã exercendo seu ofício de carpideiro profissional num velório e sentiu que era o rapaz de que precisava para dar à filha Felipa uma razão para viver, como sugeriu Tio Johnnie Walker. Pedro Ernesto contratou-o pagando 500 dólares mensais, sem que ninguém soubesse, para fazer a corte e namorar Felipa, e o Cara de Anjo ou Satã passou a circular numa Cadillac de terceira mão, ainda muito bonita, comprada por Pedro Ernesto, e iniciou a conquista devagar, dando ao acaso seu papel, como nas ligações amorosas para não assustar Felipa. Ele a viu pela primeira vez no horário de visitas, durante a tarde, debaixo dos pés de eucalipto do Sanatório Belo Horizonte. Ela estava com Dona Santuza e as duas conversavam com uma freira, Irmã Maria da Apresentação, que era uma Drummond, prima de Catula. Satã olhou-a de longe. Olhou com insistência, para se fazer notado. Usava o terno branco de linho S-120 feito por Levy Alfaiate, pois Pedro Ernesto achava que a roupa do Cara de Anjo ou Satã era muito modesta para quem ia namorar a herdeira do Clã dos Guimarães.

– Um terno de linho S-120? – espantou-se Satã, quando Pedro Ernesto fez a sugestão. – Mas aí minha grana vai pro brejo.

– Eu pago o terno de linho à parte, Satã – disse Pedro Ernesto.

Na primeira aparição do Cara de Anjo ou Satã, Catula não o viu, pois estava cuidando de Emily, a fantasminha. Atacada pela febre das 5 da tarde e cansada de esperar uma resposta a seu pedido do passaporte especial para fantasmas, Emily aceitou o conselho de Tio Red Label e de La Pasionaria e escreveu uma nova carta à Rainha Elizabeth II, ameaçando aderir à não-violência pregada por Gandhi na Índia e fazer uma greve de fome. Aconselhada pela Rainha Mãe, Elizabeth II respondeu à carta de Emily. Sua Majestade dignava-se informar que um agente secreto, a serviço da Scotland Yard, recebeu a missão de vir a Belo Horizonte preparar um informe secreto sobre Emily e o visto oficial, para sua volta a Londres, ia depender do que fosse apurado sobre sua vida pregressa, quando estava viva, e, depois, como uma menina fantasma. Emily foi tomada pelo que Catula definiu como uma paranóia. Sentia-se espionada pelo vento, pelo orvalho da madrugada, pela brisa da tarde, pelo dia, pela noite, pelas estrelas, pela lua crescente, pela lua cheia, pela lua minguante, pelo frio, pelo calor, pelas tosses, pelas músicas das festas, pelas formigas, pelos beija-flores, pelos pássaros, pelas borboletas, e queria saber se a alegria incomodava Sua Majestade, se o amor incomodava, e em que ela, uma pobre menina fantasma com um prazer de viver que não teve enquanto era viva, podia ameaçar o Reino Unido. Enviou, então, ferindo o protocolo, um telegrama urgente à Rainha Elizabeth II: "Majestade: eu só quero ver o Tâmisa correr. Beijo as mãos de Vossa Alteza, respeitosamente, Emily Redgrave."

Emily acreditava que o vento era o agente secreto a serviço de Sua Majestade. Julgava-se espionada pelo vento e não deixava a barra da saia de Vó Inácia. Uma noite, sentiu tanto medo do vento que pediu a Vó Inácia que disparasse o rifle contra ele. Cuidando de Emily, Catula ficou dois dias sem ir ao Sanatório Belo Horizonte. Quando voltou lá, encontrou uma Felipa iluminada, como nunca tinha visto antes. Pensou que era a febre das 5 da tarde. Naqueles dias Padre João de Deus esquecia a guerra erótica entre as argentinas e as paraguaias nos *rendez-vous* da Zezé e da Margarida e, em seu cada vez mais temido "Sermão da Montanha", entrecortado de tosses, ardendo ele próprio com a febre vespertina da tuberculose, atacava as adúlteras das 5 da tarde.

– Acautelai-vos, meus irmãos e minhas irmãs em Cristo – pregava Padre João de Deus. – Às 5 da tarde a tentação ronda como uma loba a cidade das tosses e da orgia!

Às 5 da tarde, Felipa ardia com a febre de 40 graus. De maneira que tomou o Cara de Anjo ou Satã como um delírio. Nunca o tinha visto antes e nem sabia como era chamado, mas ao vê-lo olhando-a insistentemente debaixo dos pés de eucalipto do Sanatório Belo Horizonte, duvidou que fosse real.

– Eu também o vi, Felipa – confirmou Dona Santuza. – Ele não tirava os olhos de você, minha filha. Não era um delírio. Era de carne e osso e olhou para você o tempo todo.

Catula estava acostumada a ver Felipa atacada pela febre das 5 da tarde. Nessas ocasiões, a amiga falava com insistência, de maneira repetitiva, que a Segunda Grande Guerra tinha começado e acabado, a Guerra da Coréia começou e acabou, a União Soviética lançou o Sputnik, havia conspirações e sonhos e lutas e ela, Felipa, como uma das Três Malditas, cumpria a sentença que a Cigana Carmen leu em sua mão, estava longe do mundo e vivia cada coisa por ouvir contar. Catula tentava acalmá-la e voltava a prometer que ia amar um homem por Felipa como se fosse Felipa. Já tinha 307 sapatos em sua coleção, desde os 13 anos, quando começou a colecionar homens e sapatos. Um dia, Catula encontrou Felipa ainda sob o efeito da febre das 5 da tarde, mas a razão de tanta alegria era o Cara de Anjo ou Satã.

– Será que ele volta, Catula? – perguntou Felipa. – Você que entende os homens, me diz, Catula: ele vai voltar?

O Cara de Anjo ou Satã voltou. Não, não voltou no dia seguinte. De acordo com sua estratégia, revelada a Pedro Ernesto, deixou passar cinco dias e, na segunda-feira, que achava um dia bom, reapareceu no Sanatório Belo Horizonte, no horário de visitas, debaixo dos pés de eucalipto. Usava o mesmo terno de linho branco S-120, um pouco amarrotado, como era moda na época, e ficou de longe olhando para Felipa.

– Olha disfarçado, mamãe – pediu Felipa –, e vê se ele está mesmo olhando pra mim, se não é um delírio da febre das 5 da tarde.

– Ele não tira os olhos de você, minha filha. Não é um delírio – disse Dona Santuza.

No dia seguinte, Satã não voltou durante a tarde. Mas, à noite, Felipa, que não conseguia dormir pensando nele, escutou uma voz cantando ao violão perto da janela de seu apartamento no Sanatório Belo Horizonte. Entreabriu a janela e o viu cantando, com o violão em punho, clareado pela lua, usando o mesmo terno de linho branco S-120:

"Meu coração, não sei por que
bate feliz, quando te vê.
Ah se tu soubesses
como eu sou tão carinhoso
e o muito muito
que te quero..."

Naquela noite, Catula dormia, quando o telefone do castelo tocou. O telefone ficava na cabeceira da cama de Tia Viridiana e tocava sempre muito baixo, um leve ruído, para jamais ser percebido pelos ouvidos de cega cada vez mais apurados de Vó Inácia. Era uma maneira de Tia Viridiana manter total controle sobre as ligações telefônicas, desde a noite em que a telefonista de Belo Horizonte disse que a telefonista de Vitória queria falar com Vó Inácia.

– Alô, telefonista de Vitória, quem quer falar com Dona Inácia Micaéla? – perguntou Tia Viridiana.

– É o Coronel Bim Bim – respondeu a telefonista de Vitória.

Tia Viridiana pensou que fosse um trote, mesmo sendo uma ligação interurbana, mas quis, como disse mais tarde numa reunião de emergência do Conselho de Família, pôr tudo em pratos limpos.

– Pode completar, telefonista – e aguardou com o telefone no ouvido.

Escutou, então, vindo de longe, a voz de moça do Coronel Bim Bim dizendo em seu jeito caipira que queria falar com a cobra cascavel, a jararacuçu, Sinhá Dona Inácia Micaéla.

– Pode falar comigo mesmo, Coronel Bim Bim – disse Tia Viridiana.

– Entonce, moça, vosmecê diz pra jararacuçu qui ieu telefonei mode dizê qui vô aí com meus jagunço mode trazê a cabeça da cobra cascavel i pendurá na parede do sobrado di 28 janela em Cruz dos Homes.

– Me satisfaz só uma curiosidade – falou na hora Tia Viridiana, mostrando um sangue-frio que levou Tio Johnnie Walker e Tio White Horse a abraçá-la. – O coronel vem vestido de baiana ou com roupa de homem?

Houve um silêncio na linha telefônica e Tia Viridiana escutou o coronel bater o telefone no gancho com força. De maneira que, quando o telefone tocou tão tarde, Tia Viridiana pensou, meu Deus, será o coronel ou alguém morreu, para o telefone tocar a uma hora dessas? Deixou-o chamar, como se isso alterasse alguma coisa, e sentou-se na cama, invocando Santa Rita de Cássia, a padroeira dos impossíveis, para que nada de ruim tivesse acontecido. Só então tirou o telefone e disse:

– Alô, quem fala?

– É Felipa, Tia Viridiana.

– Felipa – disse Tia Viridiana. – Por tudo quanto é sagrado, você está bem?

– Estou, Tia Viridiana. Eu nunca me senti tão bem. Preciso falar com Catula.

– Graças a Santa Rita de Cássia, você está bem. Catula está dormindo, mas eu vou chamá-la.

Eufórica, Felipa falou com Catula sobre a serenata que o Cara de Anjo ou Satã fez debaixo de sua janela no Sanatório Belo Horizonte. Catula ficou tão feliz com a notícia da seresta que gritava ao telefone, Aleluia, aleluia, e acordou todo o castelo, a começar por Vó Inácia.

– Agora tenta dormir, Felipa. Dorme com os anjos, que você precisa e merece. Deus te abençoe, Felipa.

A Vó Inácia, que queria saber o que estava acontecendo, Catula disse:

– Vamos derrotar as previsões que a Cigana Carmen fez para as Três Malditas, Vó Inácia. Eu juro que vamos!

O Cara de Anjo ou Satã agia como um apaixonado da estirpe dos belos e tímidos. Passou três dias sem aparecer. Na noite do quarto dia, Felipa ouviu sua voz cantando "Chão de estrelas" debaixo da janela. Entreabriu a janela e o viu, tocando o violão, com o mesmo terno de linho S-120 que usava nas outras ocasiões em que o viu.

– Meu Deus – pensou –, será que ele só tem esse terno?

Felipa esperou que o Cara de Anjo ou Satã, que não sabia, é bom dizer, que era chamado assim, aparecesse no horário de visitas. Preparou-se tanto que Dona Santuza entrou em festa e Pedro Ernesto concordava que nunca a filha esteve tão bem psicologicamente e com tanta vontade de ficar curada.

– É o efeito do Cara da Anjo ou Satã – festejava Pedro Ernesto com Tio Johnnie Walker. – Vale a fortuna que eu pago. A felicidade de Felipa não tem preço.

Felipa nunca soube mas, até aquela ocasião, a única roupa que Satã tinha, digna de alguém que ia namorar a herdeira dos Mascarenhas e dos Guimarães, era o terno de linho S-120. Quando mandava lavá-lo numa tinturaria de quinta categoria, o Cara de Anjo ou Satã não tinha um traje à altura de Felipa e não aparecia no Sanatório Belo Horizonte. Só depois de receber o terno de linho S-120 lavado e passado, e depois de amarrotá-lo como era moda, o Cara de Anjo ou Satã podia sair. Uma tarde, Catula foi ao Sanatório Belo Horizonte. Encontrou, debaixo dos pés de eucalipto, Irmã Apresentação que, antes de tornar-se freira, era Ivone, dos Drummond de Santana dos Ferros, filha de Tio Júlio Drummond, primo de Vó Inácia.

– Nunca vi Felipa tão bem, Catula – disse Irmã Apresentação. – Viu como está melhorando? Toma todos os remédios e não recusa a estreptomicina!

Catula conversava com Felipa e Dona Santuza quando o Cara de Anjo ou Satã chegou ao Sanatório Belo Horizonte, às 2h15 da tarde, no horário de visitas, e ficou de longe, com seu terno de linho S-120, mesmo com os primeiros sinais de uma frente fria vinda da Argentina que, no entanto, ainda não tinha transformado Catula numa negra. Era o homem mais bonito que Catula alguma vez tinha visto. Perto dele, Buchanan's era feio, concordava. Só Aramel, o belo, amigo de seu primo Roberto, que iria fazer furor em Belo Horizonte na época de Hilda Furacão, era tão bonito. Mas não tinha o ar diabólico de Satã. Em Aramel, o belo, tudo era anjo. Catula o conheceu quando foi uma vez a Santana dos Ferros, com Tia Viridiana e Tio White Horse, antes do cerco do Coronel Bim Bim, e lembrou-se dele ao ver Satã. Catula não disse a Felipa nem a Dona Santuza, mas ouviu Tia Dô e Tio Black Label falarem num rapaz tão bonito como o Cara de Anjo ou Satã. Os Rouxinóis do Paraíso o descreviam como belo e maldito. Tia Dô disse que o Cara de Anjo era um homem tão inacreditavelmente bonito que parecia mulher. Tio Black Label disse que era diabólico, razão por que preferia chamá-lo de Satã. Os Rouxinóis do Paraíso o viam chorando como carpideiro em todos os velórios em que cantavam atendendo o último pedido musical do morto.

– Para mim, Satã é carpideiro profissional – depunha Tio Black Label.

– Oh, não, Black Label – discordava Tia Dô. – Ele é um anjo.

Tia Dô e Tio Black Label levaram a Anã Clô, *expert* em Demônio, para conhecer o Cara de Anjo ou Satã e ela gastou meia caderneta de armazém com as anotações que fez em duas noites e encerrou com este comentário:

– Satã é a expressão mais acabada do Demônio que já vi. Perto dele a Cigana Carmen é santa!

A polícia seguia os passos de Satã, sob a suspeita de que viciava homens e mulheres em cocaína, heroína e maconha, e chegou a prendê-lo uma vez, mas teve que libertá-lo em seguida, pois Satã tinha as costas quentes. Era poderoso e contava com a proteção dos delegados e das altas esferas políticas e sociais. A polícia suspeitava que a especialidade de Satã era corromper. Transformava esposas fiéis nas "adúlteras das 5 da tarde", expressão cunhada por Padre João de Deus, para a alegria dos detetives particulares, que ofereciam seus préstimos aos maridos traídos nos pequenos anúncios dos jornais. Havia ainda a suspeita de que Satã era tuberculoso crônico e beijava as mulheres para transmitir o bacilo de Koch, a soldo dos donos das pensões sanatoriais. Vivia nos cafés e nos bares e nos restaurantes e nos bordéis, espalhando a tuberculose e seduzindo homens e mulheres. Para exercer seu papel de anjo da morte, recebia propinas dos sanatórios e das pensões sanatoriais. Causou espanto numa reunião do Conselho de Família, quando Tio Dimple prestava contas de rotina, como acontecia todo início de mês, e revelou que pagava um salário mensal ao Cara de Anjo ou Satã. Questionado até por Tia Roseana, Tio Dimple explicou que Satã recebia por exercer uma nova profissão, comum nos Estados Unidos, mas que só agora chegava ao Brasil, a de *public relation*. Uma tarde, Satã foi assistir o "Sermão da Montanha" na igreja da Boa Viagem. Ficou na primeira fila e aparteou Padre João de Deus. Foi o bastante para Padre João de Deus viver seu tempo de herói. Desceu do púlpito com um crucifixo de madeira nas mãos e expulsou Satã, aos gritos de Vade retro, Satanás, e Belo Horizonte não falava em outra coisa. Catula teve que disfarçar para Felipa e Dona Santuza não perceberem que sabia quem era aquele rapaz tão lindo. O Cara de Anjo ou Satã ignorou Catula. Só tinha olhos para Felipa, que não sabia o que fazer. Retribuía, sim, os olhares de Satã, mas como nunca tinha flertado, enrubescia, e ficava torcendo as mãos. Catula então tomou Felipa e Dona Santuza pelos braços e foi andando com elas até onde estava o Cara de Anjo ou Satã.

– Já que a montanha não vem a Maomé – disse –, Maomé vai à montanha.

Pararam diante do Cara de Anjo ou Satã e o encararam. Satã devolveu o olhar e então as três, Catula, Felipa e Dona Santuza, tiveram a certeza de que nunca viram um homem tão bonito.

– Você não tira os olhos da minha amiga – foi falando Catula com a voz rouca um tanto perturbada. – Já fez duas serenatas para minha amiga e não se dignou se apresentar. Esta é Felipa Mascarenhas Guimarães.

– Encantado, senhorita – disse o Cara de Anjo ou Satã estendendo a mão e Felipa não conseguiu falar.

– Esta é Dona Santuza Mascarenhas Guimarães, mãe de Felipa.

– Prazer – disse Dona Santuza e estendeu a mão, que Satã, em vez de apertar, beijou.

– Encantado, madame – disse Satã.

– Eu sou Antônia Micaéla – disse Catula estendendo a mão. – Mas me chamam de Catula.

– Encantado, senhorita – disse Satã e apertou a mão de Catula, que sentiu um calafrio como sentia quando uma frente fria vinha da Argentina, espirrou três vezes, e transformou-se numa negra. Houve tal espanto debaixo dos pés de eucalipto, entre os doentes, as visitas e o próprio Cara de Anjo ou Satã, quando Catula, branca e de cabelos fulvos, virou uma negra cor de carvão, mas tão bela quanto antes, que o pânico ocupou o coração dos doentes e seus parentes debaixo dos pés de eucalipto. A mãe de uma doente desmaiou e os doentes fugiam de Catula. Irmã Maria da Apresentação viu o que estava acontecendo e bateu palmas no meio do pânico:

– Calma – pediu. – Podem ficar calmos. A moça que vocês viram transformar-se em negra é Antônia Micaéla Drummond, minha prima, que eu conheço desde que nasceu, e não há razão para pânico!

Aproximou-se de Catula, abraçou-a e beijou-a no rosto negro.

– Estão vendo? – disse Irmã Apresentação. – Não há razão para pânico ou medo. Desde criança prima Antônia Micaéla muda de cor.

– Ela é uma bruxa – gritou a mãe de um rapaz que tinha ficado tão pálido que as enfermeiras o socorreram.

– Não é bruxa, não – falou Irmã Apresentação, segurando a mão de Catula. – É uma filha de Deus e está se formando em medicina.

Por coincidência, Os Rouxinóis do Paraíso acabavam de chegar ao Sanatório Belo Horizonte, contratados pelos pais de uma moça que ia receber alta. Iam cantar "Jezebel". Ao ver Tia Dô e Tio Black Label com seu violino, Irmã Apresentação gritou:

– Música, maestro!

Dominando o seu próprio nervosismo, Tia Dô começou a cantar a "Valsa dos patinadores", acompanhada ao violino por Tio Black Label:

"Nós queremos uma valsa
uma valsa que fale de amores
como aquela dos patinadores
vem meu amor, vem dançar..."

Era um clima tão alucinado, com o corre-corre de enfermeiras abanando o rosto de doentes com leques, que o Cara de Anjo ou Satã tirou Felipa para dançar.

– Comigo, não – disse Felipa. – Dança com Catula!

Satã saiu dançando com Catula na pista de cimento debaixo dos pés de eucalipto. Os nervos se acalmaram. Um menino pálido aproximou-se de Catula e passou o dedo em sua pele para ver se a cor negra saía. Ficou olhando a ponta do dedo, sem nenhuma marca de tinta preta, e pediu um autógrafo a Catula. O Cara de Anjo ou Satã e Felipa começaram a namorar depois da transformação de Catula numa negra. Felipa engordou tanto e estava tão bem-disposta que o Dr. Anastasia Pena, seu médico, convocou Pedro Ernesto e Dona Santuza e anunciou:

– Se Felipa continuar a reagir tão bem, eu vou ter a alegria de dar a ela a tão sonhada alta.

– Quando, Dr. Anastasia? – apressou-se Dona Santuza.

– No máximo, para agir com segurança, dentro de duas semanas – prometeu o Dr. Anastasia, um homem nem baixo nem alto, nem gordo nem magro, nem claro nem moreno, nem bonito nem feio, mas que inspirava tanta confiança que, ao ouvir o que disse, Pedro Ernesto tomou-o entre os braços de gigante e beijou-o na bochecha nem magra nem gorda.

Sem Pedro Ernesto e Felipa saberem, mas contando com a cumplicidade de Catula, Dona Santuza contratou um detetive particular para levantar a vida pregressa do Cara de Anjo ou Satã. Era o melhor sherloque da cidade e, em cinco dias, informou pessoalmente a Dona Santuza, na presença de Catula, que o Cara de Anjo ou Satã não era flor que se cheire e não tinha onde cair morto.

– Não é flor que se cheire como? – perguntou Catula.

– Ele tem várias passagens na polícia, senhorita Catula – disse o sherloque, um mulato com os olhos tristes de um árabe e um bigodinho de Carlitos, cujas pontas puxava num cacoete. – E é fichado no Dops.

– É comunista? – inquietou-se Dona Santuza.

– Antes fosse, Dona Santuza. Antes fosse.

– Pelo amor de Deus – pediu Dona Santuza. – Pára com esse suspense e diga que acusações pesam contra o Cara de Anjo ou Satã.

– Todas as acusações que a senhora imaginar, Dona Santuza, menos estar envolvido com o comunismo – foi falando o sherloque. – É escroque, dá cheques sem fundo, já fez dois assaltos a mão armada, é viciado em heroína, faz tráfico de cocaína e maconha, é acusado de seduzir a mulher do próximo, de amar outros homens.

– E existe prova de tudo isso? – cortou Catula.

– Prova, não, senhorita Catula – seguiu o sherloque e puxou o bigodinho. – A polícia o prendeu em flagrante, mas não conseguiu provar nada e nem pode manter Satã preso.

– Por quê? – perguntou Dona Santuza.

– Satã tem as costas quentes, é protegido por figurões da política, por delegados de polícia, mas não é só isso, Dona Santuza – disse o sherloque puxando o bigodinho de Carlitos. – O mais grave é o que eu ainda não disse, Dona Santuza.

– O que o senhor está esperando para dizer? – impacientou-se Dona Santuza.

– A vida do Cara de Anjo ou Satã é uma nebulosa – seguiu o sherloque e puxou nervosamente o bigodinho de Carlitos. – Ninguém sabe onde nasceu, de quem é filho, nunca se soube se tem algum parente, por mais remoto, e Satã não tem documento algum, nem carteira de identidade, Dona Santuza. E o que é mais sério: não tem um nome.

– Não tem nome? – estranhou Catula.

– Não, senhorita Catula, não se chama José, João, que nome for, e sempre foi chamado de Cara de Anjo ou de Satã. Em sua ficha policial no Dops está escrito: "Indivíduo de suma periculosidade, que não tem nome para identificá-lo, a não ser os codinomes de Cara de Anjo ou Satã."

Neste ponto, o sherloque quase arrancou o bigodinho de Carlitos com um puxão:

– Espante-se, Dona Santuza, espante-se senhorita Catula. A ficha de Satã no Dops diz que testemunhas idôneas declaram conhecê-lo há mais de 30 anos, com a mesma aparência jovem.

– Ele não envelhece? – perguntou Catula.

– A acreditar em testemunhas idôneas, não – continuou o sherloque. – Parece ter descoberto o soro da juventude.

– Ou vendeu a alma ao Diabo em troca da eterna juventude, como Fausto – arriscou Catula.

– Ou é o próprio Satanás – e o sherloque arrancou fios do bigodinho de Carlitos num tique nervoso. – Pesam duas suspeitas sobre o Cara de Anjo ou Satã e todas duas dizem que ele não é deste mundo.

– Mas como, Deus meu – e Dona Santuza tirou um leque da bolsa e no que o abriu apareceu uma bailarina japonesa num passo de dança. – Deus meu!

– Uma suspeita é boa, Dona Santuza: o Cara de Anjo é um anjo que veio à terra saber como estamos agindo e vai fazer um relatório confidencial a Deus – disse o sherloque. – A outra suspeita é terrível: Satã é o próprio Satanás em pessoa.

– Pois aqui está a segunda parcela por seus bons ofícios – disse Dona Santuza e, após fechar o leque, abriu a bolsa e tirou um envelope. – Pago dobrado para saber o que afinal é o Cara de Anjo ou Satã.

– Sinto muito, Dona Santuza – e Catula teve certeza que sherloque tinha arrancado o bigodinho de Carlitos com o puxão que deu. – A senhora me perdoe, mas sou obrigado a interromper as investigações sobre o Cara de Anjo ou Satã.

– Por quê? – estranhou Dona Santuza falando como uma Mascarenhas Guimarães.

– Não me pergunte por que, Dona Santuza – e pegou o envelope com o pagamento e enfiou no bolso. – Já disse mais do que devia dizer, Dona Santuza – e o sherloque despediu-se cofiando o que restava do bigodinho de Carlitos. – Não me queira mal, Dona Santuza, eu imploro – e afastou-se na Praça da Liberdade, onde aconteceu o encontro.

Dona Santuza foi falar com Pedro Ernesto no escritório da empresa de cimento e levou Catula. Fez um relato completo das investigações, sempre invocando o testemunho de Catula. Pedro Ernesto ouviu o relato sem fazer qualquer pergunta.

– Você fez bem em contratar o detetive, Santuza – disse estranhamente contido, sem gesticular. – Eu também pensei em fazer o mesmo. Mas sabe, Santuza, sabe, Catula, o que esse rapaz misterioso é para mim? – e Pedro Ernesto olhou uma e outra. – É o anjo da saúde que Deus mandou para curar Felipa.

– Não vamos fazer nada para impedir esse namoro, Pedro Ernesto? – perguntou Dona Santuza.

– A vida de Felipa está acima de tudo, Santuza, você sabe – disse Pedro Ernesto. – Só há o que comemorar.

– Mas Pedro Ernesto, o Cara de Anjo ou Satã não tem onde cair morto – insistiu Dona Santuza. – É um João-Ninguém.

– Oh, criatura – e Pedro Ernesto segurou a mão cheia de anéis da mulher. – Felipa é tão rica, como nossa herdeira, que pode se dar ao luxo de namorar um João-Ninguém.

Naquele mesmo dia, o Cara de Anjo ou Satã encontrou Pedro Ernesto e pediu luvas e um salário milionário como agora era moda entre os jogadores de futebol.

– Mas você não marca gols, Cara de Anjo – disse Pedro Ernesto.

– Mas curei sua filha – respondeu Satã. – E posso me afastar se não ganhar o que quero.

– O que você quer, Satã? – perguntou Pedro Ernesto.

– Contrato assinado como jogador de futebol. Uma Cadillac Rabo-de-Peixe conversível novinha como luvas e um salário mensal de mil dólares.

– Negócio fechado, Satã – concordou Pedro Ernesto. – Vou preparar o contrato.

Em poucos dias, Satã passou a circular numa Cadillac Rabo-de-Peixe conversível cheirando a nova e mais bonita que a de Tio Red Label. Uma tarde, no apartamento do Sanatório Belo Horizonte, Catula foi visitar Felipa e encontrou-a de mãos dadas com Satã. Ao vê-la, Felipa pediu:

– Catula, beija o Cara de Anjo por mim!

Catula olhou para o Cara de Anjo ou Satã, que ficou de pé, deixando Felipa sentada na cama onde estavam, puxou-o, enlaçou-o pelo pescoço com os braços e o beijou na boca. Satã a beijou de tal maneira como Catula nunca tinha sido beijada, deixando-a com a sensação de que tinha cheirado lança-perfume. O beijo parecia não acabar mais quando, para alívio de Catula, Felipa bateu no ombro de Satã e disse:

– Chega, Cara de Anjo!

Quando o Dr. Anastasia Pena deu alta a Felipa, Pedro Ernesto deixou a fábrica de cimento nas mãos do vice-diretor, rompeu o namoro com a Miss Ceará, que acreditava que era a mulher de sua vida, deixou as partidas de tênis na quadra do palacete da Cidade Jardim e passou a viver só para a filha Felipa, que ficou dos 7 aos 23 anos internada em sanatórios e não teve infância, nem adolescência, como as outras moças que Pedro Ernesto conhecia. Brincou de boneca com Felipa, batizou as bonecas, fez guisados, brincou de bambolê, levou-a aos parques e aos circos, riu dos palhaços, levou-a para comer algodão-doce, para patinar no gelo, para ver Carlitos e o Gordo e o Magro e Cantinflas no Cine Grátis, levou-a ao cinema para ver as chanchadas da Atlântida com Oscarito e Grande Otelo, assistiu com a filha a reprise de *Casablanca* três vezes, remou no barco no lago do Parque Municipal, fizeram fotos juntos com os lambe-lambes dizendo "Olha o passarinho", levou-a ao *footing* das quintas-feiras na Praça da Liberdade onde a orquestra do Corpo de Bombeiros tocava o "Cisne branco" e ele sentiu vontade de chorar e disse Minha filha este seu pai é um bobo, chora à toa, mas é que eu já quis ser da Marinha e usar um uniforme branco, levou-a às horas dançantes nas casas de família no Bairro dos Funcionários, dançou uma valsa com a filha no Salão Dourado do Automóvel Clube, como se fosse a festa dos seus 15 anos, foi a bares e restaurantes com Felipa e um dia disse Felipa, vou levá-la ao Rio de Janeiro para você conhecer o mar, e como Felipa nunca tinha andado de trem foram no Vera Cruz, que cheirava a maçã, e Dona Santuza e Catula também foram e hospedaram-se no Copacabana Palace. Mal chegaram foram à praia e Pedro Ernesto disse: É o mar, minha filha, e Felipa chorou ao ver o Oceano Atlântico. Felipa nunca tinha usado um maiô na vida e comprou um maiô verde e foram à praia. Voltaram de avião a Belo Horizonte porque Felipa nunca tinha andado de avião e Pedro Ernesto começou a ensinar a filha a dirigir no "Paraíso dos Barbeiros", nas vizinhanças do Sanatório Belo Horizonte, onde Felipa esteve internada.

Um dia, quando Catula voltou do Rio de Janeiro, Vó Inácia anunciou a Emily que o vento trazia os cheiros de Londres e Emily respirou fundo e sentiu o cheiro de sua infância e o cheiro das águas do Tâmisa e das pessoas nas ruas e o cheiro dos namorados e do Tio Paul que falava *cockney* e o cheiro dos trabalhadores e ficou tão alegre que cantou.

– Está vendo, Emily – disse Vó Inácia –, o vento é seu amigo!

Quando superou a depressão, Emily tomou emprestada a arca de vidro na qual o faquir Silkir, um brasileiro que passava por indiano, bateu o recorde mundial da fome, ficando 62 dias sem comer ao lado de uma cobra, e trancou-se lá dentro, nos jardins do castelo, sob os cuidados de Catula, que era quase médica, e iniciou sua greve de fome, depois de uma reunião com Tio Red Label.

Pesou na decisão de Emily de fazer a greve de fome a vontade que sentia de morrer de uma vez para sempre, quando descobriu, conversando com Tia Anunciata, que os fantasmas não crescem nem envelhecem. De maneira que jamais poderia disputar o amor de Buchanan's, nem com Gioconda, uma das Três Malditas, nem com as argentinas e as paraguaias. Os que a viam, muito pálida, o que destacava as sardas no rosto e no nariz, acreditavam que podia morrer uma segunda morte e lançaram um manifesto bilíngüe escrito por Tio Red Label em português e traduzido para o inglês pela Anã Clô dizendo à Rainha Elizabeth II que os fantasmas tinham o direito sagrado de ir e vir como os vivos e, citando Shakespeare, Dickens e Byron, exortavam a Rainha Elizabeth II a permitir que Emily Redgrave Thompson pudesse voltar a Londres. A cada dia, Emily ficava mais pálida e como aumentava a adesão ao manifesto, os correspondentes estrangeiros vieram entrevistá-la. Quando a impressão geral era de que Emily ia morrer pela segunda vez, a Rainha Elizabeth II cedeu. Não apenas concedeu o *green card* a Emily, como mandou um avião da Royal Air Force buscá-la em Belo Horizonte. Até Vó Inácia, com seu rifle a tiracolo foi à despedida de Emily no aeroporto da Pampulha. Os 7 Anões, que cuidavam da limpeza do castelo, compareceram exibindo faixas em inglês, escritas em nome de todos pela Anã Clô, dizendo "We all love you, Emily" e "You're always in our hearts". Os Rouxinóis do Paraíso cantaram a "Valsa do adeus" e o castelo nunca mais foi o mesmo depois que Emily foi embora. Uma tarde em que a saudade de Emily era tão forte que os 7 Anões choravam pelos cantos, Vó Inácia ditou uma carta que, por via das dúvidas, a Anã Clô traduziu para o inglês e enviou para o endereço que Emily havia deixado dizendo que sua falta doía como uma faca furando a alma. Uma noite Buchanan's subiu à torre mais alta do castelo e gritou:

– Emily, cadê você, Emily?

24

Naquelas noites, um piedoso sacerdote era visto entrando no castelo de Vó Inácia. Usava uma batina preta e subia muito à vontade os 59 degraus da escada de mármore e, em vez de entrar pela porta principal, preferia o portão clandestino escondido no muro coberto de heras, usado por Tio Red Label. Todos o conheciam como Padre Luiz. Uma noite, na véspera de uma lua minguante, com medo de morrer no ataque do Coronel Bim Bim ao castelo, o pistoleiro Sem Dó tirou o chapéu de cangaceiro, caiu de joelhos aos pés de Padre Luiz, beijou suas mãos e, sem abandonar o rifle, contou seus pecados. Contou quantos homens matou no Contestado. Quantas mulheres amou na Lanterna Vermelha, o bordel da Henriquetinha que atendia aos adeptos do PSD em Cruz dos Homens. Contou que fazia o que não devia com uma argentina chamada Lola no *rendez-vous* da Zezé durante a tarde, nas horas de folga no castelo de Vó Inácia, e cometia os pecados mais cabeludos, sem entender o que Lola dizia em sua língua das estranjas que, para ele, Sem Dó, era a língua do Demônio, um Demônio louro que veio tentá-lo e o que era pior, Seu Padre, por aquele Demônio de cabelos louros, disfarçado de mulher-dama, o Sem Dó não apenas dava o dinheiro que tinha, não apenas abraçava e beijava na boca, contrariando os conselhos de Padre João de Deus, era capaz de cumprir as ordens, matar, roubar, cair no mundo, ir pra longe, pra tal de Buenos Aires. E como se tanto pecado fosse pouco, o Sem Dó via Tia Anunciata nua e tinha medo de nascer um fio de cabelo na palma da mão, tão grande que ia chegar a Cruz dos Homens, e Padre Zé Lopinho, tão bom, tão santo, mesmo assim, ia excomungar o Sem Dó, falar como diante do Coisa Ruim, T'esconjuro, Inocêncio da Piedade, que esse era o nome de batismo do Sem Dó. Padre Luiz escutou atentamente a confissão do Sem Dó, sentado num degrau da escada do castelo, prudentemente atrás de um pé de Dama-da-Noite, que o escondia dos olhares indiscretos. E, falando em portunhol, mais em português do que em espanhol, absolveu o Sem Dó de seus pecados, dando como penitência o Sem Dó cantar "Asa branca" sempre que o Demônio, louro ou não, com corpo de mulher ou não, o tentasse, e Vó Inácia, que não sabia o que estava acontecendo, perguntava ao rifle a tiracolo:

– Rifle velho de guerra, por que será que o Sem Dó canta tanto "Asa branca" nas últimas noites?

Ouvindo o portunhol de Padre Luiz, o Sem Dó acreditava que aquela era a língua de Deus, e também acreditava que se um jagunço do coronel ou o próprio coronel, que tinha na conta do Demônio, o matasse, ia para o céu, que era tudo o que o Sem Dó queria, ainda que no céu não tivesse uma argentina loura com sardas nas costas, como a Lola, que o esperava durante a tarde no *rendez-vous* da Zezé. As confissões com Padre Luiz estavam ficando famosas pela bondade com que tratava os pecadores de toda espécie, pois não era apenas o Sem Dó que o procurava. O pistoleiro Vagalume e os 7 Anões contratados por Tia Viridiana para os serviços domésticos no castelo de Vó Inácia também contavam seus pecados a Padre Luiz.

Para todos os efeitos, Padre Luiz era espanhol e pertencia à Ordem Santo Agostinho, por isso usava a batina preta e a correia, tal como na previsão de Santa Mônica, e um chapéu que escondia o cabelo negro e liso como cabelo de peruano e caía na testa, deixando-o com o ar infantil de quando Catula o conheceu. O rosto era cor de azeitona e imberbe, sem barba alguma. Os óculos escuros ajudavam a esconder a verdadeira identidade do militante comunista Juan Las Casas, acusado de matar um guarda civil nas manifestações comunistas na Rua da Bahia e que, desde então, passou a viver na clandestinidade, usando o codinome de Camarada Luiz. Ficava confinado num "aparelho" do Partido, numa casa sem qualquer suspeita, disfarçada de inocente residência de um casal de velhos que fingiam de mudos e só conversavam por sinais. Uma noite, certo de que acabaria louco se continuasse confinado no "aparelho" sem ninguém para conversar, esperando a polícia chegar, rompeu com todas as normas de segurança, como foi acusado pelos companheiros, e procurou Catula no castelo de Vó Inácia, anunciando que ia se entregar à polícia. Catula teve a idéia de disfarçá-lo de padre, pois em Minas ninguém suspeita dos padres. Conseguiu uma batina emprestada com Padre Alonso, que era espanhol e diretor do Colégio Santo Agostinho, amigo de Tio Red Label. Os companheiros do Partido Comunista estranharam o disfarce do Camarada Luiz, mas sua capacidade de sedução dobrou até os mais empedernidos stalinistas, que seguiam cultuando o guia, mestre e pai Stálin, mesmo depois que Krushev revelou seus crimes no 20º Congresso do PCURSS. Aos poucos, a invenção de Catula, que o batizou como Padre Luiz, foi tomando conta de Juan Las Casas, ocupando sua alma. Ele agia como um ator que tinha de entrar na pele do personagem para convencer a platéia e, em seu caso, para não deixar nenhuma suspeita com a polícia. Aprendeu a maneira de andar dos padres, a postura dos padres, o uso das mãos dos padres, o jeito de rir e de falar dos padres. Convencia tanto que ele próprio acreditava que era um padre. Passou a dar confissões, não apenas ao Sem Dó e ao pistoleiro Vagalume e aos 7 Anões. Uma vez deu a extrema-unção a um homem que agonizava, como se fosse um padre de verdade, perto do castelo de Vó Inácia. Suas penitências, dadas aos pecadores, foram ficando famosas, passavam de boca em boca, afinal, em nada lembravam as penitências de Padre João de Deus. Uma vez, uma moça que enfeitiçava os homens com seus decotes, congestionando a Avenida Afonso Pena nas noites de quinta-feira, quando havia o mais famoso *footing* da cidade, recebeu de Padre João de Deus a penitência de chicotear o próprio corpo 50 vezes, para expulsar o Demônio, e foi levada para o Pronto-Socorro. O *Diário da Tarde*, que vivia às turras com Padre João de Deus, entrevistou-a e foi um escândalo, que Padre João de Deus atribuiu, no "Sermão da Montanha", a uma cilada de Satanás. Assim como dava ao Sem Dó a penitência de cantar "Asa branca", Padre Luiz dizia a Vagalume para ser bom e fazer o bem aos colibris que Tio Dimple criava soltos no castelo e que, nem sempre, contavam com a estima do pistoleiro. Aos 7 Anões, que eram grandes pecadores, Padre Luiz pediu, em nome de Deus, para visitarem o Hospital da Baleia e alegrar as crianças internadas com paralisia infantil. Em pouco tempo, ficou tão famoso que os pecadores, descobrindo pela inconfidência dos 7 Anões que ia toda noite ao castelo de Vó Inácia, passaram a esperá-lo a alguns passos do muro coberto de heras. Eram, a princípio, os pobres do mundo, mas logo a classe média o descobriu e não demoraram a aparecer as mulheres ricas, as madames, com seus colares e os dedos cheios de anéis. Os Studbakers, os Fords, as Cadillacs estacionavam diante do castelo. Motoristas uniformizados, parecendo membros do Exército da Salvação, abriam as portas para as madames e Vó Inácia sentia o cheiro do perfume francês que usavam. Estava com os ouvidos de cega tão apurados que escutava os pecados contados com voz de confessionário a Padre Luiz. Achava lindas as penitências dadas em portunhol às burguesas de Belo Horizonte. Uma pecadora devia oferecer uma sopa aos pobres toda noite de sexta-feira diante do palacete onde morava na Cidade Jardim. Outra pecadora devia sair à noite distribuindo cobertores aos mendigos que dormiam ao relento debaixo dos viadutos e das marquises dos prédios. Uma terceira pecadora devia fazer a multiplicação dos pães, matando a fome dos meninos de rua. O sucesso das penitências de Padre Luiz entre as burguesas chegou a um ponto que Tia Rose anunciou, meio bêbada, numa reunião do Conselho de Família:

– Vou-me confessar com Padre Luiz!

Pouco antes, numa noite de lua crescente em que estava mais bêbada do que de costume, Tia Rose propôs que o Conselho de Família acabasse de vez com a suspeita de que Tio Dimple, Tio Johnnie Walker, Tio White Horse e Tio Red Label viravam lobisomem e os colocasse na frente de todo o Clã dos Drummond na próxima lua cheia.

– Isso é um acinte – protestou Tio Black Label, que estava fora das suspeitas de Tia Rose. – Voto não: é meu protesto.

– Roseana está bêbada – disse Tio Dimple.

– Bêbada ou não, Roseana tem o direito de fazer sua proposta – falou Tia Odete, que era, como se sabe, a terceira mulher de Tio Dimple. – Eu voto a favor da proposta de Roseana.

Como espírita, desenvolvendo seus poderes de médium, Tia Odete ouvia o vento soprando as vozes das irmãs mortas, Tia Cielito e Tia Gaida, às quais sucedeu, acusando Tio Dimple de ter provocado a morte delas numa noite de lua cheia em que virou lobisomem e quis amá-las.

– Considero-me apunhalado pelas costas por quem menos esperava, minha legítima e amada esposa Odete – seguiu Tio Dimple com a voz mais chorosa. – Como não tenho medo da lua cheia, voto a favor da proposta bêbada de Roseana.

– Eu tenho medo da lua cheia, Dimple – disse Tio Johnnie Walker. – Morro de medo de ser o lobisomem. Mas mesmo assim, voto a favor da proposta de minha querida irmã gêmea, mesmo ela estando bêbada.

– Pois eu, Johnnie Walker – cortou Tio Red Label –, morro é de curiosidade de saber a verdade. Bebo tanto na lua cheia, que não sei se viro lobisomem ou não. Em nome de minha curiosidade, desta vez, não me abstenho, voto a favor da proposta de Roseana.

– Eu também – apoiou Tio White Horse.

– Eu voto contra – discordou Buchanan's.

– Eu também – disse Catula. – E não apenas voto contra, mas censuro a senhora, mamãe. A senhora jamais devia fazer uma proposta dessas. Jamais!

– É a vontade de Berenice – disse Tia Rose, referindo-se à solitária que ocupou sua alma. – Você devia votar a favor, Antônia Maria Micaéla. A Cigana Carmen não disse que o homem de sua vida, que vai fazer amor com você, em vez de ficar rezando como um pateta ajoelhado diante de seu corpo nu, é o lobisomem? Assim você vai ficar sabendo qual é o seu príncipe encantado, Antônia Micaéla.

– Pára com isso, Roseana – gritou Tia Dô, ameaçando ter uma crise de asma. – Você está bêbada. Eu também voto contra.

– Calma que o Brasil é nosso – pediu Tia Viridiana. – Devemos nos submeter à vontade da maioria, como se fosse nossa: esta é a norma do Conselho de Família, como todos nós sabemos. Por maioria de votos, a proposta de Roseana está aprovada.

Houve grande nervosismo no castelo, de modo que a própria Vó Inácia foi informada do que estava para acontecer. Quando a lua cheia apareceu no céu, Tio Dimple, Tio White Horse e Tio Red Label apresentaram-se para a hora da verdade, mas não viraram lobisomem. O mistério continuou, pois Tio Johnnie Walker não compareceu, enviando esta justificativa ao Conselho de Família:

> "Muito querida irmã Viridiana:
>
> Não compareci à hora da verdade, como a chamou Roseana, não foi por desapreço a uma decisão do Conselho de Família. Não. Minha ausência deve ser creditada ao medo que eu sinto de ser o verdadeiro lobisomem. Se quiserem, tomem-me como o lobisomem, mas não me queiram mal.

O abraço fraterno do lobisomem do Contestado ou, se preferirem, do irmão que os ama a todos, Johnnie Walker."

Todos os irmãos perdoaram Tia Rose no episódio do lobisomem, menos Tio Dimple. Por isso, ele teve um ataque de riso quando Padre Luiz, depois de ouvir seus pecados numa confissão que durou 45 minutos, deu a Tia Rose a penitência de fingir que era mendiga e ir pedir esmolas ao pé da escadaria da igreja de São José, no coração da Avenida Afonso Pena, diante do edifício Acaiaca, a um quarteirão da Praça Sete, local de manifestações de protesto desde a primeira rebelião dos fantasmas ingleses. Tia Rose aceitou a penitência com os cuidados de uma artista. Providenciou trajes de mendiga e passou um dia e uma noite esmolando, e as fotografias que a mostravam estendendo a mão e pedindo uma esmola pelo amor de Deus, feitas pelo fotógrafo Rodolfo Rocha, a pedido de Tio Dimple, fizeram grande sucesso entre o Clã dos Drummond. Vó Inácia não pôde vê-las, o que foi uma pena, mas chamou Tia Rose para uma conversa ouvida apenas pelo rifle a tiracolo e pelo fantasma de Tia Anunciata.

– Ouvi tudo, Roseana – ralhou Vó Inácia.

– Ouviu tudo o que, mamãe? – perguntou Tia Rose, meio bêbada.

– Ouvi com meus apurados ouvidos de cega, Roseana – foi falando Vó Inácia –, todos os pecados que você contou a Padre Luiz e estou chocada. A que ponto, Roseana, essa tal de Berenice te levou, minha filha! Então você troca os remédios de manipulação que Henriquinho Horta receitou para a tensão pré-menstrual de Catula por maisena? É por isso que Catula quebra tantos pratos e copos nos dias fatais.

Quando estava com a tensão pré-menstrual, mesmo tomando as cápsulas brancas receitadas por seu médico, o Dr. Henrique Horta, Catula discutia com Juan Las Casas, de quem gostava tanto como gostava de Tio Red Label, por causa de Hemingway e Faulkner.

– Para mim, Catula – provocava Las Casas –, Hemingway é um grande contista, mas é um mau romancista. Como contista é melhor que Faulkner, agora, como romancista, Faulkner põe o seu deus Hemingway no chinelo.

– Que heresia é essa, Las Casas – esbravejava Catula. – Você entende é dessa água-com-açúcar que vocês comunas chamam de realismo socialista. Eu, hein, Rosa? Você entende é de "Assim se temperou o aço" e outras baboseiras.

Os apurados ouvidos de cega de Vó Inácia escutavam o barulho do quebra-quebra que se repetia todo mês no castelo.

– Viridiana, minha filha – perguntou um dia Vó Inácia –, quem anda quebrando tantos copos e pratos no castelo?

– Os 7 Anões – apressou-se Tia Viridiana. – Eles eram anões de circo, mamãe, são muito desajeitados para os afazeres domésticos.

– Pois chame os 7 Anões, Viridiana – ordenou Vó Inácia, usando o tom de voz de Baronesa do Café, famoso em todo o Contestado. – Quero falar com eles.

Os 7 Anões ficaram um ao lado do outro perfilados diante da cadeira de vime onde Vó Inácia estava sentada com o rifle a tiracolo. Ela os olhava como se pudesse enxergá-los. Estavam trêmulos de medo e dispostos a assumir a culpa pelo quebra-quebra feito por Catula, orientados por Tia Viridiana.

– Dona Inácia Micaéla – adiantou-se o Anão Bondade –, a senhora pode mandar descontar os copos e os pratos em nosso salário.

– Que encenação é essa aí? – gritou Catula, atacada pela tensão pré-menstrual, entrando na sala. – Os 7 Anões são inocentes, Vó Inácia, quem tem quebrado os copos e os pratos sou eu.

– Mas o que está acontecendo, Catula, o remédio que Henriquinho Horta receitou para você não está mais fazendo efeito, Catula? – perguntou Vó Inácia, enquanto os 7 Anões, a um sinal de Tia Viridiana, abandonavam a sala às pressas.

– Eu já voltei ao consultório do Dr. Henrique, Vó Inácia, e ele não sabe o que está acontecendo comigo, Vó Inácia – lamentou Catula.

– E é por isso, Catula – disse Vó Inácia e estendeu a mão procurando a mão da neta –, que você anda fugindo de mim? Pensa que eu não percebo, porque sou uma cega?

– Eu estou brigando com Deus e o mundo, nos meus dias fatais, Vó Inácia – disse Catula abraçando-a, um pouco torta, por causa do rifle a tiracolo. – Não me perdoaria se brigasse com a senhora, Vó Inácia.

– Oh, Catula – disse Vó Inácia, passando a mão nos cabelos fulvos da neta. – Pode brigar comigo, Catula, e aí eu vou ver que você está sofrendo e não brigarei com você.

– Já briguei com Juan Las Casas, Vó Inácia – contou Catula. – Por causa de Hemingway e Faulkner.

– E Juan Las Casas, Catula? – quis saber Vó Inácia.

– Las Casas disse: Catula, você tem um crédito de irmã e amiga comigo, pode gastar à vontade, mas eu não vou brigar com você só porque falei que prefiro Faulkner a Hemingway, que é seu deus...

Vó Inácia dizia ao rifle a tiracolo que sempre que Tia Rose conversava com ela, sentia o bafo de uísque, mas o que a preocupava não era Tia Rose estar transformada numa alcoólatra.

– O que me dói, rifle – e Vó Inácia suspirava –, é que sinto um cheiro de madrasta, e não de mãe, mais forte que o bafo de uísque de minha filha Roseana.

De qualquer forma, desde que cumpriu como mendiga a penitência que recebeu de Padre Luiz e depois de ter conversado com Vó Inácia, Tia Rose nunca mais trocou os remédios contra a tensão pré-menstrual de Catula. Continuava, é verdade, a cumprir as ordens dadas por Berenice. Bebia um litro de uísque com guaraná toda noite, mas se abstinha às sextas-feiras e, com o rosto pintado como se fosse uma negra, subia no pirulito da Praça Sete, o mais célebre palco dos protestos em Belo Horizonte, e fazia um comício dizendo que o Brasil só será feliz quando assumir a sua alma negra. Quando uma frente fria vinha da Argentina e, depois de espirrar três vezes, Catula virava uma negra, Tia Rose beijava suas mãos e gritava:

– Catula é a pátria brasileira!

Cada noite Padre Luiz dormia num lugar diferente, já que não tinha uma paróquia. Aos poucos, trocava a leitura dos informes dos Camaradas Arruda, Amazonas, Marighela e Grabois, do Comitê Central do PCB, pela Bíblia. Antes de dormir, lia os Eclesiastes. Era, desde criança, por influência do pai, que pertencia a uma família de anarquistas espanhóis, um ateu, não acreditava em Deus, e aprendeu a acreditar em Marx, Engels, Lenin e Stálin. Nunca conviveu bem com o culto à personalidade de Stálin e o stalinismo e por ocasião das denúncias do 20º Congresso do PC da União Soviética, foi um dos três primeiros militantes de prestígio nacional no Brasil a participar dos debates que o jornal comunista *Voz Operária* abriu à revelia do Comitê Central. Aprendeu a rezar e um dia surpreendeu Catula dizendo que, escondido do Partido, ia ser batizado, e convidou-a para ser sua madrinha e Tio Red Label para ser o padrinho. O batizado foi feito numa manhã de sábado pelo Padre Lage, vigário da igreja da Floresta, que era amigo dos comunistas e andava com um volume de *Memórias do Cárcere*, de Graciliano Ramos, debaixo do braço. Desde então, Juan Las Casas passou a viver duas clandestinidades: vestido de padre fugia da polícia que o caçava e, ao mesmo tempo, escondia dos companheiros do Partido que tinha se convertido ao catolicismo. Tio Red Label o abastecia com reportagens sobre os padres operários franceses e Catula brincava:

– Qualquer dia, Padre Luiz vai aderir ao celibato clerical.

Uma noite de segunda-feira, quando borrifava com água benta o passeio diante do castelo de Vó Inácia, junto das beatas vestidas de branco, Padre João de Deus viu Padre Luiz descendo a escada, depois de dar uma bênção ao pistoleiro Sem Dó. O sucesso de suas penitências já tinha chegado a Padre João de Deus e tirava seu sono noites seguidas. Pois agora ali estava o padre de Satanás. Esperou-o descer a escada, abordou-o dizendo Louvado seja Nosso Senhor Jesus Cristo, puxou assunto, achou suspeito o portunhol de Padre Luiz e viu que estava diante de um falso padre. Mas a serviço de quem, Deus meu, além de Satanás? Investigou dias seguidos e descobriu quem era Padre Luiz. Catula soube e foi falar com Padre João de Deus na igreja da Boa Viagem. Estava transformada numa negra e Padre João de Deus teve certeza de que falava com uma filha de Exu e as mãos tremiam porque Catula era mais bonita negra do que branca. Com a voz trêmula, confessou que sabia quem era Padre Luiz. Catula então ameaçou-o. Se denunciasse Juan Las Casas ao Dops ou num sermão na igreja da Boa Viagem, ela, Catula, ia pedir a Vó Inácia que cortasse a contribuição mensal sem a qual a paróquia de Padre João de Deus iria à falência. Padre João de Deus prometeu a Catula guardar o que sabia como um segredo de confessionário, prometeu, é verdade, não por causa da ameaça de Catula e, sim, porque às 5 da tarde, quando sua febre subia a 40 graus, acreditava que Catula era um anjo que veio ao mundo para tentá-lo. Desde então, aumentou a dose de água benta com que borrifava o muro e o passeio em frente ao castelo de Vó Inácia e passou a rezar uma oração contra Satanás, pois não duvidava que Catula era uma enviada do Demônio para tentar os homens e os pobres e indefesos sacerdotes de Cristo.

25

Certa manhã de sol, quando Vó Inácia via crescer o cheiro da amizade que a fazia pensar no Coronel Janjão Boca de Ouro, e todas as rodas comentavam as penitências dadas por Padre Luiz, um padre de batina negra e chapéu preto andava tranqüilamente pelo "Paraíso dos Barbeiros", uma região despoliciada nas imediações do Sanatório Belo Horizonte, onde podia circular à vontade, sem medo da polícia, quando foi atropelado por uma moça que aprendia a dirigir ao volante de uma Mercedes cinza, ao lado do pai. O padre caiu no chão e, na queda, perdeu o chapéu e os óculos escuros e quando a moça e o pai, que era seu instrutor, desceram da Mercedes para socorrê-lo, o padre já estava de pé e tentava fugir, depois de pôr o chapéu na cabeça e descobrir que os óculos tinham quebrado.

– Meu Deus – disse a moça ao ver o padre. – É Juan Las Casas! Você está ferido, Las Casas?

– Não, Felipa – respondeu o padre –, foi só um susto.

– O que você está fazendo, Juan Las Casas, vestido de padre? – perguntou Pedro Ernesto.

– Escondendo-me da polícia, Pedro Ernesto – respondeu Padre Luiz, limpando a poeira da batina.

– Pelo amor de Deus, Las Casas. Não te machuquei? Não é melhor levar Las Casas ao Pronto-Socorro, papai?

– Você enlouqueceu, Felipa? Se eu aparecer no Pronto-Socorro o Dops me prende – ia dizendo Padre Luiz. – Agora, tenho que ir andando que os deveres de sacerdote me esperam.

Felipa tomou o acidente, que a fez reencontrar Juan Las Casas depois de três anos sem vê-lo, como um aviso do destino, alguma coisa escrita, que a Cigana Carmen leu em sua mão, na época das Três Malditas. Estava aprendendo a viver aqui fora, depois de passar mais de 14 anos internada em sanatórios, desde os sete anos de idade, e sentia-se um pássaro que viveu engaiolado, não sabia voar nem o que fazer com a liberdade. Tinha crises de pânico, que o Dr. Anastasia disse a Dona Santuza que eram normais e seriam vencidas com o tempo. Chorava por um nada e sentia vontade de voltar ao Sanatório Belo Horizonte para visitar os amigos internados, conversar com Irmã Maria da Apresentação.

– Tudo que você sente, Felipa – explicava o Dr. Anastasia –, é humano e natural. Se tiver vontade de ir ao sanatório, vá. Se tiver vontade de chorar, chore. Se tiver medo ou pânico, peça ajuda e me telefone sempre que quiser, a qualquer hora do dia e da noite.

Felipa não fazia nada sozinha. Tinha sempre que ter ao lado os pais, Pedro Ernesto e Dona Santuza, Catula e o Cara de Anjo ou Satã. Quando atropelou Padre Luiz, falava como Satã falava, usava as palavras que Satã usava, gesticulava como Satã, ria como Satã, gostava das músicas que Satã gostava, dos filmes que Satã gostava. Na véspera de atropelar Padre Luiz, Felipa tinha dado um grande passo, ajudada por Catula, que foi testemunha da cena, e conseguiu beijar Satã. Sentiu uma febre diferente da febre das 5 da tarde, sua velha conhecida, e a vontade de voltar a ficar internada cresceu tanto que Dona Santuza teve que passar uma tarde com a filha debaixo dos pés de eucalipto do Sanatório Belo Horizonte, em companhia de Satã. Ia desistir das aulas que recebia de Pedro Ernesto ao volante da Mercedes da família, depois de atropelar Padre Luiz no "Paraíso dos Barbeiros", mas o Dr. Anastasia, ajudado por Padre Luiz, encorajou-a a continuar. Padre Luiz visitoua no palacete da Cidade Jardim e ajudou Felipa a entender a saudade do sanatório e a vontade de voltar a ficar internada, mesmo depois da alta. Contou que uma vez ficou três anos e meio preso como comunista no presídio da Ilha Grande, no Rio de Janeiro. Quando, enfim, cumpriu metade da pena e foi libertado, a primeira sensação, quando deixou a prisão na Ilha Grande, foi de alegria, a festa da liberdade. Mas, passados alguns dias, sentia saudade da Ilha Grande, vontade de morar lá, mesmo estando livre.

– Uma prisão como a Ilha Grande, Felipa – dizia Padre Luiz –, tem muita coisa em comum com a vida num sanatório. A vida ficou cá fora. Os deveres, os compromissos, as obrigações, o relógio, tudo ficou aqui fora. A vontade que você sente de voltar para o Sanatório Belo Horizonte é irmã da que eu sentia de voltar para a Ilha Grande.

Uma tarde, Satã viu Padre Luiz entrar no palacete da Cidade Jardim. Sentiu que sua presença podia afetar seu emprego milionário de namorado de aluguel, mesmo porque Felipa já havia falado em Padre Luiz e saía para passear em companhia dele. Esperou Padre Luiz deixar o palacete escondido atrás de uma banca de jornal. Viu a maneira de Felipa sorrir ao acenar para Padre Luiz. Sentiu também um inesperado ciúme, além do medo de perder o emprego. Já havia descoberto, nunca se soube como, a verdadeira identidade de Padre Luiz.

– Juan Las Casas – disse Satã saindo de trás da banca de jornal. – Preciso falar com você...

– Sou todo ouvidos, Satã – falou Padre Luiz tentando disfarçar o susto que sentiu na hora.

– Deixa Felipa em paz, Juan Las Casas – ameaçou Satã. – Se eu tiver notícia de que você insiste em se insinuar com Felipa, vou ao Dops contar quem é o verdadeiro Padre Luiz.

– Se você for ao Dops, Satã – ameaçou por sua vez Juan Las Casas –, eu pago sua gentileza com a mesma moeda e conto a Felipa que você é namorado de aluguel, contratado a peso de ouro e a Cadillac Rabo-de-Peixe por Pedro Ernesto, e você perde sua boca rica.

– Isso é uma deslavada mentira – disse Satã. – É mais uma calúnia de comunista.

– Proponho um pacto de não agressão, Satã – seguiu Juan Las Casas. – Nem você vai ao Dops, nem eu digo nada a Felipa.

Por aqueles dias, Dona Santuza e Pedro Ernesto decidiram abrir o palacete da Cidade Jardim para uma grande festa. A grande festa que nunca tinham dado para a filha Felipa. Eram muito ricos, como foi dito, e a doença da filha tornou-os doentes, e a doença de Pedro Ernesto, além da fixação pelas Misses, era o trabalho e ficava mais e mais rico e dizia a Catula, Rico para quê? De maneira que decidiu, Vai ser a festa do século, Catula! A sensação no Brasil naqueles dias era a orquestra de Severino Araújo, famosa por causa de suas apresentações na Rádio Nacional, e Pedro Ernesto contratou-o para tocar. Felipa vivia um encantamento, mas não sabia dançar e tomou aula de dança com Catula e Buchanan's. Gioconda veio de Cruz dos Homens e as Três Malditas fizeram uma reunião para derrotar de vez as previsões da Cigana Carmen e a festa no palacete era um dos lances. Dona Santuza importou de Paris um vestido da Maison Chanel, sua idéia fixa, para Felipa usar na noite da grande festa. Desta vez, nenhuma carta anônima ia impedir que Felipa o vestisse no palacete da Cidade Jardim como aconteceu aos 15 anos no Baile das Debutantes no Automóvel Clube. Felipa disse na reunião das Três Malditas realizada, pela primeira vez, no palacete da Cidade Jardim que amava tanto o Cara de Anjo ou Satã quanto amava Padre Luiz ou Juan Las Casas.

– Entre les deux mon coeur balance – brincou em francês.

Chegou a grande noite. Já pela manhã havia grande agitação no palacete dos Mascarenhas Guimarães. Tantas *corbeilles* chegaram para Felipa que o estoque das floras de Belo Horizonte acabou. Juan Las Casas e Satã enviaram rosas vermelhas. Um mistério que nunca foi esclarecido é que os cartões que mandaram acompanhando as flores diziam a mesma coisa: "Felipa: que as rosas falem por mim e digam a você como te amo." Já no início da noite o trânsito congestionou na Cidade Jardim, nas vizinhanças do palacete de Pedro Ernesto. A queima de fogos foi inesquecível. Foguetes escreveram no céu o nome de Felipa e a orquestra de Severino Araújo começou a tocar às 10 da noite no grande salão de festa do palacete, que nunca tinha sido aberto antes. Vó Inácia compareceu com o rifle a tiracolo, ao lado de Tio Johnnie Walker, e Padre Luiz foi visto entrando no palacete da Cidade Jardim pouco depois do Cara de Anjo ou Satã. Mas, lá dentro, tirou o chapéu e a batina de padre, e assumiu a personalidade de Juan Las Casas. Quando a orquestra de Severino Araújo tocou a valsa à meia-noite, Felipa dançou com o pai, Pedro Ernesto, vestido a rigor. Ia dançar depois com Juan Las Casas, mas o Cara de Anjo ou Satã foi mais rápido, e saiu dançando com Felipa. De maneira que Catula, que esperava dançar com Satã, dançou com Juan Las Casas, e Gioconda com Buchanan's. Era a festa do século, todos concordavam. Felipa dançou a noite toda, uma música com Juan Las Casas, outra música com o Cara de Anjo ou Satã. No dia seguinte, Satã desafiou Juan Las Casas para um duelo de revólver em disputa de Felipa, depois que ela disse:

– Eu amo vocês dois, não posso escolher entre um e outro.

Na véspera do duelo marcado para uma semana depois, Felipa voltou a tossir e a sentir a febre das 5 da tarde e o Dr. Anastasia internou-a às pressas no Sanatório Belo Horizonte.

26

Havia tantos terreiros e candomblés nos bairros pobres e nas favelas de Belo Horizonte que o som dos atabaques chegava aos ouvidos de cega de Vó Inácia, misturado à música das festas, aos passos dos fantasmas e às tosses.

– Apurai vossos ouvidos, filhos de Deus, quando a noite cai na cidade das tosses e da orgia – dizia Padre João de Deus no "Sermão da Montanha". – Ouvireis tocar os tambores do Demônio. Como se não bastasse a cidade das tosses e da orgia ter se transformado em Sodoma e Gomorra, transformou-se, agora, numa herege Bahia de São Salvador!

Dramático, sabendo o efeito que produzia na platéia que lotava a igreja da Boa Viagem na missa das 6 da tarde, Padre João de Deus tirava o lenço branco do bolso da batina, enxugava o rosto molhado de suor e punha a culpa de tudo que estava acontecendo em Catula. Mas não dizia seu nome.

– A causadora de tudo auto-rotula-se "Filha de Exu". Mas eu vos pergunto, irmãos: o que é Exu senão o Demônio disfarçado de divindade afro, de orixá? O que é Exu para as ovelhas desgarradas que seguem os macumbeiros, os feiticeiros e a crendice afro? É o que as próprias ovelhas desgarradas chamam de orixá responsável pela sexualidade e os prazeres do corpo, vale dizer, Exu convida ao sexo e ao pecado e a "Filha de Exu" é a prova mais cabal e mais gritante do que vos falo.

Atacado pela febre das 5 da tarde, em meio ao delírio, Padre João de Deus passou a fazer o "Sermão da Montanha" em tupi-guarani, que sabia, como já contamos, desde que serviu como missionário entre os índios na Amazônia. Ninguém entendia nada, mas o sucesso era tão grande que a igreja ficava lotada, e por sugestão de Dona Alphar, que morava na Rua Alagoas, dada através do neto José Maurício, o serviço de alto-falantes de Ítalo e Andrade passou a transmitir os sermões para os bairros de Belo Horizonte, que paravam para ouvir Padre João de Deus. Dessa maneira, todo fim de tarde, Vó Inácia conseguia ouvir o sermão em tupi-guarani feito por Padre João de Deus e enquanto durava sua pregação, Belo Horizonte não fazia outra coisa, e até na Zona Boêmia havia alto-falantes instalados nos postes ao longo da Rua Guaicurus. Tio Johnnie Walker falava o tupi-guarani cada vez melhor com o propósito de chefiar a expedição que ia localizar os índios liliputianos na Amazônia, e ouviu o sermão de Padre João de Deus. Preferiu ir à igreja da Boa Viagem em vez de ouvir pelo alto-falante. O sermão durou uma hora e 15 minutos e Tio Johnnie Walker contou a Catula, a Tio Red Label e a Padre Luiz, longe dos ouvidos de cega de Vó Inácia, que Padre João de Deus denunciava em tupi-guarani um complô de Satanás, de Exu e do Partido Comunista contra Deus e a Igreja Católica Apostólica Romana, liderado por Catula. Era sinal de que Padre João de Deus e também a polícia, mais exatamente o Dops, sabiam do que estava sendo articulado nas reuniões clandestinas no laboratório de Tio Red Label. Pois o que levava Padre Luiz a subir todas as noites os 59 degraus da escada do castelo de Vó Inácia eram as reuniões clandestinas para realizar a "Noite da Mãe África", um sonho de Catula sempre que vinha uma frente fria da Argentina e ela espirrava três vezes e virava uma negra de olhos verdes. Padre João de Deus tinha colocado os clubes e as entidades negras em seu índex. A começar pela gafieira Elite, onde iam dançar os negros e os mulatos e as empregadas domésticas. Catula freqüentava a gafieira Elite quando estava negra, e foi o bastante para Padre João de Deus considerá-la um antro do pecado. Do púlpito da igreja da Boa Viagem, Padre João de Deus pedia a ação da polícia contra a gafieira e os candomblés no delírio da febre das 5 da tarde falando em tupi-guarani. Era comum abrir os jornais e ver as fotografias de pais e mães-de-santo presos e de candomblés invadidos e fechados pela polícia. Havia também *blitz* policiais contra a gafieira Elite e eram feitas prisões. Vó Inácia via crescer o cheiro de coisa por acontecer e, para se distrair, começou a recordar, conversando com o rifle a tiracolo, os apelidos pelos quais eram conhecidos amigos e correligionários do PSD de Cruz dos Homens: Chico Totó, Nico Cheiroso, Moisés da Moçada, João Boca de Peixe, Quinca Pires, Vidinha, João Barão, Mestre Tãozinho, Zifina, Maria Chuta, Flor de Maio, Zé da Santinha, Niquim Salvador, Mingote, Bié, Lilita, João Cu do Judas, Neco da Onça, Dona Cocota, Cutica, Quinha. Ia pensando em todos, vendo todos na lembrança, mas o cheiro de coisa por acontecer aumentava. Nessa época, as videntes e as cartomantes também eram perseguidas em Belo Horizonte e o candomblé mais visado era o da Mãe-de-Santo Nanã Boruquê. As *blitz* policiais fechavam seu candomblé, mas, libertada por *habeas-corpus*, pagando fiança, Nanã Boruquê logo o reabria, e novamente a polícia o fechava e Nanã Boruquê era presa. Uma noite, Nanã Boruquê tocou a campainha do castelo de Vó Inácia à procura de Catula. Era uma visita inesperada da realidade e quando o Anão Solidariedade anunciou-a, Vó Inácia estava no quintal do castelo e Catula não tinha voltado do Sanatório Belo Horizonte, onde o estado de Felipa, como dizia o Dr. Anastasia, era preocupante. Tio Dimple era de opinião que o Anão Tristeza devia dizer a Nanã Boruquê que Catula não estava e ia demorar a chegar. Teve o apoio de Tia Rose, meio bêbada, para quem Nanã Boruquê era uma reles e contumaz freqüentadora das páginas policiais. Tio Dimple pediu a Tia Viridiana uma reunião de emergência do Conselho de Família para decidir o que fazer, quando Tia Odete disse que era melhor deixar Catula decidir, pois só Catula podia dizer se ia ou não receber Nanã Boruquê, quando chegasse do Sanatório Belo Horizonte. Vó Inácia entrou na sala e perguntou o que estava acontecendo. Todos ficaram calados e Buchanan's, que era a favor de Catula receber Nanã Boruquê, contou a verdade a Vó Inácia. Acariciando o rifle a tiracolo e ocupando a cadeira de balanço, Vó Inácia suspirou e disse, Pois é, vou sentir o cheiro da realidade que vocês, liderados por Viridiana, andam me sonegando! Mandem Nanã Boruquê entrar que eu vou recebê-la. Nanã Boruquê foi introduzida na sala de visitas pela Anã Clô e Vó Inácia a recebeu com o rifle a tiracolo. Sinta-se em casa, Nanã Boruquê, e não se espante com meu rifle, não. Minha neta Catula não demora a chegar e vai ter muito prazer em recebê-la. Nanã Boruquê era negra. Usava uma veste branca que ia até os pés, andava pelos 38 anos, e os óculos tartaruga tinham lentes tão grossas como o fundo de uma garrafa e a lente do lado esquerdo estava trincada. Quando Catula chegou e entrou na sala não tinha a pele negra como Nanã Boruquê esperava. Ao vê-la branca e com os cabelos fulvos, a mãe-de-santo ficou embaraçada e Catula levou-a para o escritório de Tio Johnnie Walker, onde era possível ver as fotografias de suas 28 namoradas penduradas na parede. Conversaram mais de uma hora e Nanã Boruquê voltou outras vezes ao castelo, sempre à noite. Não vinha só. Trazia em sua companhia mães-de-santo e pais-de-santo, videntes e cartomantes, e dançarinos e dançarinas da gafieira Elite e entravam pelo portão camuflado no jardim do castelo. Despertava a atenção de Tio Red Label a beleza morena e os olhos verdes de uma jovem vidente chamada Janete, que iria dar o que falar anos depois, como Madame Janete, quando previu o que esperava a Garota do Maiô Dourado, que ficou famosa como Hilda Furacão. Uma noite, Catula ficou a sós com Janete no castelo. Perguntou se podia fazer alguma coisa para livrar-se das previsões da Cigana Carmen sobre as Três Malditas. Janete foi clara:

– É como diz minha amiga Glória: o que Deus risca, ninguém rabisca, Catula.

As reuniões clandestinas, com a participação de Nanã Boruquê e de pais e mães-de-santo, feiticeiros e feiticeiras, bailarinos e bailarinas da gafieira Elite, articuladas por Padre Luiz e Catula, continuavam a acontecer no apartamento de Tio Red Label, nos fundos do castelo de Vó Inácia. Felipa teve uma ligeira melhora, mas o Dr. Anastasia proibia as visitas do Cara de Anjo ou Satã e de Padre Luiz ou Juan Las Casas, que estavam dispostos a realizar o duelo em disputa de Felipa, tão logo ela melhorasse. Mesmo correndo riscos, pois Padre João de Deus sabia de toda a articulação e a polícia também, foi marcada a "Noite da Mãe África", que ia mobilizar os pais-de-santo e as mães-de-santo, os candomblés, terreiros, centros espíritas, gafieiras, como a Elite, rodas de samba, e intelectuais liderados pelos poetas Fritz Teixeira de Salles, Edmur Fonseca e Otávio Dias Leite, diretor do jornal literário *O Horizonte*. A "Noite da Mãe África" foi um sucesso, mas ficou conhecida como "Noite de São Bartolomeu", porque uma operação policial comandada pelo delegado Luiz Manjura fez uma *blitz*, prendeu as mães-de-santo, a começar por Nanã Boruquê, os pais-de-santo, fechou os terreiros de Umbanda, e fez 203 prisões, incluindo Catula, cuja fotografia transformada em negra foi publicada pelos jornais. Catula e a vidente Janete foram jogadas numa cela escura do Dops que cheirava a mofo. Uma podia ver a outra por causa dos olhos verdes, que brilhavam no escuro como os olhos dos gatos. Perderam a noção de quantos dias ficaram ali. Catula cantava para não ficar louca e Janete dizia que não era desta vez que Catula ia correr risco. Por interferência do Presidente da República, Juscelino Kubitscheck, que era amigo de Vó Inácia Micaéla e do Senador Benedito Valadares, o Governador de Minas, Bias Fortes, mandou libertar Catula. Todos os outros 202 presos deveriam continuar recolhidos nas delegacias e nos quartéis da Polícia Militar. Mas Catula recusou-se a ser libertada sozinha e iniciou uma greve de fome no Dops. O Deputado Fabrício Soares fez um discurso protestando contra as prisões e o Deputado Edgar da Matta Machado leu na tribuna da Assembléia Legislativa o manifesto de intelectuais redigido pelo escritor Benito Barreto, o poeta Edmur Fonseca, o advogado José Adjuto Botelho e o jornalista Helvécio de Oliveira Lima contra as prisões e a favor da liberdade religiosa. Catula insistia na greve de fome. Pressionado por um telefonema do Presidente da República, Juscelino Kubitscheck, e pelos conselhos do Senador Benedito Valadares, o Governador Bias Fortes mandou libertar todos os presos e os terreiros de Umbanda e a gafieira Elite passaram a funcionar livremente em Belo Horizonte para espanto de Padre João de Deus, e as cartomantes e as videntes, como Janete, foram libertadas e tiveram sua atividade permitida.

Pedro Ernesto perguntou ao Cara de Anjo ou Satã qual era seu preço para curar novamente Felipa. Satã respondeu que era entrar para o Clã dos Mascarenhas Guimarães, casando-se com Felipa no civil e no religioso, com comunhão de bens. Pedro Ernesto aceitou a proposta de Satã e pediu ao Dr. Anastasia que relaxasse a proibição das visitas de Satã. Satã pediu para conversar a sós com Felipa no apartamento do Sanatório Belo Horizonte. Disse que tinha em seu poder a droga capaz de derrotar a tuberculose, a última novidade, tão boa que, depois dela, os sanatórios de Davos, na Suíça, tinham fechado, pois não havia mais tuberculosos no mundo. Felipa perguntou o que Satã queria em troca da droga milagrosa e Satã disse que queria sua alma. Felipa expulsou-o do quarto do sanatório. Decidiu, então, morrer como se fosse viajar para Casablanca, e disse a Pedro Ernesto, a Dona Santuza e a Catula, que ia visitá-la todos os dias:

– Para todos os efeitos, estou indo para Casablanca. Quero uma serenata de adeus, com todos cantando "As time goes by".

Os Rouxinóis do Paraíso gostavam muito de Felipa e iam cantar "As time goes by". Ensaiavam durante a noite no piano de

Vó Inácia Micaéla, que os ouvia sem abandonar o rifle a tiracolo. E quando Catula avisou que aquela podia ser a noite da partida de Felipa para Casablanca, foram todos para o Sanatório Belo Horizonte. Vó Inácia fez questão de ir, com o rifle a tiracolo. Gioconda veio às pressas de Cruz dos Homens. Tia Dô e Tio Black Label cantavam debaixo da janela de Felipa. Dentro do quarto, deitada na cama, Felipa tinha ao lado Catula e Gioconda. Usava o mesmo vestido Chanel da festa.

– Estão vendo? – disse a Catula e a Gioconda. – Eu estou derrotando a previsão da Cigana Carmen. Catula, diga a Juan Las Casas que eu o amo.

Pôs-se a cantar "As time goes by", acompanhando Tia Dô e Tio Black Label, acenou um adeus para os pais e pediu:

– Vive por mim, Catula!

Juan Las Casas estava preso numa cela do Dops. A polícia o prendeu como um falso padre e, não, como um comunista, condenado à revelia a 15 anos de prisão, acusado de matar um guarda civil nas manifestações na Rua da Bahia. Foi uma surpresa para os policiais do Dops quando descobriram que o Padre Luiz era Juan Las Casas. Preso incomunicável numa cela escura do Dops, não soube da morte de Felipa. Todas as noites Catula passava diante do Dops no Studbaker de Vó Inácia e mandava recados em Morse tocando a buzina do carro. Mas não teve coragem de contar, naquela noite, que Felipa tinha morrido e buzinou em Morse um verso do *Canto Geral*, de Pablo Neruda: "Dá-me esta taça, irmão, e escuta: estou rodeado de minha América úmida e torrencial." Libertado, poucos dias depois, pela influência da família, Juan Las Casas subiu uma noite os 59 degraus da escada do castelo de Vó Inácia. Usava a batina preta com a qual ficou conhecido como Padre Luiz. Abençoou o pistoleiro Sem Dó, que tirou o chapéu de cangaceiro e ajoelhou-se ao vê-lo. Mas não entrou pelo portão clandestino. Catula o esperava na porta do castelo e, a sós, trancados na sala de Tio Johnnie Walker, conversando com uma voz de confessionário para não serem escutados pelos ouvidos de cega de Vó Inácia, Padre Luiz disse que depois da morte de Felipa tudo perdeu o sentido e ele ia viajar para a França e entrar num seminário para ser um padre operário.

– Vou fazer o casamento de Marx com Cristo, Catula – brincou.

Catula ficou tão emocionada que caiu de joelhos diante de Padre Luiz e, tomando suas mãos, contou em tom de confissão o grande segredo de sua vida, que seu príncipe encantado ou desencantado transformava-se em lobisomem e para livrá-lo da maldição ela devia beijá-lo na boca, enfrentando o risco de ser atacada. Padre Luiz falou como se já fosse mesmo um padre, e disse que Catula tinha que buscar a felicidade, mesmo com o risco que corre um soldado no *front*. Dias depois Padre Luiz seguiu para a França. Catula recebeu uma carta do Dr. Albert Schweitzer, dizendo que tinha o maior apreço pelo Brasil e teria enorme alegria em recebê-la em Lambaroné, logo que se formasse em medicina e pudesse embarcar para a África.

27

Uma manhã, Vó Inácia Micaéla acordou sentindo saudade do cheiro de bosta de boi na chuva. Tia Viridiana convocou uma reunião de emergência do Conselho de Família e Tio Red Label disse que poderia fabricar o cheiro de bosta de boi na chuva em seu laboratório e Catula perguntou pelo barulho da chuva caindo e pelos relâmpagos, e Tio Red Label respondeu que podia fabricá-los também. Nessa época, Tio Red Label via seu sentimento de culpa crescer a um ponto que se sentia responsável pela revolta dos negros norte-americanos contra a Ku-Klux-Klan no Sul dos Estados Unidos, pela greve geral na Itália, pela derrota dos franceses no Vietnã, pela Grande Marcha de Mao Tsé Tung na China, pelo quebra-quebra feito pelos estudantes no Rio de Janeiro e insistia em dizer ao amigo Guignard que estava esperando a volta de Paloma Agostini para ser feliz. Quando Tio Red Label disse que podia fabricar não apenas o cheiro de bosta de boi na chuva, mas o barulho da chuva caindo no quintal e a explosão dos relâmpagos, Catula perguntou pelo berro de boi na chuva. Tio Red Label respondeu que possuía gravações de bois berrando que fez na fazenda. Buchanan's temia que Vó Inácia fosse ao quintal do castelo atraída pelo cheiro de bosta de boi na chuva e não sentisse nem a chuva caindo nem o cheiro de uma vaca por perto.

– Ficaremos sob suspeita – disse Buchanan's –, e Vó Inácia poderá pensar, com toda a razão, que não passamos de um bando de mentirosos.

– Mas com as melhores intenções – aparteou Tia Viridiana. – Só estamos defendendo a epopéia dos Drummond, o ir e vir das coisas. Assim caminha a humanidade.

Por fim, aceitando os argumentos de Buchanan's, o Conselho de Família mandou buscar na fazenda do Rancho Fundo a vaca Pecadora, que dava 20 litros de leite por dia. Era uma vaca holandesa, branca e preta, de olhos tão humanos como os olhos de uma mulher grávida. Veio na carroceria de um caminhão e passou a ser a nova inquilina do quintal do castelo, para alegria de Vó Inácia Micaéla. Com a chegada da vaca Pecadora, entregue aos cuidados de Vagalume, o quintal do castelo de Vó Inácia ganhou seu morador mais ilustre. Ela era detentora de vários prêmios nacionais e internacionais. Os outros inquilinos do quintal do castelo eram o peru Jonas, nome dado por Catula, que o salvou de virar ceia de Natal, o galo de Catula, um galo músico, de canto longo, que acordava o castelo toda manhã, o garnizé da Anã Clô, um pequeno ser branco, confundido com as pombas que pediam asilo no quintal, um bando de galinhas-d'angolas e duas peruas. Nas árvores do quintal, convivendo com bem-te-vis, pardais e canários, o morador mais admirado era um sabiá de peito amarelo, cujo canto recordava a Vó Inácia Micaéla o canto dos sabiás do Contestado. Era um sabiá solitário, que ficou viúvo nas últimas chuvas, mas havia mais de um ano que não chovia em Belo Horizonte. O canto do sabiá era cada vez mais bonito, como se a dor pela perda da amada purificasse seu canto.

– Manda chuva, Senhor! – pedia o sabiá cantando. – Manda chuva!

Vó Inácia Micaéla dizia ao rifle a tiracolo:

– Quando Deus canta, irmão rifle, canta como um sabiá!

Por mais que o sabiá pedisse chuva em seu canto, nem nuvens havia no céu e Vó Inácia continuava a queixar-se da saudade do cheiro de bosta de boi na chuva. Saudade, é verdade, aplacada com a chegada da vaca Pecadora ao quintal do castelo, cuja presença comunicou ao Papa João XXIII numa carta, realmente enviada ao Vaticano, numa versão em inglês feita pela Anã Clô, e que mereceu um pequeno mas emocionado cartão do Papa João XXIII, que tinha um coração de camponês e enviava uma bênção especial à vaca Pecadora. Os dias passavam, mas a chuva recusava-se a cair. Vó Inácia ouvia o barulho da conspiração, com seus apurados ouvidos de cega, treinados para ouvir os passos do Coronel Bim Bim subindo os 59 degraus da escada para invadir o castelo e levar sua cabeça para pendurar no sobrado de 28 janelas em Cruz dos Homens. Dada a escrever cartas ao Santo Papa, como já contamos, Vó Inácia enviou uma pequena carta ao Presidente Juscelino Kubitscheck, que ganhou a letra bordada de Tia Viridiana:

> "Muito estimado Presidente da República
>
> Juscelino Kubitscheck de Oliveira:
>
> É meu dever de amiga, de eleitora e de velha correligionária do nosso PSD e de cidadã brasileira dar ciência ao Presidente da República, legitimamente eleito, que, como cega, venho me preparando para sentir o cheiro de Deus, razão por que os outros cheiros, menos santos, me são facilmente detectáveis.
>
> Devo dizer, nobre, bravo e querido amigo Presidente Juscelino Kubitscheck, que venho sentindo, nos últimos dias, o cheiro do golpe militar e julguei de meu dever, como amiga, correligionária e brasileira, preveni-lo. Já detectei 33 cheiros que podem ser o cheiro de Deus, já sei qual é o cheiro de Satanás e ficarei com meu olfato de cega atento para acompanhar o cheiro da conspiração dos militares e da UDN.
>
> Cordiais saudações, a eleitora e amiga
>
> Inácia Micaéla Furst de Stobhall y Cargill Drummond."

O Presidente da República enviou afetuoso cartão de próprio punho, que Catula leu em voz alta, agradecendo o ato patriótico e democrático de Vó Inácia, a quem chamou de querida amiga e brava correligionária do PSD do Contestado. Como presidente de honra do PSD de Cruz dos Homens, Vó Inácia liderava, quase da mesma maneira de antes de ficar cega, a luta política contra a UDN e o Coronel Bim Bim. Nada era feito sem que Vó Inácia fosse ouvida. Depois de sentir o cheiro do golpe militar, Vó Inácia voltou a sentir o cheiro da amizade ligado ao Coronel Janjão Boca de Ouro. Ele era o presidente do PSD de Cruz dos Homens, mas na reunião mensal no castelo, para traçar a estratégia para as próximas eleições, todos os dirigentes vinham. Vinham os Bretas, os Lage, os Alvarenga. Mas o Coronel Janjão Boca de Ouro não vinha. Vó Inácia era de opinião que Gioconda, uma das Três Malditas, devia ser a candidata do PSD a Prefeita de Cruz dos Homens.

– Quero não, madrinha Inácia – teimava Gioconda.

Por aqueles dias, nuvens brancas como garças surgiam no céu de Belo Horizonte, mas logo batiam em retirada.

– Definitivamente não sinto o cheiro de chuva – dizia Vó Inácia. – Continuo sentindo apenas o cheiro de golpe militar e o cheiro da amizade. Ah, o cheiro de Deus é o cheiro da amizade.

No "Sermão da Montanha" na igreja da Boa Viagem, Padre João de Deus pedia orações e penitências contra a falta de chuva. Beatas acompanhavam as procissões, em oferenda a São Pedro, com os pés descalços. Teve início o racionamento da água. Agora, a cidade tomava banho dia sim, dia não. O comércio lançou promoções especiais e nunca vendeu tanto perfume. Começou a faltar água para beber. Se fosse uma cidade qualquer já seria preocupante. Mas Belo Horizonte, como foi falado, era uma cidade sanatório. Administrando as 136 pensões sanatoriais de Vó Inácia, Tio Dimple teve a prudência de construir, antes da temporada de seca, poços artesianos em todas elas. E aumentou as mensalidades em 15% porque nas outras pensões sanatoriais faltava água. Padre João de Deus falava em castigo dos céus.

– Deus Nosso Senhor está punindo a Sodoma e Gomorra de nossos dias, a cidade das tosses e da orgia.

Concentrou o fogo do "Sermão da Montanha" contra os dois mais famosos *rendez-vous* de Belo Horizonte, o da Zezé e o da Margarida. Em seus sermões, que mais pareciam comícios, pedia a expulsão das argentinas e das paraguaias. Vó Inácia Micaéla sentia o cheiro do golpe militar e passou naqueles dias a sentir um cheiro, quase um perfume, durante a noite, quando Tio Red Label já não fazia experiências para descobrir o Soro da Felicidade. Era um cheiro associado ao amor e ao ódio, à luta que os dois, como o Bem e o Mal, travavam.

– Sinto no ar o aviso, rifle velho de guerra, de que não vou demorar a sentir o cheiro de Deus.

A situação se agravava pela falta de chuva. Faltava água até na fábrica de cerveja da Cia. Antártica Paulista, na Avenida Oiapoque, na fronteira com a Zona Boêmia. Padre João de Deus decidiu realizar seu mais caro sonho, desde que chegou a Belo Horizonte. Sonhava com uma noite em que todos, homens e mulheres, iriam se abster dos pecados do sexo. Chamou-a no "Sermão da Montanha" de "Noite da Abstinência", que os jornais passaram a chamar de a "Greve do Sexo" e marcou o batismo de fogo de Dona Loló Ventura, que tinha criado a Liga em Defesa da Moral e dos Bons Costumes e que mais tarde ficaria famosa liderando as passeatas contra Hilda Furacão na Zona Boêmia. As procissões lideradas por Padre João de Deus mais pareciam passeatas. E pediam que, na primeira sexta-feira do mês, os homens fizessem abstinência sexual nos *rendez-vous* da Zezé e da Margarida e em toda a Zona Boêmia de Belo Horizonte. Os jornais davam grande destaque à "Greve do Sexo". Padre João de Deus descrevia argentinas e paraguaias, em seus sermões, com tanta riqueza de detalhes, as despudoradas costas nuas e cheias de sardas das argentinas e a tentação da pele morena das paraguaias, que só fazia crescer o movimento na Zezé e na Margarida. Carros com alto-falante convocavam mães, esposas, noivas, namoradas a apoiarem a "Noite da Abstinência". Foi criado o comitê das noivas a favor da abstinência. Em contrapartida o pintor Guignard criou o comitê contra a "Greve do Sexo" e, sem que Vó Inácia Micaéla suspeitasse, as reuniões eram realizadas no laboratório onde Tio Red Label tentava descobrir a máquina de materializar fantasmas. Guignard convocou seus alunos na escolinha do Parque Municipal, liderados por Vicente Abreu e Gavino Mudado, para fazerem cartazes e charges contra a abstinência pregada por Padre João de Deus. Catula e Buchanan's liam as notícias sobre a "Greve do Sexo" para Vó Inácia ouvir para desviá-la do cheiro da amizade que tomou o lugar do cheiro do golpe militar.

– Pelo jeito, irmão rifle – dizia Vó Inácia ao rifle a tiracolo –, o Juscelino desbaratou a trama golpista da canalha da UDN. Mas o que está acontecendo com Compadre Janjão Boca de Ouro?

Chegou, em meio a grande suspense, a noite da "Greve do Sexo". Os sinos das igrejas de Belo Horizonte tocavam. Filhas de Maria vestidas de branco, virgens, esposas, noivas, namoradas, lideradas por Dona Loló Ventura e sob o comando de Padre João de Deus, ocuparam pontos estratégicos da cidade. As beatas bloquearam o viaduto de Santa Teresa, uma das principais vias de acesso ao *rendez-vous* da Zezé. Deitaram no chão na Rua Uberaba, nas vizinhanças do *rendez-vous* da Margarida. Deram um abraço em volta da Rua Guaicurus na Zona Boêmia. E cantavam com suas vozes desentoadas:

"Avé, avé
avé Maria
avé, avé,
avé Maria..."

Mesmo assim a "Greve do Sexo" fracassou. Ao contrário do que esperava Padre João de Deus, seus sermões e a própria "Greve do Sexo" fizeram tanta propaganda das argentinas e paraguaias que o trânsito congestionou na Avenida Francisco Salles e na Rua Uberaba, onde ficavam os dois *rendez-vous*, e foram distribuídas senhas e quando o dia nasceu ainda havia homens nas filas. Também na Zona Boêmia nunca houve tanto movimento. Tia Viridiana convocou uma reunião de emergência do Conselho de Família para decidir se deviam contar ou não a Vó Inácia a verdade sobre o que estava acontecendo com o Coronel Janjão Boca de Ouro. Enquanto a reunião do Conselho de Família acontecia no apartamento de Tio Red Label, contando com a presença de Tio White Horse e de Tio Johnnie Walker, que acabava de chegar de uma viagem ligada à exportação de esmeraldas e de águas-marinhas a Amsterdã e a Frankfurt, tendo conseguido a proeza de, em sete dias e sete noites, ter encontrado todas as 28 namoradas espalhadas pelo mundo, Vó Inácia conversava com o rifle a tiracolo, sem saber de nada.

– Irmão rifle, o cheiro de Deus está é no que é humano. É nos homens e nas mulheres e seus sonhos. Não é no perfume das flores que eu vou encontrar o cheiro de Deus. É no cheiro das pessoas. É no cheiro da amizade e no cheiro do amor. A amizade é como o pão e o vinho. É como a água na hora da sede.

Respirava fundo e continuava a conversar com o rifle a tiracolo:

– Sinto, irmão rifle, que alguma coisa está acontecendo com Compadre Janjão Boca de Ouro. Ele não vem mais visitar, manda Gioconda em seu lugar, mas Gioconda foge de mim, me abraça e beija e diz A bênção, madrinha Inácia, mas logo desaparece com Catula ou Buchanan's.

O Conselho de Família decidiu, por sugestão de Catula, contar a verdade sobre o que acontecia ao Coronel Janjão Boca de Ouro, e a tarefa coube a Tia Viridiana e a Tio White Horse. O Coronel Janjão Boca de Ouro dividiu em vida a herança com os dois filhos, Janjinho e Gioconda. Ainda não sabia que estava com um câncer na próstata e tomou a decisão sobre a partilha dos bens, após muitas noites de insônia e conversas com Dona Jerusa, madrugada adentro, porque o Janjinho estava queimando toda a sua fortuna com mulheres e jogos em Vitória. O Coronel Janjão Boca de Ouro acreditava que, se passasse a ser dono das lavras de águas-marinhas e de seu próprio negócio, o filho Janjinho ia dar mais valor ao dinheiro e pôr a cabeça no lugar. Mas Janjinho não mudou. Em pouco tempo estava tão endividado que hipotecou as lavras de águas-marinhas no Banco do Brasil e perdeu todas elas. Os credores procuravam o Coronel Janjão Boca de Ouro e, enquanto teve dinheiro, ele pagou as dívidas do filho. Quando Janjinho ficou pobre as mulheres o abandonaram e ele começou a beber. E sempre fazia novas dívidas. Recorria aos agiotas de Cruz dos Homens, um dos quais era Seu Nélson Barbudo, que tinha cobradores conhecidos como Vermelhinhos, porque usavam um uniforme vermelho que os identificava. Paravam na porta das casas aonde iam fazer cobranças e, se preciso, dormiam lá. Certa manhã, um Vermelhinho bateu palmas na porta da casa do Coronel Janjão Boca de Ouro. Ô, de casa!, chamou. Quando o Coronel Janjão Boca de Ouro abriu a porta e viu o Vermelhinho, sacou o 38, encostou-o no ouvido do Vermelhinho e gritou, Diga a Seu Nélson Barbudo que não tenho mais dinheiro. Só tenho as balas do meu 38. Se você voltar, leva chumbo. O cobrador Vermelhinho não voltou, mas, na manhã seguinte, Seu Nélson Barbudo apareceu. Trazia uma nota promissória assinada pelo Janjinho e uma proposta. Aceitava um dente de ouro do coronel em troca da promissória. Sem nada contar a Dona Jerusa e à filha Gioconda, o Coronel Janjão Boca de Ouro foi ao dentista, extraiu um dente de ouro e o entregou a Seu Nélson Barbudo em troca da promissória. A cada promissória assinada pelo Janjinho, Seu Nélson Barbudo voltava e o Coronel Janjão Boca de Ouro ia ao dentista, extraía um dente de ouro e o trocava pela promissória assinada pelo filho. Tantas vezes a cena se repetiu que, um dia, o Coronel Janjão chegou diante do espelho, e não viu mais nenhum dente de ouro. Não era mais o Coronel Janjão

Boca de Ouro. Vestiu então um pijama listrado e nunca mais saiu de casa. Ficava deitado na rede da varanda dos fundos da casa, que dava para o Rio Doce. Lia a Bíblia sem parar, e quando conversava protegia a boca com a mão em forma de concha. A filha Gioconda procurou-o um dia e disse, Pai, já acertei tudo com o Dr. Inácio dentista, ele vai fazer uma dentadura toda de ouro para o senhor, por minha conta. Carece não, Gioconda, disse o Coronel Janjão. Quando Vó Inácia soube no castelo do que tinha acontecido com o Coronel Janjão, ficou várias noites sem dormir, conversando com o rifle a tiracolo, Se Compadre Janjão me falasse, irmão rifle, eu pagava as promissórias do Janjinho, ele não precisava vender os dentes de ouro. Chamou Tia Viridiana e disse:

– Viridiana, eu sei que vocês querem me poupar. Mas, minha filha, você sabe, desde que eu deixei de ser uma moça das altas-rodas do Rio de Janeiro para ir com Tio Old Parr para o Contestado, eu não fiz outra coisa senão me molhar em toda chuva e me queimar em todo fogo.

Acariciou o rifle a tiracolo e disse:

– Eu quero, Viridiana, continuar a me molhar na chuva e me queimar no fogo.

Sem os dentes de ouro, o Coronel Janjão nunca mais foi o mesmo. Nunca mais visitou Vó Inácia no castelo em Belo Horizonte. Nunca mais conversou com Vó Inácia pelo rádio. Nunca mais riu. Nunca mais tirou o pijama. Passava os dias na rede na varanda dos fundos da casa, com o rádio ligado mesmo quando lia a Bíblia. Acompanhava as novelas da Rádio Nacional, de manhã e à noite, mas o que o animava era a guerra política entre o PSD e a UDN. Lia os jornais que chegavam de Belo Horizonte e do Rio de Janeiro com cinco dias de atraso a Cruz dos Homens, dando conta da campanha da UDN e de Carlos Lacerda contra o Presidente da República, Juscelino Kubitscheck. Animava-se como antigamente e dizia, com a mão em concha protegendo a boca sem os dentes de ouro:

– Essa cambada da UDN vai ver!

E ameaçava Carlos Lacerda:

– O Corvo do Lavradio não perde por esperar!

Desde a tarde em que o Janjinho foi tentar a sorte em Brasília, o Coronel Janjão fechou a Bíblia para sempre e não ligou mais o rádio. Pouco depois ficou sabendo em Vitória que tinha câncer na próstata e um ano de vida. Toda manhã, a flora que atendia aos adeptos do PSD em Cruz dos Homens entregava um cravo vermelho ao Coronel Janjão. Era Vó Inácia quem mandava. Ele pegava o cravo e ficava com ele na mão, e dizia a Dona Jerusa, Se Comadre Inácia Micaéla não existisse Deus tinha que inventar! Uma tarde, quando Vó Inácia sentia o cheiro da amizade mais forte do que nunca, Gioconda ligou pelo rádio e disse:

– Madrinha Inácia, pai morreu!

Contou então que o pai gritou antes de morrer:

– Viva o PSD! Morra a UDN!

Quando Vó Inácia soube da morte do Coronel Janjão Boca de Ouro, a seca em Belo Horizonte chegou a um ponto que a água de beber passou a ser vendida. Os refrigerantes e a água mineral eram pagos a peso de ouro. Camelôs falando chiado e puxando o "s", carregando no sotaque carioca, começaram a vender água natural nas ruas, em sacos de plástico.

– Água de beber! Água de beber! Água do Rio de Janeiro para matar a sede da capital de Minas!

Foi então que os jornais começaram a falar no engenheiro Janot Pacheco, que tinha feito chover no sertão do Ceará, bombardeando as nuvens com gelo seco, a bordo de um pequeno avião que ele mesmo pilotava, e vinha tentar repetir o feito em Belo Horizonte. Era um homem de óculos tartaruga, cuja foto estava nos jornais, e aparentava mais do que os 58 anos anunciados, e jamais sorria.

– Diga, Catula, Janot Pacheco parece um homem sério? – perguntou Vó Inácia Micaéla, acariciando seu rifle a tiracolo.

– Pela aparência, Vó – respondeu Catula –, é um homem sério e triste.

– É que ele sofre de azia crônica, Catula – disse Tia Odete.

– Azia só não basta para tanta tristeza, Tia Odete. Ele parece infeliz no amor.

As opiniões dividiam-se sobre a chuva de Janot Pacheco. Já recuperado do fracasso da "Noite da Abstinência", Padre João de Deus atacou Janot Pacheco no "Sermão da Montanha". Contrariando seus hábitos, *O Diário*, o órgão oficial da Cúria Metropolitana, conhecido como "*Diário Católico*", publicou um editorial na primeira página, com o título "O que é de Deus". Dizia que só a Deus era dado fazer chover e, adotando a mesma postura de Padre João de Deus, acrescentava que a carência de chuva era uma advertência divina a uma cidade que exorbitava no pecado.

– Que nada – discordava Vó Inácia, depois de ouvir a leitura do editorial feita por Catula. – Tudo é de Deus: o homem, a azia do homem, o avião, o sol, a chuva e o próprio pecado.

Era emocionante o momento em que o pequeno avião com Janot Pacheco a bordo aparecia no céu. Tio Red Label tinha uma luneta com que tentava descobrir uma nova estrela, ou o aviso de que Paloma Agostini ia voltar para amá-lo, e levou-a para a torre mais alta do castelo onde, durante a noite, o pistoleiro Vagalume montava guarda. Sentada numa cadeira de vime, acariciando o rifle a tiracolo, Vó Inácia ouvia as descrições que Catula fazia, olhando pela luneta:

– É um avião pequeno e de rabo florido, Vó Inácia.

O avião de Janot Pacheco ganhava altura aos poucos. Levantava vôo no aeroporto do Carlos Prates, longe, muito longe do castelo de Vó Inácia, e sobrevoava a cidade como o pássaro do sonho, o sonho de um homem que queria competir com Deus e fazer chover. Toda a cidade olhava para o céu. Quando o pequeno avião aproximava-se das nuvens, que lembravam grandes sorvetes, Janot Pacheco as bombardeava com gelo seco disparando um pequeno canhão. O bombardeio às nuvens durava até o anoitecer.

Aos primeiros sinais da noite, o aviãozinho encantado regressava ao aeroporto do Carlos Prates. No primeiro dia, as nuvens reagiram com indiferença. Continuaram lá no alto, brancas, como imensos sorvetes. Aos repórteres que o aguardavam em terra, Janot Pacheco declarou que tinha sido mais difícil fazer chover no Ceará e nós conseguimos.

– Nós, quem? – perguntou um radiorrepórter.

– Deus e eu – respondeu Janot Pacheco. – Sem Deus nós não somos nada neste mundo.

O avião encantado de Janot Pacheco levantava vôo no aeroporto do Carlos Prates às 2h30 da tarde e a emoção renovava-se. Catula carregava nas tintas, enquanto olhava pela luneta de Tio Red Label, na descrição que fazia para Vó Inácia.

– Quando Janot Pacheco bombardeia as nuvens, Vó Inácia, a gente vê um clarão, como um relâmpago ou um bombardeio numa guerra.

No primeiro dia, no segundo, no terceiro, no quarto e no quinto dia, as nuvens seguiram ignorando o bombardeio de gelo seco feito por Janot Pacheco.

– No sertão do Ceará também foi assim – explicava Janot Pacheco aos repórteres. – A chuva tem sua hora de vir e Deus é quem escolhe a hora.

No sábado e no domingo Janot Pacheco descansava. Na segunda-feira, reiniciava o bombardeio. Agora, diziam os jornais, ia utilizar o gelo seco usado no sertão do Ceará. Após um ataque de duas horas, o céu escureceu.

– Sinto cheiro de chuva – anunciou Vó Inácia Micaéla. – Espero que não seja uma cilada de meu olfato de cega.

Os jornais anunciaram em manchete: "As águas vão rolar!" Foi o bastante, numa cidade que amava tanto as festas, para ser organizado um carnaval temporão. Foliões saíram às ruas, comandados pelo Rei Momo. Blocos caricatos, liderados pelas Domésticas de Lourdes e pelos Boca-Negras da Floresta aderiram ao carnaval. Foi organizado um corso ao longo da Avenida do Contorno, aberto por Tio Red Label com sua Cadillac Rabo-de-Peixe conversível, tendo ao lado seu inseparável amigo Guignard e quatro mulatas. Usava um boné de marinheiro e tinha nas mãos um vidro de lança-perfume de sua própria fabricação. Fizeram enorme sucesso o Bloco das Argentinas e o Bloco das Paraguaias. A orquestra do Montanhês Dancing abria o desfile e a música mais tocada era um sucesso de carnaval cantado por Emilinha Borba e os Quatro Ases e Um Curinga:

"Tomara que chova
três dias sem parar
A minha grande mágoa
é lá em casa não ter água
nem pra cozinhar..."

Vó Inácia confirmava o Serviço de Meteorologia:

– Sinto o cheiro de chuva cada vez mais forte.

O céu ficou escuro às 4 da tarde e os foliões entoaram outro sucesso carnavalesco:

"As águas vão rolar
garrafa cheia
eu não quero ver sobrar..."

Mas a chuva não veio, apesar da escuridão do céu e dos relâmpagos, só caiu sobre a cabeça dos foliões uma chuva fininha, quase um orvalho, que Catula, mal disfarçando sua decepção, descreveu para Vó Inácia Micaéla como uma saliva, como se São Pedro tivesse cuspido sobre nossas cabeças. Janot Pacheco ainda insistiu dois dias. Mas o vento que soprava da Serra do Curral expulsou as nuvens e o céu clareou novamente. Os jornais esqueceram Janot Pacheco para se ocuparem do Homem do Besouro Amestrado, um Robin Hood que roubava dos ricos para distribuir entre os pobres e assaltava os palacetes com a ajuda de besouros amestrados, que carregavam as chaves para ele abrir as portas. Usando o uniforme das Brigadas Internacionais, com a espingarda de ar comprimido nas mãos, Tio Red Label passou a ficar atento não apenas às pererecas, também aos besouros. Pois até Padre João de Deus ocupou-se do Homem do Besouro Amestrado no "Sermão da Montanha". Chamou-o de Satanás travestido de Robin Hood e deu ao besouro, até então inocente e sem pecado, um papel de cúmplice do Demônio. Toda a cidade foi tomada de fobia pelos besouros e Tia Viridiana incumbiu os 7 Anões de capturá-los. Diariamente, Tio Red Label capturava três espécimes diferentes de besouros que exibia orgulhoso, já que, para seu coração sonhador, adquiriam o papel de agentes fascistas a serviço de Franco. Seu sentimento de culpa crescia a um ponto que, julgando-se com os dias contados, deu em cartório uma procuração, tendo Catula como testemunha, para que Buchanan's vivesse por ele seus sonhos, quimeras e fantasias. E dedicava seus dias à tarefa de inventar a máquina de materializar fantasmas. Uma tarde, quando ninguém mais falava em Janot Pacheco, Vó Inácia Micaéla anunciou:

– Agora sinto mesmo cheiro de chuva.

Começou então a chover torrencialmente e a chuva caía sem parar, não por obra de um engenheiro sonhador, mas de Deus. Então, vindo lá do quintal do castelo, onde ficava a vaca Pecadora, mais forte do que o cheiro da chuva e abafando todos os cheiros, Vó Inácia Micaéla sentiu o cheiro de bosta de boi na chuva.

– É o meu perfume – disse ao rifle a tiracolo.

28

Convém ler o *Diário da Cidade das Tosses e da Orgia*, que Catula estava escrevendo, para nos inteirarmos de acontecimentos que estão por vir:

Segunda-feira – A hora dos fantasmas

Apenas os fantasmas estão acordados. Os fantasmas, o vento que vem da Serra do Curral, os cães, as tosses e eu, Catula, perseguida por meu fantasma preferido: um Satanás com Cara de Anjo. Satã já amou 999 mulheres e anuncia: eu vou ser a mulher de número 1.000. Queria ser uma moça fantasma: só assim, morta, eu não estaria sofrendo. Tia Anunciata já foi dormir. Estava bêbada e cantava e tossia e mesmo bêbada e tossindo e cantando ficou muito tempo escrevendo. Devia estar tão bêbada que esqueceu folhas de seu manuscrito no jardim, que encontrei quando ia para a aula na Escola de Medicina. Pertenciam a partes diferentes do livro *O Cheiro de Deus*, que Tia Anunciata está escrevendo, não tinham nexo, e eu as deixei lá à noite, para que as encontrasse. Quando Tia Anunciata aparece no jardim do castelo o medo ocupa nossa alma e minha pele fica eriçada como se, enfim, um homem fosse me tomar nos braços e me amar. Tia Anunciata fala num dialeto que deve ser o dialeto dos fantasmas e Tio Red Label sente-se tão culpado que diz: Por muito menos do que já fiz, outros foram encostados no muro de fuzilamento, e passa a falar em Paloma Agostini. Ao ouvir Tia Anunciata cantar, Vó Inácia acaricia o rifle a tiracolo como se os rifles tivessem algum poder contra os fantasmas.

Terça-feira – O Cheiro de Deus

Tia Anunciata esqueceu novamente no jardim do castelo, como de propósito, páginas de seu manuscrito e eu as encontrei e li as primeiras linhas de *O Cheiro de Deus*: "É de bom aviso prevenir que Vó Inácia Micaéla, uma mulher cega na vizinhança dos 65 anos, com um rifle a tiracolo, com o qual conversa como se fosse gente, espera o ataque dos jagunços chefiados pelo Coronel Bim Bim, que prometeu levar sua cabeça para pendurar na parede do sobrado de 28 janelas em Cruz dos Homens..." É um romance e estou morta de curiosidade para ler, ao que parece, todos nós, do Clã de Vó Inácia, a começar por ela própria, somos personagens. Falei a respeito com Vó Inácia, abro aspas, "santo Deus, leia para eu ouvir, Catula", fecho aspas. Tia Viridiana preveniu: "Cuidado, Catula, antes de ler para mamãe, eu quero ler o que Tia Anunciata anda escrevendo."

Quarta-feira – (pela manhã) – Calúnia deslavada

Fui caluniada por Tia Anunciata num capítulo de *O Cheiro de Deus*. Tia Anunciata fugia da chuva no jardim do castelo de Vó Inácia, depois de beber uma garrafa de Chianti deixada por Tia Viridiana, e deixou cair fragmentos do livro *O Cheiro de Deus* e o pistoleiro Sem Dó apressou-se em recolher e me entregar em mãos. As páginas estavam molhadas pela chuva e como Tia Anunciata usava uma caneta Parker 51 a leitura ficou um tanto prejudicada, mas consegui ler a descrição cheia de veneno de minha primeira noite com um homem, quando uma frente fria vinda da Argentina surpreendeu-me em Salvador e, ao ver-me negra e nua na praia quando o dia nascia na Bahia, o capoeirista Bartô pôs-se a rezar em nagô. Fui tomada por tal irritação, que escrevi uma carta desaforada a Tia Anunciata, que transcrevo *ipsis litteris*, e não posso ser acusada por ninguém de legislar em causa própria, pois defendi as 5 Irmãs, invocando Machado de Assis, e dei uma lição de literatura a Tia Anunciata:

"Minha senhora:

Até aqui, através de Tia Viridiana, nós do Clã dos Drummond, chefiado por Vó Inácia Micaéla, a temos tratado com toda a fidalguia, desde que se dignou aparecer no jardim do castelo gozando do direito de ir e vir que a cidade livre de Belo Horizonte concede a todos os fantasmas, desde que os ingleses da Saint John Del Rey Mining Co., em que pese comprarem por preço vil o ouro das minas de Nova Lima, andaram por estas paragens e nos ensinaram a amar e a respeitar, e, acima de tudo, a acreditar em sua existência, sem o que nenhum fantasma existe, e muito menos a senhora poderia existir. No entanto, tratada a pão-de-ló e a vinho Chianti da melhor safra e procedência, que Tio Johnnie Walker importa da Itália, sinto dizer que a senhora faz vista grossa de nossa gentileza (para não dizer que cospe no prato em que come) e invade nosso jardim e nossa privacidade.

Quem deu à senhora o direito de escrever a biografia (não autorizada, é bom afirmar) de todos nós, a começar por Vó Inácia?

Quem deu à senhora o direito de distorcer e, não raro, caluniar, como tem feito com minha pessoa?

A senhora, Tia Anunciata, é o grande fantasma da vida dos Drummond do Brasil, que, não custa repetir (ainda que isso provoque uma crise de asma em Tia Dô), são filhos do incesto.

A senhora, Tia Anunciata, é o arrepio na pele, a febre, a tentação do incesto.

A senhora, Tia Anunciata, fez tudo o que gostaríamos de fazer e não ousamos fazer.

Aí eu pergunto:

– Por que a senhora, Tia Anunciata, em vez de invadir vidas alheias e provocar danos morais, como em meu caso, não escreve a sua autobiografia?

Garanto, Tia Anunciata, que seria um sucesso pois os Drummond espalhados pelo mundo, não apenas no Brasil, gostariam de saber (e esse detalhe picante a senhora não conta em *O Cheiro de Deus*) que tipo de incesto, e com quem, a senhora cometeu. Várias vezes caluniada pela senhora, nas páginas que li, deixadas cair, como de propósito, para chegarem às minhas mãos, advirto:

1. Posso processá-la por calúnia e difamação por ter me atribuído a passagem no *Diário do Cerco do Coronel* em que declaro que beijaria e amaria Dodô, Dadá, Dêdeu, Dazinha e a Dô.
2. Espero que a senhora inclua em *O Cheiro de Deus* esta minha carta de protesto que, num sentido mais amplo, não é um protesto apenas meu, mas de todos os personagens diante desses tiranos que são os escritores, comparados aos quais os ditadores da América Latina são gatinhos de pelúcia.
3. O episódio acontecido em São Salvador da Bahia, envolvendo-me e ao capoeirista Bartô, além de pescadores com seus saveiros, foi totalmente deturpado pela senhora, e o que tinha magia, beleza e mistério ganhou traços pornográficos.

Quanto a mim, minha senhora, posso me defender, e aviso que é meu propósito contratar um dos grandes advogados de Belo Horizonte (penso em Pedro Aleixo, Amintas de Barros ou Pimenta da Veiga) para levá-la aos tribunais, já que o fato de ser um fantasma não concede à senhora imunidade nem privilégios que os vivos não têm.

Data vênia, minha senhora, para não gastar meu tempo nem minha dor pela morte recente de pessoas tão queridas como Felipa e o Coronel Janjão Boca de Ouro (e digo data vênia, porque ouvi dizer que a senhora foi a primeira mulher a se formar em advocacia no Brasil), quero protestar contra o tratamento que deu, nos fragmentos que li, às 5 Irmãs, fazendo o leitor crer que Dodô, Dadá, Dêdeu, Dazinha e a Dô cometiam incesto com o pai, o Compadre Nico do Degredo.

Por que a senhora não deu às 5 Irmãs o benefício da dúvida?

Por que a senhora acusou as 5 Irmãs sem direito de defesa?

Acaso, a senhora não projetou nelas o pecado do incesto que cometeu para opróbrio dos Drummond do mundo?

Acaso, a senhora não ficou diante do espelho para execrar as 5 Irmãs?

Creio, minha senhora, que além do desrespeito aos mais comezinhos direitos da pessoa humana, falta à senhora conhecimentos sobre o ato de escrever.

A senhora já ouviu falar em Ernest Hemingway e John Steinbeck?

Já ouviu falar em James Joyce?

Já ouviu falar em Virginia Woolf?

Já ouviu falar em Thomas Mann?

Já ouviu falar em John dos Passos?

Já ouviu falar, por que não, em William Faulkner?

Creio que faria bem à senhora, para corrigir, em tempo, o tratamento que deu às 5 Irmãs, ler *Dom Casmurro*, no qual Machado de Assis, em vez de acusar Capitu de trair Bentinho, premiou-a com o benefício da dúvida, e deixou ao leitor a tarefa de condenar ou inocentar Capitu. É o que a senhora, Tia Anunciata, deveria fazer com as 5 Irmãs.

Sem mais, atenciosamente,

Antônia Maria Micaéla.

P.S. nº 1 – A meu juízo, Capitu não traiu Bentinho, nem as 5 Irmãs cometiam incesto com o pai, Compadre Nico do Degredo.

P.S. nº 2 – Dodô, Dadá, Dêdeu, Dazinha e a Dô viveram antes do tempo em que deveriam viver e viveram no lugar errado.

P.S. nº 3 – Espero, Tia Anunciata, que a senhora continue a me querer mal, mas, em troca, conceda às 5 Irmãs o mesmo direito que Capitu teve e reescreva o que já foi escrito a respeito delas."

Sábado (à noite) – Na solidão em que estou

Todos dormem no castelo. Tia Viridiana dorme no quarto ao lado do meu e ronca. Por que os gordos roncam? Breve serei médica e não sei por quê. Será que os magros também roncam? Vô Old Parr era magro e não roncava. Vó Inácia é magra e não ronca. Tia Viridiana é gorda e ronca e assovia quando ronca. Sinto vontade de ir lá, sacudir Tia Viridiana e falar com ela, Tia Viridiana, vira de lado, porque dormindo de lado a senhora não ronca, desde que não durma em cima do coração. Mas fico calada. Na solidão em que estou, o ronco de Tia Viridiana e o vento que vem da Serra do Curral, já que as tosses estão acabando, me fazem companhia. Rezo para meus mortos, para ver se durmo. Rezo para meu Pai e para Vô Old Parr e para as 5 Irmãs. Rezo para Felipa e peço que ela volte para me ver. Tenho medo do fantasma de Tia Anunciata. Fico gelada de medo. Mas não tenho medo de Felipa, como não tinha medo de Emily, mesmo porque eu, Antônia Micaéla, Catula, não sou uma. Sou três. Sou eu, sou Felipa, que se foi acreditando que derrotava a morte, sou Gioconda e tenho um braço só. Rezo para Felipa e para Gioconda e agradeço a Deus pelas duas terem existido. Rezo também por mim. O que a Cigana Carmen viu de terrível na palma da minha mão e na palma da mão de Gioconda? O que está por acontecer? Com Felipa a Cigana Carmen acertou. Segurou a mão de Felipa e sentiu tanta pena. E a minha previsão? Às vezes penso, no meio da solidão: a mim, Antônia Micaéla, cabe descobrir que meu Príncipe Encantado transforma-se, não num sapo, mas num lobisomem que me atirava cravos vermelhos em Cruz dos Homens. E se eu tiver que beijar o lobisomem para desencantá-lo e ele a mim desencantar, depois de virar um homem, e, em vez de cair de joelhos diante de meu corpo nu, como fez Buchanan's e fizeram tantos homens que perdi a conta, me amar?

Segunda-feira – Meu encontro com Satã

Minto se não confessar: o homem mais fascinante que alguma vez vi (sem contar, oh Deus, Tio Johnnie Walker!) é Satã, por tudo que falam dele, e, ao mesmo tempo, por ele ser maldito e por saber que Satã já amou 999 mulheres, 263 a mais que Buchanan's. Satã é mais bonito que Buchanan's e tem uma história obscura que me encanta e é um homem sem Deus e, a mim, os homens sem Deus fascinam, se é que Satã não é o próprio Satanás. Eu não sabia que Satã era namorado de aluguel de Felipa contratado por Pedro Ernesto a peso de dólares. Felipa nunca suspeitou de nada e não amava Satã, sempre amou Juan Las Casas, mas a Felipa fazia bem ter Satã querendo namorá-la, fazendo serestas, mandando cartas, bilhetes, escrevendo poemas.

Satã sempre quis ter alguma coisa comigo. Mas, de qualquer forma, eu respeitava Felipa e se o beijei na boca, beijo de língua, que aprendi com Ava Gardner no cinema, foi para atender o pedido de Felipa e não, como insinuou Tia Anunciata, ao descrever a cena em seu ben-di-to!!! manuscrito, para ter Satã a meus pés. Uma vez, quando Satã quis me beijar, longe de Felipa, eu o esbofeteei, com um ressonante (diria Tio Red Label) tapa na cara. É verdade que depois da morte de Felipa, dei corda a Satã e como sei que Satã toma estreptomicina e a estreptomicina não deixa ninguém transmitir a tuberculose, marquei um encontro com Satã na Praça de Santa Efigênia, vizinha de um quartel da Polícia Militar onde Juan Las Casas uma vez esteve preso e do Raul Soares, que é um hospício onde faço residência médica, afinal os loucos (às vezes, suspeito que sou) me fascinam.

Terça-feira – Usando Satanás

Num ponto, devo me penitenciar, Tia Anunciata fala a verdade no manuscrito de *O Cheiro de Deus*: sonho com o lobisomem e eu o beijo numa noite de lua cheia e ele se transforma no meu príncipe encantado, mas não consigo saber que homem ele é. Minha esperança: se Satã fizer amor comigo, acaba com meu encanto, e isso me afasta do lobisomem. Conversei ontem com meu espelho mágico e ele disse com a voz de Roberto Faissal, que é galã das radionovelas da Rádio Nacional de que mais gosto:

– Você não presta, Catula, você está usando Satanás, colocando-o a seu serviço.

Sexta-feira – Encontro na praça

Praça de Santa Efigênia, 5 em ponto de la tarde, como em Garcia Lorca. Um soldado toca um trombone em surdina no quartel. Loucos mansos, usando o uniforme listrado do Raul Soares, passeiam na praça. Um louco pensa que é uma locomotiva e apita e os outros loucos pensam que são vagões de um trem e saem pela praça apitando, fazendo trenzinho como no carnaval nos bailes do DCE.

Uma filha de Deus (ou sou filha do Diabo?) espera Satã para fazer dele seu amante. 5h15 da tarde: Satã ainda não chegou. Um louco anuncia o fim do mundo trepado num banco da praça. Um soldado toca "La Mer" no quartel e sinto vontade de chorar. Vontade de ir pra casa. Vontade de deitar no colo de Vó Inácia e pedir: Vó, me conta uma história da Carochinha.

5h25 da tarde. Satã vem vindo. Traz um embrulho verde debaixo do braço. Adivinho: é um par de sapatos. Todos os homens que namoro me dão um par de sapatos. Tenho 423 pares de sapatos em minha coleção. Satã chega de banho tomado. Terno de linho S-120 branco, mas está sem gravata e a camisa branca está limpa, o colarinho também está limpo, porque o normal em Satã é usar uma camisa com o colarinho precisando lavar. Tem os cabelos ainda molhados e com a marca dos dentes do pente. Decepção: as mãos de Satã tremem quando me entrega o embrulho verde com o sapato. Pergunta, e a voz de Satã treme:

– Não vai abrir, Catula?

– Abro em casa – respondo e deixo o embrulho verde em cima do banco onde eu e Satã estamos sentados.

– Vamos sair daqui – disse Satã.

– Por que sair daqui, Satã? – pergunto.

– Os loucos – responde Satã. – Eu não me sinto bem perto dos loucos.

– E se eu for uma louca, Satã? – provoco e fico de pé.

Satã beija minha boca. Devo ser justa: sabe beijar. Beijou melhor que da vez em que o beijei em nome de Felipa. Beija tão bem como Clark Gable. Mas não beija tão bem como Humphrey Bogart beija. Vou ter que ensinar. Escurece na praça. Nuvens negras no céu. Vai chover. Sinto saudades de Emily e de Felipa. A chuva me deixa triste pra caramba.

– Vam'bora, Satã. – eu brinco. – Vem – e tomo a mão trêmula de Satã e vamos correndo debaixo da chuva até o pátio do Raul Soares onde está parado o Studbaker de Vó Inácia que eu estou usando.

– O que vamos fazer no Raul Soares? – estranha Satã.

– Eu moro no Raul Soares, Satã – brinco.

Entramos no Studbaker.

– Olha lá, Catula, o que você vai fazer no volante – diz Satã. – Você tem carteira de motorista, Catula?

– Tenho – respondo, mas Deus sabe, embora Satanás não saiba, que em Belo Horizonte apenas sete mulheres têm carteira de motorista, e eu não estou entre elas.

– Não quer que eu dirija, Catula? – pergunta Satã, quando a chuva aumenta.

– Não – e me vingo de Satã. – Onde você quer ficar, Satã?

– Você não vai comigo, Catula? – estranha Satã.

– Hoje, não, Satã. A chuva me deixa triste, Satã.

– Então me deixa debaixo da primeira marquise, Catula – pede Satã. – Já amei 999 mulheres. Você vai ser a mulher mil, Catula.

Uma semana depois – Negra, não

Satã mora num hotelzinho de meia estrela na Rua São Paulo chamado Elite Hotel. É lá, em seu apartamento, que vou encontrá-lo. Veio uma frente fria da Argentina e estou negra. Toco a campainha. Satã abre a porta, assusta-se ao me ver negra, barra minha entrada e grita: Negra, não! Volte quando estiver branca. Dou um tapa na cara de Satã e saio, deixo este hotel que cheira a mofo. Será que vou morrer virgem? Penso em Karl L. Ah, Karl, você é minha tábua de salvação. Venha, Karl, onde você estiver, Lisboa, Madri, Paris, Frankfurt, venha, Karl. Venha, libertador!

Dias depois – Sobre o suicídio

O suicídio de Gioconda é heróico: enfrentar o Coronel Bim Bim num duelo para cobrar o braço que ele deve a ela. Ah, e o meu suicídio heróico?

Sábado – Medo

Sou quase uma médica e tenho fobia de remédio. Podia tomar um tranqüilizante para dormir e eu, que cultivo o suicídio como a flor do amanhecer, tenho medo de dormir e nunca mais acordar.

Segunda-feira – O mistério das rosas

Pára um caminhão carregado de rosas vermelhas diante do castelo. Tio Red Label, que monta guarda, usando seu uniforme das Brigadas Internacionais, pergunta ao motorista o que significa aquilo e o motorista disse que as rosas eram para Vó Inácia Micaéla. Foram encomendadas e pagas em Barbacena, mas não sabia por quem. Tia Viridiana quis recusar as rosas, mas Vó Inácia sentiu o perfume das rosas e as aceitou. Em todos os cantos e recantos do castelo cruzo com rosas e elas fazem o banquete do fantasma de Tia Anunciata. Tia Viridiana convocou uma reunião de emergência do Conselho de Família e fez uma pergunta que ninguém soube responder:

– Quem enviou as rosas para Vó Inácia?

29

Uma noite de lua cheia o coronel urinava debaixo de uma árvore em Cruz dos Homens quando o lobisomem o atacou. Ficaram frente a frente, tão perto que o coronel sacou o 38 e puxou o gatilho, mas sentia tanto medo que errou o alvo e saiu em desabalada carreira, sentindo o hálito de conhaque do lobisomem correndo atrás dele, e pulou o muro que dava para o quintal da casa paroquial. Já não era um homem como nos anos jovens, de maneira que caiu do muro e, na queda, fraturou as duas pernas. Correu o boato que ia passar o resto da vida numa cadeira de rodas, sem cumprir a ameaça de invadir o castelo e levar a cabeça de Vó Inácia para pendurar no sobrado de 28 janelas em Cruz dos Homens. Tio Johnnie Walker decidiu então seguir para a Amazônia chefiando a expedição para localizar os índios liliputianos. Deixou um testamento em poder de Tia Viridiana e, a sós com Vó Inácia, deu a ela a senha do cofre onde guardava uma fortuna em dólares para, em qualquer emergência, pedir a Tia Viridiana para abri-lo. Entregou o comando da exportação de esmeraldas e águas-marinhas a Buchanan's, mas esqueceu de passar em cartório, com firma reconhecida, uma procuração ao filho para receber pagamentos em seu nome. Na noite da véspera de seguir para a Amazônia, Tio Johnnie Walker convidou Catula para irem visitar Pedro Ernesto e Dona Santuza no palacete da

Cidade Jardim. Depois da morte de Felipa, Pedro Ernesto e Dona Santuza tinham redescoberto o amor dos anos jovens, antes de ele ficar com a idéia fixa nas Misses. Criaram a Fundação Felipa Mascarenhas Guimarães, para assistir meninas pobres que tivessem qualquer tipo de doença, que Dona Santuza dirigia.

– Felipa não quer saber de ninguém triste – dizia Pedro Ernesto. – Não é mesmo, Santuza?

De maneira que Catula e Tio Johnnie Walker encontraram o palacete da Cidade Jardim iluminado e Pedro Ernesto os recebeu, como era de seu feitio, com um abraço tão forte, que chamava de quebra-ossos, mas Dona Santuza chorou ao ver Catula.

– Então, seu louco, você vai mesmo atrás dos liliputianos? – disse Pedro Ernesto, quando foram para a sala, onde havia um retrato a óleo de Felipa, pintado por Guignard. – Fica esperto, hein, que os índios Cintas-Largas são antropófagos.

– Mas os Cintas-Largas só devoram os puros de coração e os bravos, cujas virtudes querem assumir – disse Tio Johnnie Walker sorrindo. – Não é o meu caso, Pedro Ernesto.

– Não é porque você, seu louco, vai pra Amazônia e eu morro de medo dos Cintas-Largas fazerem um banquete antropofágico com você – disse Pedro Ernesto. – Mas eu agradeço a Deus toda noite, não é, Santuza?, por alguém como você existir, e eu ser seu amigo desde menino.

– Johnnie Walker, não repara Pedro Ernesto – e Dona Santuza bateu três vezes na mesa de madeira e, olhando para Catula e tomando suas mãos: – Você sabe, Catula, como é Pedro Ernesto, não vai haver ritual antropofágico algum e Johnnie Walker voltará trazendo um casal de liliputianos pra gente conhecer. Mas o que vocês querem beber?

– Quem escolhe a bebida sou eu, Santuza – disse Pedro Ernesto e foi até o bar que havia num canto do salão. – Vamos beber o uísque xará do louco que vai pra Amazônia atrás de uma quimera e uma fantasia.

– Eu vou trazer um casal de liliputianos para você, Pedro Ernesto – brincou Tio Johnnie Walker.

Beberam mais do que deviam, tanto que, depois de deixarem o palacete de Pedro Ernesto, Tio Johnnie Walker levou Catula para comer sushies e beber saquê no japonês Jiro Takahashi no ponto de bonde da Lagoinha. Passava da meia-noite quando entraram no Studbaker de Vó Inácia, estacionado perto, na Rua Curitiba, e Tio Johnnie Walker pegou o volante e, em vez de ir para o castelo de Vó Inácia, subiu a Avenida Afonso Pena.

– Uai, Tio Johnnie Walker – estranhou Catula, falando como uma moça de Minas. – Para onde o senhor está indo?

– Na Afonso Pena com Contorno, Catula – disse Tio Johnnie Walker. – Antes de ser devorado pelos Cintas-Largas eu quero ver Belo Horizonte à noite.

Tio Johnnie Walker parou o Studbaker como se fosse descer a Avenida Afonso Pena, de modo que pudessem ver as luzes da cidade. Segurou então as mãos de Catula, e disse que a amava, sempre a amou, desde quando era uma menina de nove anos, e queria saber se ele escapasse do ritual antropofágico dos índios Cintas-Largas teria uma chance com ela, Catula.

– A proposta, Tio Johnnie Walker – perguntou Catula –, é para eu ser a namorada de número 29?

– Não, Catula – respondeu Tio Johnnie Walker –, é para você ser a única.

– O senhor bebeu demais, Tio Johnnie Walker. Agora larga minhas mãos e vamos pro castelo de Vó Inácia. Ou eu vou ter que descer do carro e ir a pé?

Catula não pregou os olhos à noite. Escondida atrás da cortina, viu o bota-fora de Tio Johnnie Walker diante do castelo quando ainda estava escuro. O galo de Catula cantou no quintal anunciando que um novo dia, diferente dos outros dias, estava nascendo. Catula estava tão perturbada com o que ouviu Tio Johnnie Walker dizer que, sem poder abrir o coração com Vó

Inácia, Tia Viridiana e a Anã Clô e com medo de que a ouvissem conversando pelo rádio com Gioconda, mandou um telegrama urgente para Frei Pedro: "Estou indo Pirapora PT Assunto urgente PT Aguarde estação de trem PT Abraços Catula." No início da noite, tomou o Trem do Sertão para Pirapora na Estação da Central do Brasil. Viajava na 1ª classe, cujas poltronas eram de madeira, apenas um pouco melhores que as da 2ª e da 3ª classe. Tentou esquecer Tio Johnnie Walker pensando em Frei Pedro. Antes mesmo de Frei Pedro começar a subir os 59 degraus da escada do castelo e de ouvir seu vozeirão, que nunca perdeu o sotaque holandês, e sua risada, Vó Inácia anunciava:

– Frei Pedro está chegando!

Vó Inácia sabia que Frei Pedro estava chegando ao castelo, por causa do cheiro do cachimbo do qual só se separava quando estava celebrando missa ou dando aula de inglês, no Colégio Santo Antônio. Frei Pedro era franciscano da Ordem dos Frades Menores e tinha vindo da Holanda para o Brasil há mais de 20 anos, como professor do Colégio Santo Antônio, primeiro em São João Del Rey, depois, a partir de 1950, em Belo Horizonte. Era alto, vermelho como um peru, e numa época em que os padres de Minas não riam, dava grandes risadas.

– É um escândalo um sacerdote de Cristo, se é que é de Cristo mesmo – dizia Padre João de Deus, soltando suas farpas –, dar risadas tão escandalosas!

Frei Pedro ria tão alto no Colégio Santo Antônio, na Rua Pernambuco, que Padre João de Deus escutava, a oito quarteirões de distância, na igreja da Boa Viagem, na Rua Alagoas. Antes de Frei Pedro, ninguém soube de um padre que ria em Belo Horizonte. Os padres de Minas nunca riam e Padre João de Deus dedicou um "Sermão da Montanha" às risadas a serviço de Satanás:

– Sei de mim que, como sacerdote de Cristo, jamais sorri, muito menos dei risadas ou gargalhadas tão obscenas como as que temos ouvido, para mor espanto nosso – pregava Padre João de

Deus. – E desafio, sim, eu desafio, a quem quer que alguma vez tenha visto este humilde servo de Cristo esboçar o mais leve esboço de um sorriso, sendo mais claro: qualquer suspeita de um sorriso.

Vó Inácia recordava, conversando com Catula e Buchanan's sobre as risadas de Frei Pedro, que em 38 anos que conviveu com Padre Zé Lopinho em Cruz dos Homens, jamais o viu sorrir. Padre Zé Lopão também não ria e era famoso o caso do Cônego Domingos da Anunciação que morreu e, nas vésperas de morrer aos 89 anos, orgulhava-se:

– Sabe Deus e sabe a Virgem Santíssima Puríssima que de meus lábios jamais partiu um riso, que o ato de rir, num sacerdote, é uma traição ao Cristo crucificado...

Buchanan's tinha uma experiência infeliz com a alegria dos padres. Uma vez, na celebração da Semana Santa em Cruz dos Homens, fazia parte da caravana de sacerdotes que acompanhavam Padre Josué Costa, candidato a bispo, um certo Padre Nadyr. Fazia charadas, adivinhas, jogava o Jogo da Amarelinha com os meninos, sempre excluindo as meninas, e brincava de cantigas de roda com as palmas das mãos tocando. Padre Nadyr, recordava Buchanan's, não chegava a sorrir com a boca. Os olhos de Padre Nadyr, no entanto, sorriam, mas nem os olhos deixavam Padre Nadyr sob suspeita. Daí o mal-estar que Buchanan's sentiu, aos 11 anos, quando Padre Nadyr pegou em seu pinto dentro da sacristia.

– Desde então – dizia Buchanan's – passei a desconfiar dos padres alegres.

No início, Buchanan's ficou com o pé atrás com Frei Pedro. Morava, assim como Tio Red Label e, em certas ocasiões, Tia Viridiana, na casa que Vó Inácia tinha na Rua Pernambuco, que era vizinha do Colégio Santo Antônio, e viu os frades holandeses chegarem. Catula morava com Tia Rose, numa casa ao lado, e tornou-se, como branca e como negra, a musa dos alunos do Colégio Santo Antônio, onde Buchanan's fez o curso científico. O que chamou a atenção em Frei Pedro, logo que chegou, vindo de São João Del Rey, não foi o cachimbo, que todos os frades holandeses fumavam, mas a risada.

– Uai, Buchanan's – perguntou Catula, montada em sua bicicleta –, quem é o frade que ri?

– É Frei Pedro – respondeu Buchanan's. – Dizem que era cantor de tango na Holanda antes de virar frade.

Catula ficava muito à vontade na Rua Pernambuco e em todo o Bairro dos Funcionários, onde morava uma classe média sonhadora. Todos, a começar por Dona Rosinha Cadar, esposa do Cônsul da Síria, que a convidava sempre para comer quibe, acostumaram-se a vê-la branca e negra. Quando sentiam a chegada de uma frente fria da Argentina, já sabiam, Catula ia ficar negra, e recebiam o fato com tanta naturalidade como usar uma blusa cheirando a naftalina, tirada do fundo do baú, quando a temperatura caía. Era a época do bolero e do baião e na cidade onde parecia que o mundo ia acabar amanhã, toda noite, incluindo os domingos, havia hora dançante com música de toca-discos, nas casas de família do Bairro dos Funcionários. O bolero mais tocado era "Quizas, quizas, quizas" e Catula tinha o apelido de Catula Quizas porque nunca dizia sim nem não aos rapazes que queriam namorá-la. Outro bolero, "Hipócrita", também era muito tocado nas horas dançantes:

"Hipócrita, sensilamente hipócrita
perversa...
te burlaste de mi..."

O baião "Delicado", que não tinha letra, mas o solo de cavaquinho de Waldir Azevedo, deixava as mães preocupadas, pois convidava a dançar agarradinho, de rosto colado, e sabe lá Deus com que segundas e terceiras intenções. Dona Margaridinha do Orestes, funcionário graduado do Banco do Brasil, deu a si mesma a função de guardiã da moral e dos bons costumes nas horas dançantes no Bairro dos Funcionários. Não que tivesse filhas para proteger, pois já subiu ao altar sabendo que não poderia ter filhos que o noivo Orestes era estéril. Mas via todas as moças do Bairro dos Funcionários, como Catula, como se fossem as filhas que poderia ter tido, e as protegia contra a ação dos Dom Juan, principalmente os alunos do Colégio Santo Antônio e, Deus que nos livre e guarde, os membros da temida Turma da Savassi. De maneira que, religiosamente, Dona Margaridinha do Orestes ia a todas as horas dançantes. Colocava-se em posição estratégica, de onde tivesse uma boa visão dos pares dançando, tendo na boca um apito semelhante ao usado pelos árbitros de futebol e, a qualquer excesso dos jovens casais, rosto colado, mãos bobas descendo pelos quadris das moças, pernas enfiando-se nas pernas, Dona Margaridinha do Orestes trilava o apito. Paravam a música e Dona Margaridinha do Orestes enviava um olhar por sobre os óculos escorregando para a ponta do nariz aos que se excediam.

– Quando vem a frente fria da Argentina – dizia Dona Margaridinha do Orestes, usando uma maneira delicada de se referir à Catula negra –, Catula é a campeã dos apitos, porque dança como numa gafieira.

Catula ia à gafieira Elite, de que já nos ocupamos, freqüentada, não custa lembrar, apenas por negros e mulatos e onde as empregadas domésticas e os operários da construção civil podiam dançar. Quando tocava samba nas horas dançantes no Bairro dos Funcionários, Catula fazia muito sucesso, dançando à moda da gafieira, e Dona Margaridinha do Orestes trilava o apito sem parar. Todas as moças queriam dançar como Catula e, uma noite de sábado, numa hora dançante na casa de Tia Rose, houve uma rebelião dos jovens casais contra o apito de Dona Margaridinha do Orestes. Ela trilava o apito, mas os casais não obedeciam, dançavam a gafieira como se nada estivesse acontecendo. Foi um acontecimento policial ligado à gafieira Elite que fez Frei Pedro ganhar um lugar no coração de Catula. Gostou de Frei Pedro desde que o viu, o nariz de tucano, o cachimbo sempre na boca, a sandália de franciscano, a pele muito vermelha, a testa larga, os cabelos já brancos, os dentes grandes e sujos de nicotina, os olhos entre o azul e o verde, uns olhos de criança, e a disposição de cair na risada, por qualquer motivo. Quando ria, Frei Pedro ficava ainda mais vermelho e os olhos de criança ganhavam um ar travesso. Às vezes, Frei Pedro ria tanto que chorava. As lágrimas desciam dos olhos infantis, e Frei Pedro já estava nas vésperas dos 60 anos, como a lembrar o que havia acontecido quando era cantor de tango em Amsterdã e uma mulher da noite fez dele gato e sapato. Então Frei Pedro ficava sério. Dava em Catula vontade de falar:

– Abre o coração, Frei Pedro! Fala o que realmente aconteceu em Amsterdã.

Diziam que Frei Pedro era um homem sem Deus quando fazia sucesso cantando tangos em Amsterdã. Teria sido levado ao suicídio pela malvada que, como nos tangos, o traiu, se não descobrisse a fé no exemplo de São Francisco. Deu aos pobres tudo o que tinha e entrou para a Ordem dos Frades Menores. Recuperou então a alegria de seus melhores tempos, a festa das risadas, e veio para o Brasil, pois acreditava que era a terra da felicidade, onde poderia aplicar os exemplos e os ensinamentos de São Francisco, a serviço de Deus, um Deus alegre, ao contrário do Deus de Padre João de Deus. Certa vez, Frei José Mojica, o cantor que deixou a fama e uma vida cheia de amores para tornar-se frade franciscano, iniciou uma temporada no Brasil e veio cantar em Belo Horizonte. Ficou hospedado, não num hotel, mas com os frades do Colégio Santo Antônio, e Frei Pedro apresentou-o a Catula e a Buchanan's. Na parede do quarto que Catula veio a ocupar no castelo de Vó Inácia, podia ser visto, num pequeno quadro, o autógrafo de Frei José Mojica: "Para la chica del Brasil, Catula, con mis mejores votos y la amistad, hacia Diós, Frei José Mojica." Toda a cidade falava no show de Frei José Mojica. Catula foi a primeira a comprar o ingresso. Mas não pôde ver Frei José Mojica cantando porque na noite do show, que coincidiu com uma frente fria vinda da Argentina, Catula estava presa. Tinha ido, durante a tarde, visitar o candomblé de Mãe Naná. Houve uma batida policial e todos que estavam no candomblé, incluindo Catula, transformada em negra, foram presos. Só de madrugada, com a ação de Tio Red Label, quando o show de Frei José Mojica já havia terminado no Teatro Francisco Nunes, Catula foi libertada. Os jornais deram destaque nas páginas de polícia e publicaram a fotografia de Catula transformada em negra, dizendo que a neta da Baronesa do Café Inácia Micaéla, famosa pela guerra política na região do Contestado com o Coronel Bim Bim, tinha poderes de bruxa e virava negra por saber uma palavra mágica. A revolta no Bairro dos Funcionários foi tão grande que a Turma da Savassi e a Turma do Colégio Santo Antônio, que estavam sempre se digladiando, uniram-se para fazer uma manifestação de desagravo a Catula, coordenada por Dona Margaridinha do Orestes, na noite seguinte ao show de Frei José Mojica, diante da casa de Tia Rose. Uma multidão de jovens compareceu com faixas dizendo "Catula é nossa" e "Abaixo a repressão religiosa" e "Chega de racismo". O estudante Adailton Pitanguy, aluno do Colégio Santo Antônio e presidente do Fã-Clube de Catula, que ele próprio criou, discursou num clima de emoção. Todos gritavam Catula, Catula, Catula, quando Frei Pedro chegou acompanhado de Frei José Mojica. Frei Pedro subiu na mesma cadeira onde Adailton Pitanguy discursou e anunciou com seu vozeirão cheio de sotaque que Frei Mojica ia cantar uma música dedicada a Catula. Então Frei José Mojica cantou "Angelitos negros".

Quando Catula tomou o Trem do Sertão para Pirapora estava branca. Ao vê-la tão inacreditavelmente bonita, o chefe do trem ficou em dúvida se devia cantar ou rezar, e optou por uma Ave-Maria rezada em voz baixa. Mas uma frente fria vinda da Argentina surpreendeu o Trem do Sertão no caminho de Pirapora e Catula espirrou três vezes e virou uma negra. O chefe do trem tomou-a por uma bruxa e rezou até o trem chegar a Pirapora. Era uma moça negra de olhos verdes, tão linda e tão elegante, mesmo maldormida, que os que a viam, nas ruas empoeiradas de Pirapora, com uma maleta na mão, duvidavam do que viam. Tinha chegado a Pirapora antes do telegrama e encontrou Frei Pedro na porta da igreja matriz fumando seu cachimbo. Ao ver Catula negra, vindo em direção à igreja, Frei Pedro simulou um binóculo com as mãos, e foi ao seu encontro. Era uma quarta-feira.

– É verdade o que eu vejo? – disse com o vozeirão carregado de sotaque. – Ou é uma aparição? E esse ar de felicidade e espanto, Catula?

Frei Pedro ouviu o relato de Catula no alpendre da casa paroquial. Às vezes fazia perguntas. Estava sério, não ria. Lembrou que Catula uma vez contou que amava Tio Johnnie Walker.

– E não ama mais, Catula? – perguntou.

– Não sei, Frei Pedro, não sei.

– Mas a sua felicidade, no meio de toda a perturbação, diz que você sabe, Catula – arriscou Frei Pedro.

Almoçaram na casa paroquial uma moqueca de peixe. Catula estava mais aliviada depois de abrir o coração a Frei Pedro.

– Eu só não entendo, Frei Pedro, por que Tio Johnnie Walker fez isso comigo – dizia Catula.

– É que ele realmente a ama, Catula.

– Eu não vou ser a namorada nº 29, Frei Pedro.

– Ouça, Catula, eu já fui um pecador. Já andei por meio mundo. Já vi mulheres fascinantes, já vi até Greta Garbo. Mas nunca vi uma mulher tão fascinante como você. E com uma vantagem: você é duas vezes fascinante, fascinante como branca e fascinante como negra. Os homens ficam perdidos por você desde a Rua Pernambuco. Nove entre dez alunos do Colégio Santo Antônio eram apaixonados por você, Catula. Acredito que Johnnie Walker a ama, Catula.

Frei Pedro levou Catula para conhecer Pirapora e, na rua, apresentou-a ao médico Moisés Freire. Aqui é a Dra. Antônia Micaéla, que está se formando em medicina. Foram depois conhecer o Rio São Francisco, tão largo e tão bonito que levou Catula às lágrimas, e viram os navios gaiolas a vapor, soltando um rolo de fumaça pela chaminé, navegando pelo Velho Chico, que Catula tinha vontade de conhecer desde que leu *Seara Vermelha*, de Jorge Amado. Foram à ponte sobre o Rio São Francisco e então Frei Pedro disse:

– Catula, a vida da gente é um rio, não vai em linha reta, faz curvas, pára nos remansos, corre na correnteza. Eu converso muito com o Rio São Francisco e o Velho Chico me ajuda como se fosse o próprio São Francisco. A sua vida entrou numa correnteza, Catula.

No fim da tarde, Catula tomou o Trem do Sertão de volta a Belo Horizonte. Frei Pedro gritou com seu vozeirão, enquanto Catula acenava da janela da 1ª classe:

– Você vai ser feliz, Catula!

Quando Catula voltou de Pirapora, Vó Inácia sentiu o cheiro do amor ao abraçar a neta, mas pensou que tudo tinha a ver com Karl L.

30

Uma manhã, antes dos acontecimentos na Amazônia envolvendo Tio Johnnie Walker, Vó Inácia sentiu cheiro de rosas e, em seguida, o Anão Alegria entrou na sala do castelo com uma *corbeille* de flores para Catula. Quando Catula chegou para o almoço no castelo, pegou a *corbeille* dizendo De quem será, meu Deus?, tirou um cartão de dentro do envelope e o leu em voz alta, para alegria de Tia Rose e Tio Dimple:

"Para a mais bela flor brasileira, estas humildes rosas. Com as homenagens de Karl L."

Karl L. enfeitiçou Catula e encantou a todos, mas Vó Inácia sentia o cheiro da dor do mundo sempre que ele estava por perto. Karl L. tinha dupla cidadania. Era alemão e brasileiro, falava sete idiomas, incluindo o português, com um carregado sotaque de Lisboa. Chegou a Belo Horizonte com a fama de milionário e, sendo tão rico, surgiu um mistério. Afinal, a que veio? Fosse tuberculoso, iria tratar-se em Davos, na "Montanha Mágica" de Thomas Mann, tal como seu conterrâneo Hans Castorp. E como não era tuberculoso nem pertencia à Mannesmann, o que o trouxe a Belo Horizonte? Havia várias suspeitas. A principal delas dizia que tentava descobrir o paradeiro da mãe. O pai era um industrial alemão que, durante uma atribulada temporada em Belo Horizonte, teve uma ligação amorosa clandestina com uma brasileira. Karl

L. nunca soube quem era a mãe. Foi levado aos três meses de idade para Frankfurt e cresceu suspeitando que a mãe era uma negra ou uma mulata, pois só a cor explicava tanto segredo sobre a origem materna. Tinha apenas uma única pista sobre a mãe. Chamava-se Manuela. Sua fortuna era imensa, para um homem de 35 anos, bem mais velho, portanto, que Catula, e tanto dinheiro tinha a ver com o fato de que negociava com armas de guerra. Era o "Senhor das Guerras", na África, na Indochina, na China, no Oriente, no Golfo Pérsico, em Israel, na Palestina, na América Latina, onde quer que houvesse conflitos, vendia armas a todos, a negros, a brancos, a amarelos, a vermelhos, a opressores e a oprimidos, pois a ideologia de Karl L. era o lucro. Catula o conheceu numa festa na casa do Cônsul da Alemanha, de cuja filha, Erika, era amiga. Todos gostavam dele no castelo de Vó Inácia. Cantava a "Internacional Comunista" em russo em dueto com Tio Red Label e o acompanhava em suas vigílias noturnas na esperança de encontrar a Moça Fantasma da Rua do Ouro, que era a mulher de sua vida, anunciada pela Cigana Carmen. Os dois costumavam ir ao *rendez-vous* da Margarida, onde, como foi dito, reinavam as paraguaias, e levavam Buchanan's. A Índia Paraguaia contou a Buchanan's que Karl L. pagava dez dólares, o dobro do que todos os homens pagavam, apenas para vê-la fazer um *strip-tease*. Nunca tocava nela, apenas a olhava. Parecia rezar nessas horas. Karl L. amou Catula desde que a viu. Estava acostumado não apenas a ter tudo que queria, mas a comprar o que queria. Sabia poemas de Fernando Pessoa de cor e isso, como dizia Tia Odete, falava a seu favor. Catula tentava descobrir o que denunciava o sangue negro de Karl L. Seriam os lábios grossos? Talvez, sim, e ele os escondia ou, pelo menos, disfarçava, deixando crescer o bigode. Era um bigode preto, alourado nas pontas. Os olhos tinham alguma coisa negra. Eram claros, saíram ao pai, mas Catula via neles a dor da Mãe África, herança dos bisavós escravos, mas é certo que residia nos olhos, e também nos dentes de marfim, o que, diante do espelho, Karl L. julgava seu maior encanto, um sensualismo afro-latino-americano, não alemão. Já a pele branca e o rosto quadrado vinham do pai alemão e os cabelos, que tornou louros, eram mais encaracolados do que convinha, e alisados com a ajuda do Gumex. Mas o que personagem tão estranho tinha de melhor, que encantava Catula, mais do que sua fortuna, devia ter herdado da mãe supostamente negra, pois ainda não estava esclarecido o mistério de sua cor. Era a fantasia, a capacidade de seduzir as platéias, de contar histórias, que tanto podiam ter como personagens os camelos no deserto do Saara, marajás indianos, sheiks, feiticeiros africanos.

– Uma coisa eu não vou negar – confessava Catula a Gioconda e a Tia Odete. – Karl é uma presença muito agradável.

Tio Dimple e Tia Rose viram nas rosas que Karl L. mandou e na alegria com que Catula as recebeu sinais de bons tempos. Tio Dimple já não podia esconder que as tosses estavam acabando. Vó Inácia, que seguia ignorando que era dona de 136 pensões sanatoriais, festejava, conversando com o rifle a tiracolo:

– Minhas orações, irmão rifle, estão surtindo efeito. Quase não ouço as tosses. Ouço os atabaques tocando na noite, como se Belo Horizonte fosse a Bahia, mas as tosses foram embora.

Os Rouxinóis do Paraíso davam notícias inquietantes. Tia Dô e Tio Black Label já não atendiam dois a três pedidos musicais por dia de homens pálidos e de mulheres pálidas que iam para o outro mundo. Crescia agora um outro tipo de pedido musical. Era a "Valsa do adeus" para os doentes curados que voltavam para casa. Por sua vez, Tia Rose acreditava que Karl L. era o Príncipe Encantado e arquimilionário que sempre pediu ao Menino Jesus de Praga para ser seu genro. Tio Dimple propôs sociedade a Karl L. nas pensões sanatoriais, mas de volta de uma viagem que fez a Genebra, disse que a tuberculose estava acabando, tanto que os sanatórios de Davos começavam a ser desativados, razão por que sugeria a venda o quanto antes das 136 pensões sanatoriais.

– A única salvação que nos resta – dizia Tio Dimple a Tia Rose – é o casamento de Catula com Karl L.

Catula estava muito envolvida com Karl L. Saíam à noite pelas ruas de Belo Horizonte em busca dos pobres que dormiam debaixo dos viadutos e das marquises. O "Senhor das Guerras" dava especial atenção às loucas que vagavam pela cidade conversando sozinhas, quase todas negras ou mulatas. Conversava com elas como se procurasse saber alguma coisa. Acaso pensava na mãe? Acaso a mãe poderia ser hoje uma louca de rua? Certas noites, Karl L. distribuía dinheiro a todo pobre que encontrava, mas era às loucas que dava mais dinheiro e atenção. Uma noite, os dois estavam debaixo do Viaduto de Santa Teresa, vizinho do Parque Municipal, e Catula disse que tinha um segredo para contar. Quando veio uma frente fria vinda da Argentina, Catula ficou negra e decidiu encontrar Karl L. Tia Rose e Tio Dimple fizeram tudo para evitar. Pediram uma reunião de emergência do Conselho de Família, mas Tia Viridiana disse que, mais hoje, mais amanhã, Karl L. ia saber que havia uma Catula branca e uma Catula negra e que era melhor acabar logo com isso. Vó Inácia ouviu Tia Rose tentando convencer Catula a esperar a frente fria vinda da Argentina perder a força e encorajou a neta a assumir a sua negritude. Karl L. era alemão e, de alguma maneira, gostou tanto da Catula negra quanto da Catula branca.

– Que bom, Catula – disse Karl L. – Você é duas!

Nada assegurava que Karl L. era o anjo que Deus mandou, como acreditava Tia Rose, nem um Demônio doce, mas ainda assim um Demônio, como suspeitava a Anã Clô. Buchanan's soube pelas mulheres paraguaias do *rendez-vous* da Margarida que Karl L. continuava generoso no pagamento em dólares quando as levava para o Chalé das Loucuras, que ficava no quintal, ao lado dos pés de jabuticaba.

– Tem dente de coelho nessa história, não acha, Tio Red Label? – perguntou Buchanan's.

– Você tem razão, Buchanan's – concordou Tio Red Label.

Catula estava para se formar em medicina. Karl L. viajava com freqüência para Lisboa, de onde ia a Frankfurt e a Genebra, mas cumpriu a promessa de comparecer ao baile de formatura de Catula no Iate Tênis Clube, nas margens da lagoa da Pampulha. Tio Dimple esfregava as mãos.

– Vai dar casamento, Odete. Estaremos salvos, pois a canção das tosses está acabando.

Catula acreditava que podia ser feliz com Karl L., mesmo sentindo medo que ele também caísse de joelhos e rezasse a seus pés, diante de seu corpo nu, para Deus ou para Exu. Vó Inácia insistia em dizer que sentia o cheiro da piedade sempre que via o "Senhor das Guerras". Na festa de formatura no Iate Tênis Clube, Tia Rose estava menos bêbada do que sempre, mas, ainda assim, entrou por engano no sanitário masculino e viu Karl L. urinar. Não disse a Catula, mas anunciou a Tio Dimple, na presença de Tia Odete:

– Minha filha não se casa com Karl L. por nada deste mundo.

– Você ficou louca, Roseana? – estranhou Tio Dimple.

– Nunca estive tão lúcida, Dimple – disse Tia Rose.

No dia seguinte, Catula recebeu no castelo de Vó Inácia uma carta anônima, escrita numa máquina Remington:

> "Srta. Antônia Micaéla, vulgo Catula:
>
> Perdoe a Srta., antes de mais nada, o fato de me esconder no anonimato, sem assinar esta missiva que tem o objetivo de abrir seus olhos, mas saiba a Srta. que sou levado a esse procedimento dada a gravidade das revelações que achei por bem fazer, desfazendo o mistério e revelando o segredo de Karl L., pondo fim às especulações e suspeitas sobre as verdadeiras razões que trouxeram o 'Senhor das Guerras' a esta mui amada e heróica cidade.
>
> Não, Srta. Catula, não rasgue esta missiva antes de tomar conhecimento do grave fato que vou revelar. Sou sabedor que a Srta. é dada à prática contumaz de fazer

quebra-quebra, posto que sofre de um mal, se é que podemos chamá-lo assim, designado, talvez impropriamente (e como médica, a Srta. há de concordar), como tensão pré-menstrual, à falta de melhor nome.

O que a Srta. Catula ignora, mesmo se tendo na conta de esperta, é que sua mãe, Dona Roseana, por todos tratada como Rose, solertemente, troca as cápsulas brancas receitadas pelo Dr. Henrique Horta para prevenir os desatinos da tensão pré-menstrual por inúteis cápsulas com farinha de trigo, o que a Srta. poderá averiguar. Dada a essa solerte circunstância, a Srta. Antônia pensa em atentar contra a própria vida e quebra tudo que encontra, o que levou a diretoria do Automóvel Clube a chamar a polícia para levá-la presa, mesmo porque estava transformada em negra, o que só não aconteceu dada a pronta ação de Padre João de Deus, vigário da igreja da Boa Viagem, vizinha do mencionado clube, que disse aos policiais que o caso da Srta. era de possessão do Demônio, um caso para um exorcista, um sacerdote de Cristo, e, não, um caso de polícia, e exorcizou-a em tupi-guarani.

Feitas estas considerações, Estimada Antônia Micaéla, devo entrar, sem mais delongas, no objetivo desta e fazer uma grave revelação. Perdoa, Srta. Catula, se sou obrigado a usar uma linguagem tão crua. Mas a verdade é que Karl L. não tem o órgão sexual masculino, para usar uma linguagem à altura de uma quase médica, ou, numa linguagem mais crua, Karl L. não tem pênis, ou, numa linguagem que a Srta. chamará de chula, Karl L. não tem o pau ou o pinto.

Acaso, Srta. Catula, Karl L. é um mutilado de guerra?

Não, Srta., o 'Senhor das Guerras' vende armas, mas não lutou em nenhuma guerra.

Acaso, Dra. Antônia, Karl L. sofreu algum acidente?

Não.

O que aconteceu, então?

Karl L. nasceu assim, e seu caso é raro, muito raro, nos anais da medicina, o que a Dra. poderá averiguar, com o acesso que tem às coisas médicas.

Perguntará agora a Dra. Antônia Micaéla:

– O que trouxe Karl L. ao Brasil, mais exatamente, a Belo Horizonte?

Responderá, com certa inocência, própria das flores, a Dra. Catula:

– Karl L. veio à procura da mãe negra e pobre que julga uma louca de rua, a ponto de ter dado um beijo na boca de uma tresloucada seminua debaixo do Viaduto de Santa Teresa.

– Oh, santa inocência!!!

Karl L. veio a Belo Horizonte porque um médico de Genebra, que o atende desde criança, descobriu que existe no Brasil, mais exatamente, na capital de Minas Gerais, um homem cujo caso é semelhante ao dele, ou seja, um homem que não tem pênis algum, de tamanho algum, nem mesmo do tamanho de um mísero lambari.

Há de querer saber a Doutora se Karl L. encontrou o irmão de infortúnio em Belo Horizonte?

Não, Doutora, infelizmente, não.

Mandou colocar pequenos anúncios no jornal *Estado de Minas*, como o que enviamos anexo, para a Doutora conhecer a verdade insofismável dos fatos, oferecendo 100 mil dólares a um homem sem pênis, mas não apareceu nenhum. Manda a verdade, no entanto, que revelemos dois episódios sobremaneira lamentáveis:

1 – Uma mulher disfarçou-se de homem, com cabelo de homem, roupa de homem, bigode de homem, e

apresentou-se como um homem sem pênis, mas foi desmascarada pela Junta Médica que a examinou.

2 – Um filho da nobreza em decadência de Minas Gerais, homossexual confesso, submeteu-se a uma cirurgia e cortou o pênis (que, já de si, não tinha nenhuma serventia), e, apesar da perícia do cirurgião, foi também desmascarado pela Junta Médica.

Sendo o que cabia revelar à Doutora, dada a alta consideração e o apreço em que a tenho, deixo à Dra. Antônia a tarefa de apurar os graves fatos que acabo de revelar.

Com um forte amplexo, o seu

Amigo Oculto."

Catula deu a carta anônima para Tia Rose ler. Tia Rose confirmou que trocava as cápsulas receitadas pelo Dr. Henrique Horta para a tensão pré-menstrual da filha por inúteis cápsulas de maisena. Agia assim porque estava dominada por Berenice, até Vó Inácia descobrir a verdade, quando ouviu a confissão que fez a Padre Luiz no jardim do castelo.

– Sua tensão pré-menstrual sarou, não sarou, Antônia Micaéla? – perguntou Tia Rose.

– Sarou – respondeu Catula.

Tia Rose disse que a carta anônima era totalmente verdadeira e contou que sabia, desde o baile de formatura, o segredo de Karl L. Catula mostrou a carta anônima a Karl L. Ele a leu sem se perturbar, como se já a tivesse lido antes, e confirmou, era verdade, não tinha pênis, mas não deixava de amá-la por causa disso e pediu-a em casamento.

31

Tio Dimple sofria de insônia. Ficava na janela do castelo de Vó Inácia tocando o tossômetro como se tocasse uma sanfona, mas as tosses diminuíam como se o exército do General Koch, que ocupava a cidade, batesse em retirada. Para dormir, Tio Dimple precisava ouvir a "Quinta sinfonia" de Beethoven, de maneira que contratou a orquestra de cegos do Instituto São Rafael. Toda noite, um ônibus parava diante do castelo de Vó Inácia e os cegos desciam com seus instrumentos e, debaixo da janela de Tio Dimple, tocavam a "Quinta sinfonia". Usavam uma casaca preta que ia aos pés, uma camisa branca e uma gravata preta que descia em tiras, e lembravam pingüins. O maestro ficava louco de tempos em tempos e era substituído por um menino, também vestido como um pingüim. Enquanto tocavam a "Quinta sinfonia", tudo ficava em silêncio no castelo. Tia Anunciata só aparecia depois que a orquestra de cegos ia embora e, às segundas-feiras, Padre João de Deus retardava o momento de borrifar as entradas do castelo com água benta. Por esse tempo, para marcarem seus encontros e irem fazer a via-sacra em busca das argentinas e das paraguaias, na Zezé e na Margarida, Tio Red Label e Buchanan's diziam, Vamos sair depois da "Quinta sinfonia". Vó Inácia gostava da "Quinta sinfonia". Enquanto ouvia, pensava no que teria sido sua vida caso tivesse seguido a carreira de pianista e não tivesse se casado com Vô Old Parr e ido morar no Contestado.

– Responde, rifle velho de guerra, eu seria mais feliz?

Nos seis minutos e 15 segundos em que a orquestra de cegos executava a "Quinta sinfonia", Vó Inácia viajava em turnês pelo mundo tocando seu piano. Era em Varsóvia, uma Varsóvia envolta na bruma, que imaginava seu maior sucesso, tocando ao piano, não Beethoven, mas Chopin. A cada noite tinha uma fantasia diferente e tentava recapitular os muitos cheiros de sua infância e adolescência no Rio de Janeiro. Nessas noites conversava com Vô Furst e Vó Maria Micaéla, sentindo pena de ter convivido com os pais tão pouco. De qualquer forma, não conseguia imaginar-se sem o rifle, e mesmo dando um concerto de piano em Varsóvia, tinha o rifle a tiracolo. Tio Dimple ouvia a "Quinta sinfonia" debruçado na janela do 3º andar do castelo, ao lado de Tia Odete. Nas primeiras noites, dormia logo em seguida, para desgosto de Tia Odete que já não usava sua coleção de *baby-doll*, mas camisolas de *lingerie*, a nova sensação da época. Com o passar do tempo perdia o sono, pois as tosses, como confirmavam os ouvidos de cega de Vó Inácia, quase não eram ouvidas. Mal dormia. Ia chegar um tempo em que Tio Dimple teria saudade dos músicos cegos, parecendo pingüins, que desciam do ônibus e tocavam a "Quinta sinfonia" debaixo de sua janela no castelo. No jantar no castelo, no entanto, o único assunto naquelas noites era a expedição de Tio Johnnie Walker na Amazônia em busca dos índios liliputianos.

– E Johnnie Walker? Será que encontrou alguma pista dos liliputianos? – perguntava Vó Inácia e acariciava o rifle a tiracolo.

– Esta noite, mamãe – mentia Tia Viridiana –, sonhei que Johnnie Walker fez contato com os liliputianos.

– E como eram os liliputianos em seu sonho, Viridiana? – queria saber Tio Black Label.

– Do tamanho de uma boneca, Black Label.

– Pois eu imagino os liliputianos bem menores – disse Tia Dô e serviu-se do doce de goiaba em calda.

– De que tamanho, Dô? – perguntava Tia Odete.

– Do tamanho de um maço de cigarros, Odete.

– Eu não suporto mais de ansiedade – confessava Vó Inácia. – Será que Johnnie Walker não vai dar notícias?

– No meu sonho – seguia Tia Viridiana –, os liliputianos tinham tudo de uma boneca.

– Eles usam tangas, Viridiana? – perguntava Tia Dô.

– Usam. Umas tangas de crochê, muito bonitas, Dô.

– E pintam o rosto, Viridiana?

– Pintar, propriamente, não. Fazem uma espécie de maquiagem e as mulheres liliputianas são tão bonitas como uma boneca e muito vaidosas.

– Às vezes me dá vontade, Tia Inácia, de ir juntar-me à expedição de Johnnie Walker – anunciou Tio Black Label.

– Vê lá, Black Label, se eu vou deixar – cortou Tia Dô, que tinha fama de mandar em Tio Black Label.

– Ora, Dô, Johnnie Walker está vivendo uma aventura inesquecível – justificou-se Tio Black Label.

– Nisso Black Label tem razão – disse Vó Inácia. – Eu me orgulho de meu filho Johnnie Walker. E por falar em meu filho, que horas o correio passa amanhã, Viridiana?

– Amanhã é quinta-feira, mamãe. Então o correio passa duas vezes. Às 10 da manhã e às 2 da tarde.

– Quem sabe o santo Padre Eustáquio ajuda e chega carta de Johnnie Walker – e Vó Inácia acariciava o rifle a tiracolo. – Eu já não suporto mais de curiosidade. Tenho rezado muito para o Padre Eustáquio proteger a expedição de Johnnie Walker na Amazônia.

Catula ouvia sem nada comentar as conversas sobre os índios liliputianos. Mascava a ponta dos cabelos fulvos, alheia a tudo, revivendo a conversa com Tio Johnnie Walker, preocupando Tia Viridiana, que de nada sabia, pois, além de Frei Pedro, Catula só contou o que houve à Gioconda.

– Catula, Catula? – dizia Tia Viridiana. – Você parece longe. Parece estar voando...

– E estou, Tia Viridiana – disse Catula. – Recebi uma carta do Dr. Albert Schweitzer, dizendo que aceita que eu vá trabalhar com ele como médica na África, e já estou me sentindo em Labaroné.

As tosses diminuíram tanto e o número de altas nas pensões sanatoriais cresceram a um ponto que Os Rouxinóis do Paraíso, já que ninguém mais morria tuberculoso, agora cantavam apenas a "Valsa do adeus" para festejar a cura dos que voltavam para casa. Como por mágica, os homens pálidos não chegavam mais nos trens da Central do Brasil e na Estação Rodoviária, e os meninos que os esperavam para encaminhá-los às pensões sanatoriais trocavam de profissão. Vendiam ioiôs *made in USA* e naftalina e, alguns, os mais velhos, vendiam perfumes franceses contrabandeados do Paraguai. As 136 pensões sanatoriais tinham agora apenas 15% da ocupação e davam enorme prejuízo, mas Tio Dimple recusava-se a fechá-las. O prejuízo crescia e Tia Viridiana convocou uma reunião de emergência do Conselho de Família, a pedido de Tio Dimple. Abriu a reunião dizendo:

– Honra e glória a nosso pai, guia e mestre Old Parr Drummond, a quem devemos este incêndio no nosso coração – fez uma pausa, abanou com a mão em forma de leque o rosto e prosseguiu. – Um passo pra frente, dez pra trás, 50 passos pra frente, um pra trás. Passo a palavra a Dimple. A hora é difícil, mas não se esqueçam: a epopéia dos Drummond continua.

Tio Dimple anunciou que, como estava sem capital de giro nas pensões sanatoriais, era preciso fazer um empréstimo no Banco da Lavoura, onde era feita toda a movimentação financeira de Vó Inácia, tanto na agência em Cruz dos Homens, como na matriz em Belo Horizonte.

– Temos que fazer um empréstimo, para fazer frente à crise, que é passageira – ia falando Tio Dimple.

– Como crise passageira, Dimple? – cortou Tio White Horse. – A tuberculose está acabando, não está Catula?

– A tuberculose está acabando como um exército batendo em retirada – disse Catula.

– Catula é uma sonhadora de uma espécie rara – alfinetou Tio Dimple. – Sonha pesadelos contra nós. Para fazer o empréstimo – seguiu Tio Dimple –, temos que hipotecar o castelo, a fazenda e as lavouras de café de mamãe.

– Mas é tanto dinheiro assim, Dimple? – estranhou Tio White Horse. – Não é melhor fecharmos as pensões sanatoriais?

– Você ficou louco, White Horse? – disse Tio Dimple. – O estigma dos Drummond te atingiu? Se fecharmos as pensões sanatoriais, vamos à bancarrota.

– Quando a tuberculose acabar, sairemos às ruas de Belo Horizonte em festa – provocava Tio Red Label. – Quando os exércitos da vida libertarem a cidade e expulsarem o General Koch, sairemos à rua desfilando, em meio a danças e fogos.

– Sabe que dia isso acontecerá? – dizia Tio Dimple. – Dia de São Nunca de Tarde.

– Mas a tuberculose – dizia Catula, falando como médica que agora era – tem seus dias contados, Tio Dimple.

– Ainda assim, Sobrinha Catula, se essa catástrofe acontecer, não haverá festa alguma. E sabe por quê? Porque a grande fonte de renda de Belo Horizonte, a grande indústria, é o turismo da saúde. São os milhares de turistas da tuberculose que fazem a riqueza de Belo Horizonte. Sem eles, Belo Horizonte volta a ser a Curral Del Rey de outrora.

E, empolgado, em pé, a voz chorosa, Tio Dimple fazia um comício:

– Oh, inocente coração de Catula. Você é uma moça sonhadora. Já Red Label, que é um velho – ele exagerava –, já devia ter aprendido. No dia que a tuberculose acabar, será o caos. E ai de nós, Catula, que temos 136 pensões sanatoriais, se o Bacilo de Koch perder a guerra. Conheceremos a miséria.

Tia Viridiana colocou em votação a proposta de Tio Dimple e o Conselho de Família deu permissão para fazer o empréstimo no Banco da Lavoura, hipotecando o castelo, as lavouras de café e a fazenda de Vó Inácia. O correio não trazia carta alguma de Tio Johnnie Walker. Mas uma noite, dando razão a Tia Odete sobre seus poderes paranormais, Vó Inácia anunciou à Anã Clô que ela ia receber notícias de Giorgy. Quando o carteiro passou, na manhã seguinte, entregou uma carta de Giorgy para a Anã Clô, que demorou 36 anos a chegar. A carta foi enviada de Roma ao Rio de Janeiro antes do início da Segunda Guerra e, desde então, viajou pelo mundo, sendo enviada de um lugar para outro, por onde a Anã Clô morou ou suspeitavam que estivesse morando. Do Rio de Janeiro, a carta de Giorgy foi enviada a Buenos Aires e daí a Montevidéu e a Caracas e depois a Bogotá, indo então para a Cidade do México. Da Cidade do México foi para Alexandria e em seguida para Atenas e daí chegou a Madri. Era o tempo da Guerra Civil na Espanha e a carta de Giorgy ficou retida em Madri até o fim dos conflitos. Foi então enviada a Paris, quando as tropas de Hitler estavam chegando, e provocou suspeita, pois estava escrita numa língua que os oficiais nazistas não conseguiam decifrar ao tentar desvendar o que dizia. Quase foi queimada e o envelope ficou chamuscado, mas a carta acabou salva por um funcionário da agência dos correios de Paris. Era uma maneira de lutar contra a ocupação de Hitler na França, uma vez que a carta parecia conter uma mensagem cifrada. De forma que a carta de Giorgy foi enviada à Suíça. O envelope usado por Giorgy recebeu tantos carimbos que não havia mais espaço e colocavam um envelope dentro do outro, fazendo crescer a suspeita de que a carta trazia uma mensagem sobre a esperança dos homens. Havia a crença, entre os que viam aquela língua estranha e indecifrável, que podia conter um segredo capaz de derrotar Hitler e acabar com o nazi-fascismo. Cada um ia escrevendo o que pensava e colocando em envelopes junto à carta de Giorgy, de maneira que foi possível reconstituir tudo o que aconteceu à carta de Giorgy para a Anã Clô. Um dia a carta de Giorgy deixou Amsterdã e foi enviada a Alexandria. A Segunda Guerra tinha começado. Em seu caminho para Alexandria, por onde passou o Gran Circo Norte-Americano, a carta foi apreendida pela Gestapo e ficou refém até o fim da Segunda Guerra, quando os russos chegaram a Berlim. Mas quem a encontrou e leu foi um oficial norte-americano que tinha servido na base dos EUA em Natal, no Brasil. Ele conhecia a língua em que estava escrita e comoveu-se. Colocou-a em novo envelope, mantendo os envelopes anteriores com sua história, e enviou-a novamente ao Rio de Janeiro. A carta de Giorgy foi então enviada para Vitória e esteve perto de chegar à destinatária. Mas o desaviso de um funcionário do correio em Vitória levou-a de volta ao remetente, em Roma. Mas Giorgy não morava mais em Roma. Acreditando que a carta que viveu tantas aventuras, a ponto de ganhar tantos envelopes e tantos carimbos, poderia salvar alguém da morte, um funcionário do correio em Roma cuidou de enviá-la novamente ao Rio de Janeiro. Acabou sendo remetida do Rio de Janeiro a Vitória e, daí, a Cruz dos Homens. Foi então mandada, aos cuidados de Vó Inácia Micaéla, para o endereço do castelo em que morava em Belo Horizonte, e chegou às mãos da Anã Clô. Tinha tantos envelopes, uns dentro dos outros, que estava transformada num pacote. A Anã Clô abriu os envelopes e leu a carta. Era de Giorgy e estava escrita em português, a língua indecifrável:

"Roma, 27 de abril de 1920

Clô, eu te amo. Beijos, Giorgy."

Vinha abaixo o endereço de Giorgy em Roma. A Anã Clô saiu dançando pelo castelo com a carta de Giorgy na mão. Entendeu que Giorgy aprendeu uma frase em português para dizer que a amava. Enviou um telegrama urgente a Giorgy para a Via Luigi Corti 45, seu endereço em Roma, mas o recebeu de volta, com a informação de um certo Giovanni Ricciardi, então um jovem sonhador, que o destinatário já não morava mais lá. Vó Inácia Micaéla cheirava os envelopes e a carta de Giorgy e disse à Anã Clô:

– Sinto o cheiro do amor e da esperança e o cheiro do medo e da morte, sinto o cheiro da guerra e o cheiro da paz, sinto o cheiro da solidariedade humana e da fé dos homens, afinal, a carta de Giorgy demorou 36 anos a chegar, mas chegou.

E acariciando o rifle a tiracolo completou:

– Sabe, Clô, sinto o cheiro de Deus nesses cheiros todos da carta de Giorgy.

Na manhã seguinte, Tio White Horse ouviu por um radioamador que a expedição de Tio Johnnie Walker estava cercada pelos Cintas-Largas nas margens do Rio Negro e que seus propósitos eram mais que evidentes, pois cantavam um hino só cantado quando iam realizar um ritual antropofágico. O radioamador revelou que os Cintas-Largas eram paternais com os liliputianos e queriam protegê-los com os cuidados e os ciúmes de um pai com a filha noiva. Uma vez, uma expedição chefiada por um alemão aprisionou um casal de liliputianos para levá-los como atração à Europa e os Cintas-Largas invadiram o acampamento e mataram o alemão e todos os membros da expedição, libertando os liliputianos, mas não fizeram nenhum ritual antropofágico com o alemão, já que só realizam um ritual de antropofagia para assumir as virtudes de alguém. A última vítima do festim antropofágico da tribo dos Cintas-Largas foi um padre missionário italiano, o Padre Carlo, que os Cintas-Largas devoraram porque o amavam e admiravam. Disse o radioamador que os Cintas-Largas tinham Tio Johnnie Walker na conta de um homem bom, justo e corajoso e, por isso, podiam devorá-lo num festim de antropofagia para assumir suas virtudes. Tia Viridiana convocou uma reunião de emergência do Conselho de Família, que decidiu esconder de Vó Inácia o que estava acontecendo na Amazônia. Todos apoiaram, menos Tio White Horse que votou contra, e Tio Red Label se absteve. Sem saber de nada, Vó Inácia disse ao rifle a tiracolo:

– Sinto no ar o cheiro de maio, irmão rifle.

Apurou o olfato de cega e continuou:

– Você sabe, irmão rifle, maio não gosta de mim. Em maio recebi a visita do Demônio. Em maio, Tio Old Parr ficou louco pela primeira vez. Em maio, eu fiquei cega.

32

Vocês dirão, leitores e leitoras, quando tomarem conhecimento dos fatos que vamos narrar a seguir:

– A culpa de tudo é de maio!

Dirão que a culpa é também das manhãs claras e bonitas e da circunstância, valha-nos Deus!, de vivermos nos trópicos. De qualquer forma, não vamos pedir um tribunal de exceção para julgar maio, nem colocar maio e as manhãs claras e bonitas diante de um pelotão de fuzilamento. Mesmo porque não é costume, nem nas piores ditaduras, fuzilar os meses do ano e as manhãs claras e bonitas, por mais que nos incomodem. Também devemos ter certas cautelas. Já pensaram se formos fuzilar uma manhã de maio e perguntarmos, com o pelotão de fuzilamento tomando posição:

– Manhã de maio, qual é teu último desejo?

Imaginem se a manhã de maio responde:

– Meu último desejo é beber um conhaque.

Corremos o risco de ver uma manhã de maio bêbada, dizendo aos ditadores do mundo tudo o que os condenados à morte nunca puderam dizer diante do pelotão de fuzilamento. É bem possível que, tomados de fúria, os ditadores ordenassem:

– Pelotão, atirar!

Pobre manhã de maio: seria fuzilada e o mês de maio, muito provavelmente, acabaria banido dos calendários e da lembrança dos homens e nossa história não poderia continuar. Pois foi numa bela manhã de maio que chegou a notícia de que Tio Johnnie Walker tinha sido devorado pelos índios Cintas-Largas num ritual antropofágico na Amazônia. Houve muita emoção no Clã dos Drummond e, em meio ao espanto que tomou conta de todos, tentaram encontrar a melhor maneira de dar a notícia a Vó Inácia Micaéla, se é que ela devia saber a verdade. Coube a Tia Viridiana, como presidente do Conselho de Família, decidir:

– Todos alegres: até segundo aviso, vamos agir como se nada tivesse acontecido na Amazônia!

Assim, entre suspiros e soluços abafados e risos forçados, a vida em volta de Vó Inácia Micaéla continuou como antes no castelo. É bem verdade que, durante a noite, Catula saiu sozinha e ia andando a pé, encolhida por causa do frio, e sem nenhum agasalho, e abraçava a si mesma. O inverno chegou embrulhado numa frente fria vinda da Argentina, de maneira que Catula estava negra. Usava o mesmo vestido cor de morango de quando Tio Johnnie Walker disse que a amava, e vagou pela cidade, indiferente a tudo. Não via ninguém, e tentava imaginar o que Tio Johnnie Walker pensou na hora em que os Cintas-Largas iam devorá-lo no ritual antropofágico.

– Será que ele pensou em mim?

Andou por ruas, praças e avenidas, certa de que sua vida tinha perdido o sentido. Ficou sentada no meio-fio do passeio, fumando um cigarro, diante do prédio da Escola de Medicina, na Avenida Alfredo Balena, e recordava o tanto que, de qualquer maneira, tinha sido feliz ali. Um carro da Radiopatrulha parou junto de Catula e dois guardas civis, um moreno e um louro, pediram seus documentos e, por sorte, ela os trazia na bolsa. Continuou sentada no meio-fio e estendeu a identidade ao guarda civil louro.

– Fica de pé, escurinha, e põe as mãos na cabeça – gritou o guarda civil louro.

– Quer ver o sol nascer quadrado, escurinha? – zombou o guarda civil moreno.

Catula ficou em pé. Era mais alta que os guardas civis imaginavam e mais bela. Tão bela que eles sentiram vontade de cantar ou de rezar. O guarda civil louro acendeu uma lanterna à pilha e leu o nome de Catula na identidade.

– Ela é um torresminho, hein, Valentim?

– Um chuchuzinho, Rubinho – riu o guarda civil moreno. – Por Deus que é.

Já tinha acontecido, como foi o caso da coroação como Miss Escurinha, que, debaixo de forte emoção, Catula ficava branca de repente. Aconteceu ali, diante dos dois guardas civis. Catula ficou branca e tomou a identidade das mãos do guarda civil louro.

– Deus é grande – disse o guarda civil louro, ao vê-la ficar branca.

– Protegei-me, Santo Expedito – rogou o outro guarda civil.

– Sabem com quem estão falando? Eu sou a moça fantasma da Avenida Alfredo Balena.

Os dois fugiram às pressas no carro da Radiopatrulha com a sirene ligada e Catula entendeu que devia deixar a Avenida Alfredo Balena. Acenou para a Escola de Medicina e acendeu um cigarro. Branca sentia-se mais segura. O episódio com os guardas civis deixou-a irritada e, sempre andando a pé, mesmo podendo tomar um bonde ou um táxi, pois tinha dinheiro na bolsa, alcançou a Rua Pernambuco, a rua que mais amava em Belo Horizonte. A Rua Pernambuco dormia naquela hora. Apenas um ou outro cão circulava e como Tia Rose ia dormir no castelo e Catula tinha uma chave, entrou na casa onde morou desde que nasceu até ir viver no castelo de Vó Inácia. Bebeu água e entrou em todos os quartos. Depois, fechou à chave a porta da casa, acenou adeus, e saiu andando pela Rua Pernambuco. Parou diante da casa que pertenceu a Vó Inácia e depois parou diante do Colégio Santo Antônio. Seguiu andando. Esteve parada na frente do Consulado da Síria, que era também a residência do Cônsul Cadar, mas sentiu medo que um dos filhos de Dona Rosinha, Adelmar Cadar, seu contemporâneo na Escola de Medicina, abrisse a janela e a visse. Acenou para o Consulado da Síria e desceu a Rua Pernambuco e dobrou à esquerda a Avenida Afonso Pena. Os bondes elétricos iam e vinham. Com a notícia de que os índios Cintas-Largas tinham feito um ritual antropofágico com Tio Johnnie Walker, Catula sabia o que sempre tentou esconder de si mesma: a única verdade de sua vida era que amava Tio Johnnie Walker. Perguntou em voz alta enquanto andava:

– Será que ele pensou em mim na hora do ritual?

À meia-noite Catula estava diante da igreja de São José e escutou o relógio batendo as 12 badaladas. Deu o último olhar para o edifício Acaiaca e lembrou-se da vez em que Tio Red Label levou-a para assistir "Um anjo caiu do céu", com Cary Grant e Loreta Young, na inauguração do Cine Acaiaca. Era quase uma menina. Atravessou a Avenida Afonso Pena, para o lado do Cine Acaiaca, e em vez de descer a Rua Tamoios e alcançar o Viaduto de Santa Teresa, passou em frente ao edifício da Sul América, e dobrou à esquerda a Rua da Bahia que era, depois da Rua Pernambuco, a rua que mais amava em Belo Horizonte. Catula ficou descalça e subiu ao arco do Viaduto de Santa Teresa, para morrer. Ia pular sobre os trilhos da via férrea. Ao chegar lá no alto, respirou o cheiro de mato que vinha do Parque Municipal e escutou o canto dos pássaros da noite. Pensou, então, em Eduardo Marciano, do Clã dos Sabino, filho de Fernando e sobrinho de Gérson, amor platônico dos seus 11 anos, com quem aprendeu a subir no arco do Viaduto de Santa Teresa. Já naquela época pensava, lá no alto:

– É daqui que eu vou pular, quando tiver que morrer!

Mas, agora, pronta para pular, Catula tentava imaginar o que Eduardo Marciano ia pensar quando lesse nos jornais a notícia de seu suicídio:

– Ele me achará bonita, depois de morta?

Sentiu muita pena. Não ia ficar uma morta bonita. Nas várias ocasiões em que tentou o suicídio preocupou-se com esse detalhe. Afastou, então, a morte por envenenamento, e aprendeu, quando começou a estudar medicina, que o melhor tipo de suicídio, para não ficar feia, era cortar o pulso. Ganharia uma palidez parecida com a da época em que teve pneumonia e todos disseram, a começar por Buchanan's, que, assim pálida, ficava ainda mais bonita. Queria que todos a vissem morta e dissessem:

– Catula continua bonita mesmo depois de morta.

Podia ter cortado o pulso quando se trancou no quarto para colocar o vestido cor de morango e aprontar-se como se fosse para uma festa. Escreveu a batom um bilhete, como era de seu feitio, para que o lessem para Vó Inácia Micaéla, no espelho de seu quarto:

> "Vó Inácia:
>
> Morro por amor – a senhora me absolverá.
>
> Um beijo (e ela deixou a marca da boca com batom no espelho), a neta que tanto a ama, Catula."

Teve medo de que a achassem morta no castelo e fizessem tal escândalo que Vó Inácia descobrisse que os Cintas-Largas devoraram Tio Johnnie Walker num ritual antropofágico e viesse a sofrer do mesmo mal que sofreu quando jovem. A grande esperança de Vó Inácia Micaéla era Catula realizar os sonhos perdidos desde que se casou com Old Parr e foi morar no Contestado. Após escrever o bilhete para Vó Inácia, Catula deixou o castelo a pé para não despertar suspeitas. No alto do arco do Viaduto de Santa Teresa, olhava a noite. Viu as estrelas no céu e sentiu pena de não haver lua. Estava tudo deserto. Vinham de longe os latidos dos cães e os pássaros da noite cantavam no Parque Municipal. Começou a ventar e Catula segurava o vestido, com as duas mãos. Escutou a sirene de uma Radiopatrulha e decidiu apressar-se. E se a Radiopatrulha viesse até o viaduto? Ia pular, sem que os guardas pudessem fazer nada. E se os soldados do Corpo de Bombeiros, especialistas em salvar suicidas, aparecessem? Ia saltar antes que pudessem jogar uma rede parecida com as redes de caçar leões nos filmes de Tarzã. O vento soprava mais forte e trouxe de longe a voz de um seresteiro:

"A deusa de minha rua
Tem a alma cor da lua..."

Catula pensou então nas Três Malditas. Pensou em si mesma, com certa pena. Pensou em Felipa que estava morta. Pensou em Gioconda e, às voltas com o vento que insistia em levantar seu vestido, sentiu a alegria de saber que, pulando do arco do Viaduto de Santa Teresa, ia desmentir a Cigana Carmen, que previu, como contou a Anã Clô, que ela ia desencantar o lobisomem. Quando Tia Viridiana soube pelo Sem Dó que Catula tinha saído, chamou Buchanan's, Gioconda e Tia Odete. Entraram no Studbaker de Vó Inácia e saíram às pressas.

– Eu sei onde Catula está – disse Tia Odete, que ia ao volante.

– Chegaremos a tempo, Odete? – perguntou Tia Viridiana.

– Se Deus quiser – disse Tia Odete.

Era uma noite de segunda-feira. O vento, aquele mesmo vento que queria levantar seu vestido cor de morango, levou até Catula, no alto do Viaduto de Santa Teresa, vozes entoando cânticos religiosos. Aos poucos, enquanto Catula adiava o momento de pular sobre o Rio Arrudas, as vozes ficavam mais próximas. Vinham da Avenida Afonso Pena e Catula as conhecia bem. Eram as beatas que acompanhavam Padre João de Deus quando ele borrifava com água benta os templos do pecado e Catula sentiu saudade de quando espionava Padre João de Deus e as beatas atrás da cortina em seu quarto no castelo de Vó Inácia. Disse em voz alta:

– Padre João de Deus e as beatas vão ser testemunhas de minha morte. Eu vou esperar que cheguem para pular!

Em frente do Parque Municipal, na Avenida Afonso Pena, Tia Odete entrou na contramão, passando debaixo dos enormes ficus, para se desviar de Padre João de Deus e das beatas e seguiu no Studbaker pela Afonso Pena e desceu a Rua da Bahia em direção do Viaduto de Santa Teresa. Lá do alto, às voltas com o vento que levantava seu vestido, Catula viu o Studbaker, seu velho conhecido, parar debaixo do arco do viaduto onde estava.

– Desce daí, Catula – gritou Tia Viridiana, mal saiu do Studbaker. – Pelo amor de Deus, desce daí.

Catula nada respondeu e tomou posição de pular. Na hora pensou nos tempos em que queria ser da equipe de natação do Minas Tênis Clube. Era assim, como ficou lá no alto do viaduto, que saltava na piscina. Decidiu ignorar a presença de Tia Odete, Tia Viridiana, de Buchanan's e de Gioconda e aguardar a chegada de Padre João de Deus e das beatas.

– Desce daí, Catula – gritou Buchanan's. – Eu perdi mais que você na Amazônia: eu perdi um pai e não vou pular de viaduto algum. Você perdeu apenas um tio.

– Você se engana, Buchanan's – gritou Catula lá do alto, segurando a barra do vestido por causa do vento. – Eu perdi o amor de minha vida, o único homem que podia me fazer feliz.

A sirene de uma Radiopatrulha chegou até Catula levada pelo vento e ela viu, como fantasmas, vestidos de branco, carregando velas acesas, Padre João de Deus e as beatas, descendo a Rua da Bahia. Escutou as vozes roucas e desentoadas cantando, acompanhadas por Padre João de Deus:

"Avé, avé Maria
avé, avé Maria"

Ao ver Catula no alto do Viaduto de Santa Teresa, Padre João de Deus apressou os passos, seguido pelas beatas de branco. Catula se desequilibrou e quase caiu de costas. Ao ver que Catula ia pular, Padre João de Deus calou as beatas vestidas de branco com um movimento de mão e gritou, traindo a emoção:

– Por Deus, Antônia Micaéla, desça daí!

– E se eu for o Diabo, Padre João de Deus? – disse Catula.
– E se eu for Exu?

– Você não é Satanás nem é Exu, Catula – gritou Padre João de Deus. – Você é o anjo do Senhor. Só que você se disfarça de Satanás, Catula.

– Soy un angelito negro – disse Catula, e começou a cantar, Diabolicamente, "Angelito negro".

O vento soprou mais forte e levantou o vestido de Catula. Então Padre João de Deus, Tia Odete, Tia Viridiana, Buchanan's e Gioconda e os guardas civis de uma Radiopatrulha que chegou na hora viram que Catula não usava calcinha. Catula continuou lá no alto do arco do viaduto indiferente ao vento, levando Padre João de Deus a cobrir os olhos com a mão. Uma multidão crescia aos pés de Catula. Uma sirene anunciou o carro vermelho do Corpo de Bombeiros, que abriu caminho entre as pessoas. Os bombeiros especialistas em salvar suicidas, pois Belo Horizonte era recordista em suicídios, trouxeram escadas e a rede que recordava as redes dos filmes de Tarzã.

– Parem – gritou Catula. – Não se movam ou eu pulo – e tomou posição para pular.

– Em nome de Deus, detenham-se – gritou Padre João de Deus apontando um crucifixo para os soldados do Corpo de Bombeiros.

Foi então que um homem de terno branco desceu a Rua da Bahia correndo e, chegando ao Viaduto de Santa Teresa, abriu caminho entre a multidão distribuindo empurrões e cotoveladas. Era o Cara de Anjo ou Satã.

– Deixem comigo – e olhava para Catula, que protegeu o vestido contra o vento para que o Cara de Anjo ou Satã não visse que estava sem a calcinha. – Se você pular no Arrudas, Catula, vai ficar uma morta muito feia.

– Vou ficar feia mesmo, Satã? – perguntou Catula.

– Vai, Catula. Se você pular daí vai ficar uma morta muito feia. E até os jornais vão falar como você ficou feia depois de morta.

Catula então desceu do arco do viaduto debaixo de palmas. Por aqueles dias, a tuberculose estava acabando, batia em retirada como um exército destroçado. Nas noites de insônia, Vó Inácia escutava os passos das moças fantasmas, mas já não ouvia as tosses e no café da manhã perguntou a Tio Red Label se não ia haver uma grande festa para comemorar o fim da tuberculose. As manhãs de maio iam ficando cada vez mais bonitas. Vó Inácia passou a sentir, em meio ao cheiro dos humilhados e ofendidos, o cheiro do Bem e o cheiro do Mal e disse, Rifle, velho de guerra, alguma coisa me diz que o cheiro de Deus tem a ver com o Bem e com o amor. Sempre que Tio Dimple aproximava-se dela, Vó Inácia sentia o cheiro da inquietação e uma noite perguntou se os negócios na fábrica de tecidos estavam indo bem. Tio Dimple respondeu que sim, e Vó Inácia recomendou que não queria saber de greve na fábrica. Cinco dias depois do ritual antropofágico, que ainda era o principal assunto dos jornais, Vó Inácia perguntou a Tia Viridiana o que estava acontecendo, que ela perdia o sono todas as noites, e Tia Viridiana disse que sentia saudades de Emily, a fantasminha. Tio Dimple lembrava-se de Tio Johnnie Walker falando na véspera de viajar para a Amazônia que estava na hora de vender as pensões sanatoriais, antes que fosse tarde, pois a tuberculose ia acabar. Tia Dô cultivava a fantasia de que Tio Johnnie Walker continuava vivo. Não paravam de chegar manifestações de pesar a Vó Inácia pela morte de Johnnie Walker, que Tia Viridiana cuidava de censurar e esconder. As 28 namoradas de Tio Johnnie Walker espalhadas pelo mundo enviaram telegramas de condolências a Vó Inácia e, por algum mistério, as 28 usaram as mesmas palavras: "Profundos e sentidos pêsames, também estou de luto PT Segue carta." Tio Black Label, um de seus maiores amigos, dizia que Tio Johnnie Walker ia ficar feliz se soubesse que as 28 namoradas sentiram tanto sua morte. O Presidente da República Juscelino Kubitscheck tentou falar por telefone com Vó Inácia na manhã em que os jornais noticiaram com estardalhaço o ritual antropofágico. Tia Viridiana atendeu o telefone, agradeceu muito, e disse que Vó Inácia, na hora treinando pontaria no quintal do castelo, sem saber de nada, estava em estado lastimável. O Presidente da República prometeu que, quando viesse a Belo Horizonte visitar a mãe, Dona Júlia, fazia questão de abraçar pessoalmente Vó Inácia. Tia Viridiana colocou cinco anões de plantão para avisarem em caso de Juscelino Kubitscheck chegar ao castelo. Vó Inácia estranhou a coincidência de detectar pelo cheiro a visita ao castelo, um dia depois do outro, de Pedro Ernesto e Dona Santuza, do Senador Benedito Valadares e de Frei Pedro, que tomou o trem em Pirapora e veio visitar Vó Inácia e Buchanan's. Avisada pelos cinco anões que estavam de plantão sobre os que iam chegando ao castelo, Tia Viridiana saía pelo portão camuflado junto ao muro coberto de heras e os prevenia de que em hipótese alguma Vó Inácia poderia saber do ritual antropofágico nem da morte de Tio Johnnie Walker. O Senador Benedito Valadares subiu as escadas do castelo e leu um capítulo do manuscrito de um romance, ainda sem título, que estava escrevendo, para Vó Inácia ouvir. Pedro Ernesto e Dona Santuza falaram sobre as meninas pobres que a Fundação Felipa Guimarães estava amparando. A sós com Catula e Buchanan's, Pedro Ernesto disse:

– Não acredito em uma linha do que os jornais estão dizendo.

E abaixando a voz para Vó Inácia não ouvir:

– Jornal aceita tudo. Para mim, Johnnie Walker continua vivo.

Frei Pedro abraçou Vó Inácia, deu a risada para mostrar que estava tudo bem, e passou o dia conversando com Catula, Buchanan's e Gioconda na torre mais alta do castelo. À noite, Catula, Buchanan's e Gioconda o levaram para tomar o Trem do Sertão de volta a Pirapora na Estação da Central do Brasil. Antes de embarcar, Frei Pedro e Catula conversaram a sós.

– Se Johnnie Walker vira mesmo lobisomem, Catula, ele não foi devorado pelos índios Cintas-Largas – disse estranhamente Frei Pedro. – Os lobisomens falam latim e são imortais.

Depois da tentativa frustrada de pular do arco do Viaduto de Santa Teresa, Catula sentia-se anestesiada. Até que a lembrança de Tio Johnnie Walker segurando suas mãos e dizendo que a amava fez Catula sentir amor por tudo e por todos e a primeira mudança foi com a mãe, Tia Rose. Era verdade que Tia Rose nunca foi um bom exemplo de mãe, mas Catula também não era a melhor das filhas. Uma noite procurou Tia Rose na casa da Rua Pernambuco e disse: Mãe, me abraça, eu te amo, mãe, vamos esquecer o tapa na cara, e viver como mãe e filha. Tia Rose abraçou-a em prantos.

A notícia do ritual antropofágico ganhava destaque nos jornais brasileiros e estrangeiros e as 28 namoradas de Tio Johnnie Walker escreveram para Vó Inácia dizendo o quanto o amavam. Tia Viridiana abria as cartas, que a Anã Clô traduzia, e Buchanan's escreveu cartões em nome de Vó Inácia agradecendo a solidariedade. Por mais que Tia Viridiana resistisse, o Conselho de Família tinha que decidir se Vó Inácia devia saber ou não a verdade. Gioconda participou da reunião como convidada, e ganhou direito a voto, por sugestão de Tia Rose. Tio White Horse defendia o que chamava de fim do Conto de Fadas. Era apoiado por Catula, para quem mentir sobre a chuva, inventar cartas do Papa e tudo o mais era simples, mas esconder de Vó Inácia Micaéla que um filho, Tio Johnnie Walker, foi devorado pelos índios Cintas-Largas era uma afronta. Tia Viridiana pedia calma. Afinal, foi marcada a reunião do Conselho de Família para tomar uma decisão, como sempre, no apartamento de Tio Red Label, longe dos ouvidos de cega de Vó Inácia. Chamou a atenção de todos Tia Rose chegar para a reunião do Conselho de Família totalmente sóbria e em companhia da filha Catula. Sentaram-se uma ao lado da outra e Catula segurava a mão de Tia Rose.

– E ainda falam – comentou Tio Dimple – que não existe milagre. Estão vendo? – e apontou as duas.

Ocupando a cabeceira da mesa, Tia Viridiana olhou a cadeira que antes era ocupada por Tio Johnnie Walker.

– Honra e glória a nosso pai, guia e mestre Old Parr Drummond, a quem devemos acreditar nas quimeras e fantasias e transformá-las em realidade – começou dizendo, abanando o rosto com as mãos em forma de leque. – Dois passos pra frente, cinco pra trás, 20 passos pra frente, um pra trás, assim caminha a humanidade.

– Sem mais delongas, Viridiana – pediu Tio White Horse.

– Apelo para o sentimento de equilíbrio dos Drummond – disse Tia Viridiana e encarou Tio White Horse. – Este é o apelo que faço nesta hora trágica.

Propôs então que, para todos os efeitos, junto de Vó Inácia, Tio Johnnie Walker continuava vivo e que não aconteceu ritual antropofágico algum na Amazônia. Tio White Horse disse que se não era para chorar nossos mortos, se não era para confortar nossos enfermos, se não era para enfrentar as tempestades e esperar a bonança, se não era para as festas e os funerais, de que valia viver? A fala de Tio White Horse provocou forte impacto. Tio Dimple ouvia calado. Tinha o hábito, durante as reuniões do Conselho de Família, de desenhar mulheres nuas.

– Existe um detalhe, White Horse – aparteou Tio Dimple, em meio ao desenho de uma bailarina nua –, que você está desprezando.

– Que detalhe, Dimple? – perguntou com impaciência Tio White Horse.

– É que o fato de estarmos escondendo de mamãe o que se passou com Johnnie Walker, como sugeriu Viridiana, alivia a nossa dor – disse Tio Dimple. – Respondam, a começar por você, White Horse: aliviamos ou não nossa dor fingindo que Johnnie Walker continua vivo, que a qualquer dia vai voltar? – insistiu Tio Dimple.

– Nesse ponto – concordou Catula –, Tio Dimple está coberto de razão.

– De certa forma, é verdade – apoiou Buchanan's. – De certa forma.

– Discordo – disse Tio White Horse.

Tia Viridiana fez as contas. Estavam divididos como nunca estiveram desde a criação do Conselho de Família. Depois do impacto da intervenção de Tio White Horse, a fala de Tio Dimple equilibrou a situação. Tia Viridiana ia colocar em votação se contavam ou não a verdade a Vó Inácia quando Tia Odete, que era espírita, como já contamos, sugeriu que ouvissem o espírito de Tio Johnnie Walker, fazendo o "Jogo do Copo", e todos acabaram concordando. Até mesmo Tio White Horse concordou. Então Tia Odete, ajudada por Tia Dô e Tio Black Label, pegou um copo e colocou-o sobre a mesa em volta da qual estavam reunidos no apartamento de Tio Red Label. De um lado do copo, a uns quatro palmos de distância, à direita, Tia Odete colocou um papel onde estava escrito "Sim" e, à esquerda, à mesma distância, um papel onde estava escrito "Não". Pediu a Tio Red Label uma vela, acendeu a vela e apagou a lâmpada da sala onde estavam.

– Vamos ficar em silêncio – disse Tia Odete – e colocar o dedo da mão direita levemente em cima do copo e nos concentrar. Espírito de Johnnie Walker – disse então –, nós queremos sua presença para nos ajudar a tomar uma grave decisão.

O vento uivava na janela e Tia Anunciata cantava no jardim do castelo, e a luz da vela sobre a mesa transformava todos em fantasmas.

– Responda, espírito de Johnnie Walker – insistiu Tia Odete –, se estiver entre os mortos e, agora, entre nós, faça o copo tremer. Venha, espírito de Johnnie Walker. Precisamos de você. Venha.

O copo não saía do lugar, em cima da mesa. Tia Odete insistiu oito vezes e o copo continuava parado, e então ela disse em festa, para espanto até mesmo de Tia Viridiana:

– Johnnie Walker não morreu, continua vivo!

– Como continua vivo, Odete – aparteou Tio White Horse –, se os jornais estão dizendo que ele foi devorado pelos Cintas-Largas?

– Houve um lamentável engano – seguiu Tia Odete. – É um boato no qual os jornais acreditaram. Se Johnnie Walker estivesse morto, seu espírito teria respondido a nosso chamado. Não se esqueçam que sou médium. E, para afastar qualquer dúvida, vou invocar o espírito de Tio Old Parr, que todos nós sabemos que já não pertence ao reino deste mundo.

Tia Odete pediu silêncio e todos colocaram novamente a ponta do dedo da mão direita sobre o copo.

– Espírito de Tio Old Parr, manifeste-se! – pediu Tia Odete enquanto o fantasma de Tia Anunciata cantava no jardim do castelo. – Se está entre nós, espírito de Tio Old Parr, faça o copo tremer.

O copo tremeu e o vento começou a agitar a cortina da sala, ameaçando apagar a vela.

– É uma alegria recebê-lo, espírito de Tio Old Parr. Queremos que nos ilumine, nesta hora trágica. Devemos ou não contar a verdade sobre o que aconteceu a Johnnie Walker na Amazônia a Tia Inácia Micaéla? – perguntou Tia Odete. – Sim ou não? Dê sua opinião, fazendo o copo deslizar até o "Sim" ou o "Não".

O copo tremeu e depois ficou quieto. Então, como um copo bêbado, deslizou em curvas sobre a mesa. Chegou a aproximar-se do "Sim". Depois fez uma curva bêbada em sentido contrário, e parou diante do "Não".

– Não devemos contar a verdade a Tia Inácia, espírito de Tio Old Parr? – perguntou Tia Odete.

O copo tremeu e Tia Viridiana proclamou:

– Se esta é a vontade de nosso pai, guia e mestre Old Parr Drummond, nada diremos a mamãe. Para todos os efeitos, Johnnie Walker continua vivo e deve voltar qualquer dia desses da Amazônia.

No dia seguinte, ainda assim, Tia Viridiana abriu o testamento de Tio Johnnie Walker, e leu numa reunião do Conselho de Família. Tio Johnnie Walker pedia, sem saber que acabaria vítima de um ritual de antropofagia feito pelos Cintas-Largas, que seu corpo fosse cremado e suas cinzas lançadas no Estreito de Gibraltar porque lá, uma vez, viajando no navio *Constitution*, apesar do mau tempo, foi feliz. Quanto a seus bens recordava que, conforme mandam as leis sobre herança no Brasil, sendo viúvo, e nunca tendo feito a partilha, a parte correspondente à metade de tudo o que possuía pertencia, de direito, a seu filho Buchanan's, herdeiro de Tia Beth. Os outros 50%, também em bens e propriedades no Brasil e no exterior, conforme documentação e depósitos bancários já em poder de Tia Viridiana, ficavam assim divididos: 45% para Buchanan's, 45% para Antônia Micaéla, a Catula, e 10% para a Anã Clô ajudar os humilhados e ofendidos do mundo. O anel de brilhantes que foi de Tia Beth, guardado dentro de um estojo azul, em poder de Tia Viridiana, ele deixava para Catula. Houve uma mistura de espanto e de incredulidade. Num canto clandestino do coração, todos esperavam ser lembrados, ainda que simbolicamente. Tio Black Label não escondeu o que sentiu. Esperava, santo Deus, que Johnnie Walker deixasse para ele a coleção de cachimbos que não usava mais. Tia Rose, que era sua irmã gêmea, esperava ganhar o anel de brilhantes. Coube, no entanto, a Catula, provocar a segunda grande surpresa da noite:

– Eu me recuso a aceitar – disse Catula. – Fico grata a Tio Johnnie Walker, por ter se lembrado de mim, mas não aceito nem o dinheiro nem o anel de brilhantes que foi de Tia Beth.

– Antônia Micaéla, minha filha – ralhou Tia Rose, totalmente sóbria. – A vontade expressa num testamento é lei e não cabe discutir.

E diante do espanto de todos:

– A vontade de Johnnie Walker, Antônia Micaéla, é sagrada porque é a voz do coração.

– Você tirou de minha boca, Roseana – foi falando Tia Viridiana. – A vontade do coração, Catula, não cabe discutir.

– Mas tia? – disse Catula. – Por que eu, tia? Por que, tia? – e Catula abraçou Tia Viridiana.

– Por que a Anã Clô? Por que nenhum de nós, só você e a Anã Clô, além de Buchanan's, que é filho? – gaguejou Tia Viridiana. – Porque é a vontade do coração, Catula.

Na manhã seguinte, Buchanan's, Catula, a Anã Clô e Tia Viridiana foram ao Cartório Jero Oliva e souberam que, sem o atestado de óbito, o testamento de Tio Johnnie Walker não tinha validade legal e não poderia ser cumprido. A notícia inquietou o Clã dos Drummond, com exceção de Vó Inácia, que de nada sabia, pois a falência das 136 pensões sanatoriais espreitava a todos com os olhos de uma loba, afinal a tuberculose estava acabando. Sem saber do que estava acontecendo, Vó Inácia sentia o cheiro que anunciava Dona Santuza e Pedro Ernesto, os pais de Felipa, e, durante a noite, os dois subiram as escadas do castelo. Dona Santuza ficou conversando com Vó Inácia e Pedro Ernesto, que era o maior amigo de Tio Johnnie Walker, pediu para participar de uma reunião do Conselho de Família. Disse que sabia das dificuldades que o Clã dos Drummond ia enfrentar com o fim da tuberculose e ofereceu um empréstimo para que o castelo, a fazenda e as lavouras de café de Vó Inácia não fossem a leilão.

– Johnnie Walker me paga depois – disse Pedro Ernesto.

Todos, mesmo Tia Odete, que era espírita, olharam-no como se Pedro Ernesto estivesse louco.

– Não precisam me olhar assim – defendeu-se Pedro Ernesto. – Eu não acredito em nada que os jornais estão dizendo. Para mim, Johnnie Walker é imortal.

– E se Tio Johnnie Walker tiver realmente morrido, Pedro Ernesto? – perguntou Catula.

– Aí vocês não me pagam nada – respondeu Pedro Ernesto.

Tia Viridiana colocou em votação a proposta de Pedro Ernesto, depois que ele saiu, mas Tio Dimple e Tia Rose queriam casar Catula com Karl L. e, argumentando que se a esmola é muita o santo desconfia, levaram o Conselho de Família a recusar o empréstimo.

33

Durante a noite, Vó Inácia conversava com o rifle a tiracolo sobre o pecado e as penitências que cada um de nós dá a si mesmo.

– Se eu fosse viver de novo, irmão rifle, com o que aprendi como cega, eu ia agir como se todo dia fosse dia de festa. Eu ia decretar um feriado nacional só pra mim e viver cada coisa sem o sentimento do pecado, sem o sentimento de culpa que está matando meu filho Red Label. No Contestado, rifle velho de guerra, você sabe, eu não tinha a sabedoria de uma cega e vivia como se todo dia fosse Sexta-feira da Paixão.

Respirava fundo, acariciava o rifle e continuava:

– Não é pecado ser feliz, irmão rifle. O que estraga tudo é este sentimento judaico-cristão da culpa. Culpa por estar alegre. Culpa por estar feliz. Culpa por amar. A alegria, a felicidade e o amor, irmão rifle, são invenções de Deus. Mas eu sempre agi como se fossem invenção do Diabo. É a maneira branca de ver a vida que fez isso comigo, irmão rifle. Quando Catula vira uma negra, perde o sentimento do pecado. Uma vez, em Cruz dos Homens, Catula ficou negra 13 dias e 13 noites e nunca eu a vi tão feliz. Ser triste é que é pecado. Se eu fosse viver de novo sabendo o que eu sei hoje, ia dançar e rir e amar.

Ria para o rifle a tiracolo e voltava a conversar:

– Tive que ficar cega, irmão rifle, para saber: viver é um ato mágico. É a grande mágica de Deus. Um homem faz amor com uma mulher e no ato do prazer, do gozo, acontece a invenção de Deus mais fantástica e mais extraordinária e mais mágica e, ao mesmo tempo, mais real. A mulher fica grávida e nove meses depois um filho sai de dentro dela e começa a viver. Existe alguma coisa mais mágica, irmão rifle? Nada é tão mágico, tudo o mais é banal. O fantástico, o mágico, é um filho saindo de dentro da mãe. Tudo o mais, irmão rifle, é banal. É banal o avião levantar vôo e voar. É banal um morto voltar como fantasma, como Tia Anunciata. Tive que ficar cega para saber disso.

Perguntava a Tia Viridiana se tinha chegado carta de Tio Johnnie Walker e seguia conversando com o rifle:

– Alegria, irmão rifle! A vida é tão mágica e tão divina, que eu ia saber viver, se começasse de novo. Catula não ri quando é branca. É um jogo, faz do ato de Catula rir alguma coisa que os homens têm que lutar para conseguir. Mas a Catula negra ri e faz festa, porque a Mãe África ri, é pobre, mas ri, e Portugal e a Espanha e o Brasil pensam que ser alegre é pecado, e se penitenciam. Mas Deus não quer ver ninguém triste.

Vó Inácia Micaéla desenvolvia poderes paranormais e, através da telepatia, mandava recados para Tia Odete, que era médium, pedindo que fosse ao quintal e trouxesse um ovo de galinha-d'angola, e era atendida. Uma manhã, Pedro Ernesto, Buchanan's e Gioconda viajaram para a Amazônia dispostos a apurar a verdade sobre o que aconteceu com Tio Johnnie Walker, encorajados pelas notícias publicadas pelo *Correio da Manhã* e a *Última Hora*, contando que os Cintas-Largas já entoavam a canção que anunciava o ritual antropofágico, quando um lobisomem apareceu e salvou Tio Johnnie Walker. Vó Inácia tentava contatar Pedro Ernesto, Buchanan's e Gioconda por telepatia. Naqueles dias, Tia Viridiana e Tio Dimple tinham medo de que Vó Inácia descobrisse o cheiro da mentira e descobrisse que nunca foi dona da fábrica de tecidos Renascença, mas de 136 pensões sanatoriais levadas à falência pelo fim da tuberculose e que ameaçavam arrastar o castelo, a fazenda e as dez lavouras de café no Contestado. A única esperança era Karl L. entrar para a família, mas Catula recusou seu pedido de casamento. Tia Rose era pressionada pela vontade de Berenice, a solitária que comandava sua vida e que vivia em guerra com Catula, e vacilava. À noite, depois de beber uma garrafa de uísque com guaraná, Tia Rose dizia a Catula para aceitar o pedido de casamento de Karl L., desde que ganhasse um dote de alguns milhares de dólares. Acordava por volta do meio-dia na casa da Rua Pernambuco pensando diferente e chamava Catula de minha filhinha. Tio Dimple ainda tocava o tossômetro como uma sanfona na janela do castelo, mas as tosses tinham acabado. As únicas tosses naquelas noites podiam ser ouvidas na fita que Tia Viridiana gravou para recordar seu amor por Tio João Manuel. Uma frente fria vinha da Argentina depois da outra, de forma que Catula, agora a Dra. Antônia Micaéla, médica recém-formada, estava sempre negra e dizia a Vó Inácia que ia para a África trabalhar como voluntária em Labaroné, com o Dr. Albert Schweitzer.

– Eu fico como casamento de viúva, Catula – dizia Vó Inácia. – Sol com chuva, mas vá, Catula, seja o sol na África.

O Cara de Anjo ou Satã procurou Catula para fazer uma proposta. Foram conversar no Parque Municipal. Satã usava o mesmo terno de linho S-120 e Catula achou-o mais bonito do que nunca. Tinha alourado ainda mais o cabelo, mas as sobrancelhas eram negras e grossas.

– Não vai me agradecer por ter salvado sua vida, Catula? – perguntou Satã, referindo-se à tentativa de suicídio no Viaduto de Santa Teresa.

– Obrigada, Satã – disse Catula.

– Só isso, Catula?

– Então vem cá – e Catula o beijou na boca usando a técnica que aprendeu com as estrelas de Hollywood, e Satã viu tudo rodar como se tivesse cheirado lança-perfume.

– Uuuhhl – fez Satã. – Agora, sim, Catula, você pagou o que me deve.

Sentaram-se num banco nas margens do lago e Satã disse que podia acabar com todas as preocupações, antigas e recentes, que tiravam o sono de Catula. Podia amá-la, como nenhum outro homem conseguiu, em vez de cair de joelhos a seus pés, e ficar rezando diante de seu corpo nu, e livrá-la da previsão da Cigana Carmen de ter que beijar a boca do lobisomem do Contestado, para ser, enfim, amada. Podia evitar que Catula fosse obrigada a se casar com Karl L., que não tinha pênis.

– Como você sabe, Satã, que Karl L. não tem pênis? – perguntou Catula.

– Eu sei e basta, Catula – disse Satã. – E eu sei mais coisas.

– Mas está redondamente enganado, Satã, num ponto. Sabe que dia eu vou me casar com Karl L.? Dia de São Nunca de Tarde.

– Eu, no seu lugar, não teria tanta certeza, Catula. As 136 pensões sanatoriais foram para o beleléu e onde vocês vão conseguir dinheiro para pagar o empréstimo no Banco da Lavoura? Só eu, Catula, posso evitar que o castelo, as fazendas e as lavouras de café de sua Vó Inácia Micaéla acabem indo a leilão e que Karl L. arremate tudo – continuou Satã. – Está nas suas mãos e espero que você não seja inocente como Felipa. Eu podia salvar a vida de Felipa e ela podia se casar com Juan Las Casas.

– Mas, em troca, você pediu a alma de Felipa, Satã. E eu, o que eu tenho que te dar, Satã?

– A alma, Catula. E você tem que ser rápida. O relógio conspira contra você, Catula. O inferno está cheio de moças arrependidas...

Catula deixou Satã no banco nas margens do lago e passou a noite tentando saber se Tio Johnnie Walker pensou nela na hora do ritual antropofágico feito pelos índios Cintas-Largas. Só foi dormir de madrugada, quando Tio Red Label chegava ao castelo de Vó Inácia, depois de sua peregrinação pelos lugares que mais amava, pois estava certo, tanto era seu sentimento de culpa, que seu dia de enfrentar um pelotão de fuzilamento não ia demorar a chegar. Tinha, enfim, descoberto a máquina de materializar fantasmas. Fez um teste com o fantasma de uma bailarina chinesa assassinada, personagem de um crime misterioso, e ela voltou a viver, mas houve um apagão em Belo Horizonte e, sem energia elétrica, a bailarina voltou a ser fantasma. Pedro Ernesto, Buchanan's e Gioconda não deram nenhuma notícia. Uma manhã, Tia Viridiana olhou pela janela do castelo e, vendo um dia incrivelmente bonito, disse que era preciso desconfiar, nos trópicos, dos dias claros e bonitos. Sem que Vó Inácia soubesse de nada, o castelo, a fazenda e as lavouras de café foram a leilão para pagar a dívida no banco e Karl L. deu o maior lance, tornando-se dono de tudo. Catula entendeu o que a Cigana Carmen leu na palma de sua mão. Era refém de Karl L. Como já foi dito, Karl L. estava acostumado a comprar tudo e agora ia comprar Catula. Pagava o preço de Catula. Pagava um castelo, uma fazenda, dez lavouras de café e um Conto de Fadas. Das 136 pensões sanatoriais administradas por Tio Dimple, apenas uma estava funcionando, mesmo assim quase vazia. As outras 135 foram fechadas. Tirando Vó Inácia, que de nada sabia, todos no castelo, incluindo Catula, faziam uma pergunta:

– O que Karl L. vai fazer agora?

Ele era dono do castelo, dono da fazenda, dono das lavouras de café e dono do Conto de Fadas de Tia Viridiana. Tio Dimple dizia que agora estavam todos nas mãos de Catula. Se Catula quisesse, casava-se com Karl L. e, em vez de um colar de brilhantes, ia ganhar como presente de núpcias o castelo, a fazenda, as dez lavouras de café e o Conto de Fadas. Tio Dimple pensava pedir uma reunião de emergência do Conselho de Família para decidir que Catula se casasse com Karl L. Mas não foi preciso. A própria Catula a pediu. Na noite da véspera escreveu no "Diário da Cidade das Tosses e da Orgia": "Sou uma prostituta. A mais cara prostituta do mundo. Eu me vendi a Karl. Mas, pelo menos, resta o consolo de que a Cigana Carmen errou a previsão a meu respeito. Vou me casar com um homem que não pode me amar nem me dar filhos, mas, antes ele, que um lobisomem." Na reunião do Conselho de Família, como sempre no apartamento de Tio Red Label, Catula anunciou que ia se casar com Karl L., recebendo o castelo, a fazenda e as lavouras de café de Vó Inácia como dote.

– Santa! – gritou Tio Dimple. – Catula é uma santa – e ajoelhou-se aos pés dela.

– Santa, não – disse Tia Rose. – Minha filha Antônia Micaéla é uma mártir.

– Não sou santa nem mártir – disse Catula. – O que fiz foi por amor a Vó Inácia.

– E você já acertou tudo com Karl? – apressou-se Tio Dimple.

– Já, Tio Dimple.

– De papel passado, Catula? – insistiu Tio Dimple.

– De papel passado, Tio Dimple.

– Registrou em cartório, Catula?

– Registrei, Tio Dimple.

– Posso ver, Catula? – perguntou Tio Dimple.

– Pode, Tio Dimple. É um fac-símile. Os originais, eu guardei em meu cofre, a sete chaves.

– Estamos salvos, estamos salvos – pôs-se a gritar Tio Dimple, depois de ler os documentos, e tentou beijar as mãos de Catula.

– Agradeça a Vó Inácia, Tio Dimple – disse Catula e afastou as mãos.

– Mamãe sabe de alguma coisa, Catula? – perguntou Tio Dimple.

– Não, Tio Dimple – respondeu Catula.

– E agora, Catula? – seguiu Tio Dimple.

– Agora, o quê?

– Você é dona de tudo, Catula.

– Não sou dona de nada, Tio Dimple. A dona de tudo é Vó Inácia. Fui ao Cartório Bolívar, em companhia de Tia Viridiana e de mamãe, e passei o castelo, a fazenda e as lavouras de café para o nome de Vó Inácia.

– Você fez isso mesmo, Catula? – perguntou Tia Dô.

– Fez, Dô – confirmou Tia Viridiana. – Eu vi – acrescentou Tia Rose.

– Deus te abençoe, Catula – disse Tio Black Label e beijou as mãos de Catula.

Naqueles dias o olfato de cega de Vó Inácia estava tão apurado que ela descobriu o cheiro da mentira. Houve tanto pânico entre os Drummond que Tia Viridiana declarou o Conselho de Família em reunião permanente. Tio White Horse propôs o jogo da verdade. Era a hora de acabar com as mentiras de uma vez para sempre.

– Você quer matar mamãe, White Horse? – disse Tia Viridiana. – Se ela descobrir que somos um bando de mentirosos, vai preferir morrer.

– Tia Viridiana tem razão – concordou Catula e acabou com a discussão.

Quando Catula perguntou como era o cheiro da mentira, Vó Inácia explicou que era um cheiro enganador.

– A mentira, Catula, tem seus perfumes, se é que meu olfato de cega não está me traindo. E eu sinto o cheiro da mentira quando todos vocês chegam perto. O que você está escondendo de mim, Catula?

Por sugestão de Tia Viridiana, o casamento de Catula foi realizado com grandes pompas para Vó Inácia não suspeitar do que estava por trás de tudo e nem que os Cintas-Largas fizeram o ritual antropofágico envolvendo Johnnie Walker. O casamento religioso, às 8 da noite na igreja de Lourdes, atraiu uma multidão que queria ver se a bela Catula, neta da Baronesa do Café, ia transformar-se numa negra durante a cerimônia. Na Esquina dos Aflitos, onde apostavam sobre todas as coisas deste mundo, a bolsa de apostas bateu recorde. Catula usava o vestido de noiva que Vó Inácia Micaéla usou para se casar com Vô Old Parr e tinha uma única dama de honra, Emily, a fantasminha, que conseguiu um passaporte especial com a Rainha Elizabeth II e veio da Inglaterra. Frei Pedro viajou de Pirapora para oficiar a cerimônia. Sabia de tudo. Foi um casamento com pompas e circunstâncias. Tia Viridiana cuidou da decoração da igreja como se ela própria fosse se casar com Tio João Manuel. Catula chegou na Cadillac Rabo-de-Peixe de Tio Red Label, que fez as vezes de pai, entrando de braços com a noiva, tão bonita que, ao vê-la, o pintor Guignard chorou. Foi aplaudida, em meio a gritos: Vira negra! Vira negra! A soprano Maria Lúcia Godoy, acompanhada pelo Madrigal Renascentista, regido pelo jovem maestro Isaac Karabitchewsky, que acabava de ser criado, cantou "Angelitos negros", em espanhol e em português, a pedido de Catula. Da família de Karl L., o único presente era o irmão Hans. Frei Pedro falou pouco. Disse com o vozeirão cheio de sotaque que Deus escreve certo por linhas tortas. Vó Inácia foi madrinha e compareceu à igreja com o rifle a tiracolo. Na saída, a multidão que, aos empurrões, queria ver Catula, começou a gritar: – Vira negra! Vira negra! Uma frente fria vinda da Argentina dava seus primeiros sinais. Catula espirrou três vezes e virou negra, sendo delirantemente aplaudida. À noite, o castelo de Vó Inácia viveu a sua grande noite, com a festa do casamento de Karl L. e Catula. A orquestra do Maestro Djalma Pimenta animou o baile, tocando sucessos dos filmes de Hollywood, e havia tanta champanhe francesa, servido pelos 7 Anões, que, às três da madrugada, todos estavam bêbados. A própria Catula estava bêbada. No dia seguinte, Catula viajou para Lisboa e Vó Inácia Micaéla perdeu o sono sentindo o cheiro das ilusões perdidas. Acreditou que o cheiro de Deus podia ser também o cheiro dos loucos e dos pássaros e dos humilhados e ofendidos e dos poetas e das prostitutas e dos desempregados e dos suicidas e o cheiro dos trabalhadores do mundo e dos trabalhadores do Brasil, e dos aflitos e dos desesperados e de tudo que é Deus no mundo, borboletas, andorinhas, formigas, cobras, elefantes, leões, homens, mulheres, e os aviões que passam no céu e a alegria, o amor, a amizade, a solidariedade, a fé e a esperança. Mas era suficientemente simples para dizer ao rifle a tiracolo:

– Ah, rifle velho de guerra, cada um sabe como é o cheiro de Deus. Basta ter um coração simples, porque o cheiro de Deus está em todas as coisas deste mundo. Mas eu ainda procuro o cheiro de Deus e espero que a morte não me apronte uma cilada e me leve antes.

34

– Extra! Extra! Paloma Agostini voltou! – gritavam os pequenos jornaleiros com os jornais nas mãos. – Paloma Agostini é a Moça Fantasma da Rua do Ouro! Extra! Extra!

Para evitar as perguntas de Vó Inácia sobre o que levou Catula a dar o sim a Karl L., Tia Viridiana lia as notícias dos jornais sobre a Moça Fantasma da Rua do Ouro, assim chamada porque era lá, no Bairro da Serra, que aparecia, depois da meia-noite. Impressionava pela beleza e, logo que soube de sua aparição, Tio Red Label disse ao amigo Guignard que Paloma Agostini era a mulher de sua vida, prevista, muitos anos atrás, pela Cigana Carmen quando leu a palma de sua mão na divisa do Brasil com o Paraguai.

– Então Paloma Agostini é a Moça Fantasma da Rua do Ouro? – empolgava-se Vó Inácia ouvindo a leitura que Tia Viridiana fazia dos jornais. – Leia, Viridiana, leia – e esquecia tudo o mais.

A bailarina Paloma Agostini, de 19 anos, musa de poetas e herdeira de um império construído pelo pai, que era agiota, chegava depois da meia-noite ao solar amarelo da Rua do Ouro, onde morava, quando foi assassinada pelas costas com cinco tiros de revólver. Na primeira página dos jornais da época do crime, debaixo da manchete em letras garrafais, Paloma Agostini sorria numa fotografia e era tão bonita que mesmo os que não a conheciam passaram a amá-la e a gostar dela como de alguém da família, e um sentimento de revolta varreu a cidade e todos acreditavam que quem a matou só podia ser um monstro. Toda a cidade fazia uma pergunta:

– Quem matou Paloma Agostini?

A hipótese de assassinato seguido de roubo ganhava força, pois o assassino roubou o anel de brilhantes que Paloma Agostini ganhou de presente do irmão Giovanni. O assassino conhecia seus hábitos. Sabia que Paloma estava ensaiando "O Lago dos Cisnes", sob a direção de Klaus e Angel Vianna, no Teatro Francisco Nunes, no território do Parque Municipal, e que, por volta da meia-noite, voltava sozinha para o solar amarelo da Rua do Ouro, dirigindo seu Karman-Ghia vermelho. Esperou que Paloma Agostini descesse do Karman-Ghia na porta do solar amarelo. Esperou que abrisse o portão que dava para o jardim. Esperou que, novamente ao volante do Karman-Ghia, entrasse no pátio onde havia mais três carros estacionados. Esperou que saísse do Karman-Ghia batendo a porta com força, como era de seu feitio. Então atirou cinco vezes em Paloma Agostini, e desapareceu levando o anel de brilhantes e a arma do crime, sem deixar nenhuma pista. Deixou, no entanto, um mistério com a polícia que era saber se já esperava Paloma Agostini no interior do solar amarelo ou se entrou quando Paloma abriu o portão para guardar o Karman-Ghia.

"Acordei com os tiros", declarou Bruna, a irmã, tão bela quanto Paloma. "Pensei que fossem fogos."

"Eu estava tomando um banho de chuveiro", disse Giovanni, o irmão, "e não ouvi os tiros."

"Nunca dormi antes de Paloma chegar", depôs Gian Lucca, o mordomo, com seu forte sotaque italiano. "É uma recomendação do Signor Agostini. Quando Paloma entrou com o Karman-Ghia e bateu a porta com força, pois batia todas as portas com força, esperei que ela fechasse o portão, como sempre. Então ouvi os tiros e depois Paloma gritou: 'Eu voltarei.'

"Corri para ver o que tinha acontecido. Ela estava caída, com a blusa branca manchada de sangue e sorria", depôs o Signor Agostini, o pai. "Parecia viva. Gritei: Paloma! Mas não respondeu: estava morta."

Uma febre, que os jornais chamaram de Palomania, tomou conta da cidade, e uma multidão acompanhou o enterro, correndo atrás do coche fúnebre, gritando o nome de Paloma, desde o solar amarelo da Rua do Ouro até o Cemitério do Bonfim, onde Paloma Agostini foi sepultada no jazigo da família, onde já estava a mãe, Dona Sofia Agostini. Uma pergunta pedia resposta:

– Quem matou Paloma Agostini, a sem amor?

Pois Paloma Agostini, mesmo sendo tão bela e tão rica, não tinha amor. Nunca ninguém soube de um namorado. Por mais que os poetas escrevessem odes em sua homenagem. Por mais que fizessem seresta esperando que Paloma Agostini abrisse a janela do quarto no solar amarelo da Rua do Ouro. E tinha uma tristeza que a tornava ainda mais bela e amada. Era dona do mundo, mas invejava as moças com sapatos com o salto estragado pela última chuva e que não tinham onde cair mortas. Falavam de um trauma que Paloma Agostini sofria desde a morte, em circunstâncias um tanto misteriosas, da mãe, Dona Sofia Agostini, quando contava 11 anos de idade. Nunca amou ninguém. Entrevistaram as amigas. Não, Paloma não tinha amor. A missa de 7º dia levou uma multidão à igreja da Boa Viagem e Padre João de Deus encerrou o "Sermão da Montanha" perguntando:

– Quem matou Paloma Agostini?

Belo Horizonte era cenário de crimes misteriosos que a polícia não resolvia. O mais célebre era "O Crime do Parque". A morte de Paloma Agostini caminhava para o mesmo caminho, quando o Delegado Coquinho apresentou o primeiro suspeito, o bailarino Augusto Novieli, cuja fotografia os jornais publicaram.

Era o *partner* de Paloma Agostini em "O Lago dos Cisnes", escolhido por Klaus Vianna. Augusto Novieli e o nissei Jiro Takahashi foram as últimas pessoas que viram Paloma viva. Novieli e Paloma deixaram o Teatro Francisco Nunes após o ensaio de "O Lago dos Cisnes" e entraram no Karman-Ghia vermelho que ela dirigia. Como faziam toda noite de sexta-feira foram beber saquê e comer sushis no abrigo de bondes da Lagoinha. Causou estranheza ao Delegado Coquinho, responsável pelo inquérito, o fato de uma bailarina como Paloma Agostini comer tanto sushi.

– Quantos sushis Paloma Agostini comeu naquela noite? – perguntou a Novielo.

– Dezesseis – respondeu Novieli.

– Dezesseis? – espantou-se o delegado. – E quantos saquês Paloma bebeu?

– Três – informou o bailarino.

– E você? – insistiu o delegado.

– Eu comi sete sushis e bebi sete saquês – confessou o bailarino.

– Sete é conta de mentiroso – esbravejou o Delegado Coquinho. – Abra o jogo: confesse que você matou Paloma.

– Eu não matei Paloma – jurou Novieli.

Novieli tinha um álibi, confirmado pelo nissei Jiro Takahashi, que vendia saquês e sushis ajuntando dinheiro para abrir uma editora no Bairro Liberdade, em São Paulo. Era verdade, Paloma Agostini e Augusto Novieli estiveram no abrigo de bonde da Lagoinha, comeram sushis e beberam saquê e depois Paloma Agostini seguiu para casa no Karman-Ghia vermelho, após despedir-se de Novieli, como sempre fazia, com um beijo na boca, um beijo inocente, nada hollywoodiano. Augusto Novieli declarou que, após beber mais três saquês, o que Jiro Takahashi confirmou, foi para a Zona Boêmia, onde dançou "O Lago dos Cisnes" sozinho, na Rua Guaicurus, diante do Maravilhoso Hotel e do Montanhês Dancing. Apresentou como testemunhas dois personagens que iriam ficar famosos na noite boêmia, Maria Tomba Homem e o travesti Cintura Fina, cujos depoimentos o Delegado Coquinho considerou suspeitos, pois os dois tinham várias entradas na polícia. Augusto Novieli foi então apresentado como o assassino. Uma multidão em fúria quis linchá-lo na Delegacia de Homicídios, e Novieli foi transferido para a Penitenciária Agrícola de Neves.

– Cadê o anel de Paloma? – perguntava o repórter Wilson Corrêa em artigo assinado na *Folha de Minas*. – E a arma do crime?

E completava:

– Pobre Augusto Novieli, está pagando pelo crime que não cometeu.

Os jornais começaram a receber cartas anônimas dizendo que o incesto estava por trás do assassinato de Paloma Agostini. Panfletos anônimos lançados do alto do edifício Acaiaca falavam em incesto e acusavam o mordomo Gian Lucca de ser um assassino a soldo, a mando de alguém. Mas a mando de quem? Paloma Agostini já era considerada uma santa e o jazigo da família Agostini, onde estava sepultada, recebia flores e pedidos de graça. Então, o bailarino Augusto Novieli confessou o crime. Matou-a porque Paloma recusou seu amor e, mesmo sem a arma do crime, um revólver 32, que disse ter jogado nas águas do Rio Arrudas, perto da Zona Boêmia, reconstituiu o crime.

– E o anel? – perguntava o repórter Wilson Corrêa na *Folha de Minas*. – Se Novieli matou Paloma, o que fez com o anel?

Quando os repórteres perguntaram pelo anel de Paloma Agostini, o Delegado Coquinho disse que Novieli o havia engolido.

– E agora, Delegado Coquinho? – insistiram os repórteres.

– Estamos fazendo um delicado plantão para ver se o anel aparece – respondeu, levando um lenço ao nariz, o Delegado Coquinho.

Mas como, passados 30 dias, o anel não apareceu, os jornais esqueceram Paloma Agostini, a sem amor, e não falaram mais nela. Até que anos depois de sua morte a Moça Fantasma da Rua do Ouro começou a aparecer e descobriram que era Paloma Agostini.

A cidade não falava em outro assunto. Causou sensação a entrevista que o repórter Wilson Corrêa, especialista em entrevistar as almas do outro mundo, fez com a Moça Fantasma da Rua do Ouro, confessando que era Paloma Agostini. A *Folha de Minas* abriu manchete em letras garrafais na primeira página: "Paloma Agostini, exclusivo: Vim descobrir quem me matou!!!" A Moça Fantasma da Rua do Ouro usava um esvoaçante vestido branco como as outras moças fantasmas. Era decotado na frente e nas costas, uma ousadia para a época, e começou a virar moda, a ser copiado pelas moças que estavam vivas. Estranheza que também virou moda e passou a ser imitada: estava sempre descalça, com um calo no calcanhar do pé esquerdo protegido por um band-aid, o que a tornava real, e carregava na mão um par de sapatos brancos. Passou a decretar usos e costumes. O branco virou a cor da moda e as moças, e as jovens senhoras, iam descalças às festas, levando nas mãos o par de sapatos brancos, e não dispensavam nem o band-aid no calcanhar. Mas tinha um mistério a mais, que também virou moda: escondia o rosto com um lenço preto como se fosse uma mulher árabe. Uma noite, a persistência de Tio Red Label foi premiada. Passava de meia-noite. Tio Red Label ia e vinha pela Rua do Ouro em sua Cadillac Rabo-de-Peixe quando uma moça usando um esvoaçante vestido branco fez um sinal com a mão que segurava um sapato branco para que parasse. Era Paloma Agostini. Não esperou Tio Red Label convidar para entrar na Cadillac. Abriu a porta e entrou. Depois convidou Tio Red Label para comer sushi e beber saquê no nissei Jiro Takahashi, no abrigo de bondes da Lagoinha. Foram lá, para espanto de Jiro Takahashi, e depois de beber oito saquês, um tanto bêbada, Paloma Agostini disse que o bailarino Augusto Novieli era inocente e, como se esperasse fazer aquela confissão a vida inteira, contou que desde menina viveu um incesto. Dos nove anos de idade até ser assassinada era amante do irmão Giovanni e em certo tempo foi amante do próprio pai e do tio, que era o mordomo. Não amava nenhum dos três e havia rompido com os três, antes de ser assassinada. Tio Red Label contou que tinha inventado a máquina de materializar fantasmas. O pintor Guignard assistiu ao momento em que Tio Red Label materializou Paloma Agostini. Ela então iniciou as investigações em busca do assassino. Usava como estratégia aparecer para cada um dos suspeitos. Primeiro apareceu para o tio, o mordomo, e descobriu que era inocente. Apareceu para o irmão e ele quis amá-la e sentiu que era também inocente. Apareceu para o pai que quis amá-la como antes. Então apareceu para Bruna, a irmã, que usava o anel de brilhantes que o irmão Giovanni deu a Paloma. Bruna sacou um revólver 32 e gritou:

– Vai embora, Paloma! Vai pro inferno! Já te matei uma vez e vou te matar de novo.

Paloma Agostini convenceu o irmão Giovanni a denunciar Bruna como a assassina, e os jornais abriram grandes espaços para a revelação de que o bailarino Augusto Novieli era inocente e que foi Bruna quem matou Paloma Agostini. Então Paloma Agostini disse a Tio Red Label que estava cansada como Napoleão Bonaparte depois de uma batalha.

– E sinto uma tristeza – queixou-se. – Será que Napoleão ficava triste depois que conquistava uma cidade?

Pediu que Tio Red Label a levasse aos lugares que amava quando viva. Numa noite em que bebeu dez saquês, amou Tio Red Label debaixo de uma árvore na Rua do Ouro. Amou-o como se estivesse na palma da mão. Amou-o como o amavam moças que ele via trocar de roupa olhando pelas janelas entreabertas. Amou-o como a Cigana Carmen e as argentinas e paraguaias o amavam. Amou-o somando todos os amores, reais e imaginários, e Tio Red Label soube, pela primeira vez na vida, como era fazer amor com a mulher que amava e entendeu que passou a vida inteira procurando Paloma Agostini. Procurou Paloma Agostini nas guerras em que nunca lutou, nos sonhos, nos comícios, no medo da polícia, na escuridão da cela onde ficou preso, na água que pingava no escuro da cela para deixá-lo louco. Procurou Paloma Agostini na loucura dentro da cela escura, no amor das primas, nos lençóis amarrotados, nos braços das prostitutas, no riso de uma francesa chamada Delphine, que conheceu em Rotterdã, e com a qual conversava por mímica. Procurou Paloma Agostini no suor das argentinas e paraguaias. Nas revoluções. Nas fantasias e nas quimeras. Paloma Agostini era feita de nuvem e, no entanto, era sua verdade, a única verdade de sua vida. Guignard fez um retrato a óleo de Paloma Agostini, a que deu o nome de "A Moça Fantasma da Rua do Ouro", e os jornais publicaram a reprodução do quadro, com grande estardalhaço.

– Eu te amo, Paloma – disse uma noite Tio Red Label.

– Eu também te amo, Red Label – disse Paloma Agostini.

– Então casa comigo, Paloma.

– Eu não posso, Red Label.

– Por que não, Paloma?

– As moças fantasmas não se casam. A não ser que você realmente prove que me ama, Red Label.

– O que devo fazer?

– Dar a vida por mim.

– Dar a vida por você, como?

– Morrendo.

Em seguida, Paloma Agostini pediu a Tio Red Label que a desmaterializasse pois bastava conhecer os vivos para preferir a companhia dos mortos. O poeta Jesus Miranda, famoso desde que lançou o livro *As Mil e Uma Mulheres que Amei*, publicou no *Diário da Tarde* um soneto chamado "As mil e duas mulheres que amei". Era sobre seu envolvimento com a Moça Fantasma da Rua do Ouro. Tio Red Label ficou com tanto ciúme que o desafiou para um duelo a revólver. Jesus Miranda era um mulato forte, tinha lábios grossos, e não tomava sol com medo de ficar negro. Reformado como tenente da Polícia Militar de Minas, era um boêmio, mas sabia atirar muito bem, e quando soube do duelo o pintor Guignard disse:

– Isso é um suicídio, Red Label. Jesus Miranda vai matá-lo como se você fosse um pombo.

– É o que eu quero, Guignard: morrer e ir juntar-me a Paloma Agostini, a mulher de minha vida.

O desafio para o duelo, aceito por Jesus Miranda, estava em todos os jornais. *O Diário da Tarde* abria manchete: "Moça Fantasma provoca duelo." Por unanimidade, já que Tio Red Label não votou, o Conselho de Família decidiu esconder o duelo de Vó Inácia Micaéla. Atendendo a um apelo do pintor Guignard, o Governador de Minas, Bias Fortes, deu ordens para a Polícia Militar ocupar a Praça da Estação e impedir o duelo. Mas Tio Red Label estava disposto a morrer por amor. Mesmo porque a felicidade por ter encontrado Paloma Agostini deixava-o tão culpado que ele decidiu encenar a sua execução diante de um pelotão de fuzilamento, como num quadro de Goya ou uma fotografia de Robert Capra. Fez então uma misteriosa viagem ao Vale do Rio Doce, região de pistoleiros que se vestiam de mulher e de padre para matar, o que há de explicar os acontecimentos que estão por vir.

35

Uma noite, Vó Inácia Micaéla disse ao rifle a tiracolo que Deus enxerga pelos olhos dos cegos, porque os cegos escutam as canções e o pranto e os gritos e os sussurros e os ais e as dores e a esperança que o vento do mundo carrega. Mesmo cega, morando em Belo Horizonte, que era apenas um pequeno ponto no mapa da América do Sul, podia escutar o pranto da moça negra de Santo Domingo que era prostituta e se oferecia desnuda aos homens numa vitrine da Rua Vermelha, em Amsterdã e ficava à espera de turistas que pagavam em dólares e não falavam sua língua. Podia, como cega, mesmo estando tão longe, mandar um recado através do vento:

– Moça de Santo Domingo, eu sou tua voz!

O fantasma de Tia Anunciata cantava no jardim do castelo, mas Vó Inácia seguia conversando com o rifle a tiracolo:

– Eu posso, irmão rifle, como cega, sentir com quanto perfume sonha o negro do Harlem e posso ser irmã do negro do Harlem e posso sonhar por ele e sonhar pelas mulheres turcas e pela moça que morreu tuberculosa e posso pedir ao vento que fale com ela em meu nome: Felipa, eu sou teu sonho! Posso falar através do vento com as 5 Irmãs: Dodô, Dadá, Dêdeu, Dazinha e a Dô, eu sou o sonho que vocês sonharam.

Vó Inácia tinha adquirido os poderes da telepatia. Podia mandar recado aos aflitos do mundo, onde estivessem, mas não podia descobrir quando o Coronel Bim Bim ia atacar o castelo à frente dos jagunços para levar sua cabeça para pendurar na parede do sobrado de 28 janelas em Cruz dos Homens. As últimas notícias eram que o coronel já conseguia deixar a cadeira de rodas onde estava desde que quebrou as pernas. Toda manhã, Vó Inácia exercitava o olfato e a pontaria no quintal do castelo, sob o comando do pistoleiro Vagalume, disparando o rifle contra um boneco de gesso que tinha o mesmo cheiro do coronel. Não era capaz de descobrir o que tinha acontecido e resultou no casamento de Catula com Karl L., mas já não precisava usar o rádio para se comunicar com Tio White Horse na fazenda do Rancho Fundo. Utilizava a telepatia. E foi através da telepatia que pediu a Tio White Horse que organizasse uma festa para os meninos louros do Contestado. O menino que matou voltava a aparecer em seus sonhos cobrando a vida. Vó Inácia queria também organizar uma procissão de canoas no Rio Doce em homenagem às 5 Irmãs, com todos os participantes cantando "Tão longe, de mim distante" e atirando rosas nas águas, no ponto em que foram fuziladas pelo Coronel Bim Bim e seus jagunços. Pedro Ernesto, Gioconda e Buchanan's não davam notícias da Amazônia e, com o tempo, Tia Viridiana passou a temer que eles também tivessem sido devorados pelos índios Cintas-Largas. Vó Inácia tentou um contato telepático com Tio Johnnie Walker, com Buchanan's e com Gioconda, mas eles não tinham o poder nem de receber nem de enviar mensagens telepáticas, mas Pedro Ernesto tinha poderes mediúnicos. De forma que enviou, das margens do Rio Negro, um recado telepático para Vó Inácia. No café da manhã, Vó Inácia Micaéla acariciou o rifle a tiracolo e olhando para Tia Viridiana, como se a enxergasse, disse que ela estava muito enganada pensando que Tio Johnnie Walker tinha sido devorado pelos índios Cintas-Largas durante um ritual antropofágico na Amazônia.

– Recebi uma mensagem telepática de Pedro Ernesto – anunciou Vó Inácia. – Johnnie Walker está vivo e vai voltar a qualquer momento. E tem mais: fez contato com os índios liliputianos.

Vó Inácia conseguiu um contato com Catula através do vento e disse a Tia Viridiana que precisava fazer um importante comunicado a todo o Clã dos Drummond. Um dia depois, sentada na cabeceira da mesa, com Vô Old Parr olhando-a do retrato pendurado na parede, como se estivesse ouvindo o que ia falar, Vó Inácia disse que vinha recebendo recados de Catula pelo vento, dando conta do que Catula estava sofrendo.

– Catula não vive nenhum Conto de Fadas. Em vez de princesa, é uma Gata Borralheira!

– Gata Borralheira como, mamãe? – estranhou Tia Viridiana.

– Karl L. viaja muito a negócios e deixa Catula sozinha em Milão, Frankfurt e em Lisboa – continuou Vó Inácia. – E Catula não tem empregada. Ela é que cozinha e, às vezes, até lavar o chão da casa, Catula lava.

– Mamãe – disse Tio White Horse muito assustado. – A senhora teve alguma fantasia e confundiu o vento soprando na janela do castelo com a voz de Catula.

– Pode ter sido uma ilusão auditiva, mamãe – concordou Tia Dô.

– E eu lá não conheço a voz de minha neta Catula? – ralhou Vó Inácia. – A solidão de Catula é tanta, que Catula comprou um cachorrinho pequinês para fazer companhia e ajudá-la a enfrentar a solidão.

– Tia Inácia Micaéla – disse Tia Odete que, como foi dito, era espírita – tem poderes paranormais e eu acredito em tudo o que ela está dizendo.

– E sabem o que Catula me disse ontem, quando o vento soprou mais forte e eu ouvia o lamento dos *coolies* indianos? – e Vó Inácia olhou para todos, novamente dando a impressão de que os enxergava. – Catula disse que Karl sofre de ciúme doentio e quando estão em Frankfurt e Catula está negra, censura suas roupas e manda trocar, dizendo: Aqui não é o Brasil, Catula. E quando estão em Milão, e Catula transforma-se numa negra, Karl a proíbe de sair de casa.

Vó Inácia então disse que na última noite Catula tentou contar o grande segredo de Karl, que o tornava tão ciumento, mas as queixas dos pobres de Bagdá eram tantas, junto dos protestos dos negros da África do Sul e dos moradores das favelas alagadas da Bahia, que a voz de Catula ficava abafada. Vó Inácia tentava ouvir o que Catula queria dizer sobre o mistério de Karl L., mas o vento ficou ocupado com as queixas das vítimas das ditaduras militares na América Latina. Mas quando, enfim, o vento ficou livre, Catula contou a Vó Inácia que Karl L. não tinha pênis. Todos ficaram espantados, mas Tia Rose confirmou o que Vó Inácia estava dizendo.

– Karl L. é mulher? – estranhou Tia Dô, ameaçando ter uma crise de asma. – É?

– Não, Dô – explicou Tia Rose. – Karl é homem, mas nasceu sem pênis.

Toda manhã, nos dias que se seguiram, Tio Red Label vestia o uniforme das Brigadas Internacionais, pegava a espingarda de ar comprimido e ia render o pistoleiro Sem Dó no jardim do castelo. As pererecas continuavam a chegar, tentando subir a escada do castelo. Tio Red Label e Dolores Ibarruri, La Pasionaria, esqueceram a lua de Madri, e conversavam sobre o que era viver e o que era morrer. Ouça bem, companheiro Red Label, se eu abrir mão de meus sonhos e quimeras, e continuar viva, eu não poderei me chamar Dolores Ibarruri e muito menos La Pasionaria, porque eu não serei mais eu, serei uma outra pessoa, e mesmo que eu reconheça minha imagem no espelho, não serei mais eu se meus sonhos e fantasias não forem os mesmos. Por isso, coragem, companheiro Red Label, um dia falarão de ti, recordarão de ti diante do pelotão de fuzilamento, falarão da tua cabeça erguida, dos teus joelhos que não se dobraram. O amor, companheiro, é a tua quimera, a tua fantasia e, se preciso, tu terás que dar a vida por Paloma Agostini, para poderes olhar tua imagem do espelho sem sentir vergonha e poder dizer: Este aí sou eu, essas marcas de varíola no rosto são minhas, esta pequena cicatriz no supercílio esquerdo é minha, essas rugas são minhas e estes olhos que não olham pro chão são meus e esta cabeça erguida é minha. Desde que amou Paloma Agostini debaixo de uma árvore na Rua do Ouro, deixou de ser um boêmio e as argentinas e paraguaias e também as mulatas perderam todo interesse para ele, levando o amigo Guignard a insistir inutilmente para saírem como antes pela noite de Belo Horizonte. Vinha do laboratório de Tio Red Label naqueles dias um perfume que Vó Inácia chegava a acreditar que era o cheiro de Deus. Uma manhã, Vó Inácia anunciou:

– Sinto o cheiro do suor de Catula, quando ela andava de bicicleta e chegava ao castelo vindo da Escola de Medicina.

Vó Inácia Micaéla sentia também outros cheiros. Sentiu o cheiro do suor das argentinas e das paraguaias e das brasileiras e o suor da classe operária e dos trabalhadores do Brasil e sentiu o cheiro dos loucos e dos humilhados e dos ofendidos e dos poetas e das prostitutas e dos suicidas e dos desesperados e das borboletas, das andorinhas. Todos os cheiros vinham, em forma de perfume, do laboratório de Tio Red Label.

Quando o cheiro do suor de Catula misturou-se ao cheiro das quimeras e das fantasias, houve festa entre galinhas e pássaros no quintal do castelo. O sabiá cantava e Vó Inácia acreditou que era Deus cantando. A vaca Pecadora perdeu o olhar triste. Havia no ar alguma coisa por acontecer, um toque de festa e de magia que Tio Red Label sentia quando menino em Cruz dos Homens e voltou a sentir, já adulto, quando foi a Amsterdã pela primeira vez. Os 7 Anões dançavam e Tio Red Label não se lembrava de vê-los tão alegres. Foi então que Vó Inácia disse ao rifle:

– Sinto o cheiro de lobo de Johnnie Walker.

No alto da torre, o pistoleiro Vagalume disparou um tiro de rifle para o alto e o Sem Dó chegou ao jardim do castelo e começou a cantar. Seguido por Tia Viridiana, Tia Dô, Tio Black Label e Tio White Horse, Tio Dimple, Tia Odete, a Anã Clô e Tia Rose, Tio Red Label foi ver o que estava acontecendo. Quando chegou ao jardim, pela passagem clandestina que sempre usava, viu Tio Johnnie Walker subindo a escada do castelo seguido de Buchanan's e de Gioconda e de Pedro Ernesto. Estava queimado de sol e sorria ao abraçar o pistoleiro Sem Dó.

– Red Label! – gritou Pedro Ernesto. – Eu não disse que Johnnie Walker é imortal?

Tio Johnnie Walker abraçou e beijou Tio Red Label no rosto várias vezes. Tia Viridiana chegou à porta do castelo e viu Tio Johnnie Walker, Buchanan's, Gioconda e Pedro Ernesto.

– Mamãe! – gritou Tia Viridiana, acabando com as incertezas. – Johnnie Walker voltou!

Tio Johnnie Walker foi carregado nos ombros e levado até a sala onde estava Vó Inácia, aos gritos de hip, hip, hurra. O encontro dos dois aconteceu diante da fotografia de Vô Old Parr, pendurada na parede.

– Johnnie Walker! – e Vó Inácia abraçava e beijava Tio Johnnie Walker. – Você voltou, meu filho! Você voltou! – e ficou tateando o rosto e os cabelos do filho, e repetia: – É você mesmo, Johnnie Walker, é você mesmo!

Tio Johnnie Walker olhou para todos. Tomou a Anã Clô nos braços e saiu dançando uma valsa com ela pela sala. Tia Dô sentou-se ao piano e começou a tocar "Danúbio Azul", mas Tio Johnnie Walker parou de dançar e, ainda carregando a Anã Clô, disse:

– Um momento, Dô – e pondo a Anã Clô no chão e olhando para todos: – Cadê Catula?

– Catula casou e mudou, Johnnie Walker – disse Vó Inácia. – É uma das novidades que temos para você.

– Catula casou, Vó Inácia? – estranhou Buchanan's.

– Casou e mudou para Lisboa – disse Vó Inácia.

– Catula casou com quem, mamãe? – espantava-se Tio Johnnie Walker e o mesmo espanto sentiam Buchanan's, Gioconda e Pedro Ernesto.

– Com Karl L. – apressou-se Tia Rose.

– Karl L., Roseana? – e como Tia Rose confirmou: – Eu conheci Karl L. em Frankfurt. Ele é famoso pela fortuna e por não ter pênis.

Tio Black Label, um dos maiores amigos de Tio Johnnie Walker, desviou o assunto:

– Ouça, Johnnie Walker, todos nós, à exceção de Tia Inácia, estávamos certos de que você tinha sido devorado num ritual antropofágico pelos índios Cintas-Largas.

– Quase fui devorado pelos Cintas-Largas mesmo – disse Tio Johnnie Walker. – Mas era noite de lua cheia e um lobisomem apareceu na hora e os Cintas-Largas fugiram em pânico.

– Viridiana – perguntou Vó Inácia com a voz de mando –, então vocês esconderam de mim o ritual antropofágico com Johnnie Walker?

– Chegou a notícia, mamãe, de que Johnnie Walker tinha sido devorado pelos índios Cintas-Largas num ritual antropofágico – disse Tia Viridiana abanando o rosto com as mãos. – E achamos melhor não falar nada com a senhora.

– Então – e Vó Inácia acariciou o rifle a tiracolo – vocês escondem de mim que meu filho Johnnie Walker foi devorado num ritual antropofágico? O que mais estão escondendo de mim, Viridiana?

– Mas mamãe – disse Tia Viridiana –, os fatos mostram que agimos bem, pois Johnnie Walker está vivo e nós a poupamos de uma dor desnecessária.

– Eu não quero ser poupada de dor alguma, Viridiana – disse Vó Inácia. – Dor é para ser sentida! Mas fala mais sobre os índios liliputianos, Johnnie Walker.

Quando soube por Tia Viridiana, longe dos ouvidos de cega de Vó Inácia, que o castelo, a fazenda do Rancho Fundo e as lavouras de café tinham ido a leilão e que Karl L. cobriu todos os lances e os arrematou, Tio Johnnie Walker falou no cofre que tinha em seu escritório.

– Quer ver o que esse cofre tem, Viridiana? – e agachou-se diante do cofre cinza e o abriu, pois não havia esquecido o segredo. – Está vendo, Viridiana?

– Minha Nossa Senhora do Perpétuo Socorro! – disse Tia Viridiana ao ver o cofre cheio de pacotes de notas de 100 dólares.

– Dava para comprar o castelo, a fazenda e as lavouras de café, Viridiana. Dava para impedir o leilão – foi falando Tio Johnnie Walker. – E eu deixei o segredo do cofre com mamãe, Viridiana, para, em qualquer emergência, você abri-lo e tirar quantos dólares fossem necessários.

– Mamãe não ficou sabendo de nada, Johnnie Walker – lamentou Tia Viridiana.

Era o dia 29 de dezembro. Chegou o último dia daquele ano que tantas recordações iria deixar e Vó Inácia queria um banquete pela volta de Tio Johnnie Walker. Era o primeiro *réveillon* sem Catula. Dona Jerusa e Gioconda e Pedro Ernesto e Dona Santuza eram convidados especiais. A Anã Clô comandava os 7 Anões. A ceia para comemorar a chegada do Ano-Novo ia acontecer numa festa no castelo como Vó Inácia sempre sonhou. Tia Viridiana foi saudada com um brinde de champanhe por seu irmão gêmeo e adversário no Conselho de Família, Tio White Horse:

– Quero brindar especialmente a Viridiana. Estamos vivendo uma epopéia e a realidade é uma quimera e nós é que a inventamos.

Chegavam até ao castelo os primeiros fogos da virada do ano. Usando o uniforme das Brigadas Internacionais, Tio Red Label abraçou a todos e saiu, antes da ceia começar, acompanhado pela Anã Clô, que o levou até à porta do castelo. Tio Red Label nunca teve segredos para a Anã Clô, que sabia o que ia acontecer.

Os Rouxinóis do Paraíso tiveram que deixar o castelo às pressas para atender, na casa paroquial da igreja da Boa Viagem, o pedido musical de Padre João de Deus, que era o último tuberculoso a morrer na cidade das tosses e da orgia. Quando Tia Dô e Tio Black Label entraram em seu quarto cheirando a velas acesas na casa paroquial anexa à igreja, encontraram Padre João de Deus deitado numa cama, recostado num grande travesseiro com uma fronha branca.

– Deus os abençoe, meus filhos, por chegarem a tempo – disse Padre João de Deus. – Vou mudar meu pedido musical.

– Não quer mais ouvir "Panis Angelicus", Padre João de Deus? – estranhou Tia Dô.

– Não, minha filha. Cantem "Besame mucho" – disse Padre João de Deus.

– Mas é um bolero, padre – disse Tia Dô. – É música profana e herege, padre – acrescentou Tio Black Label.

– Eu sei, meus filhos. Cantem assim mesmo – pediu Padre João de Deus e, no último delírio da febre, morreu beijando Catula enquanto ouvia Os Rouxinóis do Paraíso cantando "Besame mucho".

Naquela hora, a alegria crescia na cidade e os fogos aumentavam. Tio Red Label andava pelas ruas, no meio de uma multidão em festa, que comemorava a libertação da cidade ocupada pelos exércitos do General Koch. Era quase meia-noite e um novo ano, com as ilusões de todo ano novo, estava para nascer. Tio Red Label tinha marcado um encontro com o amigo Guignard na esquina da Rua Piauí com a Avenida Afonso Pena. Guignard vestia um paletó de lã cor de terra, mesmo sendo verão. Usava um boné de marinheiro e tinha serpentinas em volta do pescoço e confetes na cabeça e nos ombros. Estava abraçado com duas protuberantes mulatas e levava uma garrafa de cachaça na mão.

– Happy new year, Red Label – gritou Guignard com a voz fanha. – Junte-se aos puros de coração, my sweet brother!

– Isso é lá maneira de se despedir de quem vai enfrentar um pelotão de fuzilamento, Pato Donald? – protestou Tio Red Label.

– Que mané pelotão de fuzilamento, my sweet brother – seguiu Guignard, sem se separar das duas mulatas. – My sweet brother, está vendo estes pedaços de mau caminho? Escolhe a mais gostosa. É sua, Red Label. À sua saúde! – e estendeu a garrafa de cachaça a Tio Red Label, que bebeu um longo gole.

– Adeus, Pato Donald – disse Tio Red Label. – Dá cá um abraço. Importa se eu te beijar, Pato Donald? – beijou Guignard três vezes no rosto e afastou-se no meio da multidão. – Eu não posso perder o Trem da História, Pato Donald!

– My sweet brother – gritou Guignard vendo-o desaparecer entre foliões. – Eu posso viver 100 vidas que vou te carregar no coração – e começou a chorar, consolado pelas duas mulatas. – Doce irmão! Oh, doce irmãozinho – gritou e foi arrastado, junto das duas mulatas, pela multidão em festa, entre beijos e abraços.

Tio Red Label ouvia o povo cantar certo que o exército inimigo batia em retirada, mas sabia também que, em algum lugar, não longe dali, três pistoleiros usando o uniforme militar do exército fascista de Franco, que ele mesmo contratou para matá-lo, faziam pontaria. Usava, como foi dito, o uniforme de miliciano das Brigadas Internacionais que lutaram na Guerra Civil da Espanha, como um militante da causa da felicidade e da liberdade entre os homens. Ia morrer por amor à Moça Fantasma da Rua do Ouro e pelas culpas que sentia e pensou nos que, em todas as partes do mundo, ficaram diante de um pelotão de fuzilamento e decidiu fazer de sua morte um protesto, para que chegasse um dia em que ninguém mais gritasse Pelotão, atirar! diante de um condenado à morte. O pelotão de fuzilamento tomou posição e os soldados apontaram seus fuzis. Escutando os fogos e o canto dos que saudavam o ano novo, como se saudassem o fim de uma tirania, Tio Red Label tomou posição diante do pelotão de fuzilamento. Ergueu a cabeça e estufou o peito, sentindo muita pena de que Goya não estivesse ali para pintá-lo e muito menos Robert Capra para fazer a fotografia de seu fuzilamento. Pensou no poeta russo Maiakovski. Pensou em La Pasionaria. Mas quando o comandante do pelotão de fuzilamento gritou para os soldados puxarem o gatilho, Tio Red Label sentiu uma vontade de urinar tão grande que, em vez de gritar abaixo a tirania, gritou:

– Viva a liberdade de urinar livremente!

36

Uma noite, quando teve certeza que o Coronel Bim Bim não ia demorar a chegar com os jagunços armados até os dentes para cumprir a promessa de levar sua cabeça e pendurar no sobrado de 28 janelas em Cruz dos Homens, Vó Inácia começou a imaginar como o tempo faz cada um mudar, como ela própria mudou, depois que ficou cega, e tateava o rosto à procura de novidades. Queria saber como era Catula, se ganhou rugas que não conhecia, e como eram Tia Viridiana, Tia Dô e Tio Black Label, Tia Rose, Tio Johnnie Walker, Tio Dimple e Tia Odete, Tio White Horse e Tio Red Label, que não sabia que estava morto e associava ao perfume das quimeras e das fantasias, sem as quais os homens perdem o Trem da História. Tentava imaginar também o que o tempo fez com Buchanan's e com a Anã Clô. Buchanan's tinha desistido de amar mil mulheres, pois fracassava com argentinas, paraguaias e brasileiras ao querer encontrar nelas qualquer coisa que lembrasse Gioconda, a moça do Contestado que não queria deixar para amanhã o que podia fazer hoje, com medo que uma bala perdida a matasse antes de cobrar o braço que o Coronel Bim Bim lhe devia e antes de subir ao altar, de véu e grinalda, e dizer a Padre Zé Lopinho que amava Buchanan's como a sede ama a água. Temia que a previsão da Cigana Carmen fosse sua morte num duelo com o coronel. A Anã Clô completou suas anotações nas cadernetas de armazém sobre Satanás. Estava certa que o Demônio vivia escondido no coração dos homens como um passageiro clandestino no porão de um navio. Por mais que Vó Inácia tentasse imaginar cada um, todos, e ela própria, continuavam a ser como eram antes de ficar cega, porque a lembrança era mais forte que a passagem do tempo. Depois do jantar, Vó Inácia disse a Tio Johnnie Walker:

– Vem cá, Johnnie Walker, me dá um abraço, meu filho.

– O que aconteceu, mamãe? – estranhou Tio Johnnie Walker.

– Eu nunca te abracei como devia, meu filho. Perdi o sono ontem, fiz um balanço e concluí: fui uma boa mãe para todos, mas nunca fui uma boa mãe para meu filho Johnnie Walker. As mães não costumam ser boas para os filhos sonhadores.

– A senhora é a mãe que eu pedi a Deus quando acreditava em Deus – brincou Tio Johnnie Walker e abraçou Vó Inácia.

– Você continua o mesmo de antes, Johnnie Walker – disse Vó Inácia tateando seu rosto e sentindo o cheiro de lobo que só ela, com o olfato de cega, era capaz de sentir. – Pensei que você tivesse envelhecido quando os Cintas-Largas ameaçaram fazer o ritual antropofágico com você.

– Eu envelheci, mamãe. Mas como rejuvenesci antes, quando fiz contato com os índios liliputianos, ficou elas por elas...

Quando foi dormir, Vó Inácia perdeu o sono e ficou conversando com o rifle a tiracolo, sentada na cadeira de balanço. Estava alegre porque descobriu que a lembrança pode derrotar o tempo, de forma que todos que amava permaneciam jovens. Ela própria e Vô Old Parr eram jovens, como na época em que faziam amor, nus como as polacas ensinaram, e sentindo a febre do incesto.

– Ah, rifle velho de guerra – festejava Vó Inácia –, só os cegos conseguem derrotar o tempo e está escrito que os cegos serão os primeiros a sentir o cheiro de Deus...

Como não conseguia dormir, Vó Inácia rezou, como fazia todas as noites, para seus mortos queridos. Pediu, em meio a uma

Ave-Maria, que Vô Old Parr, a quem continuava chamando de Tio Old Parr, a perdoasse se, por qualquer razão, não o amou como devia. Rezou depois pelas 5 Irmãs e por Felipa e por Tio Red Label, onde quer que estivesse, e rezou pelos vivos, e pelos humilhados e ofendidos e pela classe operária. Agora rezava todas as noites pela classe operária e dizia ao rifle a tiracolo:

– Para mim, irmão rifle, o cheiro de Deus é o cheiro do suor da classe operária.

Vó Inácia rezou pelos lixeiros de Nova Iorque, pelas moças da América Latina que se ofereciam desnudas nas vitrines da Rua Vermelha em Amsterdã, pelos suicidas e pelos pobres do mundo. Depois começou a passear na lembrança pelas ruas de Cruz dos Homens e rezou pelos que amava e pelos que não amava. Quando sentiu o cheiro do dia nascendo e os bem-te-vis começaram a cantar, Vó Inácia estava dizendo ao rifle a tiracolo:

– Os cegos é que deviam dirigir o mundo, porque os que têm dois olhos não enxergam os lados da medalha.

Às 10 da manhã, Vó Inácia sentiu o cheiro do amor tão forte que pediu à Anã Clô para ver o que estava acontecendo. A Anã Clô abriu a porta do castelo e viu um homem alto de cabeleira cor de prata, com uma perna só, amparado num par de muletas, parado no passeio da rua. Desceu a escadaria, aproximou-se dele e viu que era Giorgy, o domador de leões de olhos claros e alegres do Gran Circo Norte-Americano, de quem tinha recebido uma carta que demorou uma eternidade para chegar. Giorgy disse a única frase que sabia em português: "Eu te amo, Clô." Misturando várias línguas contou, com a ajuda da mímica, que, durante a Segunda Grande Guerra, lutou contra Hitler ao lado dos guerrilheiros de Tito, na Iugoslávia, e depois juntou-se aos *partisans* para libertar Paris e então perdeu uma perna. Quando ficou frente a frente com Giorgy, Vó Inácia ficou certa de que não ia demorar a sentir o cheiro de Deus. À noite, estava em seu quarto de dormir com o rifle a tiracolo, sentada numa cadeira de balanço, quando ouviu passos, que não eram de Tia Viridiana nem da Anã Clô, nem de ninguém no castelo. Acreditou que podia ser o menino que matou numa noite de lua cheia durante uma tocaia a mando do coronel. Ultimamente o menino a visitava com freqüência e Vó Inácia imaginava suas sardas no nariz e os olhos azuis e o menino morto voltava a doer nela como uma dor de dente na alma. No café da manhã, diante do retrato de Vô Old Parr pendurado na parede, Vó Inácia disse a Tio Johnnie Walker e a Tio White Horse que sentia no ar que o Coronel Bim Bim não ia demorar a chegar com sua jagunçada.

– Mas sinto, também, que antes eu vou sentir o cheiro de Deus. Já recebi o aviso...

– Como é o aviso do cheiro de Deus, Vó Inácia? – perguntou Buchanan's.

– É um arrepio na pele, Buchanan's – respondeu Vó Inácia. – Um arrepio como a febre do incesto, dá a mesma vontade de cantar e de ser feliz.

– Mamãe – assustou-se Tia Viridiana, abanando o rosto com as mãos nervosamente. – Vamos rezar a oração contra o Demônio de Padre Pierre Banderaux?

– Carece não, Viridiana – tranqüilizou Vó Inácia.

– Como não carece, mamãe? – disse Tia Viridiana e pediu apoio com os olhos à Anã Clô, que estava ao lado de Giorgy.

– Hoje eu sei, Viridiana – foi falando Vó Inácia –, que a fronteira entre o Bem e o Mal é muito pequena e é por isso que o cheiro do Amor e o cheiro do Ódio são tão parecidos. Mas não é preciso rezar contra o Diabo, Viridiana.

Toda manhã, com o dia ainda escuro, Tio Dimple ia para a Estação da Central do Brasil e ficava esperando a chegada dos trens. Esperava inutilmente pelos homens e as mulheres magros, com a pele branca como uma folha de papel, mas eles não chegavam mais. Depois, Tio Dimple ia à Estação Rodoviária, na esperança inútil de vê-los descer dos ônibus. À noite, ficava na janela do 3º andar do castelo com o tossômetro nas mãos, mas não ouvia as tosses como antes.

– Um dia, a tuberculose voltará – dizia a Tia Odete – e eu ouvirei novamente a canção das tosses. Lembra, Odete, da canção das tosses?

– Lembro, Dimple – respondia Tia Odete.

– Como eu era feliz ouvindo a canção das tosses. Um dia a canção das tosses vai voltar. O Bacilo de Koch está cada vez mais resistente e então tudo voltará a ser como antes. A canção das tosses voltará anunciando que os exércitos do General Koch ocuparão a cidade.

Toda noite, Satã beijava 37 mulheres diferentes na boca e tossia e cuspia no chão nos cinemas, nos bailes e nas igrejas. Era o chefe de um pequeno batalhão de tuberculosos que se recusavam a sarar e agiam clandestinamente espalhando o Bacilo de Koch, pois não tomavam qualquer remédio. Pela manhã, ainda usando o terno de linho branco S-120, que já ninguém mais usava, Satã era visto na Esquina dos Aflitos conversando com Tio Dimple e outros empresários que faliram com o fim da tuberculose. Quando Tio Dimple deixava o castelo, Vó Inácia acreditava que estava indo para a fábrica de tecidos e perguntava se os operários estavam felizes ou tinham alguma reivindicação a fazer. Tio Dimple respondia que os operários estavam alegres, mas Vó Inácia sentia o cheiro da mentira e ameaçava socializar a fábrica, como queria Tio Red Label, e dividi-la com os trabalhadores. Nessas ocasiões, Vó Inácia perguntava por Tio Red Label. Então Tio Johnnie Walker falava sobre os índios liliputianos.

– Os liliputianos são de que tamanho mesmo, Johnnie Walker? – perguntava Vó Inácia.

– Do tamanho de um maço de cigarros, mamãe – respondia Tio Johnnie Walker.

– E eles descobriram a felicidade mesmo, meu filho?

– Descobriram a felicidade e a igualdade, sem perder a liberdade e sem disparar um único tiro, mamãe.

– Deus seja louvado, Johnnie Walker.

Tia Dô e Tio Black Label participavam dos programas de calouros nas rádios revivendo a dupla Os Rouxinóis do Paraíso, mas não tinham sorte. Sentiam tanta saudade de quando cantavam no adeus aos tuberculosos que, certas noites, iam cantar debaixo dos pés de eucalipto do Sanatório Belo Horizonte, que estava abandonado e o vento soprava e as portas e janelas batiam com força e, quando Os Rouxinóis do Paraíso cantavam o bolero "Quizas", vultos magros de homens e mulheres, pálidos como uma folha de papel, dançavam de rosto colado. Sempre que Vó Inácia queixava-se da saudade de Catula, Tia Viridiana inventava uma invasão do Coronel Bim Bim ao castelo. E toda manhã Vó Inácia exercitava seu olfato para poder sentir o cheiro do Coronel Bim Bim quando chegasse para cumprir a promessa de levar sua cabeça como troféu e pendurar no sobrado de 28 janelas em Cruz dos Homens. Com a ajuda de Emily, a fantasminha inglesa, que deixou Londres e foi a Paris, Catula conseguiu fugir de Karl L., buscando refúgio no seminário onde Juan Las Casas preparava-se para ser o padre operário, e voltou ao castelo de Vó Inácia. Tio Johnnie Walker indenizou Karl L. depositando em sua conta na Suíça tudo o que gastou no leilão do castelo, da fazenda e das lavouras de café de Vó Inácia. Catula ficou sete dias e sete noites sem sair de perto de Vó Inácia. Ia para o quintal do castelo e contou a Vó Inácia que, nas noites de desespero em Frankfurt e em Lisboa, pensava em como era feliz vendo as galinhas ciscando a terra debaixo dos pés de manga, com o sabiá cantando. Quando veio uma frente fria da Argentina e Catula virou uma negra, Buchanan's e Gioconda a levaram à gafieira Elite para dançar. No dia seguinte, Catula convenceu Tia Rose a tomar um remédio alemão que matava a solitária conhecida como Berenice. Depois de ficar livre de Berenice, Tia Rose anunciou que ia fazer um voto de pobreza. Catula levava flores e depositava no jazigo de Felipa no Cemitério do Bonfim e decidiu ir para a África trabalhar com o Dr. Albert Schweitzer. A Anã Clô insistiu com Catula, na presença de Giorgy, que estava morando no castelo de Vó Inácia, que, pela previsão da Cigana Carmen, ela só será feliz no amor, se aceitar ser uma negra para todo o sempre e se desencantar o lobisomem, beijando-o na boca.

Uma noite, Catula descobriu o esconderijo de Tia Anunciata no castelo de Vó Inácia e encontrou os manuscritos de *O Cheiro de Deus* e leu sem parar, varando a noite. Quando o dia nasceu ainda estava lendo. Enquanto lia, voltava a sentir a febre do incesto, agora mais alta, cada vez mais alta, à medida que terminava de ler *O Cheiro de Deus*. Ficou sabendo o que ainda estava por acontecer. Ficou sabendo que Tio White Horse ia entregar a Buchanan's e a Gioconda o comando da fazenda do Rancho Fundo e das lavouras de café de Vó Inácia, para morar debaixo de um pé de gameleira na beira do Rio Doce, onde Dodô, Dadá, Dêdeu, Dazinha e a Dô foram fuziladas dentro de uma canoa pelo Coronel Bim Bim e seus jagunços. Catula ficou sabendo que iria a Cruz dos Homens, disposta a correr o risco de morte para beijar o lobisomem na boca e acabar com seu encanto. Os manuscritos de *O Cheiro de Deus* faziam três perguntas: 1 – Catula terá coragem de beijar o lobisomem? 2 – O lobisomem vai atacar Catula? 3 – Se não atacá-la e se ela o beijar, que homem surgirá diante de Catula quando o lobisomem for desencantado? O livro de Tia Anastácia estava inacabado e terminava aí. De maneira que, quando Catula foi a Cruz dos Homens e ficou sozinha no sobrado que pertencia a Vó Inácia aguardando a chegada da lua cheia, a lua do lobisomem, sabia de todos os riscos, mas não sabia o que ia acontecer. Ainda assim, deixou a janela do quarto aberta para o lobisomem entrar. Aprendeu latim enquanto ficou escondida no seminário dos padres operários franceses, tendo Juan Las Casas como professor, para poder conversar com o lobisomem. Tinha consciência de que podia ser atacada e que, se o desencantasse, tal como nas previsões da Cigana Carmen, o lobisomem deixaria de ser imortal e ela ficaria negra para sempre. Catula ficou esperando até noite alta. Escutou então os uivos do lobisomem. O lobisomem tinha bebido uma garrafa de conhaque e cantava em aramaico. Catula escutou seus passos, quando o lobisomem abriu a porta do sobrado de Vó Inácia e subiu a escada. Viu quando o lobisomem chegou à varanda e ficou parado diante da janela do quarto onde ela estava. Tinha um cravo vermelho na mão. Por um momento, Catula quis pegar o revólver 38 debaixo do travesseiro e puxar o gatilho. O lobisomem atirou o cravo vermelho na cama e Catula o pegou e pôs no cabelo. Sorriu para o lobisomem como nunca tinha sorrido para homem algum. Com medo de atacá-la, pois o Mal parecia derrotar o Bem em seu coração, o lobisomem deu as costas, mas Catula disse em latim:

– *Mane nobiscum, Domine, quia advesperascit!* – e aproximou-se do lobisomem e o beijou na boca.

A lua cheia entrou no quarto pela janela e clareou os dois e Catula viu o lobisomem se transformar num homem. Primeiro, viu as mãos. Depois viu os braços e as pernas e o corpo nu de um homem e por fim viu o rosto e os olhos e os cabelos. Era Tio Johnnie Walker. Em vez de cair de joelhos diante do corpo nu de Catula e rezar, como todos os homens faziam, Tio Johnnie Walker amou-a até o dia nascer, acabando com o encanto de Catula, e fizeram tanto barulho que ninguém conseguiu dormir naquela noite em Cruz dos Homens. Tio Johnnie Walker e Catula, tomados pela febre do incesto, seguiam amando-se, e foram surpreendidos, entre beijos e abraços, por uma frente fria que vinha da Argentina. Catula espirrou três vezes e virou uma negra que não acreditava em pecado. Faziam tal barulho no ato do amor que todos os que os ouviam saíram cantando pelas ruas de Cruz dos Homens como se fosse dia de festa, como nunca ousaram fazer antes, e não acreditavam mais no pecado. De tal forma que quando o dia nasceu

Tio Johnnie Walker viu que Catula tinha ficado negra para sempre e que ele seria mortal como todos os homens. As duas igrejas foram abertas, mas Padre Zé Lopão e Padre Zé Lopinho ficaram inutilmente esperando em seus confessionários, pois ninguém apareceu para cair de joelhos e contar que pecou.

Tomado pelos sentimentos daquela noite em Cruz dos Homens, o Coronel Bim Bim cercou sete dias depois o castelo com 41 jagunços armados até os dentes, disposto a levar a cabeça de Vó Inácia para pendurar no sobrado de 28 janelas em Cruz dos Homens. Era meia-noite e o fantasma de Tia Anunciata, que cantava nos jardins do castelo, fugiu com medo do que estava por acontecer. O pistoleiro Vagalume tocou a sirene de alarme e todos pegaram em armas no castelo. Até Tia Odete, que podia morrer como um passarinho, pegou um rifle. Giorgy recordou os tempos em que era *partisan* e ajudou a libertar Paris e tinha um rifle nas mãos. Buchanan's e Gioconda tomaram posição. Tia Viridiana rezava e Tio Red Label parecia estar dizendo: "No passarón." Às 2 da madrugada, Júlia Preta cantou "Azulão". A noite inteira, Vó Inácia esperou que o coronel e seus jagunços atacassem. Tio Johnnie Walker estava entrincheirado na torre do castelo, ao lado de Catula e do pistoleiro Vagalume. Quando o dia nasceu, o coronel deu ordens aos jagunços para debandar e Tio Johnnie Walker viu o coronel com uma rosa vermelha na mão subir a escada do castelo. Era uma cilada? Tio Johnnie Walker apontou o rifle para o coronel, tentando atingir seus dois corações, quando viu Vó Inácia abrir a porta do castelo, com o rifle nas mãos e gritar "É hoje, coronel". Tio Johnnie Walker escutou um tiro de rifle, o rifle de Vó Inácia, e viu o coronel cair e rolar pela escada abaixo, sempre com a rosa vermelha na mão. Se pudesse enxergar, Vó Inácia ia ver a mancha escarlate de uma bailarina dançando, como nunca dançou antes, na testa do coronel. Era o sinal de sua alegria. Tio Johnnie Walker viu Vó Inácia com o rifle nas mãos entrar no castelo, protegida pelo pistoleiro Sem Dó. Júlia Preta aproximou-se do coronel que, mesmo ferido de morte, pediu que ela cantasse "Azulão". Tio Johnnie Walker segurou a mão de Catula e ficou ouvindo:

"Vai azulão
azulão, companheiro..."

Mais tarde, sentada na cadeira de balanço diante do retrato de Vô Old Parr pendurado na parede da sala, Vó Inácia acariciou o rifle a tiracolo e pela primeira vez sentiu o cheiro de Deus, que tinha a ver com a loucura no coração e com os perfumes da vida que levam os homens e as mulheres a morrer de amor.

fim

Todos os livros de Roberto Drummond serão relançados pela Editora Objetiva com o selo Biblioteca Drummond. Obras anteriores do autor:

A morte de D.J. em Paris

O dia em que Ernest Hemingway morreu crucificado

Sangue de Coca-cola

Quando fui morto em Cuba

Hitler manda lembranças

Ontem à noite era 6ª feira

Hilda Furacão

Inês é morta

O homem que subornou a morte

Este livro foi impresso na
LIS GRÁFICA E EDITORA LTDA.
Rua Felício Antonio Alves, 370 – Jd. Triunfo – Bonsucesso
CEP 07175-450 – Guarulhos – SP – Fone. (0xx11) 6436-1000
Fax.: (0xx11) 6436-1538 – E-Mail: lisgraf@uninet.com.br